Let me GLOW

FRANCIS EDEN

ROMANCE

Let me Glow

1. Auflage

c/o autorenglück.de, Franz-Mehring-Str. 15, 01237 Dresden
Kontakt: books@franciseden.de
www.franciseden.de
Instagram: @francis.eden_author

Bestellung und Vertrieb: Nova MD GmbH, Vachendorf

Umschlaggestaltung & Illustratonen: Francis Briese
unter Verwendung von lizensierten Fotos von Roman Samborskyi,
dekazigzag, Kichigin, 4 PM production, Evgenyrychko, alle © shutterstock

Lektorat: Judith Benkhäuser www.lektorat-buchstabenliebe.de
Korrektorat: Carolin Diefenbach
Buchsatz: Francis Briese
Druck: Booksfactory - Szczecin (Polen)

ISBN: 978-3-96966-846-7

Bibliografische Information der deutschen Nationalbibliothek:
Die deutsche Nationalbibliothek verzeichnet diese Publikation in der
Deutschen Nationalbibliografie; detaillierte bibliografische Daten sind im
Internet über http://dnb.d-nb.de abrufbar

Triggerwarnung:
In LET ME GLOW werden Themen behandelt, die betroffene Personen unter Umständen triggern könnten. Falls du vor dem Lesen wissen möchtest, worum es genau geht, findest du die weiteren Informationen auf Seite 367.

SOUNDTRACK ZUM BUCH

Sara Bareilles – Gravity
Foo Fighters Everlong – Acoustic Version
Jasmine Thompson – I Try
Natalie Imbruglia – Torn Acoustic MTV Unplugged
Hanson – MMMBop
Florence + The Machine – Shake It Out
Faith Hill – This Kiss
Paula Cole – I Don't Want to Wait
Alison Krauss & Union Station – When You Say Nothing At All
The Script – Never Seen Anything »Quite Like You«
Sixpence None The Richer – Kiss Me
Amber Run – Where Do We Go from Here
Kina Grannis – Iris
The Goo Goo Dolls – Iris
Amber Run – Spark
Spice Girls – Wannabe
Michael Patrick Kelly – Roundabouts
The Script – Breakeven
Glee Cast – Jar f Hearts (Glee Cast Version)
White Town – Your Woman

SCAN MICH ♥

Kapitel 1

andy

»Wir müssen reden.«

Drei Worte, die den Anfang vom Ende bilden. Die keinen Raum für Interpretationen lassen – nicht, wenn man nur noch streitet, und erst recht nicht, wenn die Gespräche gänzlich versiegen.

»Andy? Hast du mich gehört?«

Ich blicke auf und nicke. Weil ich meiner Stimme nicht traue. Weil ich nicht sicher bin, ob es irgendetwas an dem Kloß vorbeischafft, der sich seit Jacobs Worten in meinem Hals bildet.

»Das geht so nicht weiter. Die letzten Tage … Wochen … Ach shit!« Müde fährt er sich übers Gesicht.

Monate, ergänze ich in Gedanken seine Aufzählung. Dieser Zug fährt schon seit Langem in die falsche Richtung.

Jacob stößt ein Seufzen aus, das Gesicht bleibt in den Händen vergraben. Normalerweise ringt er nicht mit Worten. Er nimmt keine Rücksicht auf die Gefühle anderer und er zögert das Unvermeidliche nie heraus. Vielleicht liegt es am Frust. Darüber, dass das hier nicht funktioniert. Dass wir nicht mehr wie zwei Zahnräder ineinanderlaufen, so wie er sich das wohl vorgestellt hat.

Schweigend betrachte ich ihn, sauge das Bild in mir auf, das sich seit vier Jahren vertraut anfühlt. Die Schatten unter seinen Augen sind die einzigen Auswirkungen der anstrengenden letzten Monate an ihm. Ansonsten steht er mit der gewohnten glatt rasierten Eleganz an der Tür. Das Haar fürs Meeting zurückgestrichen, den schlanken Körper durch ein tailliertes Hemd betont, das faltenlos sitzt. Doch sogar ihm, dem makellosen Jacob Baker, merkt man allmählich an, dass wir nach all den langen Nächten keine Silben mehr übrig haben.

»Ich glaube, wir brauchen eine Pause.«

Das kommt wenig überraschend. Trotzdem mildert das nicht im Geringsten die Enge in meiner Brust.

Erwartet er überhaupt eine Antwort von mir?

Ich atme aus und versuche so, den Druck von meinen Lungen zu vertreiben. Weil seine Worte sich anfühlen, als würden sie den letzten Tropfen Halt aus mir herauspressen. Der Kloß in meinem Hals breitet sich aus. Ich schlucke, versuche, die sirupartige Masse zu verdrängen, die mir das Gefühl gibt, an jedem Wort, jedem Gedanken zu ersticken.

»Wir reden später weiter. Ich muss zurück ins Meeting.«

Nein. Er erwartet keine Antwort von mir.

»Ich denke, in einer Stunde sollten wir mit allem durch sein. Wenn die anderen dann zum Hotel fahren, können wir reden.« Mit den Worten greift er nach der Klinke und schließt die Tür zu meinem Büro.

Nachdrücklich.

Ohne mich noch einmal anzusehen.

»*Wir brauchen eine Pause.*«

Immer wieder hallen die Worte in meinem Kopf nach.

Es kostet mich sämtliche Kraft, die Tränen daran zu hindern, meine Augen zu erreichen. Nicht auszudenken, wie Jacob reagieren würde, wenn mein Mascara verläuft. Wenn er mich *so* sieht.

Nicht weinen.

Einatmen, ausatmen.

Ich lehne mich im Stuhl zurück.

Blinzeln und zählen.

Ein Geräusch entkommt meiner Brust. Ein Ächzen, das irgendwo zwischen Aufatmen und Schluchzen liegt.

Kapitel 2
Vier Jahre zuvor
andy

Normalerweise hätte ich diesen Freitagabend so verbracht wie die meisten: mit meinem Lehrplan, ein paar Büchern und einem Becher Eiscreme. Laut Esther brauche ich dringend etwas Spaß. In ihren Augen bedeutet das, Unmengen an Cocktails mithilfe eines gefälschten Ausweises in einer völlig überfüllten, stickigen Bar trinken. Das klingt echt nach Spaß – nicht.

Die Musik dröhnt viel zu laut in meinen Ohren. Warum tue ich mir das an? Esther ist das Party-Girl. Sie weiß, wie man tanzt und locker mit den Männern flirtet. Ich dagegen würde mich lieber in einem oversized Hoodie – oder besser noch hinter einem Buch – vor ihnen verstecken.

Zum Glück konnte der Typ vor uns Esther gerade daran hindern, mich auf die Tanzfläche zu zerren. Es kann also von Vorteil sein, eine Schönheit zur Freundin zu haben, die die Blicke der Männer auf sich zieht. Vor allem wenn diese Freundin einen ständig aus dem Schneckenhaus ziehen will.

Dabei mag ich mein Schneckenhaus.

Esther hingegen hat genauso wenig Interesse an meinen geliebten Abenden auf dem Sofa wie an dem armen Trottel, der gerade versucht, sie in ein Gespräch zu drängen.

Dabei sieht dieser *Trottel* mit den breiten Schultern und den blonden Haaren verdammt gut aus. Typ Beachboy, den man sich mit einem Surfbrett unterm Arm vorstellen kann – und Salzwasser, das ihm von den langen Haarsträhnen tropft.

Ich zapple von einem Fuß auf den anderen und versuche, über den Bass hinweg zu verstehen, was der Surfertyp ihr gerade ins Ohr sagt. Tief bücken muss er sich dafür nicht, denn im Gegensatz zu mir könnte Esther als Laufstegmodel durchgehen. Das Aussehen und die Beine dazu hat sie.

Obwohl wir in jeder Hinsicht völlig gegensätzlich sind, ist Esther Houadis meine beste Freundin. Wo sie mit ihren dunklen, langen Haaren verführerisch und selbstbewusst auftritt, bin ich mit dem blonden Chaos auf meinem Kopf eher der zurückhaltende Bücherwurm. Aber Esther schafft es, mich mitzureißen, sie lässt mich alles vergessen – manchmal sogar meine Schüchternheit.

»Das ist übrigens meine Freundin Andy.« Esther schreit, um die Musik zu übertönen, und zieht mich an ihre Seite. Allmählich weichen die harten Bässe einer Rockballade, die meinen Puls nicht mehr zum Beben bringt.

»Du bist also der Engel zu dem Teufelchen hier? Ich bin Jacob«, sagt der Hübsche über die Musik hinweg. Goldbraune Augen, die an flüssigen Honig erinnern, strahlen mich an und ein Grübchen bildet sich in seinem Kinn. Meine Gedanken rotieren. So sehr ich mich anstrenge, mir fällt keine kluge, nette oder einfach nur witzige Reaktion ein. Auch wenn die Foo Fighters sanfter daherkommen als der vorherige Song, die Musik ist noch immer viel zu laut und ich bin noch immer viel zu schüchtern – da bringt auch Esthers Gegenwart nichts. Also nicke ich Jacob nur unsicher zu.

»Sei so lieb und nimm mir das Kerlchen mal ab, ja?«, sagt meine Freundin direkt an meinem Ohr. »Ich hab da nämlich jemand anderen im Auge und der sieht zu gut aus, um ihn der

Rothaarigen zu überlassen, die ihn gerade hart anbaggert.« Sie zwinkert mir zu, drückt mich in Jacobs Arme und im nächsten Moment taucht sie in der tanzenden Masse unter.

Einen Wimpernschlag lang schaue ich ihr hinterher. Vielleicht auch zwei. Dann wird mir bewusst, dass ich mich in den Armen des Beachboys befinde. Mein Kopf ruckt hoch. Ich hätte damit gerechnet, dass er verärgert ist, vielleicht irritiert, aber er grinst mich nur an und das allein sorgt dafür, dass meine Wangen anfangen zu glühen.

»Ist sie immer so?«

Wieder ein Nicken.

»Kannst du auch sprechen?«

Mein Kopf setzt sich automatisch in Bewegung, verharrt aber mittendrin, als sich das Lächeln auf seinem Gesicht vergrößert. »Ja.«

»Also bist du nicht nur optisch der Engel von euch beiden?«

»Ich würde sie nicht unbedingt als teuflisch bezeichnen.« Ein ganzer Satz! Auch wenn er die leisen Worte wohl kaum verstehen konnte. »Sie weiß einfach, was sie will«, sage ich, lauter diesmal.

»Autsch. Danke.« Jacob fasst sich theatralisch ans Herz.

Viel zu spät wird mir bewusst, dass ich ihm gerade in Esthers Namen eine Abfuhr erteilt habe. Eine ziemlich direkte.

»O nein, so war das nicht gemeint.« Meine Stimme gerät ins Stocken. »Ich meine, du bist echt süß … aber …« Ich habe ehrlich gesagt keine Ahnung, warum Esther kein Interesse an ihm hat.

»Du bist niedlich, wenn du rot wirst. Hat dir das schon mal jemand gesagt?«

Die Hitze auf meinen Wangen kriecht weiter, setzt mir den ganzen Kopf in Brand und mit ihm meinen Verstand, der nach einer Antwort sucht. Ja? Nein? Ich weiß nicht? Auf so etwas bin ich nicht vorbereitet, mit so was kann ich nicht umgehen. Vor allem nicht damit, dass ich ihm noch immer viel zu nah bin. »Sorry«, setze ich an. Doch jedes weitere Wort bleibt mir in der Kehle stecken, weil da wieder dieses Lächeln ist.

»Hey, wo willst du denn hin?« Jacob hält meine Hand fest, die ich eben von seiner Brust lösen will, um Abstand zu gewinnen. Weil die Wärme seiner Haut sogar durch das Sweatshirt hindurch zu spüren ist und mir ein Kribbeln durch die Fingerkuppen jagt.

»Was?« Ich starre ihn an, weiterhin unfähig, einen anständigen Satz in seiner Gegenwart herauszubringen. Sein Lächeln verzieht sich zu einem breiten Grinsen und das Grübchen gräbt sich tiefer. Jacobs Blick wandert umher, nur um erneut an mir hängen zu bleiben. »Ich sehe sonst keinen Engel, der panisch versucht, seine Flügel auszubreiten.«

Mir fällt auf, dass er geschwungene Lippen hat und Wimpern, die an einem Mann verboten gehören. O Gott. Wenn das so weitergeht, fängt mein Kopf an zu pfeifen wie ein alter Teekessel. »Du musst dich nicht mit mir unterhalten«, sage ich und betrachte den Boden der Bar. Nicht dass mir noch mehr Anziehendes an dem Typen auffällt, sonst verwandeln sich meine Knie in einen Becher Eiscreme im Hochsommer. Ein weiteres dieser Lächeln und ich fließe davon.

»Das würde ich aber gerne.«

Mein Kopf zuckt hoch und die Ballade verklingt. Der Raum vibriert von den dumpfen Bässen, doch in mir tanzt bereits alles, ohne dass die Musik bei mir ankommt.

»Komm, wir suchen uns einen Platz, an dem man sich richtig unterhalten kann.« Jacobs Stimme übertönt nur knapp das Dröhnen der Lautsprecher. Er muss auch nicht viel sagen, es reicht, dass große Finger sich mit meinen verschränken. Ohne darüber nachzudenken, lasse ich mich von ihm durch die Bar ziehen. Als wir uns neben der Tanzfläche an einer Traube Menschen vorbeidrängen, werde ich zum zweiten Mal an diesem Abend gegen seine Brust gedrückt. Diesmal genieße ich die Wärme, die von ihm ausgeht. Jacob lacht mich an und seine Augen leuchten selbst im abgedunkelten Bereich der Tanzfläche. Das sind Augen, in denen ich versinken möchte.

Am Ausgang angekommen, hält Jacob mir die Tür auf. Frische Luft schlägt mir von draußen entgegen und kühlt meine überhitzte Haut. Ich werfe einen Blick zurück, Esther finde ich nicht unter den Tanzenden. Ich werde ihr schreiben, dass sie sich keine Sorgen machen braucht, und trete hinaus. Die Kälte der Nacht umfängt mich und beinahe gleichzeitig umschließen mich Jacobs Arme. Wärme breitet sich von ihnen aus, setzt sich in meiner Brust fest. Dieser Abend könnte etwas ganz Besonderes werden.

Ich schiele zu Jacob, dessen Kopf an meinem ruht. Blonde, glatte Strähnen mischen sich mit meinen Locken. Eng umschlungen sitzen wir auf einer Holzbank und lauschen den Beats aus dem Club, die man wahrscheinlich selbst im angrenzenden Centennial Olympic Park noch hören kann. Die Wärme, die Jacob dabei verströmt, lässt mich seit gefühlten Stunden strahlen, als gäbe es Bücher im Sonderangebot.

Der Klang einer eingehenden Nachricht, lässt mich erneut auf mein Handy schauen. *Heute Nacht komme ich garantiert nicht mehr nach Hause. Unsere Wohnung gehört also ganz dir ;)* Meint

Esther das ernst? Ich hebe den Kopf und sehe Jacob an, der mich so unverschämt anlächelt, dass meine Knie weich werden. Ob er weiß, was dieser Blick mit einem Mädchen macht? Vor allem einem Mädchen wie mir?

»Alles geklärt?«, fragt er und streicht mir dabei eine widerspenstige Locke aus dem Gesicht. Ich atme tief ein und nicke. Seine Hände fühlen sich heiß auf meinen Wangen an. Die Nacht ist frisch, doch durch seine Nähe spüre ich davon wenig. Seine Finger streichen über mein Gesicht. Gierig sauge ich die Luft ein, die sich angenehm kühl in meinen Lungen anfühlt. Jacobs Nähe lässt mich innerlich brennen. Wenn wir weiterhin hier sitzen, Arm in Arm und ungeküsst, laufe ich Gefahr zu verglühen.

Dieses Lächeln, unsere Gespräche, Jacob, diese Nacht ist ein einziger Rausch. Wir haben uns über Musik unterhalten, über meine Panik vor Hunden, darüber, wie wir aufgewachsen sind, mein Studium und ob Häagen-Dasz oder Ben & Jerry's das bessere Eis produzieren. Jacobs Blick hat mir dabei durchgehend das Gefühl gegeben, das schönste Mädchen der Welt – vielleicht des gesamten Universums – zu sein. Nie zuvor hat mich ein Mann so angesehen. So intensiv. So einnehmend.

»Zum Glück konnte ich dich daran hindern, deine Flügel auszubreiten und davonzufliegen«, sagt er und löst ein wildes Flattern in meiner Brust aus. Die Tatsache, dass wir bisher nur geredet haben, lässt mich auf der Bank herumrutschen. Sein Arm lieg an meinem Rücken, unsere Hände sind ineinander verschlungen, wir sind uns so nahe, dass mein Herz die Beats des Clubs zu überholen droht. Nur der Kuss fehlt.

Noch.

Als Jacob sich über mich beugt, setzt mein Herzschlag aus, während die Drums des Liedes in der Bar unaufhörlich weiterschmettern. Mein Blick heftet sich an seine Lippen, die meinen so nah sind. Sein Atem streift meinen Mundwinkel und jagt mir eine Gänsehaut über den Körper.

»Irgendwie scheint mir das hier längst überfällig.« Seine Stimme ist rau, doch seine Lippen sind weich. Der Kuss ist zart und berauschend zugleich. Er ist perfekt.

Mein Herz versucht, die verpassten Schläge durch gesteigerten Einsatz aufzuholen. Wie wild trommelt es in meiner Brust. Ich bin froh, dass wir sitzen, denn meine Knie fühlen sich weich und zittrig an. Als Jacob den Kuss vertieft, schlinge ich ganz automatisch die Hände um seinen Nacken und schließe die Augen. Ich genieße das Gefühl, das seine Lippen in mir auslösen, nehme es in mir auf, heiße es willkommen, so wie ich seine Zunge willkommen heiße.

»Lass uns verschwinden, Andy«, sagt er an meinem Mund.

Ich wage nur zu nicken, weil ich meiner Stimme nicht mehr traue, nachdem mir Jacobs Küsse schlichtweg den Atem rauben. Ich öffne die Augen und treffe wieder auf diesen Blick, der mich innerlich zum Vibrieren bringt.

Kurz frage ich mich, ob ich das hier wirklich kann, denn ich bin noch nie einfach mit einem Mann nach Hause gegangen. Aber ich habe mich auch bisher nie so gefühlt. So berauscht. So frei und beflügelt. »Ja«, beeile ich mich zu sagen, bevor ich wieder zu viel nachdenke, und küsse Jacob erneut. »Lass uns verschwinden.«

Ich schließe die Tür zu meiner Wohnung auf und schon wieder entfährt mir ein Kichern. Was ist heute nur los? Ich bin sonst nicht der alberne Typ, aber hier, mit Jacob, ist es anders. Jacob drängt sich von hinten an mich, die Hände an meiner Taille. Seine Lippen knabbern an meinem Hals. Sie kitzeln mich und hinterlassen Hitzeflecken, überall dort, wo sie mich berühren. Lachend ziehe ich ihn in die Wohnung und verschließe die Tür hinter uns. Als ich mich wieder umdrehe, sehe ich, dass Jacob sich in unserem kleinen Apartment umsieht. Esther und ich teilen es uns während des Studiums. Man kann es wohl eher als Absteige bezeichnen, doch wir lieben unsere Bruchbude, unsere Oase der Freiheit.

Mein Mantel landet vor der Tür zum Badezimmer. Dicht gefolgt von meinem Pullover, der auf dem Küchentresen liegen bleibt. Die Wohnung ist klein und unsere Wohnküche schnell durchquert. Jacobs Kleidung verteilt sich links und rechts auf dem Weg in mein Schlafzimmer.

»Wie Brotkrumen für den Rückweg.« Nur mit Mühe kann ich ein erneutes Kichern unterdrücken.

»Hmm?«, brummt Jacob an meinem Hals.

»Ach nichts«, erwidere ich schnell. Wenn ich ihm jetzt von irgendwelchen Märchen erzähle, hält er mich sicher für verrückt und sucht das Weite.

»Du bist wunderschön«, sagt Jacob atemlos. Inzwischen trage ich nur noch meinen Slip, mein BH baumelt am Spiegel neben der Tür. Wir stehen vor meinem Bett. Damit ich dem Drang, meine nackten Brüste zu verdecken, nicht nachgebe, verschränke ich die Hände miteinander. Ich versuche, mich mehr auf meinen viel zu schnellen Atem zu konzentrieren und weniger auf das winzige Dreieck, das mich noch bedeckt. Jacob drückt mich auf mein Bett und das reagiert mit einem knarrenden Geräusch. Unbeeindruckt davon kniet sich Jacob vor mich und zieht mir genüsslich das letzte Kleidungsstück aus. Meine Hände krallen sich nicht länger ineinander, sondern nun tief in das Laken unter mir. Ich sehe hinunter zu Jacob, beobachte schwer atmend das Spiel seiner Muskeln, als er meinen Slip lässig in eine Ecke des Zimmers wirft und sich dann erhebt.

O ja, diese Nacht wird einzigartig.

Kapitel 3

andy

»Können wir reden?« Jacob bleibt unschlüssig in der Tür stehen. Wortlos erhebe ich mich vom Schreibtisch und streiche das Kostüm glatt, das er mir von einer Geschäftsreise mitgebracht hat. Erst als ich mein Büro verlasse und meine nackten Füße auf die Steinfliesen treffen, bemerke ich, dass meine Schuhe unter dem Tisch liegen. Mir fehlt die Kraft zurückzugehen, die Stilettos vor Jacobs Augen wieder anzuziehen und dann mit einer Selbstsicherheit, die ich nicht spüre, an ihm vorbeizustöckeln.

Nein, ich brauche sicheren Boden unter meinen Füßen.

Mit tapsenden Schritten folge ich ihm zur Kücheninsel, die das Zentrum unseres Apartments darstellt. Er schenkt uns beiden bereits ein Getränk ein, das mich mein Gesicht verziehen lässt. Whisky. Dennoch nehme ich den Drink entgegen, den er mir hinhält. Immerhin hat er bei mir ein paar Eiswürfel hineingegeben.

Das kühle Glas passt zu dem Frösteln, das sich in meiner Brust ausbreitet. Erschöpft lehne ich mich gegen die Kücheninsel, Jacob bleibt vor den Küchenschränken mir gegenüber stehen, betrachtet schweigend die bernsteinfarbene Flüssigkeit in seinem Glas.

Erneut bin ich überrascht, ihn so zu erleben.

Mein Jake, der sonst immer mit dem Kopf durch die Wand will, der ausnahmslos seinen Willen durchsetzt und nie nach meiner Meinung, nach meinen Wünschen fragt. Seine einst so starke, unverrückbare Entschlossenheit schwinden zu sehen, nimmt mir den letzten Ankerpunkt. Ihn so zu sehen, verletzt mich fast mehr als seine nächsten Worte.

»Andy, so geht es nicht weiter.«

»Ich weiß.«

»Also denkst du, wir sollten es beenden?«

»Das habe ich nicht gesagt.«

»Dann sag mir, wie es weitergehen soll.« Er streicht sich durch die Haare, was dafür sorgt, dass einige Strähnen wild abstehen, doch er bemerkt es gar nicht. »So wie jetzt funktioniert es nicht. Ich kann keine Klienten nach Hause einladen, wenn du aussiehst wie ein geprügelter Hund.«

»Es tut mir leid.«

»Davon merke ich aber wenig.«

Ich schweige, denn ich ahne, dass ich nicht die richtigen Worte finde – wenn es die für Jacob überhaupt gibt. Meine Finger krampfen sich fester um das Glas. Klirrend verrutschen die Eiswürfel darin und entgegen meiner Gewohnheit nehme ich einen kräftigen Schluck. Das Brennen in meiner Kehle, das Gefühl, wie sich die Flüssigkeit warm durch meinen Körper bewegt und die Kälte in meiner Brust verdrängt, kommt mir zum ersten Mal gelegen.

Wir schweigen.

In den letzten Wochen haben wir so oft geredet, so oft gestritten, dass wir inzwischen einen Punkt erreicht haben, an dem keine Worte mehr übrig sind. Seitdem funktionierten wir einfach, doch auch das bricht immer mehr zusammen. Ein Team ohne Kommunikation ist ein Pulverfass. Vor allem mit Jacob als Leiter dieses Duos. Da hilft es nicht, länger zu arbeiten, sich noch mehr Mühe zu gegeben – mit Jacobs Geschäft, mit meinem Aussehen, damit, wie ich mit ihm umgehe. Das habe ich alles probiert. Ich brauche noch einen Schluck. Die Flüssigkeit rinnt meine Kehle hinab, aber es brennt schon weniger.

»Andy.« Jacobs Stimme ist ungewohnt sanft. Wie lange habe ich mich danach gesehnt, dass er meinen Namen wieder so ausspricht? »Ich will ja nicht, dass wir uns direkt trennen. Du weißt, wie viel du mir bedeutest. Vielleicht sollten wir eine Pause machen. Wir können beide etwas Abstand gebrauchen.«

»Ich verstehe«, sage ich tonlos. In meinem Inneren schreie ich ihn an, weil es keine Beziehungspause gibt, das ist immer nur der feige Übergang in ein Lebewohl. Seit dem Gala-Abend vor drei Monaten gibt es für uns nur noch einen Weg: abwärts. Seitdem spricht er mich nur an, wenn es um die Arbeit geht. Er kommandiert mich herum, fordert Einsatz, Hingabe und mit jedem Tag kostet es mich mehr Kraft, seinen Ansprüchen gerecht zu werden. Mittlerweile weiß ich nicht mal, ob er überhaupt noch zulässt, dass ich seine Erwartungen erfülle. Dass ich sein Leben, seinen Job ausreichend bereichere, mir in seinen Augen genug Mühe gebe. Oder ob er seine Forderungen nur ständig höher und höher schraubt, damit ich ihn enttäuschen kann. Genau das tue ich. Immer und immer wieder. Er lässt keine Möglichkeit mehr aus, mir das zu sagen. Als ich noch einen Schluck vom Whisky nehmen will, stelle ich fest, dass mein Glas leer ist. Ich setze es auf dem Tresen hinter mir ab und allein diese Bewegung benebelt meinen Kopf.

»Dann war es das?«, frage ich tonlos. Wieder spüre ich das Brennen in meinen Augen. O nein. Konzentriert atme ich ein und aus, blinzele die aufkommenden Tränen weg. Einatmen. Und ausatmen.

»Andy …« Jacob hebt die Hände und betrachtet mich, als hätte er ein störrisches Kleinkind vor sich.

Was auch immer er sagen will, er kommt nicht dazu, denn er wird von dem Klang seines Handys unterbrochen. Es ist der Nachrichtenton, den er nur für die Kunden hinterlegt hat, die keinen Aufschub dulden, weil sie zu viel Geld einbringen, um sie warten zu lassen. Seine Augenbrauen schieben sich zusammen, als er das Smartphone aus seiner Hosentasche fischt und die eingegangene Nachricht liest. Ein Ruck geht durch seinen Körper, als er sich von der Küchenwand abdrückt und das Handy zurück in die Tasche steckt. Erst jetzt fällt mir auf, dass er sich nach dem Meeting umgezogen hat. Inzwischen trägt er ein legeres Hemd, die Ärmel bis zu den Ellbogen hochgekrempelt, und eine schlichte Jeans, von der ich weiß, dass sie dennoch kostspielig war.

Der Wunsch, ihn zu berühren, wird unmenschlich. Auf wackligen Beinen bewege ich mich auf ihn zu. Jacobs Augenbrauen ziehen sich enger zusammen, aber er lässt zu, dass ich mich weiter nähere und die Hand an seine Brust lege. Das vertraute Gefühl seines Körpers unter meinen Fingern jagt ein Kribbeln durch meinen Nasenrücken und ehe ich es bemerke, sind sie da. Die Tränen, die ich seit einer Stunde abzuschütteln versuche. Offensichtlich erfolglos. Als mein Blick auf Jacob trifft, starren mich goldbraune Augen an. Tiefe, harte Abneigung trieft aus ihnen.

Abrupt schiebt Jacob mich an den Schultern von sich. »Ich muss gehen.« Er wendet sich von mir ab und schreitet auf den

Ausgang des Apartments zu. An der Tür hält er kurz inne und dreht sich zu mir um. »Ich fahre zu den Klienten ins Hotel und werde die Nacht dort verbringen. Du kannst heute Nacht noch bleiben und die Zeit zum Packen nutzen. Wenn ich morgen nach Hause komme, erwarte ich, dass die Wohnung leer ist. Für deinen Job habe ich bereits Ersatz organisiert.«

Das Geräusch der sich schließenden Tür nehme ich kaum mehr wahr, denn da ist nur noch ein lautes Rauschen in meinen Ohren. Ich schwanke einen Schritt, halte mich hilflos am Tresen in meinem Rücken fest.

Die Wand, die die Tränen zurückgehalten hat, zerbirst und reißt gleichzeitig alles an Kontrolle ein, was ich in den letzten Jahren mühsam aufgebaut habe. Sie zerspringt mit einer solchen Wucht, dass sie mir die Luft zum Atmen nimmt.

Zitternd lasse ich mich am Tresen hinabgleiten. Die Kälte in meiner Brust ist zurück. Sie wird zu einem eisigen Gefängnis, das mich einzwängt. Tränen laufen nun ungehindert in heißen Bächen über mein Gesicht.

Es ist vorbei.

Tränen verschleiern erneut meinen Blick. Ich habe es aufgegeben, sie wegzuwischen. Unentwegt bahnen sie sich ihren Weg über meine Wangen und halten mich davon ab, blindlings weitere Kleidungsstücke in den Trolley zu stopfen. Ich achte längst nicht mehr darauf, was genau ich auf den Berg lege, der sich vor mir auftürmt. Verzweifelt betrachte ich den Stapel. Diesen Koffer werde ich niemals schließen können.

Mit einem Schniefen stapfe ich aus dem Ankleidezimmer und schnappe mir einen weiteren Trolley, den Jacob auf dem Bett für mich bereitgelegt hat. Sogar daran hat er gedacht. Alles ist vorbereitet, um mich so schnell aus seinem Leben zu werfen, wie er mich hineingezogen hat.

Ich wuchte das Ungetüm vom Bett und trage ihn in das Ankleidezimmer. Dort fange ich an, einen Teil des Stapels umzupacken, bis ich das Gefühl habe, den ersten Koffer endlich schließen zu können. Doch auch das zweite Hartschalenungetüm vor mir ist bereits zu einem Großteil gefüllt und noch immer verweilen zahllose Kleider, Hosen und Kostüme in den Schränken. Dabei habe ich nicht mal die Kommoden geleert oder den angrenzenden Raum für meine Handtaschen und Schuhe. Ich bin mir nicht einmal sicher, ob ich die ganzen Sachen wirklich mitnehmen soll oder darf – oder überhaupt will. Alles, was ich besitze, gehört Jacob. Er hat in den letzten Jahren sämtliche Kleidungsstücke und jedes Accessoire ausgesucht und gekauft. Mein Blick wandert über das Chaos aus Kleidung, Schuhen, Pflegeartikeln und Schmuck, das mich umkreist. Meine Augen brennen und mein Kopf pocht dumpf und rhythmisch von all den Tränen, die ich bereits vergossen habe. Ich fühle mich kraftlos und ich weiß nicht, woher ich noch die Energie nehmen soll, die restliche Kleidung rauszusuchen. Die Entscheidung darüber zu treffen, welche ich mitnehmen will und welche ich hierlassen soll, erscheint mir unmöglich.

»*Wenn ich morgen nach Hause komme, erwarte ich, die Wohnung leer vorzufinden.*«

Wie stellt er sich das eigentlich vor? Er wirft mich einfach raus, nach vier Jahren Beziehung, nachdem ich die letzten Jahre für ihn gearbeitet habe, und drückt auf Pause?

Ich atme tief ein, zähle bis zehn und versuche mit jeder Zahl, mehr Luft in meine Lungen zu lassen. Ich muss Schritt für Schritt vorgehen. Zuerst brauche ich eine neue Bleibe, dann einen Job und mindestens eine Umarmung und ein paar tröstende Worte – und Eiscreme. Ganz viel Eiscreme.

Da weiß ich, wie der nächste Punkt auf der Liste aussieht. Nur muss ich dafür den letzten Rest an Energie zusammenkratzen, den ich irgendwo in dem ganzen Mist, der sich mein Leben nennt, finden kann. Mein Blick wandert über das Chaos um mich herum, sucht zwischen den Kleidungsstücken nach meinem Handy. Es wird Zeit, den Anruf zu tätigen, der längst überfällig ist. Ich atme noch dreimal tief ein und stoße die Luft wieder aus, während die Verbindung aufgebaut wird. Mit jedem Freizeichen zieht sich meine Brust enger zusammen. Der Ton endet und wird von der Stimme ersetzt, die seit Jahren das Gefühl von Heimat mit sich bringt.

Ich atme ein letztes Mal tief ein. »Esther.« Meine Stimme ist nur ein Zittern. »Sieht so aus, als ginge dein Wunsch in Erfüllung. Jacob setzt mich vor die Tür.«

Kapitel 4
Vier Jahre zuvor
andy

Wo steckt er nur?

Ich stochere in meinem Karamell-Latte herum und blicke wieder auf mein Handy. *Er* hat mich hierherbestellt. Vor dreißig Minuten. Dennoch bin ich diejenige, die jetzt hier sitzt und wartet.

Nervös zupfe ich an dem kurzen Rock herum. Warum können Männer nicht auf bequeme Leggins und einfache Shirts stehen, frage ich mich. Damit würde ich mir weniger nackt vorkommen. Was ist so verkehrt an Strickjacken und Hoodies? In Rock und Bluse sehe ich einfach verdammt nach Pornodarstellerin aus. Die Brüste zu groß, die Hüften zu breit. Dazu die vollen Lippen und wilden Locken. Perfekt ist das Bild der verruchten Assistentin, die mit rauer Stimme fragt, wie sie einem denn zur Hand gehen könne.

Ich schüttle den Kopf, versuche, das Bild, das vor mir auftaucht, zu vertreiben. Ein Bild, das Jacob wohl gefällt, weshalb sonst finden immer mehr dieser Kleidungsstücke ihren Weg in meinen Schrank?

»He, Babe!« Jacob drückt mir einen feuchten Kuss auf den Mund und lässt sich geräuschvoll neben mir auf das braune Chelsea-Sofa fallen. Mit einem anerkennenden Grinsen nimmt er mein Outfit wahr und küsst mich erneut. »Ich liebe es, wenn du diese Kombination trägst«, raunt er in mein Ohr und seine Hand landet auf meinem Oberschenkel.

»Jacob, bitte – nicht hier!«

Mein Blick wandert durch das Café. Es ist früher Nachmittag und das kleine Lokal platzt aus allen Nähten.

Nachdrücklich lege ich meine Hand auf seine und stoppe ihn, damit sie an Ort und Stelle bleibt und nicht weiter unter meinen Rock kriecht. Seine Antwort, ein Stirnrunzeln, sorgt dafür, dass sich mein Magen zusammenzieht und der Karamell-Latte mir den Hals zurückkriecht.

»Jacob, was sind das für Neuigkeiten, die nicht warten können? Spann mich nicht länger auf die Folter«, beeile ich mich, ihn auf andere Gedanken zu bringen.

»Mein Dad hat endlich zugestimmt. Er macht etwas Geld locker und unterstützt mich mit meiner Firma. Mit ihm als Investor kann ich endlich loslegen.«

»Das ist großartig!« Ich falle ihm um den Hals.

»Das Beste komm erst noch: Er befindet sich schon im Gespräch mit ein paar von seinen Freunden aus dem Golf-Club, die überlegen, ebenfalls zu investieren. Sicher werde ich schon bald den Immobilienmarkt revolutionieren.« Er drückt mir einen Kuss auf den Mund und winkt die Kellnerin überschwänglich heran, dabei hält er einen Finger in die Höhe, um mir zu signalisieren, dass es gleich weitergeht. Als würde er auf eine Pause-Taste drücken. Er bestellt sich einen Espresso und ein Wasser, plaudert unbefangen mit der dunkelhaarigen Schönheit und zwinkert ihr fröhlich zum Abschied zu.

»Ich habe den ganzen Morgen damit verbracht, die nötigen Schritte in die Wege zu leiten. Wenn alles glattgeht, werde ich Ende des Monats meine ersten Aufträge an Land ziehen können und«, er lehnt sich vor, stoppt sein Gesicht vor meinem, »ich will, dass du mit einsteigst. Ich werde am Anfang jede Hand brauchen und ich will, dass es deine Hände sind, die mir helfen.« Dabei grinst er mich anzüglich an, als würde es nicht um sein Unternehmen gehen, sondern um etwas Unanständiges.

»Das ist wirklich … Ich helfe dir gerne, so gut es geht. Aber ich habe Vorlesungen und dann ja auch noch den Nebenjob in der Bibliothek.«

»Ich verstehe. Ist okay.« Jacob lehnt sich zurück, seine Augen verdunkeln sich wie Sand im Regen. »Ich dachte, du würdest dich freuen, mehr Zeit mit mir zu verbringen.« Er macht es schon wieder, blickt mich so intensiv an wie an unserem ersten Abend. Bisher hat er mich jedes Mal damit überzeugt. Ich kann mich ihm nicht entziehen. Wie eine Maus, die vor der Schlange sitzt, hypnotisiert, unfähig, sich zu bewegen, geschweige denn zu denken.

Ich seufze.

Jacob nimmt meine Hand in seine, streicht mit dem Daumen über meinen Handrücken und sofort richten sich die feinen Haare auf meinem Arm auf. Meine Gedanken rasen und gleichzeitig fühlt es sich an, als steckten sie in zähem Sirup fest.

»Du könntest ein oder zwei Semester pausieren. Nur noch zwei Prüfungen, dann bist du für dieses Jahr durch und du hättest Zeit. Zeit für *mich*«, fordert er sanft und ich zerfließe, werde selbst zu flüssigem Karamell. »Nur ein Semester.« Seine sanfte Stimme lässt mein Herz weich werden, bis es beim Anblick aus goldbraunen Augen schlussendlich schmilzt.

Es wäre nur ein Semester und es wäre für Jacob.

Ich blicke ihn an und lächle zaghaft. »Na gut.«

Jacobs Augen werden groß. »Wirklich?« Er zieht mich in seine Arme und drückt seine Lippen ungestüm auf meine. Ich muss unwillkürlich lachen über diesen Ausbruch für den sonst so beherrschten Jacob Baker, doch da spüre ich plötzlich seine Hand unter meinem Rock, direkt an meinem Hintern.

»Jacob!«, schimpfe ich leise und schiebe ihn aus der Gefahrenzone.

»Lass uns feiern.« Jacobs Augen bekommen wieder diesen Glanz, der es in meinem Bauch zum Kribbeln bringt, denn ich weiß genau, was ihm gerade vorschwebt.

Innerhalb von Sekunden kippt Jacob seinen Espresso hinunter und ordert die Rechnung und dann hasten wir schon zu meiner Wohnung. Heute kann Jacob es offenbar nicht erwarten, in unserer »Bruchbude« anzukommen, wie er sie immerzu nennt. Kaum fällt die Tür ins Schloss, spüre ich schon Jacobs Lippen auf meinen. »Warte«, keuche ich und schiebe ihn ein Stück von mir. »Was, wenn Esther zu Hause ist?«

»Dann bekommt sie gleich eine ganz besondere Show zu sehen.« Mit einem breiten Grinsen im Gesicht küsst er mich erneut.

Das Knabbern an meiner Lippe lässt mich unwillkürlich aufstöhnen. »Jacob, das ist nicht witzig.« Meine Antwort kommt nur schwach über meine Lippen. Die Arbeitsplatte spüre ich unbequem in meinen Rücken und Jacob hart an meinem Bauch. »Jacob …«, setze ich zu einem neuen Versuch an.

Er stöhnt genervt. »Esther, Darling! Dein Traummann ist hier!« Sein Ruf schallt durch die ganzen achtundvierzig Quadratmeter unserer Oase, ohne Reaktion.

»Wäre sie hier, würde ich allein für das ›Darling‹ einen Schuh an den Kopf kriegen«, sagt er und lächelt breit.

»Für den ›Traummann‹ den zweiten.«

Er lacht und küsst mich von meinem Kinn hinunter zum Hals. Seine Hände öffnen die Bluse, schließen sich um meine Brüste. Ein erneutes Stöhnen entfährt meinem Mund.

»Wollen wir nicht in mein Zimmer gehen?« Atemlos versuche ich, mich aus seinem Griff zu befreien. Seine Hüfte presst sich als Antwort fester gegen mich, hält mich an Ort und Stelle. Nur weil Esther nicht zu Hause ist, heißt das nicht, dass sie nicht jeden Moment hier auftauchen könnte. Etwas, das Jacob bewusst ist und das ihn offensichtlich nur noch mehr anstachelt. »Jacob, bitte«, setze ich an, da werde ich von ihm auf die schmale Arbeitsfläche gehoben. Ich höre noch, wie die Kondompackung raschelt, als seine Hände unter meinen Rock wandern und an meinem Slip zerren.

Bevor ich erneut mein Zimmer erwähnen kann, dringt Jacob schon hart in mich ein. Ich kralle mich in seine Haare, drücke mich ihm entgegen. Wenn es um Jacob Baker geht, bin ich machtlos. Ein Stöhnen entfährt mir, als seine Hände meinen Hintern in die richtige Position rücken, mein Keuchen wird lauter und schneller, passt sich seinem Rhythmus an.

Unser Stöhnen vermischt sich, erfüllt die wenigen Quadratmeter. Ein Geräusch schiebt sich dazwischen. Die Tür geht auf und ich verrutsche vor Schreck. Jacob stößt schmerzhaft ein letztes Mal in mich, kommt anschließend schnaufend. Ein Blick in seine glasigen Augen und das breite Grinsen verraten mir, dass er das Geräusch ebenfalls gehört hat. Mit hektischen Bewegungen versuche ich, Jacob von mir zu drücken. Ich könnte genauso gut gegen eine Marmorstatue schlagen, er bewegt sich nicht einen Zentimeter.

Etwas landet polternd auf dem Boden und als ich an Jacob vorbeiblicke, beobachte ich eine Orange, die tänzelnd neben seinem Schuh zum Erliegen kommt.

»Ist das euer beschissener Ernst?« Esthers Stimme gleicht einem Donnergrollen. Meine Wangen glühen. Noch immer versuche ich, Jacob von mir zu drücken. Keine Chance. Esther hat die Hände angriffslustig in die Hüften gestemmt und funkelt mich böse an. »Jacob«, flüstere ich, »kannst du bitte …?«

Mein Kopf muss inzwischen die Farbe einer Tomate angenommen haben. Dennoch bin ich mir sicher, dass sich das Rot weiter verdunkelt, als mir bewusst wird, dass Jacob noch immer *in* mir ist. Damit bin ich dann wohl überreif. Jacob scheint nichts davon zu stören. Nach endlos langen Sekunden löst er sich grinsend von mir, wirft das Kondom in den Müll, zieht sich lässig Unterhose und Jeans an. Zum Schluss drückt er mir mit den Worten »Ich geh dann mal lieber, Babe« einen Kuss auf den Mund, bevor er pfeifend an Esther vorbeischlendert.

»Sorry, ich –« Ungeschickt lasse ich mich von der Küchenzeile gleiten, streiche mir den Rock glatt und knöpfe mit zitternden Händen die Bluse wieder zu.

»Das ist nicht dein Ernst, oder?«, faucht Esther und kommt drohend auf mich zu. »Reicht es denn nicht mehr aus, dass ihr in einer Tour überall vögelt? Muss es auch noch in meiner Küche sein?«

Ich weise sie lieber nicht darauf hin, dass das *unsere* Küche ist, aber sie hat recht. Das hier ist *unsere Oase der Freiheit.* Diese Küchenzeile, das Sofa davor, das Tischchen mit dem alten Fernseher – das hier war in den letzten Monaten unser gemeinsames Reich. Mit dieser Aktion habe ich es beschmutzt. »Es tut mir leid.« Esther ist der Mensch, der mir in meinem Leben am meisten bedeutet. Die Enttäuschung in ihren Augen zu sehen, ist weitaus schlimmer, als von ihr in so einem Moment erwischt zu werden. »Mir wäre es auch lieber gewesen, wenn das nicht passiert wäre«, sage ich kleinlaut. Normalerweise wird Esther weich, sobald mir der Boden unter den Füßen entgleitet, und gerade fühlt es sich so an, als würde ich endlos fallen. Dennoch bleibt Esthers Miene eine in Stein gemeißelte Grimasse. Drohend sticht sie mir ihren Finger in die Brust. »Nein, Fräulein!«

Fräulein?

»Ich habe so langsam wirklich die Nase voll von dir – von *euch*! Das ist nicht normal! Sobald Jacob auftaucht, bist du ein anderer Mensch, Andy! Ich erkenne dich nicht wieder!«, schreit sie mich an und allmählich spüre ich Wut in mir hochkochen.

»Als wenn man mit dir in den letzten Wochen hätte reden können«, fauche ich zurück. »Seitdem ich mit Jacob zusammen bin, kann ich dir doch nichts mehr recht machen.« Ich verschränke die Arme vor der Brust und starre meine Freundin an. »Du bist andauernd schlecht drauf, rastest bei jeder Kleinigkeit aus und wenn ich versuche, mit dir zu reden, weichst du aus.«

»Liegt vielleicht daran, dass du außer vögeln und deinem heiligen Jacob keine anderen Interessen mehr hast!« Wieder sticht ihr Finger unangenehm in meine Brust. »Sobald er schnippt, springst du. Das war schon so, als er dich nach eurer ersten Nacht hat sitzen lassen und sich tagelang nicht gemeldet hat.« Die Erinnerung daran lässt mich vergessen, dass ich meinen Slip suchen wollte, der noch irgendwo hier liegen muss.

»Ich habe keine Lust, dich wieder tagelang mit Eiscreme und Schokoladenkuchen trösten zu müssen, wenn er dir dein Herz bricht.« Ihre Worte sind wie Pfeile, die sich in meine Brust bohren. »Muss ich dich daran erinnern, dass er vergeben war, als er dich im *Heaven* aufgegabelt hat? Als ihr das erste Mal gevögelt habt?« Ich taumele einen Schritt zurück. Dabei stecken die Pfeile schon zu tief, es ist zu spät, um ihnen auszuweichen.

»Was glaubst du, wann er dich betrügen wird und gegen die Nächste austauscht?«

»Das wird er nicht.«

»Träum weiter. Solche Kerle sind alle gleich. Einmal untreu …«

»Es ist genug, Esther«, sage ich und zerre den ersten Pfeil heraus. »Er hat mir alles erklärt und ich kann ihn verstehen.« Kann ich nicht, aber das muss Esther nicht wissen. Laut Jacob war die Beziehung vorbei, sie hatten sich nur noch nicht offiziell getrennt. »Es ist ihm ernst mit mir, sonst hätte er mich wohl kaum gebeten, in seine Firma einzusteigen.« Eigentlich wollte ich Esther das nicht sagen. Noch nicht und erst recht nicht so. Doch ich habe das Bedürfnis, wenigstens einen der Pfeile zurückzuschleudern.

»Was?« Fassungslosigkeit schreit mich still aus ihren Augen an. Nicht zum ersten Mal bemerke ich die Schatten darunter, die Haut, die derzeit unnatürlich blass, fast kränklich wirkt. So schnell, wie die Wut in mir hochgekocht ist, so schnell verfliegt sie beim Anblick meiner Freundin.

»Was ist los?«, frage ich sanft. »Rede mit mir«, bitte ich sie und schaue ihr direkt in die Augen. Die Dunkelheit darin wird weicher, aber dann weicht Esther mir aus. Entschlossen greife ich nach ihren Händen, zwinge sie dazu, mich wieder anzusehen.

»Wir haben uns doch immer alles erzählt. Warum lässt du mich nicht mehr in deine Gedanken?«, hake ich sachte nach. »Bitte rede mit mir.«

Ihre Augen werden glasig, füllen sich langsam mit Tränen.

O Mist, dann muss es wirklich schlimm sein. Ich ziehe sie einfach in den Arm. Esther ist einen Kopf größer als ich, trotzdem drücke ich sie fest an meine Brust, auch wenn sie das in eine unangenehme Haltung zwingt.

»Ich glaube, ich habe Mist gebaut«, schnieft sie an meinem Hals. »So richtigen Mist.«

Ich streichle über die langen, glatten Haare, atme einmal tief ein. Ein zweites Mal, dann stoße ich die Luft hörbar wieder aus, gebe uns beiden so ein wenig Zeit. »Was ist passiert?«, frage ich.

So leise und zaghaft kenne ich sie gar nicht. Esther ist sonst laut, aufbrausend und selbstbewusst. Langsam lasse ich mich an der Küchenzeile auf den Boden gleiten und ziehe meine Freundin mit mir hinab. Ich halte sie weiter an mich gedrückt, streichle ihr Haar und lausche Esthers Geschichte, die in der gleichen Nacht beginnt wie Jacobs und meine. Nur vage erinnere ich mich an den Namen von Esthers Date, das sie am nächsten Morgen meinetwegen verlassen hat. Weil ich in einem leeren Bett aufgewacht bin und Esther sofort nach Hause eilte und mit einem Becher Eiscreme in mein Bett gekrochen kam, um mich zu trösten. Sam, erinnere ich mich. Ihr Date hieß Sam. Esther erzählt nicht viel von ihrer Nacht, nur dass sie wunderschön war, magisch irgendwie und einzigartig.

»Als du mich angerufen hast, habe ich ihm einen Zettel hinterlassen. Wir waren gerade erst eingeschlafen und ich wollte ihn nicht wecken.« Sie starrt an die Wand, nestelt am Saum ihres Shirts herum. Der Typ muss es ihr wirklich angetan haben. Zum ersten Mal flackert ein schlechtes Gewissen in mir auf. Sie hat ihn wegen mir zurückgelassen. Ich hätte viel früher bemerken sollen, dass da noch etwas ist, das sie seitdem nicht loslässt.

»Er hat sich nicht gemeldet, oder?«

Esther wendet den Blick von der Wand, weicht meinem aus und schaut auf den Boden, ihre Finger sammeln Staubkörner und Krümel zusammen. »Nein«, sagt sie, »hat er nicht.«

»Was, wenn ich mit ihm rede? Ich kann ihm erklären, dass du meinetwegen gegangen bist.«

Sie schüttelt den Kopf. »Ich kenne nur seinen Vornamen. Etwas anderes habe ich nicht, weder eine Adresse noch eine Telefonnummer.« Sie zuckt mit den Schultern. »Wir haben die Nacht am Hafen verbracht und sind irgendwann im nächstbesten Motel untergekommen.« Sie versucht zu lächeln, doch es sitzt schief. »Wie viele Sams wird es wohl in Atlanta geben? Außerdem …« Sie atmet laut ein und stößt die Luft zitternd wieder aus, der Typ geht ihr echt unter die Haut.

»Ich habe ihm meine Daten hinterlassen, Andy. Meine Telefonnummer und sogar meinen Namen bei Instagram.« Sie lacht, doch es erreicht ihre Augen nicht. »Wenn er wollte, könnte er sich jederzeit melden. Du kannst nun wirklich nichts dafür, dass er kein Interesse hat. Dein Typ ist nach ein paar Tagen wenigstens wiederaufgetaucht.«

»Ja, mit einer viel zu frischen Ex-Freundin.« Ich stoße sie mit der Schulter an und entlocke ihr immerhin ein leises Lachen.

»Das ist nicht mal das Schlimmste«, sagt sie und lässt ihren Kopf gegen die Küchenzeile sinken. »Andy«, beginnt sie leise, »ich glaube, ich bin schwanger.«

Kapitel 5

andy

Dankend nehme ich den letzten Koffer vom Taxifahrer entgegen. Ich greife in meine Handtasche, zähle das Geld ab, lege Trinkgeld dazu und reiche es dem Mann mit dem dichten Schnurrbart.

Das Haus vor mir weckt Bilder an heiße Sommertage mit selbst gemachter Zitronenlimonade. Die Farbe der Fassade blättert allmählich ab und müsste erneuert werden. Der alte Schaukelstuhl steht noch immer auf der Veranda, direkt neben der Haustür, umgeben von Blumenkübeln, die den Eingangsbereich in einen Dschungel verwandeln – und einem kleinen Holztisch, auf dem früher immer eine Karaffe mit Limonade stand. Dieses Haus bedeutet für mich seit sieben Jahren mehr Heimat als jeder andere Ort zuvor.

Die Fliegengittertür öffnet sich geräuschvoll und Esthers Mom eilt auf mich zu. »Andy, Schatz! Endlich bist du zu Hause!« *Zu Hause.* Bei den Worten muss ich lächeln. Mama Houadis hat mich immer wie eine Tochter behandelt.

Weiche Arme schlingen sich mütterlich um mich und als ich den Duft nach Jasmin und Zitrone einatme, habe ich zum ersten Mal das Gefühl, wieder zu Hause zu sein. In Mama Houadis' Armen habe ich so oft Trost gefunden. Ein kurzer Blick reicht ihr aus, um die Sorgen ihrer Kinder zu erkennen. Sie weiß immer ganz genau, welchen Kuchen sie backen muss, damit es einem wieder besser geht. Diesmal wird ihr das nicht gelingen. Kein Kuchen kann das Chaos in meinem Leben wiedergutmachen.

Nachdem Mama Houadis mich mit mütterlicher Fürsorge überschüttet hat, blicke ich mich in dem kleinen Gästezimmer um. An der Wand steht ein winziges Sofa, auf dem gefaltete Bettwäsche bereitliegt. Daneben stapeln sich die beiden Koffer, meine Reisetasche, die bis oben mit Büchern gefüllt ist, und das kleine Beautycase, voller Make-up und Pflegeartikeln. Ich frage mich, wie ich in dieser Enge überhaupt den Platz finden soll, die Schlafcouch umzuklappen.

Ich verstaue einen Teil meiner Kleidung in dem alten Schrank gegenüber, damit ich die nächsten Tage nicht aus dem Koffer leben muss. Nur mit Mühe schaffe ich es danach, die sperrigen Trolleys zwischen Sofa und Wand zu stapeln. Mit einem Ächzen stopfe ich das letzte Stück in die kleine Nische und hoffe, dass dieser Stapel nicht mitten in der Nacht über mir zusammenbricht. Ich entscheide, mit dem Kopf lieber zur anderen Seite zu schlafen. Sicher ist sicher.

Ich beziehe das Bett und atme laut aus. Das ist die erste Nacht seit bald vier Jahren, in der ich nicht in Jacobs Bett schlafe. Seitdem er gestern gegangen ist, fällt mir das Atmen schwer. Als würde eine eisige Faust mich umklammern und nicht mehr loslassen. Gedankenverloren streiche ich das Laken glatt, als Esther einen Kopf durch die offene Tür steckt.

»Du bist ja schon da.« Ohne große Worte kommt meine beste Freundin auf mich zu, zieht mich in ihre Arme und drückt mich mit eisernem Griff an ihre Brust. Die Umarmung von Esthers Mom war weich und mütterlich, Esthers Klammergriff dagegen ist fest und zuversichtlich. Zwei Gegensätze in diesem Haus und zwei Menschen, die mir alles bedeuten, die mir so viel in meinem Leben gegeben haben. Obwohl Esther droht mich zu erdrücken, ist es genau das, was ich jetzt brauche.

»Mom hat frische Limonade gemacht.« Esther hält mein Gesicht in den Händen. »Außerdem steht da ein frisch gebackener Kuchen in der Küche.«

Sie scheint immer noch zu glauben, dass Kuchen die Welt verbessert. Es ist schön zu wissen, dass sich manche Dinge niemals ändern. Ein warmes Lächeln legt sich über ihre Augen. Ich seufze, versuche, das Lächeln zu erwidern. »Was für einen Kuchen?«, murmle ich.

Esther grinst breit. »Schokolade«, schnurrt sie, greift meine Hand und zieht mich aus dem Zimmer. Kopfschüttelnd lasse ich mich hinterherziehen und ohne etwas dagegen unternehmen zu können, entweicht mir ein schnaubendes Lachen. Mit ihm lockert sich auch die Faust, die meine Brust umschlungen hält – nicht ganz, aber es hilft.

Schokolade ist definitiv ein guter Anfang.

Als wir, dem süßen Geruch folgend, in die Küche gehen, schlingen sich zwei kleine Arme um meine Beine.

»Andyyyyyyy!!!!«, kreischt das dunkelhaarige Geschöpf unter mir und mein Herz wird flüssiger als jeder Schokoladenkern beim

Anblick meines persönlichen Prinzen. Ich bücke mich hinab, nehme Dillan in die Arme und übersäe sein Gesicht mit dicken Schmatzern, die mit wildem Gekicher begrüßt werden. »Himmel, der kleine Mann wird immer schwerer!« Ächzend setze ich Esthers Sohn wieder ab, gebe ihm einen liebevollen Klaps auf den Hintern und sehe zu, wie er auf seine Mom zustürmt und von ihr mühelos auf den Arm genommen wird.

»Wem sagst du das? Dabei sieht er so zart aus! Das Aussehen trügt, der kleine Ganove hier«, dabei prustet sie ihm geräuschvoll Luft in die Halsbeuge, was Dillan erneut zum Kichern bringt, »wiegt inzwischen mindestens eine Tonne!« Sie lacht und ihre braunen Augen strahlen genauso glücklich wie die nahezu schwarzen Augen ihres dreijährigen Sohnes.

Esther und Dillan zu sehen, erfüllt mein Herz jedes Mal mit Wärme. Niemand in diesem Haus kann sich noch vorstellen, wie ein Leben ohne diesen kleinen Engel mit den dunklen Locken sein könnte.

»Wo sind meine Mädchen?« Papa Houadis betritt die Küche, drückt seiner Frau, anschließend seiner Tochter und dann auch mir einen Kuss auf die Wange. Sein Schnurrbart kratzt über meine Haut und erinnert mich an eine Zeit, in der ich einfach in dieser Familie aufgenommen wurde. Die kurze Phase, in der ich mit Esthers Bruder zusammen war. Es erinnert mich an Abende auf dem Sofa, zwischen dieser lauten und lebhaften Familie, die mich einfach in ihr Herz geschlossen hat. Ich empfinde so viel Dankbarkeit für die Menschen um mich herum, die mich schon wieder bei sich aufnehmen, für meine beste Freundin, die mir wie eine Schwester ist, und für diesen Ort, an dem ich mich zu Hause fühle.

Papa Houadis drückt mir zuversichtlich die Schulter, schnappt sich Dillan aus Esthers Armen und setzt sich an den Tisch. »Das riecht köstlich. Meinst du nicht auch, Dillan? Was hat Jiddha heute wohl für uns gebacken?« Dillan kreischt freudig auf und hebt die Hände neben Papa Houadis' Ohr, um ihm die Antwort verschwörerisch zuzuflüstern. Dabei spricht er laut genug, sodass wir alle ihn verstehen können.

»Schokollllaaaaaaddddeee!!!« Seine Augen strahlen. Lachend setzen wir uns ebenfalls an den Tisch. Mama Houadis gibt uns allen ein Stück Kuchen, die Kaffeekanne wird herumgereicht und das Summen der Gespräche um mich verdrängt den eisigen Klammergriff, der sich seit gestern in meiner Brust verankert hat.

Dieser Klang, voller Chaos und Leben, ist für mich Familie. Ich greife zur Gabel, nehme einen Bissen vom Schokoladenkuchen und muss meine Gedanken korrigieren. Kuchen ist immer ein guter Anfang.

Vor allem Schokoladenkuchen.

In den nächsten Tagen lenke ich mich mit Stellenanzeigen ab, schreibe Bewerbungen und telefoniere so lange, bis meine Stimme rau und meine Kehle trocken ist. Ich biete mich an, einkaufen zu gehen oder Dillan vom Kindergarten abzuholen, nur um nicht an Jacob denken zu müssen. Seitdem er sein Ultimatum gestellt hat, fehlt jedes Lebenszeichen von ihm – als hätte er mich einfach aus seinem Leben gestrichen. Sogar auf die Mails, die versehentlich an meine Privatadresse gingen und die ich ihm daher weiterleitete, bekomme ich keine Reaktion. Es verletzt mich, dass es bei ihm so einfach wirkt, dass es so leicht scheint, vier Jahre zu vergessen und alles auf null zu setzen.

Heute bleibt mir keine Möglichkeit, mich abzulenken. Kühlschrank und Speisekammer quillen über und Esthers Eltern haben Dillan mit ins Legoland Discovery Center genommen – ein Trip, der schon lange geplant war und bei dem ich mich nicht aufdrängen wollte. Mir bleiben also nur weitere frustrierende Gespräche mit Geschäftsleitungen, die kein Interesse an den Gründen haben, warum ich mein Studium abgebrochen habe. Oder weshalb ich kein Arbeitszeugnis von meinem letzten Chef nachweisen kann. »Weil ich mit ihm zusammengelebt habe und er auf meine Mails nicht reagiert« scheint nicht die richtige Antwort zu sein.

Ich greife nach der frischen Limonade und fülle mir ein Glas. Esther kommt erst heute Nachmittag von der Arbeit im Maklerbüro wieder. Ich blicke aus dem Fenster, beobachte ein Eichhörnchen, das auf einen Baum klettert und sich frech am Vogelfutter bedient. Esthers Mom liebt Vögel und so ist der ganze Garten voller Futterstellen und Wasserschalen, egal ob Winter oder Sommer herrscht.

Ich seufze, stelle das leere Glas neben die Spüle und frage mich erneut, was ich von nun an machen sollte. Auch wenn Esthers Eltern mich niemals vor die Tür setzen würden, ich kann nicht für immer hierbleiben. Nach dieser Woche habe ich schon das Gefühl, dass dieses Haus zu klein wird.

Beruflich werde ich ohnehin nehmen müssen, was ich kriegen kann. Für Jacob habe ich in den letzten Jahren die Zuarbeit erledigt, Termine vereinbart, Kunden gewonnen und sie gehalten. Ich war die rechte Hand bei der Verwirklichung seiner Vision. Ich habe Hotels und Seminarräume schon gebucht, bevor der Gedanke in seinem Kopf überhaupt zu Ende reifen konnte, und dank mir wusste er immer, welche wichtigen Ereignisse anstanden.

Mein Blick bleibt an meinem Handy kleben, das ich gestern Abend habe liegen lassen. Ich greife danach, bringe es in mein Zimmer und schließe es am Strom an. Überrascht stelle ich fest, dass ich in der Zwischenzeit mehrere Nachrichten bekommen habe. Alle sind von Jacob.

Jacob: Hab eben diese schreckliche CD gefunden.
Die, die du von Esther hast. Kann sie gerne für dich entsorgen, aber ich befürchte, dann bekomme ich Ärger mit Esther.

Sorry, dass ich mich nicht gemeldet habe.
Ich brauchte etwas Zeit für mich.

Ich vermisse dich …

Du fehlst im Büro …

Zuletzt ist da eine Sprachnachricht. Hart und schnell hämmert mir das Herz in der Brust, als ich auf Abspielen klicke.

»He, Babe … Ich sollte dich nicht mehr ›Babe‹ nennen, nicht wahr? Ups, sorry.« Ein Lachen ist zu hören, es klingt verwaschen und schief. »Ich wollte nur sichergehen, dass du die Nachrichten von vorhin nicht falsch verstehst. Klar, du fehlst mir. Aber … die Pause ist nötig … Nicht dass du in deinem süßen Kopf was falsch verstehst.« Ich kann ihn vor mir sehen. Jacob mit einem Glas Whisky in der Hand, das nicht das erste ist. Jacob, wie er leicht schwankt, glasige Augen und ein schiefes Grinsen im

Gesicht. »Ich brauche Zeit zum … zum Nachdenken und so … und mit deinem ewigen Hundeblick kann ich nicht denken. Wir brauchen dringend Abstand und ich muss diesen Auftrag bei den Hansons bekommen. Gute Nacht.«

Ein Rauschen ist zu hören und verwundert blicke ich auf die Nachricht, die laut Anzeige noch drei Minuten weitergeht. Es rauscht, raschelt und knackt. Ich will gerade die Wiedergabe beenden, da höre ich etwas, das mich in der Bewegung erstarren lässt. Ein Flüstern. Dann folgt wieder ein Rascheln, so laut, dass ich glaube, mir die Stimme nur eingebildet zu haben. »He, Babe.« Ich kann Jacob anhören, wie sehr er sich anstrengt, die Worte klar und deutlich auszusprechen.

»He, Schatz.« Eine Frauenstimme. Gemurmel und weiteres Rascheln dringen aus dem Lautsprecher, doch ich nehme sie kaum noch wahr.

Ich drücke auf Pause, aber meine Finger zittern so sehr, dass die Nachricht nur kurz stoppt und dann fortgesetzt wird. Weiteres Murmeln, noch mehr Rauschen. Ich drücke wieder drauf, verschiebe aber nur den Chat. Wütend schmettere ich das Handy quer durch den Raum. Das Ladekabel wird von der Wucht mitgerissen, fliegt wehend hinterher. Das Telefon knallt an die Wand und die Nachricht endet abrupt.

Kapitel 6
Zwei Jahre zuvor
andy

»Mist! Mist! Mist!«, brumme ich, durchsuche die Masse an Notizzetteln, die sich auf meinem Schreibtisch stapeln. Ich kann bereits die Stimmen auf dem Flur von Jacobs Apartment hören. Hektisch durchblättere ich die Zettel, die Rechnungen und Quittungen von Hotelzimmern und stoße dabei fast den Cappuccino um, den ich vor lauter Arbeit vergessen habe zu trinken. Es kann nicht mehr lange dauern, bis Jacob aus dem Meeting am Ende des Flurs bei mir vorbeischaut. Er kommt unweigerlich an dem kleinen Zimmer vorbei, in dem Jacob mir vor zwei Jahren ein Büro eingerichtet hat. Spätestens dann, wenn er die Investoren verabschiedet. Eine Beinahe-Katastrophe und einen halben Herzinfarkt später habe ich die Nachricht gefunden, die ich so verzweifelt gesucht habe. Innerlich tanzend halte ich das gelbe Post-it in die Höhe. Heute Morgen habe ich die Daten eines neuen Kunden notiert, dessen Auftrag, laut Jacob, höchste Priorität bekommt. Spencer Hayden. Ausgerechnet dieser Zettel war unter allen anderen schnell erstellten Notizen, To-Do-Listen, Sofort-zurückrufen-Mitteilungen und diversen anderen Kritzeleien untergegangen.

»Andy? Hast du Mr Hayden erreicht?« Jacob späht in mein Büro.

»Ja, habe ich«, sage ich lächelnd und erzähle ihm, dass alles wunderbar geklappt hat. Davon, dass ich bis eben noch befürchtet habe, den Zettel verlegt zu haben, erzähle ich ihm lieber nichts.

»Warum frag ich überhaupt? Natürlich hast du es geschafft. Ich weiß schon, warum du dich um die Kunden kümmerst.«

Dass mich das heute Morgen zwei Stunden meiner Arbeit, eine beachtliche Menge fantasievoller Flüche und gefühlt fünf Jahre meines Lebens gekostet hat, verschweige ich ihm ebenfalls. »Gehen wir heute zusammen mittagessen?«

»Leider nein, Babe«, sagt er. Stimmen werden auf dem Flur lauter und einer der Kunden taucht an der Tür zu meinem kleinen Reich auf.

»Bin gleich bei Ihnen!« Er drückt mir einen Kuss auf die Wange und eilt aus dem Raum. »Warte nicht auf mich«, ruft er über die Schulter zu. »Könnte spät werden, wir wollen noch auf die letzten Aufträge anstoßen.« Damit joggt er lässig den Männern in Anzügen hinterher, denen er in seinem hellblauen Zweiteiler, den braunen Lederschuhen und dem cremefarbenen Hemd inzwischen so sehr gleicht.

Im Gegensatz zu Jacob ist das nicht meine Welt. Diese gestelzten Unterhaltungen und das Speichellecken, um den Investoren weitere Gelder für neue Projekte zu entlocken. Der fast schon familiäre, freundschaftliche Kontakt, den ich zu den Klienten aufbaue, liegt mir weit mehr als harte Verhandlungen.

Ein lautes Schrillen ertönt und ich beeile mich, das eingehende Telefonat anzunehmen. »Ja, hier bei Baker Industries – Sie sprechen mit Andy Summers«, flöte ich. Mein Blick fällt auf einen Stapel Notizen und in meinem Nacken kündigen sich Verspannungen an.

Stille.

»Hallo? Wie kann ich Ihnen weiterhelfen?«

Ein Räuspern am Ende der Leitung.

»Entschuldigung, falsche Nummer«, sagt eine Frauenstimme und legt auf. Gut, das kommt hin und wieder vor. Ich schnappe mir meinen Kaffeebecher, gehe in die Küche und schütte den kalten Kaffee in die Spüle. Anschließend tippe ich auf die Tasten unseres Kaffeeautomaten und stelle den Becher unter den Auslauf. Neuer Kaffee füllt den Becher, ich nutze die Pause, flippe mit einer flinken Bewegung die Pumps von meinen Füßen und sehe befriedigt zu, wie sie in einer Ecke der großen Küche landen. Etwa zehn Zentimeter kleiner und mit wohlig aufatmenden Füßen lasse ich den Kopf kreisen und gieße Milch in meinen Kaffee. Wie ich diese Meetings hasse. Normalerweise lässt Jacob mich wenigstens zu Hause in etwas entspannterer Kleidung herumlaufen. Wenn wir aber Kunden oder eben die Investoren hier haben, erwartet er von mir auch hier einen perfekten Auftritt.

Ich lasse noch einmal meine Schultern kreisen, bis es leicht knackt. Die Verspannungen werden immer schlimmer. Heute Abend würde ich mir ein heißes Bad einlassen, etwas von diesem luxuriösen Badeschaum nehmen, der meine Haut butterweich macht.

Jacobs privates Telefon klingelt und reißt mich aus meinen Gedanken. Ich greife danach und melde mich. »Hier bei Jacob Baker, Sie sprechen mit Andy«, sage ich und nehme einen Schluck von meinem Kaffee. Wieder bleibt es still. »Hallo?«, hake ich nach. Mir antwortet nur ein Rauschen, gefolgt von einem Klicken und einem gleichmäßigen Tuten. Sonderbar. Ich gehe zurück in mein Büro, meine nackten Füße tapsen über den Fliesenboden und kühlen meine geschundenen Ballen. Ich nehme noch einen Schluck vom Kaffee und ordne gedanklich bereits die Notizen auf meinem Tisch nach Dringlichkeit. Ja, das würde ein verdammt langer Tag werden.

Verwirrt schrecke ich aus dem Schlaf hoch und blicke mich benebelt um. Ich bin im Büro. Der Monitor gibt ein leises Summen von sich und erhellt als einzige Lichtquelle den Raum. Müde fahre ich mir mit der Hand über mein Gesicht und entdecke dabei einen Notizzettel, der an meiner Wange klebt. Ich ziehe ihn ab und werfe ihn achtlos auf den Schreibtisch.

Ein Geräusch ertönt und ich ahne, was mich geweckt hat. Erschöpft stehe ich auf, trete aus meinem Büro und entdecke Jacob, der leicht schwankend den Kühlschrank durchsucht.

»Kann ich dir helfen, Schatz?«, frage ich gähnend. Jacob fährt erschrocken zusammen, lässt dabei eine Plastikschüssel mit den Resten meiner heutigen Mahlzeit fallen. Die Schüssel poltert laut über den Boden. Zu dieser Zeit, wo alles Drumherum so unnatürlich ruhig ist, wirkt das Geräusch erschreckend laut. Ich bücke mich und greife nach der Schüssel.

»Andy, was machst du denn hier?« Jacob hält sich die Hand auf die Brust, als hätte er soeben einen Herzinfarkt erlitten.

»Bin wohl bei der Arbeit eingeschlafen«, nuschle ich entschuldigend, drücke Jacob sacht beiseite, der dabei Richtung Kücheninsel schwankt und sich an dem Tresen festhält. »Soll ich dir eben was zu essen machen?«, frage ich über die Schulter und ignoriere den gewohnten Geruch nach Whisky.

»Du bist die Beste, Andy.«

Schweigend belege ich das Sandwich, fische noch etwas Truthahn aus dem Kühlschrank und arrangiere alles auf einem Teller. Zu dieser Zeit und in diesem Zustand können Gespräche mit Jacob schwierig werden. Stattdessen forsche ich in meinen

Erinnerungen nach, versuche, den Moment zu greifen, an dem ich bei der Arbeit eingeschlafen bin. Doch ich kann mich nicht so recht daran erinnern, auch nicht, ob ich noch alle Aufträge erledigt habe. Ich schiebe Jacob den Teller zu, drücke ihm flüchtig einen Kuss auf die Wange. »Ich gehe ins Bett.« Als ich mich umdrehe, um die Richtung unseres Schlafzimmers einzuschlagen, hält Jacob mich am Arm fest. Nicht stark, aber doch bestimmt.

»Wo willst du hin, Babe?« Sein Blick ist glasig vom Alkohol. Er ist eindeutig angetrunken, doch nicht betrunken, stelle ich erleichtert fest. Dafür ist seine Haltung noch zu gerade, sein Blick noch zu freundlich. Dann würde er mich jetzt nicht so anlächeln. Dennoch spüre ich einen Schauer über meinen Rücken wandern.

Widerwillig lass ich mich zu ihm ziehen, sein alkoholgeschwängerter Atem stößt mir entgegen. Ich hasse diesen Geruch. Dennoch lege ich meinen Kopf an seine Brust, Jacob streicht mir über den Arm.

»Du weißt, dass ich dich liebe, oder?«, fragt er in die Stille hinein. Ich nicke zögernd und antworte schließlich mit einem leisen »Ja«.

Jacob greift unter mein Kinn und zwingt mich, ihn anzusehen. *Irgendetwas stimmt nicht*, denke ich noch, als ich bemerke, dass seine Pupillen die Größe von Stecknadelköpfen haben.

Oh.

Das habe ich übersehen.

Mir bricht der Schweiß aus. Jetzt nur keinen Fehler machen. Vorsichtig setze ich ein Lächeln auf. »Ich liebe dich auch, Jacob«, beeile ich mich zu sagen. Seine Augen formen sich zu Schlitzen. Zwei schmale Streifen, die mich unentwegt anblicken, als würde er darin etwas suchen.

»War jemand hier?« Jacobs Hand wandert zu meinem Hals. »Du hast da eine Stelle. Was ist das? Lippenstift? Ein Knutschfleck?« Der Druck seines Fingers verstärkt sich und ich muss röcheln.

»Natürlich war niemand hier. Ich bin auf der Tastatur eingeschlafen. Gerade eben habe ich mir ein Post-it von meiner Wange gezogen, wahrscheinlich kann ich froh sein, nicht mit dem Tacker gekuschelt zu haben.« Ein Versuch, die Anspannung zu lösen. Jacobs Augen bleiben kleine, dunkle Schlitze. Seine Hand umschließt weiterhin meinen Hals, sein Daumen reibt an der fraglichen Stelle. Langsam. Lauernd. Ich wage es kaum, zu atmen.

Jacob lässt von mir ab, schnappt sich das Sandwich. Ich wage es nicht, mich zu bewegen. Dafür rasen meine Gedanken. Kann ich es noch mal wagen, mich zu verabschieden? Fieberhaft nehme ich jede Regung wahr, jedes Stirnrunzeln, das Schmatzen von Jacob, als er lauthals auf dem Sandwich herumkaut. Seinen Blick hält er dabei fixierend auf mich gerichtet. Fast schon sprungbereit. Wie ein Panther, der darauf wartet, dass seine Beute versucht zu fliehen.

»Du sagst, du liebst mich«, unterbricht Jacob kauend die Stille.

Ich kann ihn schlucken hören. Brotkrumen kleben an seinem Mundwinkel. Einmal blinzele ich, ein zweites Mal, dann versuche ich, den Blick von den Krümeln zu lösen und antworte zögernd. »Natürlich liebe ich dich, Jacob.«

»Warum gibst du dir dann keine Mühe mehr? Du stehst hier in Klamotten, die nicht mal das Rote Kreuz annehmen würde, deine Haare sind eine einzige Katastrophe und –« Sein Blick wandert an mir herab. Fast schon abfällig. Ich spüre ein Bohren in meiner Brust, als hätte er zusammen mit seinen Worten einen Speer direkt hineingejagt.

»Ehrlich, Andy, hast du zugenommen?« Der Speer reißt ein tiefes Loch hinein, der Schmerz zieht sich hinab bis in meinen Magen.

»Jacob, bitte tu das nicht.«

»Was soll ich nicht machen? Dich darauf hinweisen, dass du dabei bist, unsere Beziehung zu sabotieren? Ich gebe dir alles, Andy.« Der Teller landet klappernd wieder auf dem Tresen. »Habe ich dir in den letzten zwei Jahren nicht alles ermöglicht, was du wolltest?« Er macht einen Schritt auf mich zu, steht nun direkt vor mir. Als er die Arme ausbreitet, zucke ich unwillkürlich zusammen und verfluche mich direkt dafür, als ich das Blitzen in seinen Augen bemerke.

»Du lebst hier in einem wunderbaren Apartment, das *ich* uns ermögliche. Du fährst einen teuren Sportwagen.« Sein Blick wandert aus dem Fenster, in Richtung der Tiefgarage, wo der neue BMW steht – *sein* BMW. Den ich eigentlich nie fahre, weil ich immer Angst davor habe, mit einem Kratzer zurückzukehren. »Dein Kleiderschrank ist vollgestopft mit *richtiger* Kleidung. Kleidung, die *ich* bezahle. Armani. Boss. Chanel.« Er spuckt die Worte aus, als wären sie eine Krankheit. Jedes abfälliger als das vorherige. »Doch sobald ich aus dem Haus bin, schmeißt du dich lieber in diesen billigen Dreck von früher, nicht wahr, Andy?« Dabei zerrt er an meinem T-Shirt, das ich noch aus der Uni-Zeit habe und das so ausgewaschen ist, dass man das Logo kaum noch erkennt. Ich war nach dem Abendessen hineingeschlüpft, um es noch ein paar Stunden gemütlich bei der Arbeit zu haben. Ein wahnsinnig dummer Fehler. Sein Griff um den Stoff wird fester, legt die Haut darunter frei. Sofort ziehe ich den Bauch ein. Mit flatternden Lidern blicke ich zu Jacob. Wie kann ich ihn nur beruhigen?

Vorsichtig hebe ich meine Hand, lege sie ihm auf die Wange, streichle über die glatte Haut. Jacob sieht selbst jetzt umwerfend aus. Frisch rasiert, elegant gekleidet, äußerlich der perfekte Mann. Unter der Berührung meiner Finger sehe ich, wie sein Blick sachter wird, doch seine Finger verkrallen sich weiterhin in meinem Oberteil. Ich lege die andere Hand sanft auf seine.

»Jacob, es tut mir leid«, flüstere ich. »Ich gebe mir wieder mehr Mühe. Versprochen.« Meine Eingeweide fühlen sich an, als würden sie brennen, weil jedes Wort sie mehr vergiftet. Ich muss schwer schlucken, versuche, mich auf den Klang meiner Stimme zu konzentrieren und Jacob zu beruhigen. Uns beide.

»Weißt du was? Ich werfe diese schrecklichen Sachen einfach weg. Du hast recht. Sie gehören längst in den Müll. Studieren werde ich eh nicht mehr.« Obwohl ich versuche, locker zu sein, klingt meine Stimme blechern. Noch ein Fehler. Das wird mir bei Jacobs Reaktion bewusst.

Eine Augenbraue erhebt sich, macht sich groß und lässt mich mich klein fühlen. »Machst du mir deswegen schon wieder Vorwürfe?« Die Frage ist wie ein Grollen, das tief aus seiner Brust emporsteigt.

»Nein! Du weißt, wie sehr ich diesen Job liebe.« Mein Blick huscht hin und her. Hilfe suchend. Verzweifelt.

Verflixter Mist. Ich bin so dumm. Nicht dieses Thema!

Mit einer flinken Bewegung, die ich Jacob vor wenigen Minuten nicht zugetraut hätte, wirbelt er mich herum und drückt mich gegen die Kücheninsel. Mir bleibt die Luft weg. Vor Überraschung, aber auch weil der Druck seines Körpers alles hinauspresst, was noch in mir ist.

Kapitel 7

andy

Seitdem mein Handy wie der verflixte Froschkönig gegen die Wand geflogen ist, hält mich eine eisige Starre gefangen und zwingt meine Brust in einen Schraubstock.

So bin ich nicht. Ich werfe keine Dinge durch die Gegend. Ich reagiere nicht über und doch sitze ich in diesem kleinen Zimmer, unfähig, mich zu bewegen.

Wannabe von den Spice Girls beschallt das Gästezimmer, nimmt den ganzen Raum ein. Ich kann es weder ignorieren noch abschalten. Denn dafür müsste ich mich aus dieser Starre lösen.

Esther hat es geahnt.

Damals schon hat sie mich gewarnt. Vor Männern wie ihm, vor Jakob im Speziellen und davor, dass ich irgendwann genau hier landen werde. Nur kann sie mir jetzt nicht helfen. Ich kann sie nicht wie eine magische Fee von ihrer Arbeit zu mir zaubern, damit sie mit einem Becher Eiscreme unter meine Bettdecke schlüpft und mich tröstet. So, wie sie es früher getan hat. So, wie wir alle Probleme gelöst haben.

Atmen.

Ich versuche, meine Lungen daran zu erinnern, wie das funktioniert. Der Sauerstoff kommt dennoch nur stoßweise an, lässt mich panisch aufschnappen und das Zimmer verschwimmt vor meinen Augen. Wieder grölen die Spice Girls los und wieder bleibe ich starr sitzen, den Kopf gegen die Wand gelehnt. Die Stimmen der Neunziger verstummen und Stille füllt den Raum. Sie fließt in jede Ritze, jede Fuge meiner Gedanken. Nur mein keuchender Atem durchbricht den Horizont der Geräuschlosigkeit wie ein sinkendes Schiff. Genau so fühle ich mich. Als würde ich mir selbst beim Sinken zusehen. Nur noch Holz und Metall, das einst zusammengehörte und das jetzt im kalten Meer treibt, ohne zu wissen, wie es wieder zueinanderfindet.

Es klingelt an der Tür, gefolgt von einem Hämmern, das mir in die Eingeweide schießt. Jedes einzelne Poltern lässt meinen Magen rebellieren. Aber es löst die Starre. Kraftlos erreiche ich nach quälend langem Hämmern und Klingeln den Hauseingang. Ein Blick aus dem Fenster bestätigt meine Vermutung. »Jacob, lass die Tür heil.« Mit den Worten öffne ich und mache einen Schritt auf die Veranda, sodass er mir ausweichen muss. Ich will ihn nicht im Haus von Esthers Eltern haben.

»Was soll der Scheiß, Andy?«

Bitte was?

»Ich bin so nett, dir deine beschissene CD zu bringen, und werde von dir ignoriert. Soll das jetzt so zwischen uns laufen? Ernsthaft? Ich dachte, wir könnten weiterhin normal miteinander umgehen. Ich hab echt mehr von dir erwartet.«

Ich starre ihn an, ihn und die CD, die er mir vor die Nase hält. *Er hat mehr von mir erwartet?* Jacob drückt mir die CD in die Hand, murmelt einen weiteren Fluch und dreht mir dann den

Rücken zu. »Auf so nen Kindergarten hab ich keinen Bock.«

»Du hast echt keine Ahnung?«

Jacob verharrt in der Bewegung, nur noch zwei, drei Schritte trennen ihn von seinem BMW, den er direkt vor dem Eingang geparkt hat. Genervt wirft er mir einen Blick über die Schulter zu, die Hände in den Jeanstaschen vergraben. Wahrscheinlich um zu verbergen, dass er sie zu Fäusten geballt hat. Das macht er immer, wenn er wütend ist.

»Wovon habe ich keine Ahnung?«

»Deine Nachricht …«, setze ich an.

»Du meinst die, die du einfach ignorierst?«

»Ich habe sie abgehört und …« Es nervt ihn offensichtlich, dass ich nicht sofort geantwortet und ihm Dankbarkeit um den Mund geschmiert habe wie klebrigen Honig. Er bemerkt in seiner Wut nicht einmal seinen Fehler. Weil ohnehin ich es bin, die immer alles falsch macht.

»Die Nachricht geht weiter«, sage ich.

»Andy, ich hab nicht ewig Zeit.«

»Da war eine Frau.« Die vier Worte kommen so leise über meine Lippen, als wollte das Meer, in dem ich treibe, sie verschlucken.

»Was?« Jacobs arrogante Fassade verrutscht für einen Auenblick.

»Du hast die Nachricht nicht beendet. Sie geht noch ein paar Minuten weiter und man hört dich und …« In meinen Erinnerungen grabe ich nach ihrem Namen, doch da waren nur Kosenamen. Ich treibe weiter auseinander, ich zerfalle immer mehr.

Jacob starrt mich an und für einen Moment sehe ich, wie es hinter seiner Stirn arbeitet. Wie er begreift. Wut flackert in seinem Blick auf, nur bin ich mir nicht sicher, auf wen sie sie sich richtet. Auf mich, weil ich ihn darauf hinweise, oder auf ihn selbst, weil ihm ein Fehler unterlaufen ist. »Ich kann das erklären.« Jacob kommt auf mich zu.

»Dann sag mir, wie es sein kann, dass du, nur wenige Tage nachdem du mich rausgeworfen hast, ein neues *Babe* um dich hast.« *Gut, Andy, das war gar nicht so schlecht.* Trotzig hebe ich mein Kinn und blicke ihm direkt in die Augen.

»Nicole ist nur eine … Bekannte«, setzt er an und sein bohrender Blick nimmt mir jede Kraft, jedes Stückchen Trotz, an dem ich mich mühsam festgekrallt habe.

»Stimmt, weil Bekannte sich Kosenamen, wie ›Babe‹ und ›Schatz‹ geben.« Meine Stimme zittert und ich hoffe, dass Jacob es nicht merkt. »Wie lange geht das schon mit euch?« Ich greife nach den Bruchstücken, die um mich herum schwimmen, damit sie nicht sinken und meinen Mut mit sich in die Tiefe reißen.

»So ist das nicht.« Jacob kommt näher, unwillkürlich weiche ich einen Schritt zurück.

»Wie. Lange?« Jedes Wort kostet mich mehr Kraft.

»Es waren nur ein paar Mal. Es hat nichts bedeutet.« Jacob geht zaghaft einen halben Schritt auf mich zu.

»Wie lange schläfst du schon mit ihr?« Ich schaffe es nicht mehr, die Bruchstücke zusammenzuhalten. »Seit ein paar Tagen? Wochen?« Ich sinke. »Monaten?«

»Babe.« Jacob durchbricht den Abstand, bleibt dicht vor mir stehen, seine Hand streicht über meinen Arm, hinterlässt eine Gänsehaut. Der Geruch seines Aftershaves hüllt mich ein. Ich hasse es, wie mich seine Nähe innerlich aufweicht. Dass ich am liebsten die Hand nach ihm ausstrecken möchte, weil ich gerade ertrinke. Genau das macht mir Angst.

»Komm her.« Jacob zieht mich sanft an seine Brust.

Es hat mir gefehlt.

Es wird mir immer fehlen.

»Nicole bedeutet mir nichts. Sie ist nicht wie du.« Seine Stimme ist wie Samt, weich und anschmiegsam. »Die letzten Monate zwischen dir und mir waren so …«, Jacob sucht nach Worten, »kräftezehrend.«

O ja, das waren sie. Sie haben mich vergessen lassen, wie man atmet, wie man schwimmt.

»Du bist mir wichtig, Andy.« Jacobs Worte hüllen mich ein. Seine Hand streicht über mein Haar, legt sich unter mein Kinn, hebt meinen Kopf an. Jacobs Lippen sind es, die mich endgültig hinabziehen. Sie sind mein Anker und das Gewicht an meinen Füßen zugleich. Sie schmecken nach schwarzem Kaffee und langen Nächten.

Meine Hand wandert über den Körper, den ich so gut kenne, legt sich in seinen Nacken, saugt die bekannte Wärme auf. Der Kuss wird intensiver, er füllt die Risse der letzten Monate, die nach Nähe hungern. Ich werde weich, biege mich Jacob entgegen, lasse los. Mit einem Scheppern landet die CD auf dem Holzboden der Veranda. Das Geräusch reißt mich aus diesem Strudel aus Wärme und Zuneigung. Ich löse mich von Jacob, bücke mich nach der CD, die Esther mir vor vielen Jahren zum Geburtstag geschenkt hat. »Wo soll das hier hinführen?« Ich weiche einen Schritt nach hinten aus. Die Nähe zu ihm lässt mich nicht klar denken.

»Scheiße, Andy, das weiß ich doch auch nicht.« Jacob fährt sich durch seine blonden Haare. »Das war so nicht geplant.«

»Wie geht es jetzt weiter?«, frage ich, dabei ist mir die Antwort längst klar.

»Wie besprochen.«

Da ist sie wieder, die Kälte, an die ich mich gewöhnt habe.

»Es ist also vorbei?«

»Nein, wir brauchen nur eine Pause. Abstand«, sagt Jacob. »Zeit zum Nachdenken.«

»Während du dich mit Nicole vergnügst?« Ich sollte aufhören, schweigen, nicken. Die Dinge tun, die ich mir in den letzten Jahren antrainiert habe, aber auch die sind gesunken und mir fehlt die Kraft dazu, nach ihnen zu suchen.

»Andy, mach jetzt kein Drama draus, okay?« Jacobs Blick lässt mich frösteln, jagt mir eine Gänsehaut über den Arm, die sich dieses Mal nicht angenehm anfühlt. »Irgendwo muss ich den Stress rauslassen. Zwischen uns läuft ja seit Monaten nichts.«

Als wenn ich das nicht wüsste. Als würde ich nicht seit Wochen nach seiner Zuneigung greifen wie eine Ertrinkende.

»Es gibt keine Pause, Jacob. Entweder man ist zusammen oder man ist es nicht.«

»Ich kann das nicht mehr. Nicht so.« *Nicht mit dir.* Die Worte spricht er nicht aus, aber sie stehen deutlich in seinen Augen. Geschlagen in Eis.

Als Esthers Wagen in der Einfahrt hält, sitze ich noch immer auf der Veranda, die Arme eng um meine Beine geschlungen. Ich habe gar nicht bemerkt, wie viel Zeit vergangen ist, seitdem Jacob gegangen ist. Esther stürzt auf mich zu, lässt sich auf die Knie fallen und blickt mich aus weit aufgerissenen Augen an.

»Andy? Alles gut? Fehlt dir was? Ist etwas passiert?« Ihre warmen Finger streichen mir die Haare aus dem Gesicht.

»Jacob war hier.«

Mehr muss ich nicht sagen, Esther versteht sofort. »Lass uns reingehen. Meine Eltern sind mit Dillan noch unterwegs, genug Zeit, um eine Flasche Wein zu öffnen und über Männer herzuziehen. Das haben wir lange nicht mehr gemacht.«

Eine Stunde, ein paar Gläser Wein und eine warme Mahlzeit später habe ich ihr alles erzählt. Mein Kopf liegt in meinen Händen. Esther hat ausnahmsweise geschwiegen und mir nur zugehört. Die erwartete Standpauke ist ausgeblieben. Vielleicht spürt Esther, dass ich heute keine Kraft für ihr Temperament habe.

»Du musst hier weg.«

Ich blicke auf und in ein entschlossenes Augenpaar. Esther dreht sich ab und durchquert die Küche. Sie greift in eine Schublade, fischt einen Briefumschlag heraus. »Ich habe da eine Tante. Sie ist zwar verrückt und eigentlich würde ich lieber Jacob in ihre Arme schicken, aber sie hat ein großes Anwesen 90 Minuten von hier an der Grenze zu South Carolina.« Sie dreht den Umschlag in der Hand. »Sie bat mich um Hilfe bei der Renovierung ihres Hauses. Ich habe ihr Schreiben vor meinen Eltern versteckt. Sie haben kein gutes Verhältnis und würden mich eh nicht gehen lassen.«

Nur langsam dringen ihre Worte durch den Nebel aus Wein und Verzweiflung. »Ich verstehe nicht, worauf du hinauswillst.«

»Andy, das ist die Idee! Vertrau mir! Es ist nicht viel zu tun, eigentlich sind es Kleinigkeiten. Ana ist einfach nur nicht mehr die Jüngste und sie hat mir ein wirklich gutes Angebot gemacht.«

Ich verstehe noch immer nicht.

»*Du* kannst für mich fahren.« Esther nimmt etwas aus dem Umschlag und reicht es mir strahlend. Es handelt sich um ein

Foto und einen zusammengefalteten Zettel. Meine Augenbrauen ziehen sich zusammen, als ich beides entgegennehme. Das Foto zeigt eine alte Villa mit großen Fensterfronten, die sich gemeinsam mit der umliegenden Veranda weiß vom Holz der Fassade abheben. Eine doppelflügelige Tür mit Rundbogen wird von ebenfalls weißen Säulen umrahmt, die den oberen Balkon tragen. Es wirkt wie ein Haus aus den alten Filmen der Südstaaten. Sogar die dicken Eichen davor sind vorhanden. »Sieht idyllisch aus, aber was soll ich da?« Ich reiche ihr Foto und Zettel zurück, doch Esther verschränkt die Arme vor der Brust, also bleibt beides, wo es ist.

»Weil du Geld brauchst.«

Eine ziemlich gute Antwort.

»Außerdem brauchst du dringend Abstand. Zu Atlanta und McArschloch.«

Die Idee ist verrückt. »Ich habe in einem *Büro* gearbeitet. Mein handwerkliches Geschick gleicht dem einer Fritteuse!« Ich schüttle den Kopf. Manchmal kommt Esther auf wirklich schräge Ideen. Auch wenn Abstand mir tatsächlich guttäte.

»Denk darüber nach. Tante Ana bezahlt wirklich gut. Die Summe steht auf dem Zettel. Gezahlt wird wöchentlich. Du könntest Abstand gewinnen, dir Gedanken über deine Zukunft machen *und* Geld verdienen.« Wenn Esther sich etwas in den Kopf setzt, kann es schwer werden, sie davon abzubringen.

Ein Grund, das hier sofort zu beenden.

»Danke.« Ich stehe auf und gehe zur Tür. »Das Angebot ist wirklich lieb. Aber nein danke. Das ist nichts für mich.«

Mit einem flauen Gefühl im Magen verlasse ich die Küche und gehe ins Gästezimmer. Bis jetzt war mir nicht in den Sinn gekommen, Atlanta den Rücken zu kehren. Das gewohnte Umfeld zu verlassen, so etwas bereitet mir Unbehagen. Zu oft musste ich mich an eine neue Stadt, die nächste Schule, andere Menschen gewöhnen. Seit sieben Jahren ist Atlanta meine Heimat, mein sicherer Hafen. Dennoch ist es ihr gelungen, einen Gedanken zu pflanzen, der mit jeder Minute auf dem Gästesofa reift. Ich starre die Decke an.

Doch der Gedanke lässt sich nicht abschütteln. Esther hat recht. Was hält mich hier noch? Atlanta fühlt sich seit Tagen nicht mehr richtig an. Wie ein Kleid, das mir zu klein geworden ist. Außerhalb dieses Hauses fühlt sich nichts mehr sicher an, nicht seitdem ich hilflos hin und her treibe, ohne zu wissen, wo ich eigentlich hingehöre.

Ich werfe mich auf dem Sofa hin und her. Klar, ich könnte mich mit Nebenjobs über Wasser halten. Mehrzahl, denn es würde in mehr als einem Job enden, um die Miete einer kleinen Wohnung in Atlanta zu bezahlen. Wenn ich weiter keine Entscheidung treffe, darüber, was ich von nun an machen will, werde ich nie vorankommen. Ich kann nicht ewig hier ausharren und mich vor Jacob verstecken.

Viel gebracht hat es mir eh nicht.

Mein Blick wandert zu dem Foto und dem Zettel, den ich noch immer in den Händen halte.

Was, wenn dieses Haus von Esthers Tante wirklich eine Lösung darstellt?

Aber das ist verrückt!

Ich bin gut im Organisieren, in der Gewinnung von Kunden, aber ich habe keine Ahnung von Häusern. Esther dürfte durch ihren Job als Immobilienmaklerin weitaus mehr Ahnung haben als ich.

Ich betrachte das Foto erneut.

Das Anwesen sieht wirklich idyllisch aus und auf den ersten Blick kann ich keine Anzeichen erkennen, dass das Haus dringend renoviert werden muss. Laut Esther geht es lediglich um Kleinigkeiten. Ihre Tante sei einfach nur zu alt und zu gebrechlich dafür.

Zum ersten Mal falte ich den Zettel auseinander.

Mir stockt der Atem.

Der Preis ist wirklich gut.

Verdammt gut.

Kapitel 8

Drei Monate zuvor

andy

»Bist du fertig, Babe?« Jacob steckt sein Gesicht durch den Türspalt und blickt mich erwartungsvoll an. Ich nicke ihm vorsichtig zu, halte den Atem an und warte auf seine Reaktion. Darauf, ob ihm mein Outfit, mein Styling, ob *ich* ihm heute gefalle. Dieser kurze Moment entscheidet darüber, wie der weitere Abend verläuft.

Jacob stößt die Tür auf, kommt mit großen Schritten auf mich zu und breitet die Arme aus. »Du siehst wundervoll aus, Babe«, sagt er mit einem breiten Lächeln, das ich lange nicht mehr an ihm gesehen habe. Ich stoße die Luft aus und nehme den Geruch von Aftershave wahr, als er mir einen Kuss auf die Wange gibt, um meinen Lippenstift nicht zu verschmieren. Jacob würde nie zulassen, dass etwas an mir nicht perfekt sitzt.

»Können wir starten? Ich will meinen Vater nicht warten lassen.«

Ich werfe noch einen Blick in den Spiegel – reine Routine. Das Haar trage ich wie immer in den letzten Monaten glatt und heute fällt es mir in einem seitlich angelegten, tief sitzenden Pferdeschwanz über die Schultern. Das Make-up sitzt perfekt. Es ist elegant und dem Anlass entsprechend. Meine rostroten Lippen passen zur Farbe des Kleides, das sich wie eine zweite Haut an meinen Körper schmiegt. Es betont genau die richtigen Stellen, zaubert eine Wespentaille und betont meine Figur, ohne mich zu kurvig aussehen zu lassen. Dazu passend trage ich goldenen

Schmuck und farblich abgestimmte High Heels. Jacob bewegt sich Richtung Tür, ich greife noch schnell den Lippenstift und werfe ihn in meine goldene Clutch.

Ein letzter Blick in den Spiegel. Ich registriere, wie es nervös in meinen Augen flackert, und drehe mich schnell ab. Mit klackernden Absätzen eile ich Jacob hinterher.

Auf der Gala-Feier spüre ich stets Jacobs Hand in meinem Rücken. Er dirigiert mich zu wichtigen Investoren und Klienten, stellt mich bewundernswert lässig Vertretern der oberen Gesellschaft vor. Mir bleibt kaum Zeit, den geschmückten Saal zu bewundern, die samtenen Vorhänge und goldenen Lüster, die eine wohlige Wärme verbreiten, während Jacobs Hand kalt und starr in meinem Rücken ruht. Viele Gesichter kenne ich bereits von all den Meetings, die regelmäßig in unserem Apartment stattfinden.

»Ist es nicht so, *Babe*?« Jacobs Hand bohrt sich noch tiefer zwischen meine Schulterblätter, als er merkt, dass ich dem Gespräch nicht mehr folge. Ich nicke ihm und den beiden Hanson-Brüdern mit einem zuckersüßen Lächeln zu und falle ohne weitere Probleme zurück in meine Rolle. Ich straffe die Schultern, lächle und versuche, heller zu strahlen als jede andere Begleitung an diesem Abend. Jacob soll zufrieden sein. Wenig später bemerke ich, dass sein Glas leer ist, und entschuldige mich, um es aufzufüllen. Ich brauche dringend eine Atempause zwischen den Gesprächen über lukrative Investitionen und meine Wangen schmerzen bereits von dem krampfhaften Lächeln, das ich nicht eine Sekunde zu lockern wage.

»Du warst vorhin nicht bei der Sache«, sagt Jacob unwirsch. Schnell blicke ich mich um, doch wir sind allein an der Bar.

»Entschuldige.« Ich nehme zwei frische Gläser von der Minibar, fülle eines davon mit Eiswürfeln und anschließend beide mit Whisky. Bemüht strahlend drehe ich mich um und reiche ihm das ungekühlte Getränk. »Auf den heutigen Abend. Die Hanson-Brüder überlegen, endlich einzusteigen?«

Jacob mustert den Drink, bevor er ihn mir aus der Hand nimmt, und stößt mit meinem Glas an. Die Eiswürfel klirren leise. »Ja, ich hoffe, sie entscheiden sich bald.« Er nimmt einen kräftigen Schluck. Ich nippe nur kurz an meinem Drink, wünsche mir, ich hätte noch einen Eiswürfel mehr hineingegeben, um den Alkohol stärker zu verwässern. Die Flüssigkeit läuft brennend meinen Hals hinab und ich unterdrücke ein Röcheln. Geübt lege ich meine freie Hand auf Jacobs Brust, blicke ihm tief in die Augen und entringe meinen Lippen ein sanftes Lächeln. Von außen betrachtet müssen wir wie das perfekte verliebte Paar wirken.

»Da ist ja mein Lieblingssohn.« Mr Jacob Baker Senior kommt breit lächelnd auf uns zu. Ich entferne mich mit den Worten: »Dann lasse ich euch beide mal allein.« Mir ist bewusst, dass meine Anwesenheit bei geschäftlichen Gesprächen mit seinem Vater nicht erwünscht ist. Bemüht, es nicht wie eine Flucht aussehen zu lassen, eile ich über die Terrasse aus dem Gebäude. Die unzähligen Lüster im Saal tauchen den Außenbereich in schummriges Licht, nur die Wärme, die schafft es nicht hinaus. Ihr Fehlen wird mir nach wenigen Schritten bewusst, lässt mich fröstelnd über meinen Arm reiben. Dennoch kann ich nicht umkehren. Ich lehne mich gegen die Wand und atme noch einmal die berauschend frische Luft ein. Erst jetzt fällt mir auf, dass ich wieder einmal den Atem angehalten habe. Angenehm kalte Luft strömt durch meine Lungen und ich schließe dankbar die Augen. Noch sind die Nächte eisig, doch der Frühling hat bereits begonnen und die Tage sind angenehm warm.

Als ich die Augen wieder öffne, entdecke ich eine Palme direkt neben mir. Ich werfe einen Blick über die Schulter und vergewissere mich durch das Glas der Terrassentür, dass Jacob immer noch in ein Gespräch mit seinem Vater verwickelt ist. Schnell kippe ich den Whisky in den Kübel. Das Zeug wäre ich schon mal los.

»Der war bestimmt teuer.« Ich fahre so heftig zusammen, dass mir fast das Glas aus den Händen fällt, bekomme es gerade noch zu greifen und reiße den Kopf herum. Die seit Stunden aufgebaute Anspannung, um ja keinen Fehler zu machen, rächt sich in einem Moment der Unachtsamkeit. Jemand steht auf der anderen Seite der Terrasse in dem Bereich, der von den Lüstern nicht mehr beleuchtet wird.

»Der gute Schluck war bestimmt teurer als mein Anzug«, sagt der Mann mit einem dermaßen schottischen Akzent, dass ich Probleme habe, ihn zu verstehen. Da helfen mir auch die wenigen Wochen, die ich mit vierzehn dort verbracht habe, nicht weiter.

»Ich stehe einfach nicht auf Scotch«, mühe ich mir ab. Das hat mir ausgerechnet noch gefehlt. Rechtfertigungen gegenüber Jacob und Gespräche mit einem Fremden im Dunklen sind eindeutig zu viel für diesen Abend. Ohne ein weiteres Wort an den Mann zu richten, eile ich zurück in den Saal der Gala-Veranstaltung. Drinnen reiche ich mein leeres Glas dem nächsten vorbeieilenden Kellner und steuere auf die Damentoilette zu. Niemand ist hier. Endlich allein.

Mein Spiegelbild starrt mich aus großen Augen an. Automatisch greife ich in die Clutch, erneuere den Lippenstift, wische den Lidschatten fort, der sich unter meinen Augen abgesetzt hat. Zuletzt kämme ich mir mit den Fingern durch die Haare. Auch wenn ich sie inzwischen jeden Tag mit dem Glätteisen bearbeite, widerspenstig sind sie weiterhin. Bei dem Versuch, einen Knoten zu lösen, reiße ich mir gleich mehrere Haare raus. Ein Fluch entwischt mir. Die Nervosität des Abends macht sich mittlerweile auch zwischen meinen Schulterblättern bemerkbar. Raus muss ich trotzdem, meine Auszeit ist vorbei. Nach einem letzten Blick in den Spiegel verlasse ich den Raum. Ich komm nicht weit, da baut sich Jacob vor mir auf. Sein Blick liegt kalt auf mir.

»Wieder frisch?« Augen wie Honig verengen sich innerhalb eines Wimpernschlags. Er greift nach meiner Hand und zieht mich in die Arme. Seine Finger graben sich mir fest in den Rücken, als seine Lippen sich kurz und hart auf meinen Mund pressen. Überrascht reiße ich die Augen auf. Mein Herz beschleunigt sich – nicht vor Verlangen. Nach außen hin liebevoll, vergräbt er sein Gesicht an meinem Hals. »Wer war das?«

»Wer?«

»Ich habe dich mit *ihm* gesehen.« Jacobs Kinn zuckt in Richtung der Terrasse. Eine Zigarette glimmt auf und ich erhasche einen Blick auf rötliches Haar, das inzwischen vom Licht erfasst wird.

»Ich hab nur für einen Moment frische Luft geschnappt.« Meine Hand streicht beruhigend über Jacobs Arm, der sich unter meiner Berührung sichtlich anspannt. Ich versuche, noch weicher und sanfter zu werden, um die Härte in Jacob auszugleichen.

»Hast du dir vorgestellt, wie es mit ihm im Bett wäre?«

»Natürlich nicht!«

»Das will ich auch hoffen.« Mit einem Lächeln, das seine Augen nicht erreicht, drückt er mir einen Kuss auf die Wange. Er lässt mich stehen und steuert mit ausgebreiteten Armen auf die Hanson-Brüder zu. »Mike! Henry! Wie sieht es aus mit einem Glas Single Malt?«

Ich wälze mich im Bett herum, die Decke ist zu warm und zu schwer. Unangenehm klebt mir das Nachthemd an der Haut. Meine Gedanken kreisen um den Abend, um Jacobs Eifersucht, die mir Sorgen bereitet, weil das Ausmaß unberechenbar wird.

Ich strample die Decke endgültig von mir und zerre an dem Seidenstoff. Wie sehr wünsche ich mir eines meiner alten Baumwollshirts herbei. Keine Seide. Keine Spitze. Keine durchsichtige Winzigkeit. Ich richte mich auf, den Blick auf die dunkle Wand gerichtet. Die Seide spannt sich um meine Brust. Es reicht. Genervt ziehe ich das Hemd über den Kopf und werfe es in die Ecke des Schlafzimmers. Die Arme weit ausbreitend atme ich erneut tief ein. Besser.

Nur mit einem Slip bekleidet verlasse ich das Schlafzimmer. Auf dem Weg in den Flur greife ich mir einen Kimono, der an einem Haken an der Tür hängt und der weit geschnitten und locker gebunden angenehm kühl an meiner Haut liegt. Meine Füße hinterlassen tapsende Geräusche auf dem Fliesenboden, als ich von der oberen Etage des Apartments hinab in den Bereich der Küche wandere. Dort nehme ich mir ein Glas und fülle es mit kaltem Wasser. Im Dunkeln stehe ich in der Küche, trinke mein Wasser und genieße die Stille.

Die Straßenlaternen vor dem Haus sorgen für ausreichend Licht und meine Augen sind noch immer an die Dunkelheit gewöhnt, sodass ich genug erkennen kann. Das hier ist seit fast vier Jahren mein Zuhause. Dort im Flur haben Jacob und ich uns das erste Mal in dieser Wohnung geliebt, weil wir es keinen Meter weiter geschafft haben, bevor wir übereinander hergefallen sind.

Mein Blick wandert vom Flur zur Bürotür. In dem Raum dahinter habe ich in den letzten Jahren wohl die meiste Zeit verbracht. Wie oft bin ich in den vergangenen Monaten spät abends hinter dem Monitor eingeschlafen? Wie oft habe ich dort gesessen und auf Jacobs Rückkehr gewartet? So wie auch heute.

Bei dem Gedanken zieht sich etwas tief in mir zusammen. Ich weiß, sein Unternehmen schluckt Zeit, und die ganzen Geschäftsessen, Termine mit Investoren oder neuen Kunden nehmen viel von Jacobs Aufmerksamkeit in Anspruch. Dennoch wünscht sich ein Teil von mir sehnlichst die Anfangszeit zurück. Da saßen wir noch gemeinsam im Büro und haben uns über seine Träume unterhalten. Damals haben wir noch viel geredet. Damals haben wir noch gemeinsam geträumt und gelacht. Da hat er mich noch mit diesem intensiven Blick angesehen, der mir das Gefühl gab, die einzige Frau im Universum zu sein. Als wäre ich genug für ein ganzes Leben. Wann hat das aufgehört? Wann sind die Gespräche verstummt und warum können wir nicht mehr miteinander träumen und lachen? Mit einem Seufzen stelle ich das Wasserglas in die Spüle. Die Momente sind selten geworden. Doch manchmal überrascht er mich mit der alten Aufmerksamkeit, dann betrachtet er mich liebevoll, nimmt mich zärtlich in den Arm und ich vergesse fast, was wir in den vergangenen Wochen durchgemacht haben.

Ein Geräusch an der Haustür reißt mich aus meinen Gedanken. Jacob tritt herein, schaltet das Licht ein und ich halte mir die Hand vor Augen, als die plötzliche Helligkeit mich blendet. Es dauert einen Moment, bis ich wieder etwas erkennen kann. Jacob steht in der Haustür und sieht mich an. Sein Blick ruht auf mir, als er sich sein Jackett und seine Schuhe auszieht, seinen

Schlüssel in die dafür vorgesehene Schale im Eingangsbereich legt, und immer noch, als er auf mich zugeht und seine Krawatte löst. Ich schlucke und spüre, wie sich mein Herzschlag beschleunigt. Diesen Blick kenne ich. Jacob wirft die Krawatte achtlos in den Raum. Reglos stehe ich da und betrachte den Mann, den ich seit vier Jahren liebe. Den ich seit vier Jahren oftmals nicht verstehe.

Jacob kommt auf mich zu, knöpft sich dabei sein Hemd auf. Mein Blick fällt auf seinen gestählten Körper, den flachen Bauch, die glatte Brust. Wortlos kommt Jacob vor mir zum Stehen, streift sein Hemd von den Schultern und lässt auch das achtlos fallen.

»He, Babe«, haucht er.

Ich kann meinen Blick nicht von ihm lösen, kann mich nicht bewegen. »He«, hauche ich zurück.

Mein Herz zerspringt bei dem Anblick. Nur mit einer Hose bekleidet steht Jacob vor mir und zieht mich, am Band des Kimonos, näher zu sich heran. Langsam, wie in Zeitlupe, löst sich dabei der Knoten. Der Stoff verrutscht, legt stellenweise meinen nackten Körper frei. Mit einer fließenden Bewegung lässt Jacob den Kimono ganz von meinen Schultern gleiten.

Er betrachtet mich einen Moment lang. Sein Blick schweift über meinen Hals, meine Brüste, meinen Bauch, die Hüften und den knappen Slip.

Dieser Blick weckt etwas in mir, das ich lange nicht mehr gespürt habe. Weil er ihn mir ewig nicht geschenkt hat. Ich lege die Hand an seine Brust, genieße die Wärme, die von ihm ausgeht. Meine Finger fächern sich auf, nehmen jeden Zentimeter wahr. Langsam wandert mein Blick von seiner Brust hoch und bleibt an seinen Augen hängen. Als Jacob sich hinabbeugt, um mich zu küssen, weiß ich wieder, warum ich hier bin. Warum ich von Jacob Baker nicht wegkomme.

Der Kuss ist sanft, seine Lippen streicheln meinen Mund und als ich seine Zunge spüre, öffne ich ihn bereitwillig. Meine Hände wandern über Jacob, hungrig nach seiner Nähe. Meine Lippen ergeben sich den Küssen, erfreuen sich an der zunehmenden Intensität. Unser Atem vermischt sich und ich fühle mich weich und leicht und erregt und atemlos. Als Jacob mich auf die Küchenzeile hebt und mir den Slip auszieht, bin ich mehr als bereit für ihn.

Kapitel 9

andy

Mit einem Knarren kommentiert der altersschwache Wagen den letzten Koffer, den ich auf die Rückbank hieve. Die letzten Reserven auf meinem Konto habe ich gegen dieses Ungetüm eingetauscht. Nun besitze ich ganze 208 Dollar und ein Auto, das mich an einen Leichenwagen erinnert. Immerhin fallen ein paar Kratzer mehr an diesem Rosthaufen nicht auf und wer braucht schon eine funktionstüchtige Kofferraumtür?

Ich kann nur hoffen, dass dieses braune Ungetüm mich heil bis an die Grenze von South Carolina bringt. Bis nach – ich ziehe den Briefumschlag aus der Hosentasche, sehe drauf – Hartwell. Wo auch immer das sein soll. Bevor ich mich fragen kann, ob es wirklich die richtige Entscheidung ist, werde ich auch schon von meiner besten Freundin in eine innige Umarmung gerissen. Esthers Arme pressen mir sämtliche Luft aus den Lungen. »Du meldest dich, wenn du heil angekommen bist«, fordert sie.

Ich kann ihren Blick nicht erkennen, aber ich ahne, dass sie gerade das nach nassem Hund riechende Ungeheuer neben mir mustert.

»Natürlich. Du hast ihr Bescheid gegeben, dass ich heute komme?«

Esther drückt mich noch fester, bevor sie von mir ablässt. »Ja, sie erwartet dich. Denk dran, wenn du nicht in so einer Notsituation wärst, würde ich dich *niemals* in ihre Klauen geben. Sie ist … schwierig.«

So viel zur Vorfreude. Bevor ich Gefahr laufe, es mir doch anders zu überlegen, schlüpfe ich in meinen neuen alten Leichenwagen und schließe die Tür. Mit einiger Anstrengung kurble ich das Fenster herunter, das sich nur unter Aufbringung all meiner Kräfte überhaupt bewegen lässt, und winke Esther zu. Ich starte den Motor und fahre aus der Auffahrt der Familie Houadis.

Das keuchende Glucksen des Motors ignorierend, lege ich die CD ein, die Esther mir zu meinem achtzehnten Geburtstag geschenkt hat. Den Gedanken daran, wie ich wieder an sie gekommen bin und was an dem Tag passiert ist, schiebe ich schneller von mir, als das Metall unter meinem Hintern weiteren Rost ansetzen kann.

Beim Klang der Sounds der 90er spüre ich, wie meine Anspannung etwas nachlässt. Ich biege auf die Hauptstraße ab, die mich direkt auf die Interstate führt und drehe die Musik auf Anschlag.

Das Lied kommt genau richtig. Die Sonne bricht aus der Wolkendecke hervor und ich fische meine Sonnenbrille vom Beifahrersitz. Als die Hansons mit ihrem Mmmbop-Gesang loslegen, muss ich grinsen. Ich singe mit, der Pferdeschwanz wippt im Takt. Ich setze den Blinker und fahre auf die Interstate 85. Zum ersten Mal seit Tagen fühle ich mich zuversichtlich.

So ein mistverdammter Krötenschleim!

Verzweifelt lasse ich den Kopf auf das Lenkrad sinken. Nachdem mich der Buick überraschend heil bis an den Rand von Hartwell gebracht hat, habe ich die letzten 30 Minuten damit verbracht, das Anwesen von Ana Houadis zu suchen. Das liegt mitten im Nirgendwo. In diesem Waldgebiet sieht jeder Weg, jede Straße, jeder Baum einfach gleich aus. Die Orientierung habe ich längst verloren.

Ich kann nicht einmal Esthers Tante anrufen, um sie um eine Wegbeschreibung zu bitten, weil mein Akku leer ist. Doch das ist es noch nicht mal, was mich in die Verzweiflung treibt. Nein, der Grund, der mich aktuell dazu bringt, meinen Kopf immer und immer wieder auf die Hupe zu drücken, ist der, dass scheinbar die Tankanzeige *defekt* ist. Laut Anzeige war der nämlich noch voll, als ich Atlanta verließ. Mit einem theatralischen Keuchen erstarb der Motor plötzlich, hier, mitten im Wald. Weit entfernt von Häusern. Oder Menschen. Oder gar einer Tankstelle.

Heiliger Kuhschimmel!

Wieder dröhnt die Hupe durch den Wald. Doch im Bestfall werden ein paar Vögel aufgeschreckt, hier kommt eh niemand vorbei, der mich hören könnte.

Ein letztes Mal lasse ich meinen Kopf auf das Lenkrad sinken. Die Hupe gibt ein lang gezogenes Geräusch von sich. Es klingt irgendwie, als würde mich der Buick auslachen. Verflixt! Das wäre ja noch schöner, wenn sich ein Leichenwagen über mich lustig macht. Den Tränen nahe greife ich meine Handtasche, packe das unnütze Handy ein und verlasse den Wagen. Ich drehe mich einmal um die eigene Achse, werfe einen Blick in alle Himmelsrichtungen und entdecke doch nur eine Baumkrone neben der anderen. Hier ist nur Wald und Grün und dazwischen ein hässlicher Buick und – ich. Statt den Weg weiterzugehen, den ich fahren wollte, entschließe ich mich zurückzulaufen. Es wirkt nicht so, als würde der Waldweg irgendwo enden, und ich hatte eh vor, an der nächsten Stelle zu wenden. Das war, bevor mein Wagen einfach abgesoffen ist. Wie lang der Weg zur Hauptstraße wohl ist? Zwei oder drei Meilen? Vielleicht mehr. Hoffentlich findet sich dort Hilfe.

Ich schließe den Buick ab, verpasse einem der Reifen zum Abschied einen Tritt und laufe den Weg zurück. Nach einer Weile erreiche ich die Straße, von der ich vorhin abgebogen bin. Auch hier herrscht neben dem schmalen Streifen Asphalt nur grünes Chaos, das bis weit über meinen Kopf ragt und sogar den Großteil des eigentlich sonnigen Nachmittags schluckt. Die Sonne schafft es nur vereinzelt durch das dichte Blätterwerk. Ich kann mich nicht erinnern, an Häusern vorbeigefahren zu sein, also beschließe ich, in die andere Richtung weiterzugehen.

Zum Glück habe ich mich heute Morgen für die bequemen Ballerinas entschieden und nicht für die Sandalen mit Keilabsatz, die ich als Erstes in der Hand hatte. Dennoch spüre ich die ersten Blasen an den Füßen von der ungeplanten Wanderung. Endlich, nach einer gefühlten Ewigkeit, sehe ich etwas am Waldrand. Meine Schuhe drücken, doch ich ignoriere den Schmerz und beschleunige meine Schritte. Hoffnung keimt in mir auf, je näher ich komme. Ein Haus! Da steht wirklich ein Haus, mitten im Wald.

Ich entdecke einen Schuppen, ein Gewächshaus und einen Hühnerstall – fröhlich pickende Hühner inklusive. Das Haus muss bewohnt sein. Bitte, lass jemanden zu Hause sein. Solange es kein irrer Axtmörder ist, der nur darauf wartet, verzweifelte Frauen im Garten zu verscharren. Das Blut rauscht mir in den Ohren und der leichte Schweißfilm auf meinen Händen ist mir deutlich bewusst. Bitte, irgendjemand muss hier sein. Ich gehe auf die Veranda und klopfe an die Tür.

Keine Reaktion.

Ich klopfe erneut und atme tief ein, damit die Anspannung meine Hoffnung nicht sofort unter sich begräbt. Irgendetwas an diesem Tag muss doch mal gutgehen.

»Hallo? Ist jemand zu Hause?«

Die Veranda scheint das ganze Haus zu umschließen und so laufe ich einmal herum, in der Hoffnung, auf einen der Anwohner zu treffen. Ich schaue durch eines der Fenster, finde dahinter die Küche. Auf dem Tisch stehen eine Kaffeekanne und ein Becher. Der Raum wirkt gepflegt und heimelig und ist menschenleer.

Ich gehe zurück zum Eingang und überlege, ob es mehr Sinn macht, auf den Anwohner zu warten oder zurück zur Straße zu gehen. Letzteres schließen meine brennenden Fersen lautstark aus. Also lehne ich mich an das Geländer, das in einem hellen Blauton gestrichen wurde, und stelle erneut fest, wie gemütlich das Haus wirkt. Immerhin löst das die Angst davor, hier auf einen Psychopathen zu treffen, der nachts gerne verzweifelte Frauen quält. Vor mir sehe ich eine kleine Familie, die hier lebt. Eine liebevolle Mom, die morgens frisches Gemüse aus dem Gewächshaus holt, abends mit ihrem Mann hier auf der Veranda sitzt und bei einem Glas Wein den Ausblick auf den angrenzenden Wald genießt. Unzählige Wildblumen umrunden bunt das Haus und das Surren der Bienen erfüllt die Luft. Für einen Moment vergesse ich sogar, warum ich hier bin, so sehr nimmt mich die Idylle dieses Ortes in Beschlag.

Ich lasse meinen Blick weiter über das Anwesen schweifen, entdecke wieder den Hühnerstall, der von einem kniehohen Holzzaun umrundet wird und hinter dem fröhlich ein paar Hühner auf dem Boden herumpicken. Direkt im Anschluss befindet sich ein gläsernes Gewächshaus und daneben ein Holzschuppen, dessen Tür bis unter das hohe Dach reicht. Da bleibt mein Blick an etwas hängen, das mir bisher nicht aufgefallen ist. Schräg hinter dem Gewächshaus, neben einem Apfelbaum, entdecke ich eine Hütte, die mich an eine winzige Version des Hauses erinnert, auf dessen Veranda ich gerade stehe. Das Holz wurde ebenfalls in weiß und hellblau gestrichen. Nur dass der Eingang proportional größer ausfällt, sodass die halbe Hausfront ein Loch bildet, das als Ein- oder Ausgang dient. Aus ebendiesem Loch fixieren mich zwei leuchtende Augen.

Sofort stolpere ich zurück, spüre zu spät etwas an meiner Ferse und lande im nächsten Moment mit dem Hintern in einem Pflanzenkübel. Das Gefäß schwankt unter mir, kippt und zeitgleich landen wir auf dem Boden. Der Tonkübel poltert die Verandastufen hinab und zerbricht mit einem Scheppern auf dem Steinboden davor.

Kaum bin ich aufgesprungen, da erstarre ich auch schon wieder, weil eine Bewegung aus dem Augenwinkel meine Aufmerksamkeit auf sich zieht. Da ist ein Mix aus verschiedenen Grautönen und ein aufgerissenes Maul und dieses Etwas bewegt sich auf mich zu.

Meine Tasche landet auf dem Boden. So schnell ich kann, renne ich auf die Rückseite des Hauses, springe mit Schwung über die Veranda und komme stolpernd auf der anderen Seite auf. Ein Blick nach links und rechts, dann entscheide ich, hinter dem Haus in den Wald zu rennen. Im letzten Moment kann ich stoppen. Fast wäre ich direkt in den Stacheldraht gerannt, der zu einem Großteil von Farn und Gras überwuchert ist.

Planänderung!

Ich renne weiter um das Haus herum, suche nach dem Ende des Zauns, damit ich von hier wegkomme. Hinter mir höre ich ein Geräusch und beschleunige meinen Lauf, schlittere um das Haus herum und stolpere im nächsten Moment über etwas. Mit einem Krachen lande ich auf dem Boden, sehe diverse Holzteile kippen und kann einen Teil davon gerade rechtzeitig davon abhalten, auf meinem Kopf zu landen. Mit Schwung schiebe ich drei große Holzblöcke von mir, die scheppernd neben mir landen und noch mehr Objekte mit sich reißen. Mit hämmerndem Herzen rapple ich mich auf und sehe aus dem Augenwinkel einen grauen Schatten. Geistesgegenwärtig schnappe ich mir eines der Hölzer und werfe es in seine Richtung. Der Schatten weicht dem Brett aus und ich nutze die Zeit, um weiterzurennen. Meine Lungen brennen und Schweiß tränkt meine Bluse.

Verzweifelt schlage ich einen Haken, höre in meinem Rücken den Hund gegen etwas anderes prallen und quetsche mich zwischen Gewächshaus und Schuppen hindurch. Auch hier wird das Grundstück von Stacheldraht umgeben. *Mist! Das kann doch nicht wahr sein!* Ich laufe weiter Richtung Hühnerstall. Hinter mir ertönt ein Grollen und lässt mich herumfahren. Der Hund steht vor mir, das dichte graue Fell aufgerichtet, die Zähne gefletscht. Langsam weiche ich vor ihm zurück. Was macht man in solchen Momenten? Einen Knochen werfen? In meiner Handtasche hätte sich vielleicht ein Schokoriegel gefunden, den ich der Bestie hätte zuwerfen können, doch die Tasche liegt auf der Veranda. Was dann? »Sitz«, »Platz«, »Schieß mich tot« rufen? Ich habe keine Ahnung von Hunden, weil ich Angst vor ihnen habe, seitdem ich als Kind von einem gebissen wurde.

Ich weiche noch einen Schritt zurück, hebe die Hände, versuche, beruhigend auf ihn einzureden. »He, guter Hund. Braver Hund. Lieber Hund.«

Ich weiche weiter zurück und spüre etwas an meiner Wade. Holz knackt und bevor ich reagieren kann, lande ich schon auf meinem Hintern. Ein Huhn taucht vor meinem Gesicht auf, legt den Kopf schief und verschwindet wieder. Ich bin über den Hühnerzaun gestolpert! Ein schneller Blick bestätigt mir, dass der Hund sich weiter auf mich zubewegt. Wer hätte gedacht, dass mir ein Axtmörder heute lieber wäre, als von einem staubigen Köter gejagt zu werden? Ich spüre etwas Hartes neben meiner Hand, greife danach und halte es abwehrend der Bestie entgegen. Ein Stück vom Holzzaun. Ein Lachen entkommt meiner Kehle. Trocken und mehr nach Verzweiflung klingend, als mir lieb ist. Ein winziges Stück vom Holzzaun, durch den ich gekracht bin, mehr habe ich nicht.

Vielleicht sollte ich lieber ein Huhn werfen.

Kapitel 10

ian

»Ja, Mom, ich verspreche es. Sonntag bin ich beim Brunch dabei.« Grinsend verdrehe ich die Augen, auch wenn sie es über das Telefon gar nicht sehen kann. »Nein, ich werde dieses Wochenende nicht arbeiten, und ja, mein Kühlschrank ist gefüllt.« Ich warte, bis der Jogger den Waldweg überquert hat, und biege dann ab. Der Sommer lässt mich die Finger aus dem offenen Autofenster halten, um nach dem Wind zu greifen und die warmen Sonnenstrahlen auf der Haut zu genießen. »Du weißt doch, wie die Sommer sind. Hab dich lieb.« Das Handy werfe ich auf die Sitzbank neben mir und lenke den Pick-up auf den Waldweg. Was freue ich mich darauf, mich entspannt mit einem Bier auf die Veranda zu setzen und einen der ersten warmen Sommertage zu genießen. Vielleicht kommt Melissa noch vorbei und leistet mir Gesellschaft. Doch sobald ich auf meine Einfahrt abbiege, trete ich abrupt auf die Bremse. *Was zur Hölle …?*

Zuerst registriere ich die Hühner, die teils wild herumrennen oder mitten in den Blumenbeeten sitzen und mich anstarren. Dann fällt mein Blick auf den Zaun und den Hühnerstall. Ich muss meine Augen mehrfach schließen. Egal wie oft ich sie wieder öffne, das Bild bleibt gleich. Der Eingang des Stalls hängt schief und der Zaun ist am hinteren Bereich zusammengebrochen. Fassungslos steige ich aus dem Wagen und umrunde weiter mein Haus. Ein Blumenkübel wurde umgestoßen, die Erde verteilt sich über dem Steinweg.

Der Grad des Vandalismus wird mir jedoch erst bewusst, als ich auf die andere Seite des Hauses zusteuere. Dorthin, wo meine Holzarbeiten für die nächsten Tage auf den letzten Feinschliff warten. Nein, gewartet haben. Alles liegt wild auf dem Boden zerstreut, manche Teile gebrochen.

Was ist hier passiert?

Schwach stolpere ich einen Schritt zurück, als ein Geräusch mich aufblicken lässt. Neben dem Schuppen steht Jasper und knurrt eine Person an. An der Haltung erkenne ich, dass er den Vandalen *gestellt* hat, das heißt, er wird keine Bewegung mehr zulassen. Eine effektive Methode, Einbrecher an Ort und Stelle zu halten.

»Guter Junge«, brumme ich und gehe weiter auf diese Person zu. Eine junge Frau, wie ich jetzt erst bemerke. Sie hat mir den Rücken zugedreht und steht stocksteif vor Jasper, die Hände über sich ausgestreckt, als hätte sie die Polizei vor sich.

Ein kurzer Pfiff und der Hund kommt freudig winselnd auf mich zugelaufen. Sein Kopf schmiegt sich in meine Hand und ich kraule ihm das Ohr. »Gut gemacht«, sage ich. Ich blicke hoch und in zwei braune Augen, die mich anstarren. Bei dem Anblick der jungen Frau muss ich fast lachen, Jasper muss ihr eine Heidenangst eingejagt haben, so panisch, wie sie mich anstarrt. Der Anblick der Zerstörung um mich herum sorgt jedoch dafür, dass mir das Lachen schnell in der Kehle stecken bleibt.

»Was zur Hölle haben Sie hier zu suchen?« Ich stapfe auf sie zu. Ein zweiter Blick reicht aus, um das Barbiepüppchen in ihr zu erkennen. *Auch das noch.* Die langen blonden Haare im Pferdeschwanz, das stark geschminkte Gesicht, dazu die eleganten Klamotten, die wahrscheinlich mehr gekostet haben, als ich im Monat verdiene.

»I-ch … Benzin …«, stammelt sie. »Ich war auf der Suche nach Benzin.« Sie hält noch immer ihre Hände erhoben, den Körper in meine Richtung gedreht. »Oder Hilfe. Ich bin liegen geblieben …« Der letzte Satz ist mehr ein Flüstern.

Gott, Blondchen geht mir jetzt bereits auf die Nerven. Mit einem knappen Befehl schicke ich Jasper in seine Hütte. Er bewegt sich, hinkend, aber ohne zu zögern, und rollt sich grummelnd in seiner Hütte zusammen. Blondchen wirkt schon etwas entspannter, immerhin senkt sie endlich die Arme.

»Okay, noch mal von vorn. Sie sind liegen geblieben?«

Sie nickt.

»Sie haben hier nach Hilfe gesucht – oder Benzin?«

Ein erneutes Nicken, zaghaft dieses Mal.

»Und als Sie weder Hilfe noch Benzin gefunden haben, haben Sie einen Anfall bekommen und einfach alles zerstört?« Befriedigt stelle ich fest, wie sie bei den Worten erneut zusammenzuckt.

»Nein. Ich wollte nur Hilfe suchen, als mich dieses … der Hund dort angegriffen hat!« Sie fuchtelt in Richtung der Hundehütte und ich glaube, erneut ein Grummeln daraus zu hören.

»Jasper? Hat *Sie* angegriffen? *Einfach so*?« Ich verschränke meine Arme vor der Brust und bin mir sicher, dass mein Gesichtsausdruck Bände spricht. Dieser Hund würde keiner

Fliege etwas zuleide tun. Er spielt höchstens mit ihnen, um dann genervt aufzugeben, weil er zu langsam ist.

Zögernd sieht sie zur Seite und dann wieder zu mir. »Ja?« Es klingt mehr wie eine Frage. »Ich stand auf der Veranda und habe mich umgesehen.« Sie fuchtelt wild mit den Händen. »Ich wollte nur nachschauen, ob jemand da ist«, fügt sie schnell hinzu. »Dann habe ich Ihren Hund entdeckt und im nächsten Moment sprang er mich an.«

»Moment. *Er sprang Sie an*?«

»Na ja, nicht sofort. Ich konnte nur noch wegrennen und dieses … dieser … der Hund ist mir hinterhergejagt!«

»Jasper ist Ihnen einfach so, *grundlos*, hinterhergejagt? Weil Sie *nett auf der Veranda standen*?« Meine Augenbraue wandert noch höher. Nein, das klingt nicht nach meinem Hund.

»Ich bin über einen der Pflanzenkübel am Eingang gestolpert. Danach ging alles ganz schnell …«, sagt sie kleinlaut.

Ich schließe die Augen, atme tief ein und aus und sehe Blondie dann wieder an. »Kommen Sie.« Ich bedeute ihr, mir zu folgen, und stapfe zur Tür. Als sie davor zögert, schiebe ich sie genervt hinein und dann weiter in die Küche. Mit einem Finger deute ich auf den kleinen Tisch mit den Stühlen, damit sie sich setzt. Währenddessen greife ich nach meinem Telefon und drücke eine der Kurzwahltasten.

»He, Caleb!«, sage ich, kaum dass er mich begrüßt.» Ich brauch mal deine Hilfe. Hab hier einen Fall von Vandalismus zu melden. Magst du eben vorbeikommen und die Sache aufnehmen?« Ich kann mir ein Grinsen nicht verkneifen, weil Blondies Rehaugen noch einmal deutlich größer geworden sind.

andy

Das Geräusch einer zuschlagenden Autotür vor dem Haus lässt mich zusammenzucken. Seit dem Telefonat hat sich eine schwere Stille ausgebreitet und ich traue mich nicht, sie zu durchbrechen. Ich wage es ja kaum, zu atmen oder den Blick von meinen ehemals weißen Ballerinas zu nehmen.

Der Kerl mir gegenüber ist zwar kleiner als Jacob, aber locker zwanzig Pfund schwerer und scheint nur aus Muskeln zu bestehen. Das breite Kreuz und die trainierten Arme sprengen fast das Hemd, wenn er sich so angespannt vor mich stellt. Allein der Anblick des pochenden Nervs an seiner Schläfe nimmt diesem Raum jeden Sauerstoff und mir die Möglichkeit, kontrolliert zu atmen.

Wie kann derzeit eigentlich alles so schiefgehen?

Mit Entsetzen stelle ich fest, dass Tränen in mir aufsteigen und meine Augen brennen lassen.

Wie kann mein Leben nur auf einmal so aus dem Ruder laufen?

Das Geräusch von zwei Männern, die sich begrüßen, reißt mich aus meinen Gedanken. Ich blinzle die Tränen weg, atme tief ein, strecke mein Kreuz durch, um das antrainierte Lächeln aufzusetzen, von dem ich weiß, dass es Männer oft besänftigt.

»Das ist sie also?« Der Fremde trägt eine Polizeiuniform, an der Schulter ein Funkgerät, das mit einem langen Kabel über die Brust seitlich zum Gürtel führt. Seine Hände ruhen an den Hüften, eine nah an der Waffe. Ängstlich stoße ich den Atem aus. Der Hausbesitzer stimmt dem Polizisten mit einem Brummen zu. Er hat sich nicht vorgestellt und ich habe mich nicht getraut zu fragen. Wie auch, wenn sein Anblick meine Kehle trockensetzt?

Ich muss meine Konzentration weiter darauf richten zu lächeln, meine Lungen daran erinnern, ihre Funktion nicht einzustellen, und vor allem versuchen, nicht zusammenzubrechen oder zu weinen. Nicht hier, nicht vor diesen Fremden.

»Die Kleine hier hat das ganze Chaos da draußen verursacht?« Der Polizist lässt ein Pfeifen durch den Raum gleiten, das fast nach Anerkennung klingt. »Hätte ich ihr gar nicht zugetraut. Respekt.« Als ich aufblicke, finde ich ein überraschend strahlendes Lächeln in seinem Gesicht.

»Ich habe das wirklich nicht gewollt.« Mein Blick wandert kurz zu dem Mann mit dem geschwollenen Bizeps und huscht dann schnell zurück zum sympathisch lächelnden Polizisten. »Das alles ist ein dummes Missgeschick. Ich bin im Wald mit dem Auto liegen geblieben und war auf der Suche nach Hilfe. Dann hat der Hund mich entdeckt und auf einmal ging alles drunter und drüber.«

Das Gesicht des Polizisten huscht überrascht zum Bizepsträger. »Jasper?« Ein Nicken vom Mann mit dem pochenden Nerv an der Schläfe, gefolgt von einem erneuten Pfiff des Polizisten. »O Mann, da musst du den Guten aber ganz schön erschreckt haben«, sagt dieser, lacht und klopft auf die Schulter des Mannes neben sich. »Wo bleiben meine Manieren?« Er streckt mir die Hand entgegen. »Caleb Williams. Aber sag ruhig Caleb.«

Ich ergreife sie. »Danke. Ich heiße Andy. Andy Summers.« Ich kann nicht anders und erwidere sein Lächeln.

Unwillkürlich wandert mein Blick wieder zu dem Mann daneben, den zwei verschränkten Armen und einem hochgekrempelten Hemd, das muskulöse Unterarme freilegt. Ich versuche, den Kloß in meinem Hals runterzuschlucken, und schaue von den

Unterarmen weiter hinauf – über eine breite Brust, den Hals, an dem ein Dreitagebart ausläuft, ein markantes Kinn und schmale Lippen, die sich soeben zu einem einseitigen Lächeln kräuseln. Er hat eine gerade Nase. Helle, fast farblose Augen. Ich blinzle mehrmals, als mir auffällt, dass er meinen wandernden Blick ganz genau beobachtet hat.

Schwungvoll stoßen sich die mindestens ein Meter achtzig Testosteron von der Küchentheke ab, gehen zwei Schritte auf mich zu und halten mir ebenfalls eine Hand hin. Ohne den Blick von den grauen Augen abwenden zu können, greife ich danach. Sie ist rau und so riesig, dass sie meine Finger regelrecht verschlingt.

»Ian Green.«

»Was machen wir denn jetzt mit ihr?«, fragt Caleb an Ian gerichtet. Der hat sich wieder an die Theke gelehnt, blickt den Polizisten an und fährt sich mit seinen Pranken durch kurzes braunes Haar, brummt dann etwas, das ich nicht verstehe.

»Ich kann die Schadensmeldung aufnehmen. Auf dem Revier können wir dann die Daten aufnehmen und alles Weitere für die Begleichung in die Wege leiten.«

Geschockt starre ich den Polizisten an. »Ich kann nicht.«

»Was genau? Aufs Revier kommen? Keine Sorge, ich bringe dich anschließend zu deinem Wagen«, sagt Caleb.

»Nein, das meine ich nicht«, setze ich an, weiß dann aber nicht, wie ich fortfahren, wie ich den beiden erklären soll, dass ich blank bin. »Ich befürchte …« Wieder stocke ich, starre auf meine Ballerinas, die inzwischen dem Matschbraun meines Leichenwagens ähneln, und atme einmal tief ein und aus. Was solls? Der Tag kann nicht mehr schlimmer werden. »Ich befürchte, ich hab nicht genug Geld.«

»Keine Sorge, du musst das nicht bar bezahlen.«

Ich hebe meinen Kopf, sehe erst den Polizisten, dann Ian an, der mich weiterhin schweigend anstarrt. Ich glaube, ein Zucken in seinem Mundwinkel zu erkennen, schaue aber schnell wieder hinunter. Dieser Tag versucht wirklich alles, um zum schlimmsten Tag aller Zeiten werden. Die Tränen hinter meinen Augen brennen. Ich schaffe das. *Einatmen.* Was ist schon dabei, sich seelisch vor völlig Fremden auszuziehen und zu offenbaren, dass das eigene Leben nur ein Scherbenhaufen ist? *Ausatmen.*

»Um ehrlich zu sein, habe ich –«

»Warum lässt du sie nicht beim Aufräumen helfen, Ian?«

Ich starre den Polizisten an. Dann Ian, der den Mann neben sich ebenfalls ansieht, die grimmige Mine entgleist ihm dabei gehörig.

»Sag mal, Andy, wo wolltest du eigentlich hin?« Caleb ignoriert die Blitze, die ihm aus grauen Augen zugeworfen werden, und lächelt mich weiterhin an.

»Zur Villa von Ana Houadis.«

»Moment. Bills Pension?«, wendet sich nun Ian an mich.

»Keine Ahnung. Meine Freundin meinte nur, dass ihre Tante Hilfe bei ihrem Haus braucht. Sie will es wohl renovieren.«

»Warte mal.« Ian macht einen Schritt auf mich zu, was mich geräuschvoll einatmen lässt. »Wie heißt deine Freundin?«

»Esther«, sage ich. »Esther Houadis.«

Caleb und Ian sehen sich an, dann rucken ihre Köpfe zeitgleich wieder zurück zu mir.

»Dann meint sie wirklich …«, sagt Caleb.

»Bills Pension«, beendet Ian den Satz.

Caleb lässt ein Pfeifen hören, während ich das Gefühl habe, dass etwas in Ians Blick sich verändert. Obwohl ich nicht gedacht hätte, dass das möglich ist, wirkt er jetzt sogar noch grimmiger. »Ist es okay, wenn ich mir das kurz von Ana bestätigen lasse?« Caleb sieht mich fragend an und ich nicke ihm stumm zu. Er zieht sein Handy hervor, drückt darauf herum und verlässt die Küche.

»Wie willst du Ana bei der Renovierung helfen?« Ian lehnt mit verschränkten Armen an der Küchenzeile, den Kopf leicht schräg betrachtet er mich eingehend. Seine Augen wandern belustigt an mir auf und ab. »Steckt in diesen Designerfummeln ernsthaft eine Handwerkerin?« Seine Musterung endet, aber die brennende Unsicherheit, die mich schon bei Esthers Angebot zweifeln ließ, ist zurück.

Wieder schüttle ich wortlos den Kopf, weiche seinen grauen Augen aus. Wenn ich ihm jetzt sage, dass ich mich für die denkbar schlechteste Person für diesen Job halte, entwischt mir vielleicht dieser winzige Funken Hoffnung, den ich noch besitze. Immerhin könnte er sich dann zu meinem Mut, meinem Stolz und dem Sauerstoff in meinen Lungen gesellen. Denn die sind mir längst abhandengekommen.

»Ana hat den Auftrag bestätigt und bürgt für dich. Notfalls zahlt sie dein Gehalt an Ian aus, solltest du einfach verschwinden.« Caleb lächelt mich zwar an, dennoch höre ich die Drohung zwischen den Zeilen.

Erleichtert atme ich auf. Vielleicht gibt es doch noch Hoffnung. »Keine Sorge. Ich werde nicht verschwinden.« Dass mir das Geld dafür fehlt, lasse ich lieber unerwähnt. »Außerdem halte ich mein Wort. Immer.«

»Sehr gut.« Caleb dreht sich zur Tür. »Laut Ana kannst du nachmittags hier aushelfen, sobald du Feierabend hast.« Er richtet sich an Ian. »Bist du so nett und fährst sie zu Ana? Dann könnt ihr alles klären.«

»War ja klar.« Ein Brummen ertönt, dann stoßen sich kräftige Arme von dem Küchentresen ab. »Komm, Blondie.«

Kapitel 11

ian

Der Blick, den ich Caleb zum Abschied zuwerfe, spricht hoffentlich Bände. Doch wie immer lächelt er nur breit und verabschiedet sich von Blondie, als würden sie sich schon ewig kennen. Die steht wie ein Häufchen Elend neben der Veranda und starrt auf ihre Füße. Wenn ich Frauen wie sie nicht kennen würde, wäre ich auf ihr Ich-bin-ja-so-verloren-Gesicht reingefallen. Blondchen hat garantiert weder Schuldgefühle noch ist sie verzweifelt – höchstens über ein paar ruinierte Schuhe. Ich deute mit einem knappen Nicken auf meinen Dodge, der in der Auffahrt steht. »Steig ein, ich fahr dich zu deinem Wagen.«

Sie schweigt und macht nicht einen Schritt.

Ihr verwirrtes Blinzeln nervt. Wie wäre es einfach mal mit einem Danke? Schlimm genug, dass ich mein freies Wochenende vergessen kann und stattdessen die Arbeit von mindestens zwei Wochen überprüfen und neu anfertigen muss. Hoffentlich kann ich irgendwas von dem Zeug noch retten. Kenneth wird nicht erfreut sein, wenn ich ihm sage, dass meine Lieferung sich so kurzfristig verzögert.

Die Flüche, die mir deswegen auf der Zunge tanzen, enden in einem Brummen, das sich noch vertieft, als ich auf diese Rehaugen treffe. Ich steige in den Dodge, starte den Motor und sehe Andy vielsagend an, damit sie sich endlich dazu herablässt, in meinen Wagen zu steigen.

Sie nestelt an ihrem Haar herum, dann, endlich, bewegt sie ihren Hintern. Sie läuft irgendwie merkwürdig. Wie ein Pferd, das dringend neu beschlagen werden müsste. Endlich steigt sie in den Wagen, die Designertasche fest an die Brust gepresst.

Der Duft ihres widerwärtig süßen Parfüms verbreitet sich überall im Wagen und verursacht mir Kopfschmerzen. Dass Caleb ihr abgekauft hat, dass sie kein Geld hat, kann ich noch immer nicht fassen. Andy stinkt geradezu nach Luxus. Sogar ich kann erkennen, dass alles an dieser Frau teuer ist. Ist ja auch nicht schwer, wenn überall an dieser Frau Designerlabels prangen. Sogar die Gürtelschnalle hebt sich in goldenen Initialen ab. Sie trägt eine braune Bluse, dazu eine von diesen Stoffhosen, deren Bügelfalten mich an meinen Steuerberater erinnern. Am schlimmsten ist jedoch dieses Senfgelb. Sie sieht aus wie ein Hotdog – immerhin passt das zu ihrem Dackelblick.

»Wo solls denn hingehen?«, frage ich sie und kann das Grinsen nicht ganz aus meinem Gesicht verbannen, weil ich mir Andy mit ein paar Gurkenscheiben dekoriert vorstelle.

»Was?«

Gott, diese Frau zerrt vielleicht an meinem Geduldsfaden. Nur dass der mit jeder Minute, die ich mit ihr verbringe, dünner und dünner wird. »Dein Wagen«, erinnere ich sie und beuge mich dabei zu ihr. Vielleicht ist sie ja schwer von Begriff und ich muss ihr Bildchen auf die Handfläche malen. »Wo bist du liegen geblieben?« Als ich meine Hand an ihrer Kopfstütze absetze, weicht sie vor mir zurück. Wieder ein Hundeblick. Noch mehr Geblinzel. »Also, entweder verrätst du mir jetzt, wo deine Karre steht, oder aber ich muss die Zeit anderweitig totschlagen.«

Andy zuckt zusammen und kuschelt lieber mit der Tür, statt mir endlich zu antworten.

»Keine Sorge, Blondie«, kommentiere ich ihre Reaktion und löse meine Hand von der Kopfstütze. Mit den Händen wieder am Lenkrad steuere ich den Wagen von der Einfahrt. »Die Zeiten, in denen ich im Auto über wildfremde Frauen hergefallen bin, sind längst vorbei.« *Aber es waren nette Zeiten*, erinnere ich mich. Ich blicke rüber zu Andy und zum ersten Mal schenke ich ihr ein Lächeln, bereue es aber sofort wieder, weil als Antwort nur wieder Wimpern flattern.

»Wenn du mir nicht verrätst –«, setze ich an, werde dann aber von einer zaghaften Stimme unterbrochen.

»Die Straße ein Stück runter«, sagt sie. »Irgendwann müssen wir rechts rein.« Sie seufzt, ringt nach Worten. »Ich hoffe, man kann den Wagen von der Straße aus erkennen. Denn ich habe ehrlich gesagt keine Ahnung, in welchem der Waldwege er steht.« Ihre Stimme ist so leise, dass sie fast unter dem Motorengeräusch verloren geht.

Na großartig. Dann hoffe ich mal, dass ich nicht ewig zusammen mit Blondchen nach Daddys Luxuskarre suchen muss. Kurz nachdem wir auf der Straße angekommen sind, drossle ich das Tempo, damit Andy sich umsehen und im Bestfall den Weg wiedererkennt, den sie vorhin genommen hat. Warum zur Hölle ist sie überhaupt in den Wald gefahren? Da ist doch nichts.

»Das mit dem Chaos tut mir leid.« Sie schaut aus dem Fenster und wieder zupft Mitgefühl an meinem Magen. Ein Schnauben bricht aus mir heraus. Sie ist echt gut. »Hast ja bald viel Zeit, das wieder geradezubiegen.«

Da ist definitiv ein nettes Dankeschön für Caleb nötig, mit dem ich ihm den Sommer vermiesen kann. Immerhin hat er mir diese blonde Suppe eingebrockt.

»Dort!«, sagt Andy.

»Wo?«, frage ich und suche den Wald nach poliertem Metall ab.

»Rechts von uns.«

Mein Fuß geht vom Gas und mein Blick folgt Andys Finger, der auf einen braunen Fleck deutet. Was ist das für ein brauner Haufen? Entgeistert starre ich die Frau neben mir an. »Ernsthaft? Das Teil da?«

Sie nickt und sogar unter den gespachtelten Schichten auf ihrem Gesicht kann ich erkennen, dass sie rot wird. Ich biege in den Waldweg und umso näher wir dem matschbraunen Wagen kommen, umso öfter wandert mein Blick zu Blondchen neben mir. »Hast du irgendeine Wette verloren oder so?«

Sie gibt ein Geräusch von sich, das man mit viel Fantasie als Lachen werten könnte. »Schön wär's.«

Vielleicht bremse ich zu hart, aber es fällt mir schwer, das Grinsen zu unterdrücken, als Blondie sich fast den Kopf an der Scheibe stößt und fantasievoll flucht. Irgendetwas mit Kröten und Mist oder so was in der Art.

»So, Darling.« Ich greife über sie hinweg und öffne ihren Anschnaller. Das Geräusch, das sie macht, als sie nach Luft schnappt, verdrängt das Ziehen in meinem Bauch. »Das Ding klemmt gerne mal«, sage ich nur. Was nicht stimmt. Das *Ding* funktioniert einwandfrei. Mit Schwung springt die Beifahrertür auf, als Blondie sich aus dem Auto stürzt. Meine Laune bessert sich zunehmend, als ich ebenfalls den Dodge verlasse und zur Ladefläche schlendre. Ich greife den Benzinkanister, den ich zuvor aus dem Schuppen geholt habe, und halte ihn ihr hin, doch sie glotzt mich nur an.

»Alles klar, das macht aber eine Extraschicht«, sage ich und gehe mit dem Kanister zu ihrem Wagen, der so gar nicht zu ihr passen will. Ich öffne den Tankdeckel, schütte den Inhalt des Kanisters in die Rostlaube vor mir. »Außerdem musst du mir verraten, warum zur Hölle du einen Leichenwagen fährst.« Der Tankdeckel fliegt wieder zu und ich drehe mich zu ihr um. Andy steht noch immer neben dem Dodge, kaut auf ihrer Unterlippe herum und zuckt zusammen, als der jetzt leere Kanister polternd auf der Ladefläche landet.

»Du redest nicht gerne, was?« Ich gehe zur Fahrerkabine, schnappe mir den grünen Verbandskasten, der unter dem Sitz liegt, und gehe damit zurück zu Andy. »Hier, nimm das.«

Sie starrt auf die Pflaster in meiner Hand, dann bekomme ich wieder diesen Bambi-Blick, der meinen Puls zum Rasen bringt. Nicht auf die angenehme Art.

»Für deinen Fuß. Du läufst, als hätte man dir Gülle in den Schuh gekippt.« Muss man dieser Frau eigentlich alles erklären?

»Danke.«

Immerhin. Sie kennt das Wort also doch.

andy

Mein Herz rast, füllt die Leere in mir mit einem polternden Refrain. Am liebsten würde ich einfach Vollgas geben und zurück nach Atlanta fahren. Raus aus diesem Waldgebiet. Weg von diesem Mann, der jedes Haar auf meinem Arm in Alarmbereitschaft setzt.

Wie kann ein Tag so schiefgehen? Wie kann ein Leben so vehement in die falsche Richtung steuern? Der Blick auf die Straße und Ians Pick-up vor mir verschwimmt und ich blinzle eilig die Tränen weg, die nach oben drängen. Bei dem Gedanken, Ian von nun an täglich helfen zu müssen, wird mir schlecht. Ich wollte Atlanta und Jacob entfliehen und lande direkt in den Armen des nächsten Tyrannen. Angst krabbelt meine Wirbelsäule hinauf, sie beißt sich fest in meinen Nacken und lässt sich nicht mehr abschütteln. Mein Geld würde noch für eine Tankfüllung reichen. Bis Atlanta komme ich und dort könnte ich …

Nein.

Mit kontrollierten Atemzügen zwinge ich mich dazu, ruhig Luft einzusaugen und wieder auszustoßen, statt weiter panisch zu schnaufen, weil dieser Druck in meinem Nacken sich so bekannt anfühlt. Ich halte mein Wort. Ausnahmslos. Esthers Tante verlässt sich auf mich und ich habe diesen Job nun mal angenommen. Außerdem gab ich Caleb mein Versprechen, nicht zu verschwinden. Die Schulden, die sich jetzt zu meinen Geldsorgen gesellen, darf ich auch nicht vergessen. Ach ja, und die Tatsache, dass ich den ersten Menschen, auf den ich hier treffe, gegen mich aufgebracht habe. Dabei kann ich es ihm nicht einmal verübeln.

Vorhin wollte ich mich bei ihm entschuldigen, aber als er sich im Wagen auf einmal über mich gebeugt hat und ich seinen Atem spürte, haben sämtliche Sirenen in mir geschrillt und alles übertönt. Der Wagen, der mir die ganze Fahrt über zu klein vorkam, schmolz zu einem winzigen Klumpen zusammen, in dem nur noch breite Arme und graue Augen Platz hatten. Erst in meinem verrosteten Ungetüm, das verdächtig danach riecht, als würde etwas unter den Sitzen verwesen, kam wieder Luft in meinen Lungen an. Das Zittern in meinem Körper hingegen ebbt noch immer nicht ab, lässt meine Fingerspitzen am Lenkrad beben.

Ians Wagen vor mir bremst ab und erst jetzt nehme ich wahr, dass wir das Ziel erreicht haben. Vor mir erhebt sich das Haus, das ich von dem Foto kenne. Nur sieht es anders aus, als ich es in Erinnerung habe.

Das darf doch nicht wahr sein.

Ich steige aus, unfähig, den Blick von dem Anwesen vor mir abzuwenden. Das Haus in meiner Erinnerung wusste mit dem Ausblick auf einen sommerlichen Garten zu verführen, während die Abendsonne sanft über die Veranda strich. Ich konnte mich dort sitzen sehen, mit einem Buch und einem Glas Wein, den Blick auf den umliegenden Wald und die dicken Eichen gerichtet, die den Eingang säumen.

Die Realität gleicht dem mitternächtlichen Weckruf durch einen Feuermelder. Mit laut klopfendem Herz versuche ich zu begreifen, was ich hier vor mir sehe. Auf dem Foto waren keine Löcher im Dach und die Fenster hingen nicht windschief in den Angeln. Meine Träume blättern ab, zerbröseln genauso wie der Anstrich des Hauses.

Der Tyrann, mit dem ich künftig die Nachmittage verbringen soll, steht bereits auf der Veranda. Die Arme vor der Brust verschränkt, in ein Gespräch mit der Frau vertieft, die wohl von nun an meine Chefin ist. Die Ähnlichkeit zwischen Ana Houadis und ihrem Bruder ist unverkennbar. Das gleiche silbergraue Haar, das sie kurz trägt. Dazu die dunklen Augen. Nur dass Esthers Vater mich immer mit Wärme betrachtet hat, der Blick, den ihre Tante mir zuwirft, lässt mich eher mit Abstand vor der Veranda verharren. Ich wusste gar nicht, dass Mundwinkel so weit herabsinken können. Sie rümpft die Nase, als läge ein widerlicher Geruch in der Luft.

Entgeistert sehe ich zu Ian, der so breit grinst, dass ich annehme, dass er mir den Schock nicht nur ansieht, er erfreut sich eindeutig daran. Dennoch würde ich ihn am liebsten anflehen zu bleiben. Verglichen mit Ana Houadis erscheint mir diese mürrische Muskelmasse vor mir gar nicht mehr so unheilvoll.

Die Bitte kommt nicht über meine Lippen. Auch nicht als Ian an mir vorbeigeht und ich glaube, ein »Viel Spaß« von seinen Lippen ablesen zu können. Sie wird von dem Geräusch einer sich schließenden Wagentür in meiner Kehle erstickt. Ich drehe mich um, entdecke nur wieder dieses höhnische Grinsen auf schmalen Lippen.

»Sobald ich morgen Feierabend habe, hol ich dich ab«, sagt Ian durchs offene Fenster und startet den Motor.

»Danke, aber ich kann meinen Wagen nehmen.« Die Vorstellung, erneut so nah bei ihm sitzen zu müssen, treibt meinen Puls schlagartig nach oben. Ich muss mir unbedingt erklären lassen, wo die nächste Tankstelle ist.

»Vergiss es. Du verfährst dich nur wieder. Mehr Chaos kann ich echt nicht gebrauchen. Lass uns erst einmal dein heutiges beseitigen.« Ian setzt sein Auto in Bewegung und ich erwische mich dabei, wie ich ihm hinterhersehe.

»Ich muss gestehen, ich habe etwas anderes erwartet.« Anas unterkühlte Stimme in meinem Rücken lässt mich zusammenfahren. »Meine Nichte beschrieb Sie als zuverlässig und tüchtig. Das mit Ihrem Hang für dramatische Auftritte hat sie mir verschwiegen.«

»Das Chaos tut mir leid. Das war alles ein dummes Missgeschick.« Mein Blick wandert zu Esthers Tante, die am Eingang der Villa steht, die Arme verschränkt, die Mundwinkel im Keller. Ihre starre Haltung weckt in mir das Bedürfnis, einen Knicks zu machen. Dabei habe ich mir hier auch einiges anders vorgestellt. Kein eingefallenes Dach, kein schlecht gelaunter Bizeps, mit dem ich ab morgen zusätzlich zusammenarbeite.

Ich atme einmal tief durch und gehe auf Esthers Tante zu. »Danke, dass Sie mir dennoch eine Chance geben.«

»Als hätte ich jetzt noch eine Wahl. Aber eins sage ich Ihnen, Miss Summers: Wenn Sie vorhaben, nur zu schmarotzen und den Störenfried zu geben, sind Sie schneller wieder draußen, als Sie blinzeln können. Ich habe kein Problem damit, Sie auch mit leerem Tank vor die Tür zu setzen. Haben wir uns verstanden?«

»Natürlich.« Mein Lächeln fühlt sich an, als hätte man es in meinem Gesicht festgetackert, so sehr bemühe ich mich, eine Zuversicht auszustrahlen, nach der ich in meinem Inneren noch verzweifelt suchen muss.

»Wollen Sie weiterhin hier draußen herumstehen oder endlich reinkommen?« Ana wartet meine Antwort gar nicht erst ab. Wieder werde ich einfach stehen gelassen. Ungläubig folge ich ihr. Das muss alles ein wahnsinnig blöder Traum sein. Ich kneife mir selbst in den Arm. Aber nichts passiert. Ich stehe weiterhin im Eingang dieser Bruchbude und starre diesen unnachgiebigen Rücken an, der dafür sorgt, dass ich mein Kreuz ganz automatisch gerade halte.

»Sie können sich von mir aus morgen alles ansehen. Für heute hatte ich genug Dramen. Im Erdgeschoss sind die Gemeinschaftsräume.« Ihr Arm deutet rechts vom Eingang auf einen großen

Raum. »Das war früher der Speisesaal. Der Kamin funktioniert noch immer, aber den werden Sie im Sommer wohl nicht brauchen.« Ana wendet sich nach links. »Auf der anderen Seite, den Flur entlang, finden Sie die Küche. Nehmen Sie sich einfach, was Sie benötigen. Was Sie aufbrauchen, kaufen Sie selbst nach. Neben der Küche befinden sich Speisekammer, Waschküche und eine Abstellkammer mit Putzutensilien.« Eine Augenbraue rutscht bis zum silbernen Haaransatz, ihr Blick wandert einmal an mir herab. Es fühlt sich an wie ein Test und die Art, wie sie ihre Nase rümpft, lässt mich vermuten, dass ich das Ergebnis der Benotung gar nicht kennen will. »Ich zeige Ihnen Ihr Zimmer. Danach will ich für den restlichen Tag nicht mehr gestört zu werden. Für heute hatte ich genug Aufregung mit Ihnen.« Ich nicke und verbiete meinen Beinen stumm, doch noch einen Knicks zu vollführen, bevor ich ihr die große Holztreppe nach oben folge.

Bevor ich auch nur daran denken kann, meine Sachen aus dem Auto zu holen, schnappe ich mir die Pflaster, die Ian mir vorhin in die Hand gedrückt hat. Im Wagen habe ich sie nur in meine Handtasche geworfen. Dass Ian meine schmerzenden Füße aufgefallen sind, hat mich gewundert. Diese Geste passt nicht zu dem Bild von seinem vor Wut geschwollenen Nerv, der sich in mir eingebrannt hat. Ich verziehe das Gesicht, als ich aus den Schuhen schlüpfe und über die schmerzenden Fersen reibe. Ein paar kräftige Blasen lachen mich rosa an, bevor ich sie mit einem Pflaster abdecke.

Ich schlüpfe zurück in die Schuhe, die jetzt nicht mehr direkt auf wunder Haut reiben, und verlasse das Zimmer, das in den nächsten Wochen mein Zuhause sein wird. Nach der Zeit in dem kleinen Gästezimmer von Esthers Eltern kommt mir das gemütlich eingerichtete Pensionszimmer mit dem Bett verdammt großzügig vor. Auch wenn die Tapete an manchen Stellen abblättert und durchaus als altmodisch bezeichnet werden kann, lässt mich allein der Anblick des Bücherregals neben dem Fenster wohlig aufatmen. Es ist nur spärlich gefüllt und ausgerechnet dieser freie Platz ist es, der mich die Treppen mit einem Elan hinabeilen lässt, den ich mir heute nicht mehr zugetraut hätte. Ich fliege die Treppe hinab und anschließend wieder hinauf. Vollgepackt mit Taschen und Koffern.

Als ich zwei Stunden später alle Sachen verstaut und sogar meine Bücher im Regal nach Farben sortiert habe, fühle ich einen winzigen Funken Zuversicht in mir aufkeimen. Meine Finger streichen über die vom vielen Lesen gezeichneten Buchrücken. Die einzigen Schätze, die ich nicht bei Jacob gelassen habe. Da, wo diese Bücher sind, da habe ich bisher immer Zuflucht gefunden. Mein Schneckenhaus.

Nach einer Dusche ziehe ich mir das bequemste Nachthemd an, das ich zwischen meiner Kleidung finden kann, und lege mich ins Bett. Ein frischer, angenehmer Duft hüllt mich ein. Es riecht nach Lavendel und irgendetwas Süßlichem, das ich nicht weiter definieren kann. Obwohl das Bett bequem ist, finde ich keinen Schlaf. Meine Gedanken kreisen um die vergangenen Wochen und meinen heutigen Start in dieser Kleinstadt. Vor mir sehe ich graue Augen, die mich wütend mustern, und trainierte Arme, die mich in Angst versetzen und mir eine Gänsehaut über den Rücken jagen. Weil sie mich an die erinnern, die mich in den letzten Jahren festgehalten haben. Mal grob, oft dominant, selten beschützend.

Ich drehe mich auf die Seite, versuche, die Bilder vor meinen Augen wegzublinzeln. Drehe mich auf die andere Seite, blicke auf die Wand. Schließe die Augen. Öffne sie sofort wieder, weil Bilder zurückkommen, denen ich entfliehen wollte. Ich will nicht mehr an die Vergangenheit denken. Aber über meine Zukunft mag ich auch nicht grübeln. Die fehlenden Antworten über mein weiteres Leben, meinen Job, schweben über mir, erdrücken mich mit ihrer Schwere, während ich gleichzeitig von den früheren Bildern umhüllt werde. Ich drehe mich auf den Bauch, versuche, den Dingen auszuweichen, die mich einnehmen. Die Decke findet ihren Weg über meinen Kopf – als könnte sie alles abwenden.

Morgen. Morgen kann ich mir wieder Gedanken machen.

Heute will ich einfach nur schlafen.

Vergessen und träumen.

Und hoffen.

Auf ein Morgen ohne dominante Arme und ohne wütende Augen.

Kapitel 12

andy

Mitten in der Nacht habe ich die schweren Stoffgardinen zur Seite geschoben und die Fenster weit geöffnet, um Sauerstoff und Mondlicht in das Zimmer zu lassen. Selbst nach einem Telefonat mit Esther fühlte ich mich rastlos und noch immer ließen beunruhigende Träume mich aufschrecken. Der Anblick der Sterne, die ein leuchtendes Zelt über mir spannten, und die frische Luft erfüllten mein schnell schlagendes Herz mit Ruhe. Ich ließ das Fenster und die Gardinen auf, krabbelte zurück in mein Bett und fiel endlich in einen tiefen und traumlosen Schlaf.

Die Sonne kitzelt mich im Gesicht und ich genieße die Ruhe. Daran könnte ich mich gewöhnen. Ein Blick auf mein Handy verrät mir, dass es nicht einmal 07:00 Uhr morgens ist. Nach einem herzhaften Gähnen tapse ich ins Badezimmer und kämme mir das Vogelnest vom Kopf. Nachdem ich mir die Zähne geputzt habe, greife ich zur getönten Tagescreme, tupfe mir Concealer unter die Augen und auf meine Sommersprossen. Ich tusche die Wimpern, gebe meinem Gesicht mit Bronzer und Rouge etwas Form und trage den roten Lippenstift auf, der längst zu meinem Alltag gehört.

Ein Blick in meinen Kleiderschrank bestätigt meine Befürchtungen. Jacobs ausgewählte Kleidung der letzten Jahre besteht nur aus Kostümen, Blusen, Businessoutfits und sündhaft kurzen Kleidern. Nichts davon kann ich gebrauchen, wenn ich ein Haus renoviere. Ich fische eine Jersey-Hose und ein helles Shirt mit Glitzerlogo hervor. Das ist immerhin besser als Minirock und Seidenbluse.

Leise schlüpfe ich aus meinem Zimmer, um Ana nicht zu wecken, und gehe die Treppe runter. Doch beinahe sofort höre ich Stimmen, die gedämpft aus der Küche zu mir dringen. Als ich meinen Namen höre, erstarre ich, einen Fuß noch immer über der Treppenstufe schwebend.

»Mal im Ernst, Ana, was willst du von der? Blondchen da oben kann den Laden vielleicht als Beautysalon leiten, aber sie kann das Haus nicht zu einem Salon *umbauen*. Das ist ein Unterschied. Du glaubst doch nicht wirklich, dass sie die Wände spachteln, das Holz abschleifen und die Fassade neu streichen wird? Vom Dach wollen wir gar nicht erst reden.« Bei der Stimme richten sich die feinen Härchen auf meinem Unterarm auf. Ian.

»Mein Angebot gilt weiter, Ana. Immerhin kenne *ich* mich mit solchen Arbeiten wenigstens aus.«

»Ich weiß und du erwähnst es ja andauernd.« Anas Stimme lässt eindeutig erkennen, was sie davon hält. Ich sehe die nach unten gezogenen Mundwinkel praktisch vor mir.

»Wenn es dir um die Bezahlung geht … Du weißt, in Hartwell wird niemand sitzen gelassen. Wir finden eine Lösung. Dieses Haus hier ist ein Teil der Stadt. Dein Mann –«

»Lass Bill aus dem Spiel.« Obwohl Anas Stimme leise ist, kommt sie mit so einer Wucht, dass ich geräuschvoll einatme.

»Darüber will ich nicht mehr sprechen. Haben wir uns verstanden? Nun sei so nett und gönn mir und *Miss Summers*«, sie betont meinen Namen laut und deutlich, »etwas Zeit am Morgen. Ich genieße meinen Kaffee gerne diskussionslos.«

Ein Stuhl wird energisch über den Holzboden geschoben und einen Herzschlag später taucht Ian an der Küchentür auf, nur wenige Meter von mir entfernt. Sein Blick aus grauen Augen zuckt überrascht zu mir, wird abgelöst von etwas, das ich nicht ganz deuten kann. Bestätigung?

»Guten Morgen«, sage ich vorsichtig.

»Morgen.« Ian geht vorbei, dreht sich jedoch an der Tür noch einmal um. »Ich hol dich nachher ab. Zieh dir besser was anderes an. Wir wollen ja nicht, dass *das da*«, sein Blick wandert einmal an mir herab, »danach für die Tonne ist.« Die Tür schließt sich und dadurch entgeht Ian auch das Lächeln, das sich bei seinen Worten auf meinem Gesicht ausbreitet. Ich spüre, wie es meine Haut spannen lässt und dieses freudige Gefühl bis in meinen Magen zuckt. Wenn er nur wüsste, wie sehr mich der Gedanke begeistert, Jacobs Sachen durch dreckige, handwerkliche Arbeit zu ruinieren.

Ich betrete die Küche und unter Anas hartem Blick ziehen meine Knie verräterisch nach unten. Ich hindere sie dennoch daran, einen Knicks zu vollführen. Immerhin hatte ich recht, was ihren Mund betrifft. Auf dem Kopf betrachtet würde es aussehen, als wenn sie lächelt. Der Gedanke verbreitert das Grinsen in meinem Gesicht.

»Haben Sie genug gelauscht?« Ana löscht es sofort wieder aus.

»Tut mir leid, das wollte ich nicht.« Na ja, doch, irgendwie schon. Aber nur, weil ich meinen Namen gehört habe.

»Sie machen scheinbar so einiges, dass Sie eigentlich nicht wollen. Ein weiteres Ihrer Missgeschicke?«

Ich suche nach Worten oder Erklärungen, komme aber gar nicht dazu, weil Ana einfach weiterspricht.

»Miss Summers, ich habe Sie gewarnt. Treiben Sie hier keine Spielchen. Ich erwarte vollen Einsatz von Ihnen. Wenn heute Nachmittag nicht die Tapete vom ersten Zimmer entfernt ist, können Sie morgen wieder abreisen. Mir ist egal, wie Sie das mit Esther klären. Oder was Sie dann mit Ihrem Tank und dem Chaos bei Green machen. Kümmern Sie sich selbst um Ihre Angelegenheiten und sorgen Sie dafür, dass ich es nicht noch mehr bereue, Ihnen diesen Job gegeben zu haben.«

»Ja, natürlich. Danke.« Ich zupfe am Saum meines Shirts. »Dann fange ich damit heute an? Mit den Tapeten?«

»Ja. Nächste Woche kommt die Farbe, die ich bestellt habe. Bis dahin sollten die Wände blank sein.« Was passiert, wenn ich es bis dahin nicht geschafft habe, braucht sie nicht zu erwähnen. Es schwingt auch so mit.

»Sie finden in den Räumen der obersten Etage alles, was Sie brauchen.« Ihre Hände wedeln in der Luft herum, als würde sie eine lästige Fliege verscheuchen.

Ich schlucke jede Erwiderung herunter. Damit kann ich umgehen. Das bin ich gewohnt. »Gut, ich lege sofort los.«

Die Räume sind staubig, die Möbel wurden scheinbar schon vor langer Zeit mit Tüchern abgedeckt. Hier und da löst sich die Tapete, die ein einst sonnengelbes Blumenmuster vermuten lässt. Schatten zeugen davon, dass Bilder abgehängt wurden, und die alten Holzdielen tragen deutlich die Spuren der letzten Jahre.

Ich beginne damit, die Möbel im ersten Zimmer in der Mitte des Raumes zusammenzuschieben, alles vom Staub zu befreien und hier einmal kräftig zu lüften. Die Ecken in den Wänden und die Decken befreie ich von Spinnweben, denen nicht viel fehlt, um zusammengewickelt das Ausmaß meines Daumens anzunehmen. Bewaffnet mit einem Spachtel und einer Sprühflasche mit Seifenwasser stehe ich vor der Wand bereit. Zeit, dem geblümten Muster ein Ende zu bereiten.

Egal was ich versuche, so richtig lösen sich diese biestigen Papierfetzen nicht. Inzwischen ist es Mittag, die Sonne scheint golden durch die großen Holzfenster mit Rundbögen und mein Magen erinnert mich daran, dass Ana mich vorm Frühstück aus der Küche vertrieben hat.

Dieses Mal besprühe ich die Wände großflächig und lasse es einwirken, bevor ich zu einem weiteren Versuch ansetze.

»Du siehst aus, als könntest du eine Pause gebrauchen.« Eine Frau, vielleicht Mitte zwanzig, steht in der Tür und lächelt mich an, einen Teller mit Sandwiches und zwei Limodosen in den Händen. »Sorry, ich wollte nicht stören, Andy – richtig?«

Ich nicke.

»Willst du was essen?«

»Ähm, ja. Gerne.«

Die Frau stellt den Teller auf einen Stuhl, der von dem Tuch kaum bedeckt wird. Die Limonade stellt sie daneben auf den Boden. »Ich bin übrigens Melissa. Die Nichte von dem herzlichen Drachen da unten.« Sie hat blondes, schulterlanges Haar, für Georgia untypisch blasse Haut und dunkelblaue Augen. »Hab gehört, du hattest nicht den besten Einstieg in Hartwell?«

»Hat Ana dir etwa schon alles erzählt?«

Sie schüttelt den Kopf, doch statt einer Antwort schenkt sie mir nur ein weiteres Lächeln und reicht mir ein Sandwich.

»Wer dann?«, frage ich und nehme dankbar einen Bissen.

»Sagen wir es so, er ist ganz begeistert von deinem Talent, sein Grundstück und die Arbeit der letzten Wochen zu zerstören.« Melissa presst ihre Lippen zusammen, als müsste sie sich krampfhaft ein Lachen verkneifen.

Ein weiteres Stöhnen entkommt meinem Mund. »Der mürrische Bizeps?« Erst als Melissa laut lacht, wird mir bewusst, dass ich das gerade laut ausgesprochen habe.

Ach du heiliges Kanonenrohr.

»Können wir das bitte streichen?« Ich sollte wirklich aufhören, jeden in dieser Stadt gegen mich aufzubringen. »Das war nur laut gedacht«, versuche ich, die Situation zu retten, aber mein Kopf ist wie leer gefegt.

Melissa lacht auf. »Mürrischer Bizeps …«, wiederholt sie meine Worte und treibt mir damit die Hitze ins Gesicht. »Das ist echt gut. Das muss ich mir merken.« Sie streicht mit einem Finger über den Augenwinkel, als müsste sie sich eine Träne wegwischen. »Damit ziehe ich ihn den ganzen Sommer über auf.«

Ich starre das Sandwich in meiner Hand an. Nicht auszumalen, wie grimmig er mich erst ansieht, wenn er davon erfährt. »Sag es ihm nicht. Ian war gestern einfach …« Ich suche nach Worten.

»Ein Idiot?« Das breite Lächeln in ihrem Gesicht lässt mich vorsichtig aufatmen. »Ein mürrischer Idiot?«, ergänzt sie provokant und zieht ihre Augenbrauen belustigt hoch. Wieder fängt sie an zu lachen und dieses Mal überträgt es sich auch auf mich. Beruhigt atme ich auf, lasse Luft in meine Lungen, die mein Herz umfassen, das Melissa mit dieser einen kleinen Geste bereits für sich einnimmt.

»Das wirst du nicht vergessen, richtig?«

»Nope. Mach dir nichts draus. Ian ist ein Muffel, das war er schon immer. Außerdem hast du ihm sein einziges freies Wochenende seit Wochen pulverisiert.« Sie spielt mit ihren Händen eine Explosion nach und formt mit den Lippen ein »Boooom«. Immerhin die Soundeffekte erspart sie mir.

Ich lasse mich neben den zusammengeschobenen Möbeln auf dem Boden nieder, stopfe mir den Rest vom Sandwich in den Mund. In dem Moment, in dem ich es herunterschlucke, fällt mir auf, dass ich den Lippenstift vergessen habe. Jacob dreht durch, wenn der verschmiert ist. Ich greife nach meinem Handy, um das Make-up zu überprüfen, doch es braucht einen Wimpernschlag, bis mir bewusst wird, dass er gar nicht in der Nähe ist.

»Mach dir keine Sorgen wegen Ian. Der brummt nicht lange, versprochen. Außerdem ist er nicht so nachtragend. Gib ihm nur vielleicht ein oder besser zwei Tage Zeit, ja? Die Sommer sind schwer für ihn.«

Ich höre gar nicht richtig hin, weil mein Herz verwirrt herumstolpert. Jacob ist nicht mehr da. Obwohl ich vor zehn Tagen ausgezogen bin, erreicht mich erst jetzt das ganze Ausmaß dieser Tatsache. Er ist nicht hier. Ich muss nicht mehr perfekt sein.

Eine Hand an meiner Schulter reißt mich aus den Gedanken, hindert mich daran, in das Meer aus Dunkelheit einzutauchen, in das ich immer zu fallen drohe, wenn ich an Jacob denke. »Manchmal ist es am besten, am nächsten Tag einfach noch einmal von vorne zu beginnen. Rede einfach mit Ian, als wäre das gestern nicht passiert. Er bellt gerne mal, aber er beißt nicht.«

»Danke«, sage ich leise.

»Mach dir keine Gedanken.« Sie drückt meine Schulter. »Ana und Ian gehören nicht gerade zu der Sorte, die schnell mit Fremden warm wird. Beide haben ein Herz aus Gold, um das zu sehen, muss man zuerst an ihrer schroffen Art vorbei.«

Normalerweise wurde ich auch nicht schnell warm mit Fremden. Bei Melissa ist es sonderbar anders. Es fühlt sich nicht danach an, als hätte ich sie gerade erst kennengelernt. Verwirrt sehe ich hinunter auf mein Handy und ein Blick auf die Uhrzeit lässt mich zusammenzucken. »Ich muss weitermachen!« Der Großteil der Wände ist noch immer mit Tapete bedeckt. »Ian taucht in zwei oder drei Stunden auf und ich muss heute mit dem Raum fertig werden.« Ich springe auf, schnappe mir die Wasserflasche und sprühe die Wände ein, die stellenweise schon wieder trocken sind.

»Okay, dann störe ich dich nicht weiter.«

»Tut mir leid, dass ich das hier so plötzlich abwürge. Deine Tante hat mir nach gestern deutlich gemacht, dass ich lieber Vollgas gebe.«

»Sonst?«

Ich werfe Melissa einen Blick über die Schulter zu, ohne meine Arbeit an der Tapete zu unterbrechen. »Sonst darf ich direkt wieder abreisen.«

»Das sollte wohl lieber nicht passieren?« Sie legt den Kopf schief, betrachtet mich eingehend.

Ich drehe mich wieder zur Wand, konzentriere mich darauf, das alte Blumenmuster zu entfernen. »Nein. Ich kann nicht zurück nach Atlanta. Noch nicht«, sage ich. »Eigentlich kann ich derzeit nirgendwohin.«

»Okay, dann helfe ich dir.«

Meine Hand verharrt in der Bewegung, bevor ich mich wieder zu Melissa drehe, ist die Frage bereits raus. »Warum?«

»Ich habe nichts weiter vor und in Hartwell hilft man sich eben. Hier reicht man sich gegenseitig die Hände – oder eben den Spachtel.« Sie grinst. »Außerdem würde ich gerne mehr über die Frau erfahren, die sich in die Höhle unseres Drachen wagt.« Sie schnappt sich einen Spachtel aus der Box mit den Utensilien, die Ana mir bereitgestellt hat. »Du sprühst, ich fange an zu kratzen. Zusammen schaffen wir das schon.«

»Was ist mit deinen Sachen?«

»Nichts, was die Waschmaschine nicht retten kann. Wobei ich sagen muss, an dich komme ich nicht ran. Roter Lippenstift und Glitzer-Oberteil zum Tapeteabkratzen? Welch extravaganten Vorlieben hast du sonst noch zu bieten, Andy?«

Damit bringt sie mich wieder zum Lachen und es fühlt sich nach dem gestrigen Tag und den letzten Wochen unglaublich befreiend an. »Ich habe einfach nichts anderes. Als ich meine Sachen gepackt habe, war ich auf den Job hier nicht vorbereitet.«

»Hat das mit dem Grund zu tun, weshalb du nicht nach Atlanta zurückkannst?«

Ich lasse die Frage in mir nachhallen, überlege, ob ich ihr antworten will, und zu meiner eigenen Überraschung will ich genau das. Bisher konnte ich immer nur mit Esther über all das reden und die war von Anfang an wenig von der Beziehung begeistert. Also beginne ich, über Jacob zu reden. Von der Trennung, der Woche bei Esther und ihren Eltern und wie er dort aufgetaucht ist. Ich berichte von meinem Job, den ich verloren habe, dem Apartment, das nie meins war, und dem Mann, der vielleicht nie ganz mir gehört hat. Es tut es gut, die letzten Jahre so trocken, so distanziert zusammenzufassen. Erst dabei wird mir bewusst, wie viel von mir in den letzten Jahren in der Beziehung mit Jacob verloren gegangen ist.

Melissa schweigt, gibt meiner Geschichte Raum. Nur die Worte, die aus meinem Mund sprudeln, und das Kratzen auf der Wand erfüllen das Zimmer, das von goldenem Licht getränkt wird. Kleine Staubpartikel tanzen um uns herum, verleihen dem Ort etwas Magisches. Wie in den Büchern, die ich früher so gerne gelesen habe. Nur hat meine ganz eigene Geschichte so gar nichts von einem Märchen. Sie endet zeitgleich mit den letzten Arbeiten in diesem Zimmer. Wir lassen uns neben den Möbeln auf dem Boden nieder und betrachten das Ergebnis. Der Raum wirkt anders ohne die vergilbte Tapete. In Gedanken stelle ich die Möbel vor frisch gestrichenen Wänden auf. Mit den großen Fenstern und dem Blick auf den Garten könnte dieses hier mein Lieblingszimmer werden.

»Warum wurde die Pension eigentlich geschlossen?«, frage ich Melissa. Um deutlich zu machen, dass ich nicht weiter über mich reden will.

»Anas Mann ist vor sieben Jahren gestorben …« Melissa zupft an ihren kurzen Shorts herum. »Ana wollte danach das alles hier nicht mehr fortführen. Bill hat für diese Pension gelebt und Ana hat für Bill gelebt. Damals war sie noch nicht so. Sie war schon immer temperamentvoll und dickköpfig. Sie haben jung geheiratet, aber nie Kinder bekommen. Nach Bills Tod war sie allein. Er hat sich immer um alles gekümmert, die Gäste betreut, ihm lag all das.« Ein warmes Lächeln breitet sich in ihrem Gesicht aus. »Bill war mein Lieblingsonkel. Einfach jeder hier hat ihn gemocht.«

Mein Kopf ruht auf meinen Knien, die ich eng an meinen Körper gezogen habe. Jetzt bin ich diejenige, die schweigt, die Melissas Worten und der Geschichte um die alte Pension Raum gibt.

»Ich glaube, jeder hier verbindet Erinnerungen an wichtige Ereignisse in seinem Leben mit diesem Grundstück. Früher fanden hier andauernd Veranstaltungen statt. Geburtstagsfeiern, Abschlussbälle und sogar Hochzeiten wurden hier im Garten gefeiert. Hinter dem Haus befindet sich ein wunderschöner Rosengarten.« Sie lächelt wehmütig. »Dort habe ich meinen ersten Kuss bekommen. An den Eichen vor dem Haus hingen zu meiner Kindheit noch Schaukeln. Damals waren wir ständig hier. Vor allem in den Sommern. Bill liebte Kinder und er lud uns ständig ein, fuhr mit uns an den Strand oder wir machten Wanderungen durch den Wald. Wenn wir zurückkamen, wartete Ana schon auf uns mit übertrieben gedecktem Tisch. Ich weiß nicht, wie viele Nächte wir unter freiem Himmel auf diesem Grundstück verbracht haben. Ein Lagerfeuer zwischen uns, die Sterne über uns und Onkel Bill am Feuer, der Geschichten aus Hartwell erzählte.«

Die Art, wie Melissa über diesen Ort hier spricht, und die Sehnsucht, die sich dabei in ihren Augen spiegelt, lässt mich ebenfalls lächeln. Ihre Worte bestätigen mir den Zauber, den ich hier schon den ganzen Tag über verspürt habe. Als würden die winzigen Staubkörner ebenfalls ihren Worten lauschen und versuchen, die Feierlichkeiten vergangener Nächte nachzustellen, tanzen sie im Sonnenlicht um uns herum.

Seit Bills Tod wurde hier also nichts mehr angerührt. Das erklärt die dicken Staubschichten auf den Möbeln. Und vielleicht hat Melissa ihre ganz eigenen Gründe, mir zu helfen.

Kapitel 13

ian

Mein Blick ruht auf Andy und ich weiß nicht, ob ich sie anschreien oder mich lieber totlachen soll. Natürlich hat sie sich nicht umgezogen. Wäre ihre Kleidung von der Arbeit an der Pension nicht verschmutzt, könnte man dank Glitzertop und roten Lippen meinen, sie wollte zu einer Gartenparty.

»Hab ich nicht gesagt, du sollst dich umziehen?«

Wie gestern bekomme ich keine Antwort, dafür verändert sich etwas an ihrer Haltung, als würde sie sich selbst einen Schubs geben. »Ich hab nichts anderes dabei und die Sachen sind jetzt eh hin.« Ihre Mundwinkel zucken leicht, sie geht an mir vorbei, steigt in den Dodge und ich starre ihr nur hinterher. War das gerade ein ganzer Satz, dazu ein Lächeln?

Ich steige ein, ignoriere das Parfüm, das schon wieder den Innenraum für sich beansprucht und mir im Rachen kratzt. Stumm steuere ich den Wagen von der Auffahrt.

Der Motor geht aus und das Blubbern verklingt, als wir unser Ziel erreichen. Die Fahrt über haben wir geschwiegen, nun bricht das Geräusch von Andys Anschnaller anklagend die Stille. Damit dürfte ihr klar sein, dass ich sie gestern nur ärgern wollte. Sie lässt es unkommentiert und steigt gesprächig wie ein Baumstamm aus dem Wagen. Freudig winselnd hinkt Jasper auf mich zu und drückt den Kopf in meine Handfläche. Von Andy hält er Abstand. Verständlich nach dem Start gestern. Bei dem Blick aus großen Bambi-Augen, den Blondie dem guten Kerl gerade zuwirft, beruht der Argwohn scheinbar auf Gegenseitigkeit.

»Keine Sorge, solange man ihn nicht erschreckt, ist er handzahm und zutraulich. Bei Fremden braucht er etwas Zeit, um warm zu werden, aber wem geht das nicht so?« Ich tätschle dem Hund die Seite und schicke ihn dann mit einem knappen Befehl auf die Veranda. Ich habe das Gefühl, dass Andy sich nicht einen Meter bewegt, wenn er ihr so nah ist.

»Danke.«

Überrascht schaue ich sie an. Erst bekommt sie das Wort nicht über die Lippen und dann wirft sie damit um sich, als hätte sie im Sonderangebot zu viele davon ergattert.

»Ich hab den Kerl vor einem halben Jahr gerettet.« Keine Ahnung, warum ich ihr das sage. »Caleb hat mir von einem Hof erzählt, auf dem ein Hund Tag und Nacht an einer viel zu kurzen Leine gehalten wurde. Der Besitzer hat ständig vergessen, ihm Fressen oder Wasser hinzustellen. Dafür hat er gern Eisenketten und andere Sachen nach ihm geworfen. Hauptsache, laut.« Ich schaue zu dem grau gefleckten Cattledog, der sich auf der Veranda zusammengerollt hat und uns beobachtet. »Einmal traf wohl die Kette sein Hinterbein, seitdem lahmt er und er dreht durch, wenn er laute Geräusche hört. Dann bekommt er Panik.« Vielleicht will ich Andy damit ein Friedensangebot machen. Weil ich weiß, dass

Jasper einiges durchgemacht hat, bevor ich von ihm erfahren habe, und weil ich sehen kann, dass sie wirklich Angst vor ihm hat.

»Wie kam er dann zu dir?« Sie schaut erst den Hund an, dann mich und ihr Blick wirkt weicher. Vielleicht ihre Art, auf mein Friedensangebot einzugehen.

»Ich hab ihn in einer Nacht-und-Nebel-Aktion geklaut. Caleb wirkte nicht einmal überrascht, als er ein paar Tage später hier auftauchte.« Manchmal kann der Typ echt großartig sein. Wenn er mir nicht gerade eine Barbiepuppe aufbrummt.

»Vielleicht wusste er auch einfach nur, wem er die richtige Geschichte erzählen muss.«

Überrascht starre ich Andy an. »Würde zu ihm passen«, muss ich zugeben. Ein Grinsen schleicht sich auf meine Lippen, doch richtig bemerke ich es erst, als Andy es erwidert.

andy

Mein Kreuz bringt mich um. Nach nur drei Tagen in der Pension und auf Ians Hof bin ich mir sicher, jeden Muskel in meinem Körper innig zu kennen. Da sind einige dabei, die mir bisher gänzlich unbekannt waren.

»Du weißt schon, dass du nicht für deine Anwesenheit bezahlt wirst?«

Ich drehe mich gar nicht erst zu Ian um, weil ich weiß, dass ich auf kalte graue Augen treffe. Wobei ich hoffe, dass zumindest das böse Funkeln darin gespielt ist. »Ich werde gar nicht bezahlt«, erwidere ich stattdessen leise.

»Das wird noch ziemlich lange so bleiben, wenn du weiter nur dumm rumstehst.«

Hoppla, der Typ hat eindeutig zu gute Ohren.

»Können wir vielleicht eine kurze Pause machen? Mein Rücken tut weh und es ist verdammt warm heute.«

»Selbst schuld. Wer trägt auch ne Seidenbluse, wenn er draußen arbeitet?«

Ich stoße lautstark Luft aus, nicht ohne einen gewissen Frust. Ich erkläre es ihm jeden Tag, aber er glaubt mir nicht.

»Komm, lass den Unsinn, du hättest nichts anderes. Dann geh halt shoppen. Gibt doch bestimmt auch rosa Overalls.«

Das ist keine Option, denn meine Reserve schrumpft jeden Tag. Auch wenn ich lediglich einen kleinen Betrag für Verpflegung ausgebe, dauert es noch fast eine Woche, bis ich den ersten Scheck von Ana bekomme. Dank meiner chaotischen Ankunft hier will sie mich erst nach vierzehn Tagen bezahlen. Wahrscheinlich als Druckmittel.

»Hier.« Ian hält mir eine Dose Limonade hin, die er aus der Kühlbox gefischt hat.

»Endlich.« Ich öffne die Dose und nehme einen gierigen Schluck. Die Seide klebt an meinem Rücken, unter meinen Achseln und ich zupfe am Ausschnitt herum, um etwas Luft unter den Stoff zu wedeln.

Das Ergebnis der letzten Stunden kann sich sehen lassen. Der Zaun, der den Hühnerstall umgibt, steht wieder. Gut, ich muss zugeben, dass Mister Bizeps neben mir dabei helfen musste. Aber ich bin froh, dass die Hühner jetzt wieder ein Zuhause haben, das nicht so wirkt, als wäre ein Tornado über sie hergefallen.

Bei dem Anblick fällt mir ein, dass ich laut Ana nächste Woche anfangen soll, die Böden abzuschleifen. Sobald ich mit den Tapeten fertig bin. »Sag mal, was muss ich denn beachten, wenn ich einen Holzboden abschleife?«

»Du hast so was echt noch nie gemacht.« Keine Frage, mehr eine ungläubige Feststellung.

»Nein.«

»Warum bist du dann hier? Ich verstehe das echt nicht. Langweilt die Stadt dich? Willst du deinen blonden Horizont erweitern?«

»Ich bin nicht blöd, nur weil ich blond bin.«

»Mag sein, aber ganz helle anscheinend auch nicht. Warum sonst nimmt man so einen Job an, ohne jede Vorkenntnis?«

Aus Verzweiflung, aber das sage ich nicht.

»Dann googel ich halt.« Ich will nicht weiter mit ihm über den Grund reden, warum ich in Hartwell bin. Es war eine Sache, Melissa meine Geschichte zu erzählen, aber eine andere, Ian einzuweihen.

Er gibt ein Brummen von sich, nimmt einen Schluck aus seiner Dose und sieht mich dann direkt an. Kälte ist da keine mehr, dennoch sorgt dieser Blick dafür, dass sich die Haare auf meinem Arm aufstellen.

»Du brauchst einen Schwingschleifer, vierziger Schleifpapier – nimm aber nicht das billige und auch nicht das teuerste.«

»Okay, wo bekomme ich all das her?«

Ian schüttelt den Kopf. »Baumarkt. Aber wag es ja nicht, den Boden in Bills Pension mit irgendeinem von den Leihgeräten dort zu bearbeiten. Du brauchst auch was zum Versiegeln des Bodens. Ach ja, und pass auf Nägel und Schrauben auf.«

Ich starre ihn an und versuche, mir in Gedanken all die Informationen zu notieren, die gerade aus ihm herausbrodeln.

»Soll ich es dir aufschreiben?« Ian bemerkt scheinbar meinen kläglichen Versuch, alles abzuspeichern. »Doch nicht so helle, was?«

Das breite Grinsen und die erneute Anspielung auf meinen IQ ignoriere ich. Drei Tage reichen aus, um sich daran zu gewöhnen. »Ich hätte doch Google nehmen sollen oder Youtube. Die beurteilen mich wenigstens nicht nach meiner Haarfarbe.«

»Dann würdest du mein grandioses Angebot verpassen, Blondie.«

Mein Herzschlag verrutscht ähnlich wie die Dose in meiner Hand, nur Letztere bekomme ich rechtzeitig wieder zu fassen. »Was für ein Angebot?« Meine Kehle fühlt sich trocken an, obwohl die Dose längst leer getrunken ist.

»Wenn du mir eine Frage beantwortest, besorge ich alles, was du brauchst. Inklusive des besten Schwingschleifers, den du in der Umgebung kriegen kannst.« Er verschränkt die Arme vor der Brust, doch zum ersten Mal bekomme ich keine Angst beim Anblick seiner Unterarme.

»Wirst du das Teil auch bedienen?«

»Das musst du mit Ana klären.«

Okay. Das könnte eine Herausforderung werden. »Wie lautet die Frage?«

»Warum fährst du einen verrosteten Leichenwagen bis nach Hartwell?«

ian

Diese Frau treibt mich jetzt seit fünf Tagen in den Wahnsinn. Dennoch lässt sie mich jeden Morgen breit grinsen. Die Outfits, in denen sie täglich aufkreuzt, sind einfach zu gut. Ich ertappe mich immer öfter dabei, dass ich mir morgens schon ausmale, was sie tragen wird. Wieder so ein Kostümchen mit Seidenbluse und engem Rock wie gestern? Oder Glitzertop zu Steuerberaterhose wie den Tag zuvor? Dabei muss sie mittlerweile eingesehen haben, dass diese Outfits nichts für die Gartenarbeit sind. Gestern war ich ein paar Minuten zu früh dran und habe heimlich ihren Wagen gecheckt. Sie hat nicht aufgetankt. Gott, was freu ich mich auf ihre Erklärung, weshalb sie mit ihrer Karre hierhergekommen ist. Aber zuerst muss Ana meiner Hilfe zustimmen.

»Hi. Sorry, dass du warten musstest.« Andy klettert in den Dodge. Sie trägt Spitzenshorts und ein enges schwarzes Oberteil, das am Ausschnitt nur aus dünnem, durchsichtigem Stoff besteht. »Was?«, kommentiert Andy meine Musterung.

»Nichts.« Ich lenke den Wagen zu meinem Grundstück und habe das Gefühl, ihren Blick auf mir zu spüren. »Hast du Ana schon gefragt?«

»Nein.« Sie seufzt. »Ich warte noch auf einen Tag, an dem sie mich nicht so beäugt, als könnte ich ihr heimlich Arsen in ihren Kaffee gießen.«

»Darauf kannst du lange warten.« Ein leichtes Lachen entringt sich mir. »Ana hatte wohl seit vielen Jahren keinen einzigen guten Tag mehr.«

»Aber du hattest welche?«

Mein Blick huscht kurz zu Andy, die mich mit aufgerissenen Augen anstarrt.

»Sorry, das wollte ich nicht sagen«, schiebt sie schnell hinterher.

Dieses Mal poltert das Lachen regelrecht aus mir heraus. »Erinnere mich daran, dir morgen einen Rasierer zu schenken.«

»Wie? Warum?«

Aus dem Augenwinkel kann ich erkennen, dass sie rasch ihre Beine und Achseln überprüft. »Weil dir endlich Haare auf den Zähnen wachsen, Blondie.« Sie hält in der Bewegung inne und ich kann nicht anders, muss sie noch einmal kurz ansehen. Der Gesichtsausdruck ist es wert. Schnell konzentriere ich mich wieder auf die Straße und lenke den Wagen rechtzeitig auf den Pfad, der zu meinem Haus führt.

»Wirklich witzig, Ian«, sagt sie nach mehreren langen Sekunden.

»Schlagfertig bist du ja nicht gerade, Darling.«

Kaum kommt der Wagen zum Stehen, öffnet sie den Anschnaller – nicht ohne mir einen grimmigen Blick zuzuwerfen – und knallt die Autotür einen Hauch fester zu als notwendig. Ich folge Andy hinaus. Sie stapft geradewegs zu dem Beet, aus dem wir gestern die totgetrampelten Blumen herausgerissen haben. Ihr Outfit ist wirklich nicht auf Gartenarbeit abgestimmt und das bleibt nicht ohne Auswirkungen. Bei jedem Schritt schwingt ihr Hintern hin und her. Knappe Spitzenshorts sind eindeutig keine gute Idee. Weder für sie noch für mich.

»Hilfst du mir mal?« Andy hebt einen der Säcke mit Blumenerde an, die an der Veranda lehnen, lässt ihn aber sofort wieder fallen. »Oder willst du nur zusehen und mich alles alleine machen lassen?«

»Einer muss ja hier die Kontrolle haben und alles überwachen. In der Regel ist das immer der mit mehr Erfahrung.« Mit etwas Glück springt sie darauf an. Andy zu reizen, hat in den letzten Tagen einen gewissen Spaßfaktor entwickelt, auch wenn ich noch immer nicht ganz verstehe, woher das eigentlich kommt. Vielleicht liegt es den Shorts, vielleicht an der Schlagfertigkeit, die sie langsam ausgräbt. Heute scheint sie ja einen recht impulsiven Tag zu haben. Weniger blinzeln, mehr reden, ohne ewig nachzudenken.

»Jeder, dessen IQ über den einer Brotscheibe hinausgeht, kriegt das hier hin.«

O ja, und wie sie darauf anspringt. Ich presse meine Lippen zusammen, um nicht breit zu grinsen. Andy dreht sich schwungvoll um, dabei grummelt sie etwas vor sich her, das verdächtig nach »Sklaventreiber« klingt. Mit einem Blick auf ihren runden Hintern, der sich vorzüglich unter den Spitzenshorts abzeichnet, grinse ich nun doch. Ich greife mir eine Schaufel und schlendre ihr hinterher. »Blondie, eins muss man dir lassen. Du bist schon eine ganz spezielle Nummer.«

»Wie meinst du das?«

»Da fallen mir direkt mehrere Gründe ein«, sage ich, noch immer grinsend. »Nummer eins: hier aufzutauchen und innerhalb einer Woche alles auf den Kopf zu stellen. Mein Grundstück. Die Arbeiten auf Anas Anwesen. Selbst Melissa und Caleb reden über nichts anderes mehr als deine Ankunft hier.«

»Was hat sie dir erzählt?« Ihre Stimme wandert eine Etage höher.

»Sollte sie mir was erzählen?«

»N-Nein.« Andy fängt an, in der Erde vor sich herumzustochern. »Ist das alles? Mein Talent, Chaos anzurichten?«

Ich lehne mich auf die Schaufel und beobachte sie. »Nummer zwei wäre wohl, dass du nicht ganz so schlimm bist wie erwartet.« Sie hält inne und blinzelt zwei-, dreimal. Am Anfang hat es mich genervt. Inzwischen bin ich mir sicher, das ist ihre Art, sich die Dinge erst einmal durch den Kopf gehen zu lassen, um ihre Antwort genau abzuwägen.

»Und der dritte?«

»Wie bitte?« Das ist alles, was ihr dazu einfällt?

»Es klang so, als würde noch mehr folgen. Aller guten Dinge sind drei, nicht wahr?«, sagt sie an die Erde gerichtet.

»Es interessiert dich also nicht, *welche* Erwartungen du nicht erfüllst?«

Ein bitterer Zug legt sich auf ihren Mund. »Nein, ich habe das Interesse daran verloren zu erfahren, welche Erwartungen ich *nicht* erfülle.«

Interessant. »Der dritte ist«, fahre ich fort, »dass du seit einer Woche bei Ana lebst, ohne dass einer von euch beiden ermordet im Haus liegt. Wenn Melissa sich nicht täglich von Anas Lebendigkeit überzeugen würde, müsste ich deine Kleidung nach Blutspuren absuchen.«

Die Verbitterung auf Andys Gesicht weicht einem glockenhellen Lachen und ihre Züge werden weicher. Das hier ist nicht mehr Blondie. Unter dem Make-up und der starren Fassade taucht jemand anderes auf und diese Person wirkt weitaus interessanter.

»Ian, sei lieber nicht zu nett zu mir. Nachher fange ich noch an, dich zu mögen.« Andy lacht immer noch, schüttelt dabei den Kopf und widmet sich wieder dem Blumenbeet, vor dem sie kniet. Ich werfe einen letzten Blick auf ihren Hintern, dann hocke ich mich neben sie und gehe ihr zur Hand. Das Grinsen bekomme ich jetzt eh nicht mehr aus meinem Gesicht.

Andy ist wirklich eine Nummer für sich.

Kapitel 14

andy

So langsam sollte ich dringend eine Wäsche anstellen, sonst muss ich im engen Cocktailkleidchen Unkraut jäten. Die Art, wie Ian täglich meine Garderobe mustert, ist mir genauso wenig entgangen wie die Belustigung, die dabei in den grauen Augen aufblitzt. Ich muss ihm nicht noch mehr Gründe liefern, an meinem Verstand zu zweifeln.

Seine Worte vorhin haben mich verletzt. Nicht weil er mir damit klar gemacht hat, was alle hier zu Beginn von mir gedacht haben. Sondern weil sie mich daran erinnerten, dass ich in den letzten Jahren immer versucht habe, Jacobs Erwartungen gerecht zu werden. Dass ich nun, aufgrund meiner Anpassung an Jacob, genau deswegen auf Ablehnung stoße, frustriert mich. Es wird immer Menschen geben, die mich nicht mögen. Welche, die mich mit Vorurteilen betrachten, weil ich mit chaotischen Locken und bunten Strickjacken die Einsamkeit der Bücher vorziehe. Oder andere, die mich wegen meines geglätteten Haares, perfektem Make-up und teurer Kleidung zu einem Dummchen degradieren. Es wird immer Erwartungen geben, die ich nicht erfüllen kann.

Doch aus irgendeinem Grund frustriert es mich, dass Ian dieses Bild von mir hat und dass ich das Bedürfnis verspüre, ihn vom Gegenteil zu überzeugen.

Ich steige unter die Dusche und versuche, neben dem Schweiß und Dreck des Tages auch meine Gedanken den Abfluss hinunterzuspülen. Die Haare in einem Handtuch zu einem Turban gebunden, schlüpfe ich anschließend in eines meiner letzten sauberen Shirts und eine kurze Hose. Es klopft an meiner Zimmertür. Ich schließe den Knopf der Jeans, zupfe das Oberteil zurecht und öffne. »Melissa?« Überrascht starre ich die junge Frau an.

»Ich wollte mich nur vergewissern, dass du noch lebst.« Sie schiebt sich an mir vorbei in mein Zimmer. »Wie läuft es mit dem Drachen da unten?«

Ich stöhne frustriert auf. »Sie redet kaum. Ich traue mich seit Tagen nicht, sie darauf anzusprechen, dass Ian mir beim Fußboden helfen will.«

»Er kann es echt nicht lassen.« Sie schüttelt den Kopf.

»Was denn?« Jetzt bin ich neugierig.

»Ständig muss er überall helfen. Seit Jahren bietet er Ana an, das Haus wieder instand zu setzen.«

Plötzlich ist da die Erinnerung an das Gespräch, das ich an meinem ersten Morgen hier belauscht habe. »Warum wehrt sie sich dagegen?«

»In ihren Augen tragen die Leute in Hartwell die Schuld an Bills Tod.« Ein Band aus Trauer legt sich um Melissas Züge.

»Wie können die schuld daran sein?«

»Bill war immer ein Ankerpunkt der Gemeinschaft. Ihm lagen die Anwohner in Hartwell am Herzen. Ich glaube, Ana war darüber oft verärgert, statt bei ihr zu sein, war Bill in Hartwell unterwegs und half einfach überall aus. Dabei war diese Pension immer Bills Traum, obwohl sie eigentlich aus Anas Familie stammt.«

Überrascht blicke ich Melissa an.

»Hast du dich nie gewundert, dass dieses Anwesen das Houadis-Anwesen ist? Bill hieß mit Nachnamen Sanders. Doch da die Pension schon immer den Namen trug, hat Bill nach der Hochzeit Anas Mädchennamen angenommen. Das war damals schon fast ein Skandal.« Melissas trauriges Lächeln verstärkt sich. »Aber ein viel größerer Skandal wäre es gewesen, das Houadis-Anwesen plötzlich umzubenennen. Also hat Bill wie immer das Richtige getan. Er hat Ana geheiratet und mit ihr die Pension übernommen. Meine Mom lernte früh meinen Dad kennen, Esthers Vater ist nach seinem Studium in Atlanta nicht zurückgekehrt. Keiner von ihnen wollte dieses Haus übernehmen. Bill hingegen hat das Anwesen immer geliebt und Ana war das älteste Kind, es passte einfach perfekt.«

»Was hat das mit Bills Tod zu tun?«

»Er hatte in den letzten Jahren immer wieder Probleme mit seinem Herzen. Die Ärzte rieten ihm dazu, sich öfter auszuruhen, generell alles ruhiger anzugehen. Davon hielt er wenig. Eines Abends rief Ians Vater an und bat ihn zu kommen. Bill fuhr zu ihm und kam nie dort an.«

Mein Kopf zuckt hoch. Das Herz stolpert mir in der Brust. Ich wage es kaum, die nächste Frage auszusprechen. »Was ist passiert?«

»Herzinfarkt, bei der Fahrt. Der Wagen steuerte gegen einen Baum und Bill starb noch am Unfallort an den Verletzungen. Den Herzinfarkt hätte er vielleicht überlebt, nicht aber den Unfall.«

Ich schlucke schwer. Fassungslos starre ich Melissa an, die wiederum die Wand anstarrt. Der Schmerz, der sich noch immer auf ihrem Gesicht und in den blauen Augen abzeichnet, nimmt mich selbst mit, taucht mich hinab. Das Atmen fühlt sich zu laut an, zu leicht für diesen Moment, während Melissas Onkel ohne Vorwarnung aus ihrem Leben verschwand.

Eine Weile sitzen wir so da, die Worte liegen schwer im Raum.

»Deswegen will sie nicht, dass Ian ihr hilft?« Meine Stimme ist nur ein Flüstern.

Melissa nickt vorsichtig. »Sie weiß bestimmt, dass Ians Familie nicht für Bills Tod verantwortlich ist. Dennoch …« Sie schüttelt den Kopf. »Ian bietet ihr seit Jahren seine Hilfe an. Er hätte dieses Bauprojekt auch gut gebrauchen können. Außerdem war ihm immer wichtig, die Pension zu erhalten, um Bill zu ehren und die Freundschaft, die zwischen seinem Vater und Bill bestand. Doch Ana schickt ihn ständig weg.«

ian

Enge graue Leggins und ein Top mit Glitzer-Schriftzug auf der Brust, das ist Andys heutige merkwürdige Kombination, die ich mit einem Schnauben quittierte.

Etwas an Andy hat sich aber verändert, das habe ich mittlerweile gemerkt. Sie trägt weniger Make-up, denn heute bedecken Sommersprossen ihre Nase. Die hellen Haare stecken auch nicht wie üblich in einem Pferdeschwanz, sondern bilden einen wirren Knoten auf ihrem Kopf.

»Willst du mein Outfit noch kommentieren oder mich weiter mit offenem Mund anstarren?« Sie lächelt leicht, während sie sich abschnallt.

Inzwischen sind wir auf meinem Grundstück angekommen. Die ganze Fahrt über musste ich immer wieder zu ihr rüberschauen, weil diese Sommersprossen mich völlig aus der Bahn werfen.

Offenbar hat sie das bemerkt.

Sie steigt aus dem Dodge und wird augenblicklich von Jasper begrüßt, der ihr schwanzwedelnd entgegenläuft.

»Früher hat er *mich* begrüßt«, murmle ich mehr zu mir selbst.

Vor ein paar Tagen hat er angefangen, sich Andy zu nähern, und seitdem begrüßt er sie zuerst. So langsam scheint sie Jasper gegenüber aufzutauen, denn soeben streichelt sie ihm zaghaft über den Kopf. Mein Kumpel kommentiert die viel zu kurze Zuwendung mit einem für ihn typischen Brummen und trottet neugierig neben Andy her. Wahrscheinlich ist er auch von den Sommersprossen verwirrt und will sich davon überzeugen, dass das mit der chaotischen Frisur und den Punkten auf der Nase tatsächlich Blondie ist. Ich beobachte Andy, die zielstrebig zum Schuppen läuft und die Materialien herausholt. Sie bewegt sich hier bereits, als hätte sie nie etwas anderes getan. Als wäre es selbstverständlich, dass sie hier täglich im Garten hilft, Blumen pflanzt, Zäune repariert oder sich um den Hühnerstall kümmert. Inzwischen glaube ich fast, dass sie die Arbeit genießt. Manchmal habe ich das Gefühl, sie würde aktuell alles machen, nur um nicht stillstehen zu müssen.

Verdammt, ich mache mir schon wieder Gedanken um Dinge, die mich nichts angehen. Mit schnellen Schritten hole ich auf und versuche zu ignorieren, dass diese Leggins sich dermaßen eng um ihre Beine und ihren Hintern schmiegt, dass wirklich kein Platz für Fantasien bleibt. Es ist nicht zu übersehen, dass dieser Hintern perfekt ist. Rund und fest. Mühsam wende ich den Blick ab, nur um gleich darauf an dem Glitzerschriftzug auf ihrem Top hängen zu bleiben.

Warum zur Hölle bringt sie mich heute so durcheinander? Das hier ist Blondie, der Designer-Laden auf zwei Beinen.

»Willst du was trinken?«, frage ich Andy, als sie mit zwei Schaufeln zurückkommt, und zwinge mich dazu, ihr ins Gesicht zu schauen.

»Das fragst du doch sonst nicht.«

»Ich biete dir immer was an.«

»Aber nie bevor wir überhaupt mit der Arbeit angefangen haben.« Sie lehnt die Schaufeln an die Veranda und verschränkt die Arme vor der Brust, was den Glitzerschriftzug in meinen Blickwinkel rückt.

Hitze steigt mir den Hals hinauf, legt meine Kehle trocken. Ich brauche dringend eine Abkühlung. »Okay, dann gibt es heute eine Ausnahme.« Beinahe fluchtartig eile ich ins Haus, fische zwei Dosen Limonade aus dem Kühlschrank und atme ein-, zweimal tief durch, bevor ich wieder rausgehe. Verdammt, was ist heute los? Frustriert schüttle den Kopf, vertreibe die Gedanken über Blondie und die Bilder von Glitzertops und Sommersprossen, die sich immer mehr einnisten. Die Sommer sind einfach nicht mein Ding.

»Was ist eigentlich mit dieser riesigen Wurzel da hinten?« Sie zeigt auf das Ungetüm, das gut und gerne einen Durchmesser von zwei, drei Metern hat.

»Ein Kundenauftrag wurde heute geliefert. Soll mal nen Deckenleuchter aus Holz werden, der sich natürlich um die Glühbirnen schlingt. Das zu schnitzen, wäre quasi unmöglich. Deswegen brauche ich die Wurzel.«

»Was machst du eigentlich genau?« Ihre Augenbrauen heben sich und große braune Augen schauen mich erwartungsvoll an.

Wie Blätter im Herbst, kommt es mir in den Sinn. Noch so ein Gedanke, den ich mit einem Kopfschütteln vertreibe.

»Von allem ein wenig, schätze ich. Meiner Familie gehört das Sägewerk in Hartwell und ein Baustoffhandel. Ich versorge die Umgebung hier mit allem Nötigen und Kunden mit Sonderaufträgen. Früher habe ich meinem Dad immer bei der Arbeit zugesehen. Mittlerweile fertige ich auf Anfrage selbst Schnitzarbeiten. Die Wurzel wird aber auch für mich eine Premiere. Das Biest muss erst einmal ordentlich gereinigt werden, bevor ich überhaupt anfangen kann. Dein Auftauchen hier hat meinen Zeitplan durcheinandergebracht.«

»Kann ich das nicht machen? Also die Reinigung?« Die Begeisterung in Andys Stimme überrascht mich beinah mehr als ihr Interesse.

»Ich glaube nicht, dass das was für dich ist, das ist echt harte Arbeit. Die Wurzeln müssen gründlich mit einem Hochdruckreiniger abgesprüht werden, bis wirklich keine Erde mehr daran klebt, und wie du siehst«, ich zeige auf die Bereiche, die komplett mit Erde und Lehm gefüllt sind, »steckt eine ganze Menge davon zwischen den Wurzeln. Das muss alles raus.«

Andy nickt nachdenklich, blickt mich dann aber mit ihren herbstlichen Augen an. »Darf ich es trotzdem versuchen?«

»Sag später nicht, ich hätte dich nicht gewarnt.« Sie schüttelt den Kopf und lächelt mich an. Dabei bilden sich winzige Fältchen um ihre Augen.

»Okay, hilfst du mir eben dabei, die Holzplatten für morgen auf den Pick-up zu laden?« Ich muss mich räuspern, weil meine Stimme schwächelt.

»Ähm, klar.«

Ich bedeute ihr, mir zu folgen, und im Schuppen schnappen wir uns die Hölzer, die nach Andys turbulentem Auftauchen noch zu retten waren.

»Alle anderen sind kaputt?« Andy starrt niedergeschlagen auf die wenigen Balken.

»Jup.«

»Es tut mir leid.«

»Schon okay.« Eigentlich ist nichts okay. Weil Kenneth mir deswegen den Auftrag entzogen hat. Er nimmt mir zwar die fertigen Produkte ab, aber danach sucht er sich einen anderen Lieferanten. Das Geld, das mir damit flöten geht, ist mir egal. Die Vorstellung, das Sommerloch nicht mit zusätzlichen Auftragsarbeiten füllen zu können, aber nicht. Ein Sommer mit zu viel Freizeit ist nicht gut für mich. War es nie.

»Wo musst du die Sachen eigentlich hinbringen?« Andys Stimme vertreibt die Gedanken an einen Sommer, der seit Langem der Schlimmste werden könnte.

»Die müssen morgen nach Greenville.«

Wir tragen die Platten einzeln zum Pick-up und legen sie dort ab. Dann helfe ich Andy auf die Ladefläche und reiche ihr die Platten nach oben.

»Kann man da zufällig günstig shoppen gehen?«

»Ja, ich denke schon. Da gibt es einen Walmart und einen großen Secondhandshop. Aber auch ein paar kleinere Boutiquen, das wäre vielleicht eher –«

»Nein, Walmart und so klingt perfekt!«, unterbricht sie mich.

Meine Stirn zieht sich tief in Falten. »Du siehst nicht aus, als hättest du in deinem Leben schon einmal einen ›Walmart und so‹ betreten.«

Meinem Blick ausweichend, steht sie noch immer auf der Laderampe und überragt mich daher um fast einen Meter. Ich reiche ihr meine Hand, damit sie herunterklettern kann – und damit ich meinen Kopf nicht weiter in den Nacken legen muss, wenn ich mit ihr rede. Sie ignoriert sie und springt elegant wie ein Sack Kartoffeln vom Wagen.

»Hör auf, mich wie ein dummes Blondchen zu behandeln, das nur von Daddys Platinkarte lebt. So bin ich nämlich nicht.« Da sie sich wieder auf dem Boden befindet, muss sie endlich wieder zu *mir* aufblicken. »Wenn es so wäre, würde ich nicht täglich hier schuften, um den Schaden zu beseitigen. Dann hätte ich einfach Daddys Plastik gezückt und wäre im neuen Luxusschlitten davongebraust.« Herbstfarbene Augen funkeln mich wütend an und auf ihren Wangen bilden sich rote Flecken, die fast schon niedlich aussehen. »Wie dir regelmäßig auffällt, besitze ich keine passende Kleidung für den Job hier.« Sie deutet dabei einmal an ihrem Körper hinab und unwillkürlich folgt mein Blick ihr dabei. Was ich direkt bereue. Schnell schaue ich ihr wieder in die Augen und bemerke, wie die mich spöttisch anfunkeln.

»Denkst du, mir ist entgangen, wie du dich tagein, tagaus über mein Outfit amüsierst? Wie du es belächelst?«

Also *belächeln* würde ich das jetzt nicht mehr nennen. Ich trete einen Schritt zurück, um etwas Abstand zu gewinnen.

»Warum jetzt?«

Sie verschränkt die Arme vor der Brust und kaut auf ihrer Unterlippe herum. Ich schnappe mir die Spanngurte und fange an, die Ladung zu sichern. Einfach um meine Hände zu beschäftigen und nicht weiter auf Andys Unterlippe oder das Glitzerlogo zu starren.

Himmel, was ist denn derzeit los?

»Ich habe heute Morgen meinen ersten Scheck von Ana bekommen. Jetzt kann ich mir neue Klamotten leisten.«

»Du hattest echt keine Kohle?« Irgendwie habe ich bis jetzt nicht so recht daran geglaubt, jetzt drehe ich mich erneut zu ihr.

»Ich hatte noch 200 Dollar, als ich hier ankam.« Sie schlägt die Augen nieder. Es ist offensichtlich, dass es sie einige Überwindung kostet, das zuzugeben.

»Wow, das ist … wenig«, sage ich trocken und komme mir verdammt unbeholfen vor. Doch etwas Sinnvolles will mir einfach nicht einfallen. Ich habe Andy anfangs völlig falsch eingeschätzt und selbst das verwirrt mich nicht so sehr wie meine heutigen Reaktionen auf Sommersprossen und Glitzertop. Vielleicht wären ein paar weniger auffällige Outfits gar keine schlechte Idee. »Okay, ich nehme dich morgen mit.«

»Ernsthaft?«

»Klar, ich muss eh nach Greenville, dann können wir auch dafür sorgen, dass du mir übermorgen nicht im kleinen Schwarzen und High Heels hilfst. Ich hatte echt schon Sorge, dass du auf verdrehte Art mit mir flirtest.«

Ich grinse sie breit an und freue mich, als sie über den letzten Satz lachen muss.

Kapitel 15

andy

Letzte Nacht habe ich wieder die Gardinen beiseitegeschoben und anschließend das Sternenbild über mir betrachtet. Weil die Gedanken mich nicht schlafen ließen. Also habe ich die Nacht damit verbracht, die Sachen, die Jacob mir gekauft hat, auszusortieren.

So langsam gewöhne ich mich daran, morgens von der Sonne geweckt zu werden statt meines Weckers. Es ist kurz vor sieben und dennoch fühle ich mich ausgeruht, trotz nächtlichem Himmelanstarren.

Ich schwinge die Beine aus dem Bett und begebe mich summend ins Badezimmer. Moment. Seit wann summe ich morgens? Verwirrt starre ich mein Spiegelbild an. Meine Haare bilden ein heilloses Durcheinander. Auch wenn ich sie noch immer täglich glätte, die steigende Hitze und die schweißtreibende Arbeit lassen die Wellen hervorkommen. Deshalb binde ich sie mittlerweile zu einem Knoten zusammen. Beim Make-up greife ich seit ein paar Tagen nur noch halbherzig zu – und dennoch: Die Welt dreht sich weiter, auch ohne perfektes Styling. Immer noch summend, husche ich unter die Dusche, wasche mir die Haare und freue mich auf den Tag, der vor mir liegt. Ian holt mich später hier ab und dann fahren wir nach Greenville, das gut 30 bis 40 Minuten von hier entfernt in South Carolina liegt. Heute Abend hat Melissa mich in einen Laden eingeladen, der *Darcy's* heißt. Das soll wohl eine Cocktailbar hier in der Gegend sein.

Mit den Arbeiten am Haus bin ich diese Woche so gut vorangekommen, dass ich heute quasi einen Tag Pause einlegen kann. Die Aufgaben an der oberen Etage sind abgeschlossen und ich kann erst nächste Woche mit der zweiten Etage beginnen, wenn die neuen Tapeten geliefert werden. Zudem habe ich das Gefühl, dass Ana ganz froh ist, mich aus dem Haus zu haben. Die Gespräche mit ihr beschränken sich noch immer auf herrische Anweisungen ihrerseits, gefolgt von Mundwinkeln, die am Boden festgetackert sind. Ich versuche, ihren Anforderungen gerecht zu werden, verbringe die freie Zeit mit Recherchen im Internet und dennoch schaffte es bisher kein einziges Lob über die faltigen Lippen. Selbst den Scheck gab sie mir lediglich mit den Worten: »Für Ihre Bemühungen.«

Ich wickle mich nach der Dusche in ein Handtuch ein und stehe ratlos vor meinem Kleiderschrank. Ohne die ganzen Blusen und Kleider sieht es hier ganz schön mau aus. Nachher in Greenville kann ich die alten Sachen endlich gegen ein paar neue austauschen. Etwas Praktischeres für die Tage hier in Hartwell. Vor allem etwas, das nicht Jacobs Stempel trägt.

Mit einem Seufzen greife ich nach der einzigen verbleibenden Stoffhose und dem mit Spitze versetzten Trägertop. Heute sollen zum ersten Mal die dreißig Grad geknackt werden. Der Sommer nimmt immer mehr Fahrt auf. Meine Füße finden ihren

Weg in das letzte Paar Sandalen, das ich mir noch nicht eingesaut habe. Ich fühle mich bereit, den Tag mit Ian zu verbringen. Irgendwann im Laufe der Woche hat sich die Stimmung zwischen uns verändert. Als ich daran denke, breitet sich ein merkwürdiges Gefühl in meinem Bauch aus, ein schwaches Flattern. Ich schiebe es dem baldigen Verlust meiner Garderobe zu und schließe die Schranktüren.

Die Fahrt am Savannah River entlang, der ein Ausläufer des Lake Hartwell ist, bietet ein wunderschönes Bild. Ich blicke aus dem Fenster und lausche Ians Worten, der immer wieder den Arm ausstreckt und mich auf Besonderheiten in der Umgebung aufmerksam macht. Die Schafherde, an der wir vorbeifahren, lässt mich begeistert aufquieken. In Atlanta bekommt man so was nur selten zu sehen.

In Greenville angekommen, setzt Ian mich vor dem Secondhandshop ab.

»Ich müsste eigentlich in ein, maximal zwei Stunden wieder hier sein«, sagt er. »Wenn was ist, ruf an. Dort drüben ist der Shop, von dem ich dir erzählt habe. Fußläufig erreichst du den Walmart und – falls du es dir anders überlegst – auch ein paar Boutiquen.« Er zwinkert mir zu.

Ich verdrehe die Augen, kann das Lächeln aber nicht vertreiben, das an meinen Lippen zupft. Wenn er wüsste, wie sehr ich mich nach einer Jogginghose und einem einfachen Baumwollshirt sehne. Obwohl ich mich in den letzten Jahren an die hochwertigen Stoffe gewöhnt habe, weine ich noch immer meinen oversized Unishirts hinterher. Ian reicht mir die beiden großen Rollkoffer und steigt ein. Zum Abschied winkt er mir zu, bevor er sich zurück in den Verkehr einfädelt.

Trotz der beiden Hartschalenungetüme hinter mir gehe ich schwungvoll auf den Secondhandshop zu. Hoffnung füllt meine Brust, lässt mich noch einmal tief einatmen, bevor ich den Laden betrete. Eine ältere Dame bringt Preisschilder an Winterjacken an. Sie trägt ein gewagtes Blümchenkleid und eine pinke Brille auf der Nase, die ihre Augen unnatürlich groß wirken lässt. Aus riesigen Pupillen starrt sie mich an, nachdem ich räuspernd auf mich aufmerksam gemacht habe.

»Kann ich helfen?«, fragt sie mit einem milden Lächeln.

»Ja, das hoffe ich.« Ich deute auf die Koffer zu meinen Füßen. »Ich habe hier ein paar Sachen, die ich gerne verkaufen oder tauschen möchte.«

Die Dame, ich schätze sie auf kurz vor 60, bewegt sich an eine Seite des Ladens und zeigt mit der Hand, dass ich ihr folgen soll. Vor einem Tisch bleiben wir stehen. »Dann zeig mal, was du hast, Liebes.«

Ich lege die Koffer auf die freie Fläche und öffne sie. Als sie den Inhalt mustert, schauen mich irritierte Glubschaugen an.

»Ich befürchte, dafür wirst du bei Weitem nicht das bekommen, was du haben willst.«

»Was kann ich dafür denn bekommen?«

Eine Stunde später verlasse ich den Laden. Mein Herz hat kurzzeitig geblutet bei dem geringen Verkaufspreis, doch die Genugtuung, dass Jacobs heiß geliebte Outfits in einem Secondhandshop in South Carolina landen, war stärker. Außerdem durfte ich zum Ausgleich ausgiebig im Laden stöbern. Die Koffer sind vielleicht nicht so voll wie zuvor, aber ich habe mich mit reichlich Kleidung eindecken können. Sogar ein paar Shirts der Clark Atlanta University haben ihren Weg hineingefunden und die Blutung in meinem Herz direkt gestoppt. Das und zwei wohlig weiche Strickjacken mit kitschigen Fröschen und Katzen drauf fühlte sich wie ein Pflaster an, das sich augenblicklich auf die frische Wunde legte. Ich trete aus dem Shop und hebe unweigerlich die Hand vor meine Augen. Es wird nicht nur immer wärmer, die Sonne strahlt bereits unerbittlich auf den Asphalt hinab. Ich werfe einen Blick auf mein Handy, schreibe Ian, dass ich im ersten Laden fertig bin und eben noch zum Walmart laufe. Auf dem Weg dorthin komme ich an einer Bank vorbei und löse Anas Scheck ein.

Nach zehn Minuten Fußweg, die mir mit den beiden Koffern hinter mir wie dreißig vorkommen, erreiche ich den Walmart, der sich wie ein blechernes Ungeheuer vor mir auftürmt. Ein sachtes Kribbeln bereitet sich in meinem Bauch aus. Ich habe 800 Dollar und einen Walmart – damit kann ich mir quasi alles kaufen!

Und genau das mache ich.

Turnschuhe, neue Unterwäsche, ein riesiger Stapel kitschiger Band T-Shirts, sogar eine Latzhose landet im Einkaufswagen. Ich decke mich mit allem ein, was ich im Laden vorher nicht bekommen habe, und kaufe dabei gleich noch ein paar Kosmetikartikel. In dem Moment klingelt mein Handy und nachdem ich gesehen habe, wer anruft, nehme ich den Anruf lächelnd entgegen.

»Na, Shoppingqueen! Im Walmart schon der Verzweiflung nahe?«, meldet sich Ians Stimme am anderen Ende.

»Sei kein Idiot. Die haben hier wundervolle exotische Ware von ausgezeichneter Qualität, Ian.«

Das entlockt ihm ein schnaubendes Lachen. »Ich bin in fünf Minuten da, Blondie.«

»Okay, das sollte ich schaffen.«

Ian schüttelt nur den Kopf, als er mich mit meinen beiden Koffern und den unzähligen Plastiktüten entdeckt. Kommentarlos öffnet er die Ladeluke, nimmt mir alles ab und verstaut die Sachen auf der Ladefläche seines Pick-ups.

»Du warst wirklich shoppen? Im Walmart?«, fragt Ian und grinst breit, noch immer den Kopf schüttelnd.

Dafür landet mein Ellenbogen mit einem zarten Schubs in seiner Seite.

»Was ist mit den Koffern? Die fühlten sich nicht leer an. Musstest du deine Sachen wieder mitnehmen? Sehe ich dich weiterhin in Seide und Spitze?«

Ich beantworte die gespielte Begeisterung in seiner Stimme genau so wie das Lachen zuvor, indem ich ihn meinen Ellenbogen spüren lasse. »Nein, diese Ära endet. Von nun an passe ich besser in das Stadtbild von Hartwell, versprochen.«

»Schade. Es war eindeutig eine Abwechslung. Dazu ein nettes Ratespiel. ›In welchem wahnwitzigen Outfit erscheint Andy wohl heute?‹« Er grinst mich an. »Also, Andy Summers«, er verschränkt die Arme, beugt sich vor, sodass unsere Nasenspitzen sich fast berühren, »was ziehst du heute Abend an?«

»Heute Abend?« Mein Kopf ist wie leer gefegt bei der plötzlichen Nähe und dem Kribbeln, das sich von meinen Fingerspitzen über die Unterarme ausbreitet.

»Das *Darcy's.*« Ian schüttelt wieder den Kopf. »So langsam müssen wir los, der Rückweg um diese Zeit wird wahrscheinlich länger dauern und ich will mich noch frisch machen.«

»Du bist also auch da?« Hitze schießt in meine Wangen.

»Klar. Wir treffen uns regelmäßig dort.«

Vielleicht war es doch keine gute Idee, Melissa zuzusagen. »Ich weiß nicht, ob ich wirklich mitkommen sollte.« Ich mache einen Schritt zurück. Ian greift nach meiner Hand und das Prickeln verstärkt sich. »Andy, der Laden ist nett. Sie haben gute Cocktails und die Musik ist erträglich.« Ich starre seine Hand an, die meine festhält. Sie ist rau und warm und sie hält mich ohne jeglichen Druck. »Ich hole dich ab und fahre dich auch wieder nach Hause. Gönn dir mal einen Abend Pause. Lerne Hartwell kennen.« Mein Blick wandert in graue Augen. Lerne mich kennen. Aber das sagt er nicht. Dafür ist das amüsierte Grinsen in ein ehrliches Lächeln übergegangen, das die Wärme auf meinen Wagen bis in meinen Bauch ausweitet. Ausgehen und entspannen? Ich schüttele den Kopf. Keine Ahnung, wann ich so was zuletzt gemacht habe. »Klingt perfekt.«

ian

Auf der Rückfahrt schweigen wir. Im Vergleich zu der Stille, die sich in den ersten Tagen zwischen uns ausgebreitet hat, fühlt sich diese Ruhe jetzt angenehm an. Andy blickt verträumt aus dem Fenster. Die langen blonden Haare legen sich in leichten Wellen um ihr Gesicht, hüllen es ein wie ein goldener Vorhang.

In der Ferne kann ich schon die Schafherde entdecken, die Andy vorhin in solche Begeisterung versetzt hat. Ich will gerade ihre Aufmerksamkeit darauf lenken, als mir etwas auffällt. Ich kneife die Augen zusammen, ignoriere mein wild schlagendes Herz, das den Fleck längst richtig gedeutet hat. Ein Blick in den Rückspiegel. Ein Tritt auf die Bremse. Im nächsten Augenblick stehen wir schon am Straßenrand. Ich öffne die Tür, stürze geradezu hinaus. Hinter mir höre ich Andy irgendwas rufen, doch da springe ich bereits über den kleinen Weidezaun.

Panisch stieben die Schafe um mich herum auseinander, während ich auf den Punkt zulaufe, den ich eben von der Straße aus entdeckt habe. Nach wenigen Metern erreiche ich das laut blökende Schaf, welches sich auf dem Rücken liegend hin und her wiegt. Ich stoppe und versuche, mit ruhigen Schritten darauf zuzugehen, damit es nicht weiter in Panik gerät. Plötzlich taucht eine schwer atmende Andy neben mir auf, was dem Tier ein schrilles Blöken entlockt.

»Himmel, Ian! Was ist denn auf einmal?«

Andy schnauft wie eine alte Dampflok. Normalerweise würde sie dafür einen Spruch kassieren. Nicht jetzt. Ich deute auf das Schaf vor uns. »Hilf mir mal.« Sie scheint nicht zu verstehen, starrt mich an. *Stadtkinder!*

»Willst du, dass das Viech verreckt?«

Dieses Mal kommt das Keuchen eindeutig nicht vom Sprint. »Was muss ich tun?«

»Greif du am Hals in die Wolle, ich packe es am Becken. Bei ›drei‹ drehen wir es zusammen auf die Beine, okay?«

»O-Okay.«

»Eins.« Wir packen gleichzeitig zu.

»Zwei.« Ein Blick auf Andy.

»Drei.« Gemeinsam schaffen wir es, das Muttertier umzudrehen. Rasch erkläre ich Andy, dass Schafe sich nicht allein von der Position aufrichten können, weil ihnen die Möglichkeit fehlt, ihre Beine ausreichend auszudrehen. Liegen sie einmal auf dem Rücken, muss man ihnen aufhelfen. Passiert das nicht, kann das ihren Tod bedeuten.

»Ähm, Ian? Ist es normal, dass es sich nicht bewegt?« Andy blickt zweifelnd auf das Schaf vor uns.

»Ja.« Keine Ahnung. »Vielleicht steht es ja unter Schock?« Ich gehe langsam in die Hocke, Andy macht es mir nach. »Hmmm. Sieht wirklich etwas verstört aus.«

»Du machst ihm bestimmt Angst«, sagt Andy. »Ging mir anfangs genauso.« Sie grinst mich über die Wolle hinweg an.

»Ich hab dir Angst gemacht?«

»Aber ja. Todesangst«, flüstert Andy verschwörerisch.

»Jetzt übertreibst du aber.«

Sie lacht leise. »Nicht ganz. Ich habe dir einen heimlichen Kosenamen verpasst.«

»Echt? Verrätst du ihn mir?«

Andy überlegt gespielt, tippt mit dem Finger an ihr Kinn, da kommt Bewegung in das Tier. »Mürrischer B–« Mit einem Satz springt das Schaf zwischen uns durch, rammt Andy und die landet mit einem erstickten Schrei auf dem Hintern. Lachend gehe ich auf sie zu und reiche ihr meine Hand, um sie hochzuziehen.

»Was war das denn?« Sie ergreift meine ausgestreckten Hand. Ihre Finger sind zart und warm.

Ein Blick auf das senfgelbe Ungetüm, das sie heute trägt, verrät mir, dass Andy vorhin beim Zaun nicht so vorsichtig war wie ich. »Ich glaube, deine Hose ist kaputt«, sage ich und ziehe sie auf die Beine, zu abrupt, fast landet sie in meinen Armen. Sie steht vor mir, die eine Hand in meiner, die andere an meiner Brust abgestützt. Zum ersten Mal ist Andy mir nah genug, dass ich ihre Sommersprossen genau betrachten kann. Sie sitzen auf den Wangen, der Nase, dem Hals, sogar auf der Schulter finde ich die kleinen, zarten Sprenkel.

Ohne darüber nachzudenken, streiche ich mit den Fingern über die Haut, fahre die kleinen Flecken nach, als folgte ich einer Landkarte. Die Schulter entlang. Weiter über die weiche Haut an ihrem Hals. Andy atmet geräuschvoll ein, als mein Zeigefinger ihren Kiefer erreicht, gefolgt von Mittel- und Ringfinger. Sie gibt ein Stöhnen von sich und entlockt mir ein Lächeln. Ich beuge mich vor, spüre die Gänsehaut unter meinem Daumen.

»Riechst du das, Ian?«

»Was?« Verwirrt starre ich sie an.

Andy blinzelt. Sie wirkt wenig begeistert. Das bringt mich jetzt völlig aus dem Konzept. Ruckartig lasse ich ihr Gesicht los. Was habe ich hier beinahe getan?

»Das bin ich. Ian, ich rieche wie der Darminhalt einer ganzen Schafherde.« Sie lässt den Kopf gegen meine Schulter sinken. Ein Beben geht durch ihre Schultern und jetzt rieche ich es auch.

»Blondie. In was genau bist du da eben gelandet?«

»Matsch.« Andys Stimme dringt nur erstickt durch den Stoff meines Hemdes. »Lass es uns bitte Matsch nennen, okay?«

Kapitel 16

Ian

Die Art, wie sie mich mit aufgerissenen Augen ansieht, nachdem sie mir ihren Hintern präsentierte, gibt mir schlichtweg den Rest. Bis eben habe ich noch die Lippen zusammengepresst, doch jetzt poltert das Lachen aus mir heraus. Andy guckt mich weiterhin mit großen Augen an, steigt dann aber herzhaft mit ein.

»Ernsthaft, Ian, so kann ich nicht in deinen Wagen einsteigen. Den Geruch bekommst du nie wieder raus!« Sie deutet kopfschüttelnd auf meinen Pick-up. Wenn sie wüsste, wie Jasper manchmal stinkt, wenn ich mit ihm am See war. Aber den kann ich notfalls auch auf der Ladefläche mitnehmen. Das ist bei Andy ausgeschlossen.

»Ich muss an meine Koffer! Darin befinden sich irgendwo Hosen zum Wechseln.«

Ratlos blicke ich auf die Ladefläche vom Pick-up und den Großeinkauf, der sich dort auftürmt. Mein Blick schweift von all den Sicherungsseilen zu Andys Koffern, die sich ganz hinten und unter all den Säcken befinden, die ich gekauft habe. »Ich glaube, wir haben ein Problem.« Ich streiche mir über die Haare und sehe

Andy an. »Da kommen wir nicht dran, das dauert mindestens 30 Minuten und noch mal genauso lange, das ganze anschließend wieder zu befestigen. Dann schaffen wir es nicht mehr rechtzeitig bis ins *Darcy's*.«

Andy kaut grübelnd auf ihrer Unterlippe herum. Wenn sie das macht, wirkt sie so verletzlich und zart. Sie ist wirklich viel kleiner als ich. Ich knöpfe mein Hemd auf.

»Was machst du da?!«, fragt sie.

Zwinkernd reiche ich ihr mein Hemd. »Nimm das. Es müsste groß genug sein. An dir sitzt es wahrscheinlich wie ein langer Sack. Probier es mal an.« Andy hält sich das Hemd vor die Brust. Es reicht ihr tatsächlich bis zu den Knien.

»Ich soll das anziehen?« Ihr Blick huscht zurück zu mir, rote Flecken überdecken die Sommersprossen.

»Das oder gar nichts«, sage ich schulterzuckend. Ich komme in den Genuss, sie erröten zu sehen. Ihr Kopf nimmt langsam die Farbe einer Tomate an, während ihr Blick über meinen Oberkörper wandert. Man könnte meinen, ich wäre halb nackt, so wie sie mich anstarrt, dabei trage ich immer noch ein Achselshirt.

»Dann nehme ich lieber das Hemd!« Sie wedelt mir mit der Hand zu, will mir damit wohl sagen, dass ich mich gefälligst umdrehen soll. Grinsend folge ich der stummen Anweisung. Den Geräuschen nach zu urteilen, schlüpft Andy aus der Hose und gibt ein angewidertes Schnauben von sich. In Gedanken sehe ich sie vor mir, wie sie mit spitzen Fingern die Hose auszieht, darauf bedacht, möglichst wenig anzufassen. Der Gestank ist selbst mit dem Abstand zwischen uns kaum zu ertragen. Wenige Minuten später fällt die Beifahrertür in meinem Rücken ins Schloss. Ein Blick über die Schulter bestätigt mir, dass Andy längst im Wagen sitzt. Schulterzuckend laufe ich um den Pick-up herum und schwinge mich ins Auto. Dabei trifft mein Blick auf gebräunte Haut. Viel Haut, die langen, hübschen Beinen gehört, welche unter kariertem Stoff hervorlugen. Verdammt, das ist kein langer Sack. Das ist Folter.

andy

Die ganze Fahrt über habe ich kein Wort rausgebracht. Noch immer spüre ich das Prickeln an meinem Hals, dort, wo Ians Finger mich berührt haben. Die Berührung war so leicht, dass nur die Gänsehaut, die über meinen Körper jagte, mir verriet, dass sie wirklich da war. Bis der Geruch kam. Dieser widerliche Gestank, der alles andere überdeckte. Warum war da kein Loch, in das ich mich stürzen konnte? Dann wäre ich nie wieder hervorkrochen. Ich hätte sogar selbst noch tiefer gegraben, als Ian mir sein Hemd reichte, und noch tiefer, als ich mich darin neben ihm fand. Bis sein Blick langsam an mir hinabgeglitten ist, wäre ich kurz vor Australien, am anderen Ende der Welt, wieder hervorgekommen. Obwohl ich bei der Arbeit schon kurze Shorts getragen habe, kam ich mir in dem Stoff, der so intensiv nach ihm roch, seltsam nackt vor.

Ich werfe Ana nur ein kurzes Hallo zu, nachdem Ian meine Koffer im Haus abgestellt hat und weitergefahren ist. Noch immer habe ich Ana nicht wegen Ian gefragt, dabei wollte ich längst mit den Böden beginnen. Morgen, das nehme ich mir fest vor, rede ich mit ihr. Bei dem Gedanken daran, auch tagsüber mit ihm in der Pension zu arbeiten und ihm dabei zuzusehen, wie er die Holzböden abschleift, steigt Hitze in mir auf. Ich bin froh, als ich wenige Minuten später unter der Dusche stehe und diese nicht nur voll aufdrehen, sondern die Temperatur erst mal etwas runterregeln kann – ich brauche dringend eine Abkühlung.

Meine Haare haben sich bei der Hitze über den Tag leicht gewellt. Heute gefällt mir das, also lasse ich sie offen über meine Schultern fallen. Da meine sonst blasse Haut durch die Nachmittage auf Ians Hof langsam Farbe bekommt, erneuere ich mein Make-up nur an den Augen. Bei der Wärme verschmiert ohnehin alles und mit etwas Farbe im Gesicht komme ich mir nicht mehr so blass vor. Meine Sommersprossen lassen sich längst nicht mehr verstecken. Wie immer will ich zum roten Lippenstift greifen, verharre aber in der Bewegung. Früher hasste ich es, meine Lippen so auffällig zu schminken. Weil sie so noch voller wirken. Eigentlich hasse ich es noch immer. Mit einem hohen Geräusch landet das Teil mit dem schwarzen Klavierlack und goldener Verzierung im Mülleimer.

In meinem Schrank finden sich nur wenige verbliebene Kleidungsstücke. Irgendwas muss hier doch hängen, das ich heute Abend anziehen kann. Die Koffer stehen unten und Kleider habe ich nur aus zweiter Hand gekauft, die will ich erst noch waschen. Deshalb durchforste ich die verbliebenen Stücke nach etwas, das weder zu warm ist noch zu sehr an ein Bewerbungsgespräch erinnert. Doch gefühlt sind das die einzigen Dinge, die noch im Kleiderschrank hängen. Der Rest befindet sich entweder in der Wäsche oder in Greenville. Ich will schon verzweifeln, da bleibt mein Blick an etwas hängen, das eigentlich nicht mehr da sein sollte. Unten auf dem Boden des Schranks liegt ein Kleid und ich erkenne es sofort. Es ist definitiv … speziell – halt Jacobs Geschmack durch und durch. Das heißt, es ist kurz. Es ist eng.

Dazu besteht es aus seidigem goldenen Stoff, der meinen Körper perfekt umspielt.

»Das kann ich nicht bringen«, sage ich zu mir selbst.

»Dieses Kleid sollte ein letztes Mal ausgeführt werden«, antwortet eine leise Stimme in meinem Kopf.

ian

Man könnte fast meinen, ich wäre nervös, bei dem Takt, mit dem meine Finger gerade auf das Leder vor sich trommeln. Dafür gibt es keinen Grund. Schließlich gehen wir fast jeden Freitag ins *Darcy's* und mit Andy komme ich inzwischen gut klar. Es ist nur dieser Moment vorhin. Ich frage mich zum tausendsten Mal, was zur Hölle ich da beinahe getan habe.

Als ich aus dem Augenwinkel eine Bewegung wahrnehme, bricht der Takt ab. Ich drehe mich zum Eingang des Hauses, dorthin, wo Andy gerade erscheint. Auch ohne mich selbst sehen zu können, bin ich mir sicher, dass mein Kinn auf den Tiefen meiner Brust landet.

Nachdem ich in den letzten Wochen hier tagtäglich über ihre schrillen Outfits grinsen musste, bildet das hier einen krönenden Abschluss. Damit hat sie sich selbst übertroffen.

Hatte ich auf der Rückfahrt noch das Problem, nicht auf ihre Beine zu starren, weil mein Hemd diese kaum bedeckte, so weiß ich jetzt nicht, wo ich alles *nicht* hinblicken soll.

Dieses Kleid ist nicht nur kurz, es sieht aus, als hätte man ihren nackten Körper mit flüssigem Gold übergossen. Der Stoff legt sich um jede Kurve wie eine zweite, schimmernde Haut. Holy moly, Andy hat Kurven, die einem nicht nur den Atem rauben, da braucht man schon eine Herz-Lungen-Maschine, um wieder zu Atem zu kommen.

Ich zwinge meine Augen dazu, sich von ihren Beinen, ihren Hüften und erst recht ihren Brüsten zu lösen und Andy irgendwo oberhalb dieser goldenen Versuchung anzusehen. Ich kann nur hoffen, dass ihr der Totalausfall in meinem Gesicht entgangen ist.

Ein leicht blumiger Geruch erfüllt den Wagen, kaum dass sie eingestiegen ist. Entweder trägt sie heute ein anderes Parfüm oder ich habe mich in den letzten Wochen daran gewöhnt, denn heute ist der Geruch nicht unangenehm. Er kratzt nicht in meinem Hals. Ich will ihn eher weiter erkunden.

»Genug gestarrt?« Sie grinst.

»Hätte nie gedacht, das mal zu sagen, aber du siehst gut aus, Blondie.« Das »Blondie« betone ich dabei bewusst, um die Stimmung und das, was ihr Auftritt mit mir macht, aufzulockern. Außerdem bringt es sie meistens zum Lachen. So wie jetzt auch. Sie ärgert sich schon seit ein paar Tagen nicht mehr über den Spitznamen.

»Du siehst auch nicht übel aus, Ian Green«, sagt sie augenzwinkernd.

Die Fahrt ins *Darcy's* dauert nicht lange, es liegt direkt am Rand von Hartwell, nahe der Interstate. Es hätte genauso gut Stunden dauern dürfen. Dieses Mal wurde ich nicht nur von zwei braun gebrannten Beinen abgelenkt, dieses Kleid und Andys Anblick darin machen es mir schwer, mich überhaupt auf die Straße zu konzentrieren.

Als wir im einzigen Lokal der Umgebung ankommen, das Cocktails, eine Tanzfläche, gutes Bier und Burger bietet, bin ich bereits völlig durchgeschwitzt.

Melissas Begeisterungsstürme über Andys Outfit dringen schon zu uns, bevor ich die Wagentür ganz geöffnet habe. War ja klar, dass ihr das gefällt. Grinsend schließe ich den Dodge ab und schlendre zu Caleb. Seine Miene lässt mich ahnen, wie dümmlich ich vor wenigen Minuten noch ausgesehen habe. Ich verspüre den leichten Drang, Calebs Kiefer wieder zurück an seinen angestammten Ort zu schieben. Mit einem Schulterklopfen geselle ich mich zu meinem besten Freund.

»Hätte ich was anderes anziehen sollen?« Genau wie ich hat Caleb sich in Jeans und Hemd geworfen.

»Nein, ich glaube, die Mädels genießen heute einfach nur einen großen Auftritt.« Von Melissa sind wir knappe Kleider gewohnt, wenn wir feiern gehen. Doch Melissa sorgt in ihren Outfits nicht dafür, dass ich vergesse, wie man meinen Namen buchstabiert. Dabei hat der nur drei Buchstaben.

Ich zwinge meinen Blick zurück zu meinem Kumpel. »Lass uns reingehen, du brauchst das Bier wohl genauso dringend wie ich.« Mir ist nicht entgangen, dass Calebs Blick längst wieder an Melissa klebt. Wie immer.

Aus dem Augenwinkel sehe ich Melissa und Andy, eifrig tuschelnd, und gehe hinein. Am Tresen angekommen, werden wir lautstark von Trish begrüßt, die, ohne zu fragen, zwei Gläser mit Bier füllt und sie vor uns abstellt.

»Rede endlich mit ihr!«

»Worüber?« Caleb scheint mit seinem Blick die Schaumkrone vor sich hypnotisieren zu wollen.

»Du weißt genau, worüber.«

Caleb seufzt so heftig, dass der Schaum zittert. »Sie will davon nichts hören.«

»Mann, ihr gehört zusammen. Habt ihr nicht schon in der Grundschule rumgeknutscht?«

»Nein, das war nicht Melissa, das war … Sandy oder Vanessa. Wahrscheinlich beide«. Er grinst, bevor sein Blick wieder wehmütig wird. »Melissa habe ich das erste Mal auf dem Houadis-Anwesen geküsst. Beim Schulfest. In Anas Rosengarten.« Er hat sein Bier nicht angerührt, stützt seinen Kopf nur auf der Hand ab und starrt weiterhin den Schaum an, als sähe er darin etwas ganz anderes.

andy

»Ian lässt dich den ganzen Abend nicht aus den Augen.« Melissa zwinkert mir verschwörerisch zu. Schnell greife ich nach meinem Bier und nehme einen großen Schluck, in der Hoffnung, dass der Alkohol das Flattern in meinem Bauch ertränkt. Seit unserer Rückfahrt spüre ich dieses verrückte Kribbeln, sobald unsere Blicke sich treffen. Er sitzt neben Caleb, nur zwei Barhocker von mir entfernt, und doch spüre ich seinen Blick regelmäßig auf mir, während er sich mit Caleb und ich mich mit Melissa unterhalte. Die wird nicht müde, mich auf die Spannung, die plötzlich zwischen uns liegt, hinzuweisen.

»Was ist da eigentlich zwischen dir und Caleb?«, hake ich nach, um von mir abzulenken. Melissa verschluckt sich fast an ihrem Cocktail und blickt mich aus großen Augen an. »Da ist nichts zwischen uns!«, erwidert sie eine Spur zu abweisend und zu laut. »Wie kommst du darauf?«

Offensichtlich habe ich voll ins Schwarze getroffen. Mein Blick wandert zu Ian, der leicht die Augen verdreht und mir damit ein

Lächeln entlockt. Das schafft er in letzter Zeit immer öfter. Das Flattern verstärkt sich. Ich nehme noch einen Schluck.

Caleb dreht sich neben Melissa um und verschränkt die Arme vor der Brust. Er ist fast so groß wie Ian, aber schmaler gebaut, als Polizist ist er eindeutig gut in Form. Caleb und Melissa würden optisch gut zusammenpassen. Sie mit ihrer zarten Statur, der blassen Haut, und daneben er, mit seiner leichten Bräune, den rotblonden Haaren und dem sanften Lächeln. »Wer hat denn Schuld daran, dass nichts zwischen uns läuft?«, wendet sich Caleb an Melissa. Die Wut in seinen Augen überrascht mich. Bisher habe ich ihn nur als freundlichen, lächelnden Mann erlebt. Melissas Zurückweisung scheint ihn ehrlich zu treffen. Es klingt nicht, als wenn er diese Frage zum ersten Mal stellen würde.

»Ach jetzt hör auf mit dieser alten Leier.« Melissa wedelt mit der Hand vor seiner Nase. »Das ist Ewigkeiten her, komm endlich darüber hinweg!« Sie verdreht die Augen und grinst mich an. »Unser lieber Charmeur hier hat damals nämlich nichts anbrennen lassen, wenn du verstehst. Leider hat er dabei vergessen, dass er den Abend mit mir zusammen war und er morgens noch *mein* Bett verlassen hat, bevor er es sich mit meiner Schwester geteilt hat.«

»Da war ich 16! Wie lange willst du mir das noch vorhalten? Ich bin es leid, mich dafür zu entschuldigen.« Genervt lehnt Caleb sich an die Bar und blickt mich Hilfe suchend an. Meine Hände heben sich in die Höhe und ich hoffe, dass er die Botschaft darin versteht. Nicht meine Baustelle.

Ian taucht neben mir auf und mein Herz setzt einen Takt aus, als seine Schulter meine streift und seine Lippen kurz vor meinem Ohr halten. Sein Atem kitzelt meinen Hals, verstärkt das Kribbeln in meinem Bauch.

»Nimm die beiden nicht zu ernst, ich kenne sie seit dem Kindergarten und seit zehn Jahren führen sie diese On-Off-Beziehung. Seit Ende der Highschool sind es wesentlich mehr ›Offs‹ als ›Ons‹.« Bei den Worten muss ich schmunzeln. »Sie kommen nicht voneinander los, auch wenn sie es beide nicht zugeben wollen.«

Ich drehe den Kopf zu Ian, unsere Nasenspitzen berühren sich dabei fast. Dieses Mal streift sein Atem meine Lippen, hinterlässt ein sehnsüchtiges Kribbeln, das sich dort einnistet.

»Die beiden haben immer nur Augen für sich, können aber nicht über ihre Schatten springen, um neu anzufangen.«

Ich blinzle ein-, zweimal, frage mich, ob Ian noch von Caleb und Melissa spricht.

»Manchmal hat man eine wirklich gute Gelegenheit vor der Nase und bemerkt sie nicht«, antworte ich.

Dieses Mal treffen sich unsere Blicke und der Sauerstoff will meine Lungen nicht mehr erreichen. Die Intensität, mit der Ian mich ansieht, setzt sämtliche Nervenbahnen in Brand. Ein angenehmes Feuer, das sich in mir ausbreitet, meinen Bauch hinaufwandert und eine süße Wärme in meiner Brust verbreitet.

Kapitel 17

ian

»Diese Frau wird irgendwann mein Grab sein.« Caleb legt den Kopf auf dem Bartresen ab und suhlt sich eine weitere Runde in seiner Verzweiflung.

»Irgendwann wird sie sich einen Ruck geben.« Ein Versuch, ihn aufzubauen, dabei bin ich mir selbst nicht mehr sicher. Dafür ging es zu oft schief.

»Wie lange will sie auf einem Fehler herumhacken, der acht verdammte Jahre her ist?« Caleb stößt ein Seufzen aus.

»Keine Ahnung.« Ich habe es aufgegeben, meine beste Freundin zu verstehen. »Melissa ist ein Dickkopf. Da helfen weder logische Argumente noch scheint bei ihr die Zeit alle Wunden zu heilen.«

Mein Blick schweift durch die Bar und bleibt an Melissa und Andy hängen, die sich auf die Tanzfläche verzogen haben. Sie scheinen die Aufmerksamkeit sämtlicher Männer in dieser Bar auf sich zu ziehen, einschließlich meiner. Andy beim Tanzen zu beobachten, ist anregend und verstörend zugleich. Verstörend, weil sie sich bewegt wie ein von Arthritis geplagter Gaul. Anregend, weil dieses Kleid Andys Konturen golden schimmern lässt, alles hervorhebt, was sie zu bieten hat, und gerade genug verhüllt, um den Wunsch zu wecken, den Rest zu entdecken – das Gold durch Lippen und Hände zu ersetzen.

Melissa ruft ihr etwas über die Musik hinweg zu und bringt Andy zum Lachen. Dieses Lachen reißt ein Loch in meinen Magen. Ein schwarzes Loch, das alles verschlingt. Ihr Lachen verschwindet und Leere bleibt zurück.

»Deine Freundin hat schon eine spezielle Art zu tanzen«, bemerkt Caleb. Die Tatsache, dass er Andy als meine Freundin bezeichnet, ignoriere ich. Das ist eh nur ein Versuch, von dem Dilemma mit Melissa abzulenken. »Wenn wir nicht wollen, dass die Typen dort drüben«, er deutet auf eine Gruppe Studenten am Rand der Tanzfläche, »über die beiden herfallen, sollten wir uns dringend dorthin bewegen, um ihnen klarzumachen, dass die beiden vergeben sind.«

»Du vergisst, dass diese Frauen alles sind, aber nicht vergeben.« Ich bemühe mich zwar um Gelassenheit, beobachte aber ganz genau die Männer, die sich gegenseitig am Anblick der Hüften schwingenden Ladys aufheizen. Egal wie ungelenk Andys Bewegungen sind, sie sorgen dafür, dass das Gold immer höher rutscht, das immer mehr leicht gebräunte Haut darunter zum Vorschein kommt.

»Wenn das so weitergeht, ist Blondie eher *mein* Grab.«

Caleb lacht trocken auf. »Also? Überlassen wir sie den Halbstarken oder …?« Er muss den Satz nicht beenden. Ein Blick auf die Männer, die sich soeben auf die Mädels zubewegen, reicht aus. Ohne ein weiteres Wort setzen wir uns in Bewegung. Ich schnappe mir Andy, mein Freund hält schon Melissa im Arm. Keine Ahnung, weshalb die Welt augenblicklich zu kippen beginnt. Liegt es an Andys Nähe oder der Tatsache, dass die Typen fluchend abdrehen und sich an die Bar zurückziehen? Ich weiß nur eins, ich werde Andy den ganzen Abend nicht mehr loslassen, denn ich will nicht, dass irgendeiner von ihnen ihr so nah kommt, dass er ihren zarten Duft einatmet. Oder dass sich ihre Brust, die sich jetzt intensiv hebt und senkt, auf diese Art an eine andere Brust drückt als meine. Meine Hand liegt an ihrem Rücken. Durch den dünnen Stoff kann ich die feste Haut darunter spüren und die Wärme, die sie ausstrahlt. Ich bewege mich, dicht an Andy gedrängt, ohne wahrzunehmen, zu welchem Takt wir überhaupt tanzen. Die Musik höre ich längst nicht mehr. Ich sehe nur Andy, spüre ihr weiches Haar, in das ich mein Gesicht vergrabe, ihren Duft inhaliere, und ich nehme die Gänsehaut wahr, die sich überall dort ausbreitet, wo mein Atem auf ihre Haut trifft.

»Was soll das werden?«, fragt sie atemlos. Ich hoffe, dass es meine Gegenwart ist, die ihr gerade das Atmen erschwert.

»Ich versuche, den Typen da hinten nur klarzumachen, dass du kein Freiwild bist«, sage ich und blicke ihr wieder in die Augen. Dabei spielt ein Lächeln um meine Lippen, weil ich die Überraschung in ihrem Blick wahrnehme, als sie die Gruppe hinter mir betrachtet. Eine entzückende Röte breitet sich auf ihren Wangen aus.

»Bin ich nicht?« Große herbstfarbene Augen sehen mich an. Ich möchte darin versinken.

»Nur wenn du es willst.« Mein Herz setzt einen Schlag aus, weil Andy nicht sofort antwortet, mich nur weiter ansieht.

»Nein.«

Diese Antwort und das Lächeln, das ihre Lippen leicht nach oben kräuselt, lassen mich aufatmen. Ich drücke sie fester an mich, spüre ihren Körper, der sich an meinen presst, und ich bin mir sicher, das ihr nicht entgeht, was diese Nähe in mir auslöst. Mein Blick wandert von ihren langen Wimpern über die Sommersprossen auf ihrer Nase hin zu den vollen Lippen. Sie wirken weich und zart. Einladend. Süß.

Verdammt. Wann habe ich das letzte Mal darüber nachgedacht, eine Frau zu küssen? *In Hartwell.*

Ich weiß nicht, wen ich mehr überrasche, als ich meinen Kopf neige und meinen Mund auf ihren drücke. Sanft. Vorsichtig. Ich kann spüren, wie Andy aufseufzt, bevor sie in meinen Armen weich wird und ihre Lippen für mich öffnet. Ihr Geschmack ist berauschend. Ich presse sie noch fester an mich, greife mit einer Hand in ihr Haar und erkunde sacht ihren Mund. Als meine Zunge über ihre Lippen fährt und ich endlich an dieser Unterlippe knabbern kann, entfährt ihr wieder ein Seufzen. Meine Hände wandern ihren Hals entlang, legen sich seitlich um ihr Gesicht. Ich küsse sie intensiver und genieße die Süße auf ihren Lippen, die mir den Rest an Verstand raubt. Wenn ich davon überhaupt noch etwas übrig hatte. Längst schiebe ich Andy von der Tanzfläche. Unser Atem vermischt sich. Sie vergräbt ihre Hände in meinen Nacken, presst sich an mich und stöhnt in meinen Mund. Dieses Geräusch entzieht mir sämtliche Kraft. Ein kurzer Blick verrät mir, dass wir es irgendwie in die angrenzende Garderobe geschafft haben, die als Abstellkammer dient. Polternd landen wir am Tresen, ohne die Lippen auch nur ein einziges Mal voneinander zu lösen. Ich unterbreche den Kuss nur, um zu Atem zu kommen und Andy anzusehen. Ihre Lippen sind leicht geschwollen und ich gleite mit dem Daumen darüber. Einfach weil ich sie berühren muss. Wieder entlocke ich ihr dieses Seufzen, das das Verlangen in mir auf ein unerträgliches Maß ansteigen lässt. Die Röte auf ihren Wangen, dazu ihre großen Augen, die leicht geöffneten Lippen – all das sauge ich in mir auf. Ich küsse sie erneut und schiebe meine Hände unter ihr Kleid. Sanft hebe ich sie auf den Tresen.

Ihre Hände schlingen sich um meinen Nacken, während ich an ihrer Unterlippe knabbere und ihr erneut dieses kehlige Stöhnen entlocke. *Himmel!* Dieser Laut macht mich halb wahnsinnig, weil ich mich frage, wie sie erst klingen mag, wenn ich mich in ihr bewege. Ihre Beine schlingen sich um meine Hüften, lassen ihr Kleid höherrutschen. Andys Nähe, ihr Geruch, all das wirkt wie eine Droge auf mich, die mir den Verstand raubt. Langsam fahren meine Finger ihre Beine entlang, erkunden ihren Oberschenkel und entlocken ihr damit erneut ein sehnsüchtiges Seufzen.

»Andy, verdammt«, sage ich atemlos.

andy

So bin ich nie zuvor geküsst worden! So sanft, so stürmisch und leidenschaftlich zugleich. Mein Körper presst sich gegen Ians, meine Hände verkrallen sich in seinem kurzen Haar und meine Lippen öffnen sich. Sie verlangen nach mehr und flehen ihn an, bloß nicht aufzuhören. Ich bin wie die Sahara, wenn der erste Regen fällt. Ians Leidenschaft, seine Zärtlichkeit sauge ich in mir auf, will sie nie wieder hergeben. Wenn mein Körper vorhin glühend auf seine Nähe reagiert hat, dann brenne ich inzwischen lichterloh. Ohne Hoffnung auf Rettung. Es ist mir egal. Ich will nur noch seine Lippen, seine Hände, seine Härte spüren, dessen Berührung Stromschläge durch meinen Körper schickt, wenn er mich ununterbrochen küsst. Mein Körper sehnt sich so sehr nach Nähe, nach Berührung, dass ich befürchte, die Anspannung könnte mich bei jeder weiteren Bewegung, jedem erneuten Reiben in Scherben legen. Dennoch drücke ich mich Ians Hüften entgegen, die mich bereits jetzt nach Luft schnappen lassen.

»Andy, verdammt«, sagt er atemlos in meinen Mund und diese Worte allein entlocken mir ein Wimmern.

»Jake – bitte«, flehe ich, weil ich Erlösung brauche. Weil ich will, dass diese Qual endlich endet.

Sie endet.

Direkt.

Um sich anschließend zu multiplizieren, als Ian unseren Kuss unterbricht und mich hart von sich schiebt. Der Abstand zwischen uns lässt mich die Nähe seines Körpers schmerzlich vermissen. Es fühlt sich so falsch an, ihn nicht mehr zu spüren.

Ich verstehe nicht.

Völlig verwirrt schaue ich ihn an. Seine grauen Augen liegen hart auf mir und sie legen mein Herz in Trümmer. Das Flattern in meinem Magen, das sich in den letzten Minuten zu einer quälenden Energiewelle in meinem Schoß manifestiert hat, verwandelt sich jetzt in einen Kloß, der hart und eisig in meinem Magen sitzt. Ich suche in Ians Blick einen Grund für die plötzliche Unterbrechung und die Kälte in seinem Blick. Habe ich etwas falsch gemacht?

»Sorry, Blondie. Mit diesem ›Jake‹ kann ich wohl nicht dienen.«

Ich verstehe nicht …

Ein Beben geht durch meine Brust, das mein Herz umfasst, es einschließt und anschließend alles in tausend Stücke reißt.

Nein.

Bitte.

Nein!

Kälte umfasst die Trümmer in meiner Brust, als sich Ians Rücken langsam entfernt.

Das darf nicht passiert sein.

Habe ich gerade wirklich Jacobs Namen gesagt?

Als ich die Veranda vor Anas Haus betrete, bin ich dankbar, dass es dunkel vor mir liegt. Eine Konfrontation mit dem alten Drachen käme jetzt einem Todesurteil gleich. Melissa und Caleb haben mich nach Hause gebracht, nachdem Ian verschwunden war. Nach unserem Kuss. Nachdem ich –

Seufzend lasse ich mich auf der untersten Verandastufe nieder und starre in die Nacht. Die Sterne leuchten hell auf mich herab.

Der Mond versteckt sich hinter einer der wenigen Wolken am Himmel, doch seine Umrisse sind gut erkennbar. Er taucht meine Umgebung in weiches bläuliches Licht.

Mein Blick folgt den Wolken und ich strecke den Finger aus, male ihre Umrisse in der Luft nach, versuche, meine wirren Gedanken zu ordnen. Vielleicht vergeht dann dieses Gefühl in meiner Brust, das mir meine Lungen zuschnürt, mein Herz auswringt wie einen alten, nutzlosen Lappen. Vergebens. Egal wie viel Sauerstoff ich in meine Lungen presse, mein Brustkorb weitet sich, doch die Luft kommt nicht an.

Mit hängenden Schultern sitze ich auf der Veranda, ziehe die Beine an die Brust, die Härte des Bodens schmerzt an meinem Hintern.

Was habe ich mir nur dabei gedacht, Ian zu küssen? Es ist nun wirklich keine gute Idee, etwas mit dem Mann anzufangen, mit dem man täglich zusammenarbeitet. Die Trennung zu Jacob habe ich kaum verarbeitet und ich bin nun wirklich nicht der Typ für lockere Geschichten.

Aber dieser Kuss.

Genau genommen hat er mich geküsst und ich habe begeistert mitgemacht. Ihm nach dem heutigen Tag so nahe zu sein, hat alles in mir in Brand gesetzt. Seine Hand in meinem Rücken hat in mir ein Feuer entzündet. Ians Hüften, die sich fest gegen meinen Bauch pressten, seine spürbare Erregung – auf mich –, all das hat mir meine Sinne geraubt.

Da war keine Musik mehr, keine Menschen, kein Raum um uns herum. Nur noch Ian. Sein Griff aus festen Armen, der zärtliche Blick aus grauen Augen und sein warmer Körper, der sich so perfekt an meinen schmiegte. Wie zwei Puzzleteile, die zusammengehören. Jeder Hauch zwischen uns war mir zu viel Abstand. Ich konnte ihn gar nicht nah genug spüren. Es war, als hätte sich die Anspannung dieses Tages ins Endlose multipliziert und schlagartig entladen. Als hätte alles ausgesetzt.

Mein Verstand. Mein Herz. Die Erdumdrehung.

Ich war überrascht – nicht von seinem Kuss, sondern den weichen Lippen, die einen Kontrast zu dem leichten Kratzen seines Dreitagebarts boten, und der Leichtigkeit, mit der meine sich ihm hingaben. Wie leicht es mir fiel, diese Intensität zu erwidern.

Ohne Angst.

Ohne Furcht vor seiner Reaktion.

Ohne Sorge davor, etwas falsch zu machen.

Es war so befreiend, jemanden zu küssen, ohne die Konsequenzen zu bedenken. Ohne über die richtige Intensität nachzudenken, um keine Angriffsfläche zu bieten. Einfach nur küssen. Nur das harmonische Spiel sich bewegender Lippen. Ein Tanz aus Zungen, die sich streichelten, liebkosten und herausforderten. Die hungerten nach mehr und im selben Moment bereitwillig gaben. Bis heute habe ich nicht gewusst, wie gut es sich anfühlen kann, geküsst zu werden. Wie intensiv es sein kann ohne die Angst.

Gott, ich habe mich an ihn geklammert wie eine Ertrinkende. Ich schlinge die Arme um meine Knie, unfähig, dieses Haus zu betreten. Das Zimmer, das dunkel und leer dort oben wartet. Hier draußen bin ich nicht allein. Mit den Millionen Sternen über mir. Den Geräuschen des Windes und dem Duft des Waldes. Erst in Hartwell wurde mir bewusst, wie sehr ich es genieße, in der Natur zu sein. In Atlanta war ich die letzten Jahre mit viel zu viel Arbeit beschäftigt, um einen schönen Tag in einem der Parks zu genießen. Eigentlich hatte ich alles besessen und konnte mir doch nie etwas leisten. Mein Leben bestand aus der Arbeit für einen Mann, der mich nicht liebte. Mit Jacob war es nie so gewesen wie gerade. Nicht einmal in den Nächten, in denen Jacob mich so angesehen hat, als wäre ich die einzige Frau auf der Welt. Zu groß war die Angst in mir, etwas falsch zu machen. Ihn zu reizen und seinen Zorn auf mich zu ziehen. Dennoch habe ich mich immer an diese wenigen guten Momente gekrallt – so wie ich mich heute an Ian geklammert habe. Weil dieser Moment so schön, so gut war.

Ausgerechnet ich habe ihn zerstört.

Habe ich wirklich Jacobs Namen gesagt?

Ungläubig schüttle ich den Kopf. Warum muss gerade er mir in so einem Moment in den Sinn kommen? Warum muss ich immer alles kaputtmachen? Warum muss Jacob in diesem Punkt recht behalten? Müde stehe ich auf, schließe leise die Haustür auf und schleiche die Treppe hoch, darauf bedacht, kein Geräusch auf den alten Holzstufen zu machen. In meinem Zimmer angekommen, schäle ich mich aus dem Kleid und werfe es achtlos in die Ecke. Ich werde es nie wieder tragen. Es wird Zeit, endlich Abschied zu nehmen.

Von den Dingen, die er mir geschenkt hat.

Von Jacob. Endgültig.

Sonst komme ich nie voran.

Sonst komme ich nie von ihm los.

Sonst bin ich nie frei.

Nur in Unterwäsche gehe ich zum Fenster, öffne es weit und starre auf den Mond.

Verdammt, ich will frei sein.

Heute sollte ein großer Schritt nach vorne sein. Mit der Kleidung, die ich mir gekauft habe, *die ich mir ausgesucht habe.* Zum ersten Mal seit bald vier Jahren! Am Anfang stand ich völlig ratlos im Laden und wusste nicht mehr, was ich eigentlich mag, weil mir die Entscheidungen so lange Zeit abgenommen worden waren. Erst als ich ein Shirt der Clark Atlanta University in den Händen hielt, fiel es mir wieder ein.

Das Mädchen, das ich einst war.

Mit der Liebe für Hoodies, Strickjacken und bedruckten Shirts.

Ich bin zu aufgewühlt, um schlafen zu gehen. Also fange ich an, die Tüten und Koffer auszupacken und die Sachen in den Schrank zu räumen oder für die Wäsche zu sortieren. Immerhin entlocken mir die pinken Sneaker, die ich neben meinen anderen neuen Schuhen auf ein Regal stelle, ein Lächeln.

Bei dem Anblick lockert sich die Enge in meiner Brust – ein winziges Stück. Da fällt mir etwas ein, das diese Enge vielleicht noch weiter auflockert. Ich krame in meiner Tasche nach meinen Kopfhörern, schnappe mir mein Handy, auf das ich mir meine Lieblings-CD kopiert habe, die Esther mir zum 18. Geburtstag erstellt hat, und drücke auf *Play*.

Die Stimme von Faith Hill erfüllt meine Ohren und dringt direkt in mein Herz. Der Rhythmus der Musik und die Worte lassen mich vibrieren, zaubern mir den Ansatz eines Lächelns auf die Lippen. Es ist, als hätte Esther vor fünf Jahren gewusst, dass ich eines Tages vor den Trümmern einer Beziehung stehe und nach einem endlosen Kuss Trost in einem Lied suche.

Es fühlt sich fast so an, als wäre meine beste Freundin bei mir. Diese Songs sind für mich Esther. Ihre Lebendigkeit und die Fröhlichkeit spüre ich in den Liedern.

Während ich die restlichen Kleider sortiere, singe ich stumm mit.

Selbst Faith Hill will nicht, dass ich diesen Kuss vergesse.

Immer wieder, wenn der Refrain erklingt und sie über die Küsse singt – oder darüber, dass er sie im Mondlicht küssen kann, auf dem Dach unter dem Himmel –, sehe ich Ian.

Spüre seine Lippen.

Die Enge in meiner Brust wird kleiner.

Mit jeder Strophe. Mit jedem Takt.

Kapitel 18

andy

Wieder streiche ich mir den Schweiß von der Stirn. Haare kleben mir im Nacken, obwohl ich sie mir zu einem Knoten auf dem Kopf zusammengebunden habe. Ein paar Strähnen haben sich in den letzten Stunden aus dem Chaos gelöst.

Letzte Nacht habe ich kaum geschlafen und wenn, dann habe ich von grauen Augen geträumt. Völlig gerädert bin ich gegen halb neun aufgestanden. An dem Zustand konnte bislang weder die Dusche noch eine große Kanne Kaffee etwas ändern. Da heute Samstag ist, bin ich weder auf Anas Anwesen noch bei Ian eingeplant. So liegt immerhin das Wochenende vor dem nächsten Wiedersehen mit ihm. Und mir bleibt etwas Zeit, die Ereignisse des gestrigen Tages zu verdauen.

Entspannung finde ich keine. Sobald ich zur Ruhe komme, sehe ich ihn vor mir. Ich sehe den Ausdruck in seinen Augen, als er mich eiskalt von sich geschoben und mich dort allein hat sitzen lassen. Meine Versuche, mich in der Sonne mit einem guten Buch abzulenken, sind gescheitert, nachdem ich die Seiten regelmäßig nur anstarrte, ohne dass die Worte in meinem Kopf ankamen.

Ana war überrascht, als ich sie bat, ihr bei der Gartenarbeit helfen zu dürfen. Seitdem zupfe ich Unkraut, befreie die Blumen von vertrockneten Zweigen und abgestorbenen Blüten, harke die Erde fein säuberlich zusammen und gehe zur nächsten Fläche über, sobald ich mit einem Bereich fertig bin. Nur keine Pause machen. Sonst beginnt mein Kopf direkt wieder damit, sich in die falsche Richtung zu drehen. Die Musik auf den Kopfhörern und die harte Arbeit lenken mich immerhin kurzzeitig ab. Sobald meine Gedanken zum gestrigen Tag oder dem Kuss oder auch nur grauen Augen abschweifen, stürze ich mich schnell auf das nächste Beet, das nächste Unkraut, die nächste Pflanze. Auch wenn meine Arme und Knie schon nach einer Pause schreien und die Sonne unerbittlich auf mich hinabscheint. Ich bin noch nicht an dem Punkt, an dem ich Ruhe finde.

Die Playlist wechselt auf das nächste Lied und die Gitarrenriffs verraten mir sofort, welcher Song gespielt wird. Die Strophen wecken etwas in mir, das ich gerade eigentlich vergessen will. Schnell stopfe ich das Unkraut in den Korb neben mir und wende mich sofort dem nächsten grünen Halm zu. Glockenklar hallt die Stimme von Natalie Imbruglia in mir wieder. Ich setze mich kurz auf und atme mehrmals tief durch. Mit dem Handrücken fahre ich mir über das verschwitzte Gesicht. Ich spüre den Sand, der dabei kleben bleibt. Er ist mir egal.

Ana ist schon vor einer ganzen Weile ins Haus gegangen. Sie hat wohl auch kein Interesse an einem Gespräch. Die Sonne versengt meine Schultern und meinen Kopf. Ich habe längst einen Sonnenbrand. Doch der ist mir ebenfalls gleichgültig.

Das Lied wechselt wieder und LeAnn Rimes setzt zu einer ihrer schnulzigen Balladen an. Als die ersten Strophen erklingen, krame ich mein Handy aus der Gesäßtasche und beende das Lied. Früher ist mir nie aufgefallen, wie viele Liebeslieder Esthers CD enthält. Wo bleibt all der Grunge? Oder dieser merkwürdige Pop, der gute Laune verbreitet? Heute finde ich keine Entspannung bei der Musik – und um ehrlich zu sein, bei der Gartenarbeit auch nicht.

»Mir ist es ja egal, wenn Sie sich in der Sonne verbrennen, aber wagen Sie ja nicht, mich dafür verantwortlich zu machen.«

Ich blicke auf und finde Ana.

Eine Augenbraue deutet zum silbernen Haaransatz, der Mund in die entgegengesetzte Richtung. »Ich fahre Sie garantiert nicht ins Krankenhaus, wenn Sie bei der Hitze zusammenbrechen. Erst recht nicht, wenn Sie dabei meine Hortensien unter sich begraben.« Sie deutet auf die fliederfarbenen Blumen vor mir. »Wie wäre es endlich mal mit einer Pause, statt bei der Hitze einen Sonnenstich zu provozieren?«

Ich erhebe mich und klinge dabei wie ein ungeöltes Scharnier. Als wir der Veranda näher kommen, auf der bereits ein großer Krug mit eiskalter Limonade bereitsteht, merke ich erst, wie durstig ich bin. Das Glas, das Ana mir reicht, trinke ich so schnell leer, dass ich dem Drachen von Hartwell so etwas wie ein Lächeln entlocke. Wortlos füllt sie es erneut und blickt mich aus alten Augen an.

Ich setze mich zu Ana auf die Veranda, leere auch das zweite Glas, langsamer diesmal, doch Ana füllt es direkt auf. Das ist für ihre Verhältnisse überraschend fürsorglich.

»Sie haben sich also auf Ian Green eingelassen?«

Was? Ich bin mir sicher, dass meine Wangen rot leuchten, so heiß, wie die sich anfühlen. Ana lacht. Sie lacht? Ich wusste gar nicht, dass sie das kann. Das Lachen verändert ihr Gesicht, schenkt ihr ein Strahlen, das das Bild in meinem Kopf verrückt.

»Man merkt, Sie kommen aus einer Großstadt«, sagt sie schmunzelnd. »Miss Summers, das hier ist Hartwell. Eine Kleinstadt. Hier verbreiten sich Informationen schneller, als diese neumodernen Dinger«, dabei zeigt sie auf das Handy in meiner Hand, »es jemals könnten. Glauben Sie mir, wenn Ian James Green in der Öffentlichkeit eine Frau küsst, dann interessieren die Menschen sich hier dafür.«

Jetzt steht mir der Mund offen, inzwischen muss mein ganzer Körper tiefrot sein. Ich möchte im Boden versinken. Mich in Luft auflösen. Auf keinen Fall möchte ich mit Ana darüber reden, dass Ian mich geküsst hat. Mich um den Verstand geküsst hat, um genau zu sein. Anas Blick weiche ich aus. Zu peinlich ist es, dass sie mir gegenübersitzt, während in meinem Kopf die gestrigen Szenen ablaufen. In Dauerschleife. Vor allem da sich automatisch mein Atem beschleunigt. Den ganzen Tag versuche ich, diesen Bildern auszuweichen, und dann sorgt ausgerechnet die alte Dame dafür, dass sie ungefiltert in meinen Kopf dringen. Ana beobachtet mich dabei stumm. Meine Reaktion dürfte ihr Antwort genug sein.

»Also … wissen alle Bescheid?« Ich starre das Glas in meiner Hand an.

»Was haben Sie denn gedacht? Eine neue Eroberung von Ian Green und Sie denken wirklich, dass nicht sofort die ganze Stadt Bescheid weiß? So naiv können nicht einmal Sie sein, Liebes.«

Bei den Worten muss ich schwer schlucken. »Eine neue Eroberung?« Mir dreht sich der Magen um. Zu sehr erinnert mich das an einen anderen Mann in einer anderen Stadt.

»Ian ist bekannt für seine Frauengeschichten.« Ich sehe aus den Augenwinkeln, wie Ana wegwerfend die Hand bewegt.

»Frauengeschichten?« Zähe Säure bildet sich in meinem Magen.

»Einige junge Frauen haben sich schon Hoffnungen gemacht, ihn an sich binden zu können. Mister Green aber tauschte sie regelmäßig aus.« Ihr Blick wandert an mir herab. »Sie sind ganz nach seinem Geschmack. Blond. Hübsch. Künstlich.« Ihr Mundwinkel verzieht sich wieder so typisch Richtung Boden.

Moment, *künstlich?*

»Er hat die Verlobung mit meiner Nichte von einem Tag auf den anderen aufgelöst und ihr das Herz gebrochen.«

»Etwa Melissa?« Meine Stimme bricht bei den Worten. Die zähe Säure in meinem Magen kriecht mir den Hals hinauf, sie gibt mir das Gefühl, daran zu ersticken. *Melissa und Ian?*

»Jetzt machen Sie sich nicht lächerlich!« Ana lehnt sich im Stuhl zurück und blickt mich herablassend an. Das kann sie wirklich gut, einem das Gefühl geben, dumm und unnütz zu sein. Ich schlucke den sauren Geschmack herunter.

»Melissas Schwester, Jane. Sie war bis letztes Jahr mit Ian zusammen. Seitdem die Verlobung gelöst wurde, ist meine Nichte völlig von der Rolle. Hartwell wartet seitdem nur darauf, dass Ian sich über das nächste unschuldige Mädchen hier hermacht.«

»Ian hat sich nicht über mich ›hergemacht‹.«

»Da habe ich aber andere Geschichten gehört.«

Meine Wangen flammen auf und konkurrieren mit der Hitze in meinem Magen. Ich bin wieder auf den gleichen Typ Mann hereingefallen, dabei habe ich gedacht, Ian wäre anders. Die Tatsache, dass er in mir nur eine seiner Eroberungen gesehen hat, versetzt mir einen Stich.

Ich erhebe mich, ohne Anas letzte Worte zu kommentieren, und gehe zurück ins Haus. Während ich die Treppe hocheile, mir in meinem Zimmer die Sachen ausziehe und unter die Dusche trete, höre ich immer wieder ihre Worte.

Ich stelle die Dusche bewusst so kalt, wie ich es aushalte, in der Hoffnung, das Brennen in meiner Brust damit zu vertreiben. Ein Schluchzen entringt sich mir, als ich meinen Kopf gegen die Fliesen lehne, die sich angenehm kühl an meiner Stirn anfühlen. Ich verstehe einfach nicht, warum es mich so sehr trifft, dass Ian mich nur benutzt hat. Das sollte ich gewohnt sein. Ich lass mich ganz an den kalten Fliesen hinabgleiten. Wasser tränkt mir die Haare, fließt eisig meinen nackten Körper hinab. Das Brennen in meiner Brust bleibt.

Noch am Sonntag schreibe ich Ian in einer Nachricht, dass ich von nun an mit meinem eigenen Wagen fahre. Mein Tank ist mittlerweile gefüllt und den Weg kenne ich jetzt. Das Geld, das nach Anas erstem Gehalt übrig ist, wird nicht ausreichen, den Schaden bei Ian zu begleichen. Um die weitere Zusammenarbeit mit ihm komme ich nicht herum.

Auf Ians Hof angekommen, begrüße ich gedankenverloren Jasper, nehme nur nebenbei wahr, dass er fröhlich neben mir hertrottet, während ich zum Hühnerstall gehe und mich um die Tiere kümmere. Danach arbeite ich im Garten, erledige die Aufgaben, die Ian mir mit knappen Worten mitteilt. Wir beachten uns kaum. So bleibt es die ganze Woche zwischen uns. Oftmals ist er auch gar nicht anwesend, wenn ich ankomme. Dann schickt er mir nur eine Liste per Nachricht oder fährt kurz nach meiner Ankunft wieder vom Hof.

Wir sind wie zwei Magnete, die sich kontinuierlich abstoßen. Sobald ich auftauche, verschwindet er. Ist er in einem Teil des Gartens, weiche ich in den anderen zurück. Das Brennen in meiner Brust bleibt. Es begleitet mich jeden Tag und schwelt in mir, wenn ich in meinem rostigen Buick auf Ians Auffahrt zusteuere.

Bevor ich auch am Freitag auf seinem Hof meine Pflicht erfülle, nehme ich einen Umweg über den Supermarkt. Esther hat mich dazu überredet, heute Abend per FaceTime zu telefonieren, damit wir uns gemeinsam betrinken und die Sache mit Ian James Green abhaken können. Ihre Arbeit ließ in den letzten Tagen keine umfangreichen Telefonate zu, sodass wir nur kurze Nachrichten austauschen konnten. Das soll sich heute Abend ändern.

Der kleine Laden ist wie immer fast leer, nur eine Handvoll Anwohner wiegen Gemüse ab, unterhalten sich über das Wetter und füllen dabei ihre Körbe mit Lebensmitteln. Ich gehe an den Regalen mit Nudeln vorbei, biege um die Ecke und steuere geradewegs auf den Tresen mit alkoholischen Getränken zu.

»Was darf's denn sein?« Das breite Grinsen des Verkäufers bringt mich kurz aus der Fassung. Ich suche mir einen Weißwein aus, zeige auf das Etikett mit der geschwungenen Schrift und nehme anschließend die Papiertüte entgegen, zähle schon das Geld ab und lege es auf den Tresen.

»Richten Sie schöne Grüße aus.«

»Bitte was?«

»Green«, sagt der Typ und das Grinsen wird noch breiter. Anzüglicher. »Viel Spaß heute Abend.«

Ich presse den Wein an meine Brust, damit er mir nicht ebenso entgleitet wie meine Gesichtszüge. Ein Kichern in meinem Rücken lässt mich herumfahren. Schweigend starren mich eine Handvoll Augenpaare an. Die wenigen Gespräche im Laden scheinen verstummt zu sein. Kaum drehe ich mich wieder um, setzt hinter mir ein Flüstern ein. Wie ein Summen, das anschwillt und sich in meinen Nervenenden festsetzt. Ich höre nicht, was sie sagen, nur Fetzen erreichen mich. Doch die Reichen. »Ian« und »Eroberung« und »typisch«.

Mir wird schlecht.

Ich eile aus dem Markt, stoße gegen einen Körper, umrunde ihn, ohne aufzublicken oder mich zu entschuldigen. Blind vor Scham fliehe ich zu meinem Leichenwagen, die Flasche Wein landet auf dem Beifahrersitz und ohne ein einziges Mal aufatmen zu können, lenke ich den Wagen vom Parkplatz. Erst als ich den Motor abschalte und bemerke, dass Ians Dodge nicht in seiner Auffahrt steht, wage ich es, wieder zu atmen. Dann folgen Tränen.

Schniefend verlasse ich das Ungetüm, das meine Bewegungen mit einem Keuchen quittiert. Jasper kommt schwanzwedelnd auf mich zugelaufen. Ich gehe in die Knie und streichle seinen Kopf. Ein Hundefreund werde ich wohl nie sein, doch diese blauen Augen waren in den letzten fünf Tagen das einzige Freundliche, auf das ich gestoßen bin.

Die Beziehung zu Ana ist kalt und angespannt, obwohl ich auf dem Anwesen mehr arbeite als eigentlich vereinbart war. Immerhin macht das Haus überraschende Fortschritte. Meine Freizeit verbringe ich mit Recherchen, da ich Ian nicht mehr um Rat bitten will, das lenkt mich ab. In den Nächten stehe ich größtenteils schlaflos am Fenster und starre in die Nacht hinaus. Oftmals falle ich erst in einen kurzen, unruhigen Schlaf, wenn der Mond sich langsam wieder zur Erde neigt. Die Ringe unter meinen Augen kann ich nicht mal mehr mit Concealer abdecken und heute

Morgen war es mir zum ersten Mal egal. Mir sollte viel mehr egal sein. Zum Beispiel die Tatsache, dass anscheinend jeder Mensch in Hartwell mich inzwischen als Ians Eroberung abgestempelt hat. Dass Ian mich nur als weitere Kerbe in seinem Bett wollte. Dass Melissa sich nicht mehr bei mir gemeldet hat und auch, dass Jacob recht behalten hat, weil ich alles falsch mache – egal wie sehr ich mich bemühe.

Erst als Jasper mir mit seiner warmen Zunge übers Gesicht schleckt, registriere ich die Tränen, die mir über die Wange laufen. Schnell wische ich mit dem Handrücken über die feuchte Haut.

»Du bist echt eklig.« Ich kraule dem Hund sein grau geflecktes Fell. »Aber danke.«

Jasper stupst mich mit seiner feuchten Nase an und legt dann den Kopf schief. »Manchmal glaube ich, du verstehst alles ganz genau.« Ich erhebe mich wieder – und erstarre.

Mein Herz setzt einen Schlag aus, in Gedanken überlege ich, einfach wieder in den Wagen zu steigen und zurückzufahren.

Auf der Veranda steht Ian und blickt mich an.

Mein Herz stolpert in einem gewagten Rhythmus, dem mein Gehirn nicht folgen kann. Zaghaft setze ich einen Fuß vor den anderen und versuche, schrittweise meine Fassung wiederzufinden. *Er hat wahrscheinlich gar nichts mitbekommen*, rede ich mir ein. Selbst wenn, wird es ihn nicht interessieren.

Auf dem Weg zum Hühnerstall gehe ich an der Veranda vorbei, von der aus Ian mich unentwegt beobachtet. Auf seiner Höhe setzt mein Herz erneut einen Schlag aus, weil es kurz so wirkt, als würde er sich mir in den Weg stellen. Er bleibt, wo er ist, keine zwei Meter von mir entfernt. Sein Blick brennt auf meiner Haut und meine Brust schnürt sich zu, bis keine Luft mehr hineinpasst.

Beim Hühnerstall angekommen, greife ich nach dem Futter, streue etwas davon in die Freifläche und fliehe geradezu in den kleinen Stall. Ich lass mir Zeit dabei, ihn auszumisten, und als ich schließlich wieder herauskomme, ist die Veranda leer.

Eine Stunde später sind alle Aufgaben erfüllt und von Ian fehlt jede Spur. Unschlüssig bleibe ich vor der Veranda stehen. Vermutlich ist er ins Haus gegangen. Natürlich könnte ich hineingehen, ihn fragen, was ich als Nächstes machen soll, doch ich will nicht. Also wende ich mich ab und gehe zurück zu meinem Auto. Wenn Ian mir keine Aufgaben gibt, werde ich ihm bestimmt nicht hinterherrennen.

ian

»Mann, du siehst echt scheiße aus.« Caleb reicht mir ein Bier und setzt sich zu mir auf die Veranda.

»Danke«, brumme ich, öffne die Flasche und nehme einen kräftigen Schluck. Jasper hat sich zu meinen Füßen zusammengerollt. Das macht er in den letzten Tagen andauernd. Ich glaube, er vermisst unser Blondchen und sucht deswegen verstärkt meine Nähe.

»Willst du endlich darüber reden, dass du Andy vor der ganzen Stadt in die ehemalige Garderobe gezerrt hast?«

»Nein.«

»Schade. Darf ich dann noch mal erwähnen, wie sehr ich Janes Anblick genossen habe?«

»Ganz bestimmt nicht«, brumme ich erneut.

Caleb ignoriert mich. »Allein dafür liebe ich dich, Mann! Dieser Totalausfall in ihrem Gesicht, als du mit Andy verschwunden bist.

Es hat nicht viel gefehlt und deine Ex hätte den Pub explodieren lassen, so hat sie vor Wut geglüht.«

»Lass es gut sein.«

»Ach, reg dich ab. Sie reden eine Woche drüber und dann stürzen sie sich auf den nächsten Knochen.« Seine Hand klopft mir so heftig auf die Schulter, als wollte er eine Tanne von seinen Nadeln befreien.

»Bei allen anderen vielleicht.« Nicht bei mir und genau deswegen halte ich meinen Mist normalerweise aus Hartwell raus.

»Du kannst Andy nicht ewig aus dem Weg gehen.«

»Doch.« So ist der Plan.

»Meinst du echt, du hilfst ihr mehr, wenn du sie nach der Aktion ignorierst?«

»Wenn man uns nicht zusammen sieht, lässt man sie in Ruhe. Ich weiß inzwischen am besten, wie man den Scheiß beendet. Entweder gibst du ihnen, was sie wollen, oder du nimmst ihnen das Futter weg.«

»Hast du mal an Andy gedacht?«

Ich stoße die Luft aus, die ich unbemerkt angehalten habe. Ja, habe ich. Unentwegt. »Sie hat vorhin geweint.«

»Ihr solltet echt reden. Du läufst seit einer Woche rum, als würden die Dreharbeiten für den nächsten Zombie-Film anstehen.«

Genervt stöhne ich auf. Caleb und seine Filme. »Kannst du mich nicht einfach in Ruhe lassen?« Ein weiterer Zug und mein Bier ist leer. Ich stelle es auf den Boden und greife mir ein neues.

»Kommt drauf an.« Caleb grinst.

»Worauf?« Ich nehme einen kräftigen Schluck.

»Ob du mit Andy redest.«

»Das hat keinen Sinn, Caleb.« Ich stoße ein Seufzen aus. »Andy wird bald aus Hartwell verschwinden und du weißt, ich halte nichts von Affären.«

»Nicht mehr.«

»Ja, und du kennst die Gründe. Außerdem hat sie inzwischen bestimmt genug Geschichten gehört. Die haben doch mit Freude jede alte Eskapade herausgeholt.« Mit Sicherheit sind sie noch skurriler und ausgefallener geworden. Verheiratete Frauen. Zwillinge. Zu jung oder zu alt. Sogar von einem Fetisch für Cowboyhüte ist mir mal was zu Ohren gekommen.

Der altbekannte bittere Geschmack breitet sich in meinem Mund aus, bleibt mir an der Zunge kleben. Ich spüle ihn mit einem weiteren Schluck hinunter.

»O Mann, ehrlich, was hast du erwartet, als du mitten im *Darcy's* über Andy hergefallen bist? Du kennst doch Hartwell. Die Leute warten seit einem Jahr nur darauf, dass genau so was passiert, und Jane stochert bereitwillig in der Glut, um den ganzen Dreck wieder anzufachen.«

»Ich habe einfach nicht nachgedacht, okay?«

»Wenn du nicht nachdenkst, hat das in der Regel einen Grund.«

»Ich bin nicht untervögelt.«

Caleb schnaubt. »Darauf wollte ich nicht hinaus. Ich wünschte, ich könnte sagen, dass das mit Jane nur passiert ist, weil du nicht ›nachgedacht‹ hast. Genau das Gegenteil war der Fall. Du hast die Chance gesehen, endlich eine Familie zu gründen und den Leuten zu zeigen, dass du erwachsen geworden bist. Die Entscheidung damals, die kam von hier.« Er tippt mir zweimal mit dem Zeigefinger gegen die Schläfe.

»Danke. Also willst du sagen, ich habe Jane nie geliebt?«

»Hast du's denn?«

Ich nehme einen Schluck aus der Flasche und denke darüber nach. »Nein, ich denke nicht.« Das Ende unserer Beziehung hat mich nicht mal ansatzweise so heftig getroffen wie der Moment, in dem Andy einen anderen Namen genannt hat.

Meine Gedanken wandern wieder zum Kuss. Zu dem Gefühl, das ihr Körper in mir ausgelöst hat, als der sich eng an mich presste.

»Melissa kotzt sich jeden Tag bei mir aus, weil ihre Schwester ihr auf die Nerven geht und andauernd die halbe Stadt im Souvenirladen auftaucht, um mehr zu erfahren.«

Ich presse die Augen fest zusammen, bis bunte Flecken davor tanzen, versuche damit, das Bild von Andys geschwollenen Lippen von mir zu schieben. Es funktioniert nicht. Die Bilder bleiben. Wie ein Negativ, das sich auf meiner Netzhaut festgebrannt hat.

Erst dann dringen Calebs Worte zu mir durch.

»Moment. Wie kommt es, dass Melissa sich täglich bei dir ausheult? Seid ihr wieder zusammen? Gehst du mir deswegen mit deinem Gefühlskram auf den Sack?«

»Nein, wir sind *Freunde*.« Das letzte Wort betont er dabei abfällig. Manchmal verstehe ich ihn nicht, dass er sich nach all den Jahren nie ernsthaft für eine andere interessiert hat. Für ihn gab es immer nur Melissa. Das ist schon schräg. Wie lange kann man seiner Jugendliebe hinterhertrauern?

Wir schweigen, trinken das Bier leer, nehmen uns eine neue Flasche aus dem Sixpack zu unseren Füßen und schweigen weiter. Meine Gedanken schweifen ab, landen wieder im *Darcy's*. Egal wie oft ich sie versuche mit Bier hinunterzuspülen. Sie tauchen immer wieder auf.

Die Negative auf meiner Netzhaut.

Andys Körper in diesem goldenen Kleid, das in mir den Wunsch geweckt hat, es ihr langsam nach oben zu schieben, um jeden Zentimeter Haut freizulegen. Weil ich wissen wollte, ob das, was sich darunter befindet, so großartig aussieht, wie dieses Kleid vermuten ließ. Ihr weiches Haar, das sich in Wellen um ihr Gesicht gelegt hat und dessen Duft mir noch immer in der Nase liegt. Die großen Augen mit den langen Wimpern. Diese Sommersprossen auf ihrer Nase, ihren Wangen und teilweise an ihren Schultern. Ein Negativ nach dem anderen verewigt sich auf meiner Netzhaut. Brennt sich tief und unwiderruflich ein.

Kapitel 19

andy

Die Spice Girls füllen den Raum und dringen bis in meinen Traum vor. Sie vertreiben das Bild von grauen Augen, lassen stattdessen meine vom Wein überreizten Nerven explodieren.

»Da will man einmal ausschlafen.« Meine Stimme klingt so, wie ich mich fühle: verdorrt.

Wieder surrt die Popmusik direkt in meinem Kopf. Ich zwinge meine Augen dazu, sich zu öffnen, ignoriere das zu helle Licht. Weil ich letzte Nacht erneut das Bedürfnis hatte, alles zu öffnen. Die Gardinen, das Fenster und schlussendlich meine Tränenkanäle.

Die Spice Girls schreien mich an. Ich greife nach dem Handy, das neben dem Bett auf dem Boden liegt, und – lasse es vor Schreck sofort wieder fallen. Es scheppert auf den Holzboden und schlittert davon. Ich muss aus dem Bett krabbeln, um ranzukommen. Mit zitternden Fingern greife ich danach, sicher, dass ich mich geirrt habe. Doch da ist sein Bild. Ein Zahnpastalächeln, blonde Haare, intensiver Blick.

Die Welt steht still, als ich den Anruf annehme.

»Was willst du, Jacob?«

»He, lange nichts von dir gehört.«

»Liegt wohl daran, dass du mich vor die Tür gesetzt hast.«

Ein Seufzen am anderen Ende, genervt, das höre ich sofort. Dieses Geräusch dringt bis in meinen Magen, nistet sich dort ein.

»Andy, das Thema hatten wir doch schon. Ich dachte, wir können das wie Erwachsene klären.«

»Du meinst, nachdem du mich geküsst hast, um mir dann zu sagen, dass du mich nicht weiter in deinem Leben haben willst?« Dankbar stelle ich fest, dass meine Stimme zwar trocken klingt, aber nicht wie Papier, das jeden Moment in sich zerfallen könnte.

»Wir machen eine Pause.«

»Nein, Jacob. Es gibt keine Pause.« Ein Ziehen in meinem Magen, es wächst mit jedem meiner Widerworte und mit jeder frustrierten Silbe von Jacob.

»Ich will dich weiterhin in meinem Leben.«

Was?

»Ich brauche dich.« Jacobs Worte dringen in mein Ohr, wandern hinab, legen sich zu dem, was bereits in meinem Magen zieht. Als ich Atlanta verließ, dachte ich, dass ich genau diese Worte von ihm brauche. Jetzt lassen sie mich schwanken und entreißen mir das Universum, das angefangen hat, sich um mich zu drehen.

»Andy?« Seine Stimme ist samtig.

»Wie meinst du das?« Meine wird zu Papier.

»Ich brauche dich. Hier. Bei mir.«

»In deinem Leben?« Dieses Gefühl in meinem Bauch fängt an zu schwingen, wird zu einem durchdringenden Ton, der sich mit jedem seiner Worte verstärkt.

»Es lief zuletzt nicht gut mit Nicole.«

»Und was willst du jetzt von mir?«, frage ich und hasse es, dass meine Stimme dabei atemlos klingt.

»Andy, ich brauche dich.«

»Das hast du schon gesagt«, erinnere ich ihn. Wieder folgt nur dieser frustrierte Laut, wohl weil ich nicht sofort »Ja« sage. Weil ich nicht schon im Wagen sitze und auf die Interstate zusteuere. »Was genau willst du, Jacob?«

»Ich brauche deine Hilfe bei Spencer Hayden.« Für einen Moment erfüllt tiefe Stille den Raum, die Welt und meine Gedanken.

»Es geht also nur um deine Firma?« Natürlich.

»Du fehlst mir auch so.«

»Warum?«

Jacob antwortet nicht sofort. Ich schließe die Augen. Ein Frösteln zieht über meine Beine, wandert meine Haut hinauf. Kurz entschlossen aktiviere ich den Lautsprecher und schlüpfe in die dünne Jogginghose, die ich gestern Abend getragen habe.

Ein Seufzen durchbricht die Stille des Raumes, lässt meine Nerven vibrieren. Das Gefühl in meinem Bauch ist noch immer da. Auch wenn der Klang verschwunden ist. Es zieht und zerrt an mir. »Du bist mein Ruhepol, Andy. Bei dir weiß ich, dass ich mir keine Gedanken machen muss. Mein Job frisst jede freie Minute und du …«

»Ich war einfach da und habe funktioniert.«

»Andy, ich brauche dich wirklich. Dringend. Hayden geht, wenn du nicht mehr dabei bist.«

Ein Geräusch entringt sich meiner Brust. Es ist weder ein Lachen noch ein Schluchzen, aber es ähnelt auch nicht den Verwünschungen, die mir auf der Zunge liegen. Die lassen sich weder herunterschlucken noch kommen sie mir über die Lippen.

»Bitte, Babe. Ich brauch dich. Komm hierher.«

Noch immer ist da dieses unsichtbare Band zwischen uns. Jake zieht daran und ich kann nicht anders, ich folge ihm. Es sind nur wenige Minuten, dann sitze ich schon im Wagen und starte den Motor.

ian

In Gedanken verfluche ich Caleb. Dafür dass er seit einer Woche die Glucke spielt und andauernd hier aufkreuzt. Ich reibe über meinen schmerzenden Schädel – und auch dafür, dass das gestern mindestens ein Bier zu viel war. Melissa musste ihn am Ende abholen und ich bin sicher, die Predigt, die sie uns noch hier gehalten hat, trägt ihre Mitschuld an meinen Kopfschmerzen.

Der fahle Geschmack des Morgenkaffees füllt meinen Mund aus. Ich setze die Tasse ab, lehne mich gegen die Veranda und atme den blumigen Duft ein. Das Zanken der Vögel in den Baumkronen und Surren der Bienen füllt meinen gepeinigten Kopf. Die Sonne brennt bereits unerbittlich in den Augen, sie verspricht einen weiteren heißen Sommertag. Ich nehme einen weiteren Schluck, starre auf den Garten, den ich mit Andy umgebaut habe. Was Dad wohl zu diesem Haus sagen würde? Zu dem, was ich mir vor drei Jahren an unserem gemeinsamen Ort geschaffen habe, als ich es mit Mom nicht mehr aushielt. Nur damit ich unsere gemeinsame Zeit nie vergesse. Vor allem würde mich seine Meinung zu Blondie interessieren und darüber, dass ausgerechnet sie die erste Frau ist, die hier seit Wochen ein- und ausgeht. Nicht mal Jane war so oft hier. Caleb hat recht, die Beziehung ist mir nie wichtig genug gewesen. Uns beiden nicht. Diesem Ort hat sie nie viel abgewinnen können. Sie hasste den Wald, Jasper, das ganze Holz. Für sie hatte das hier keine Bedeutung, für sie steckten hier nicht überall Erinnerungen. Seitdem habe ich nie das Bedürfnis verspürt, mein Zuhause mit jemandem zu teilen. Bis Andy auftauchte.

Ein merkwürdiges Geräusch tönt aus dem Wald, ein Keuchen und Quietschen. Ich kenne dieses Geräusch, doch erst als Jasper aus seiner Hütte stürzt und freudig zur Auffahrt hinkt, weiß ich, woher. Eine rostige Karre kommt auf dem Hof zum Stehen und Jasper platziert sich mit einem freudigen Fiepen vor der Fahrertür. Andy.

Ich weiß nicht, was mich mehr überrascht. Ihr plötzliches Auftauchen hier? Die Tatsache, dass sie Jaspers Begrüßung erwidert, indem sie in die Knie geht und ihm liebevoll den Kopf streichelt? Obwohl, nein. Am meisten irritiert mich ihr Anblick. Unzählige Strähnen hängen aus dem Knoten auf ihrem Kopf, sie trägt eine Jogginghose und ein zerknittertes Tanktop. Als wäre sie eben erst aus dem Bett gefallen. Sie steht auf, kommt näher und ich entdecke dunkle Schatten unter geröteten Augen. Sie sieht sogar noch beschissener aus als gestern. Da fiel es mir schon schwer, nicht auf sie zuzugehen. Nur die Sache im *Darcy's*, dieser Kuss und dass sie dabei an einen anderen Mann gedacht hat, hielten mich davon ab. Heute ist es ihr Blick, der mich zurückhält. Sie sieht aus, als wäre etwas in ihr explodiert. Nach dem großen Knall bleibt nur noch Rauch und wenn der sich legt, ist nichts mehr da außer einem Trümmerhaufen. In ihren Augen finde ich nur noch Staub und Schutt.

»Verdammt, Andy, was ist los?« Sie ist nicht der Typ für große Gefühlsausbrüche, das ist mir längst bewusst. Doch dieser Anblick zerstört mich fast. Das hier hat nichts mit der Sache im *Darcy's* zu tun. Das hier geht tiefer. Ich kann nicht anders, durchbreche den Abstand zwischen uns, weil ich ihn so gut kenne, diesen Abgrund, an dem sie steht. Bevor ich sie ganz erreiche, weicht sie zurück.

»Was auch immer passiert ist«, sage ich, »es ist nicht das Ende der Welt, auch wenn es sich danach anfühlt. Das geht vorbei.« Ich verschweige ihr, dass mancher Schmerz niemals endet. Man lernt, mit ihm zu leben. Wir können unser Schicksal, die Vergangenheit, unsere Entscheidungen nicht verändern. Wir können nur lernen zu akzeptieren, was wir nicht beeinflussen können, damit die Dunkelheit nicht alles Gute im Leben überdeckt.

Ich setze einen Fuß nach vorn – ein Abstand, den sie zögernd ausgleicht. »Rede mit mir.«

Seit meinem neunzehnten Lebensjahr weiß ich, wie es ist, wütend zu sein. Auf die ganze Welt, die Menschen, die uns wehtun, auf das Schicksal und mich selbst. Daher weiß ich auch, wie es aussieht, wenn man glaubt, unter der Last und den eigenen Gefühlen zu zerbrechen, weil man nicht weiß, wie man sie nach außen lassen kann, ohne sich darin zu verlieren. Genau so sieht Andy mich gerade an, als würde sie sich gleich selbst verlieren. Als wäre sie ein Schmetterling, der versucht, gegen einen Sturm zu fliegen.

Dieses Mal mache ich einen großen Schritt und ziehe sie an mich, bevor sie mir erneut ausweichen kann. Sie erstarrt in meinen Armen, wird hart und unnachgiebig.

»Kannst du mir sagen, was los ist?« Es dauert mehrere anstrengende Atemzüge, bis sie reagiert und den Kopf schüttelt. Okay. Ich atme geräuschvoll aus. Mein Kopf rotiert, meine Gedanken fahren sämtliche Wege ab, graben in meinen Erinnerungen. Was hat mir damals geholfen?

»Du stehst nicht zufällig auf Boxen? Joggen? Irgendwas, wo man schwere Sachen durch die Gegend wirft?« Das Geräusch, das sie von sich gibt, erinnert mehr an ein Schnauben. »Hab ich mir fast gedacht. Wäre wohl zu einfach.«

Mir fällt auf, dass ich gedankenverloren mit einer ihrer Haarsträhnen spiele und sie immer und immer wieder um den Finger wickele. Ich lasse die Haarsträhne los und berühre die zarte Haut an Andys Hals, woraufhin sie lautstark ausatmet. Es fühlt sich nicht mehr an, als würde ich einen Stein umarmen. Gut. Dann lässt die Anspannung wohl langsam nach. Vielleicht ist sie ja irgendwann bereit, mit mir zu reden. »Was machst du sonst, wenn dir alles zu viel wird?« Mein Daumen fährt ihren Hals auf und ab. Sie seufzt. Ich spüre den Atem an meiner Brust.

»Esther.«

»Ich kann dich schlecht nach Atlanta fahren oder sie herbeamen.« Aus Angst, Andy könnte sofort verschwinden, traue ich mich nicht, sie loszulassen. »Was macht Esther denn normalerweise, damit es dir besser geht?«

»Eiscreme«, sagt Andy und ich muss unwillkürlich lachen.

Scheiße, die habe ich auch nicht. »Okay, stell dir vor, du bist mit Esther auf einer einsamen Insel und ihr habt keine Eiscreme zur Hand, was würde sie machen?«

»Umarmung«, nuschelt sie gegen mein Shirt.

»Ich dachte, das mache ich gerade?«

Sie schüttelt den Kopf. »Bei Esther fühlt es sich an wie in einem Schraubstock, sie presst einem die Luft aus den Lungen.«

Ich schlucke. »Klingt jetzt nicht so angenehm.«

»Ist es auch nicht.«

»Warum hilft es dir dann?«

»Keine Ahnung. Wahrscheinlich weil es Esther ist, die mich so umarmt.«

»Soll ich es trotzdem versuchen?« Bevor das leise »Ja« bei mir ankommt, verstärke ich schon den Druck, lege die Arme fester um sie, ziehe sie näher an mich heran. Ich atme den Geruch ihres Shampoos ein. Ihre Haare kitzeln an meinem Bart. Keine Ahnung, ob es wirkt, aber es hilft mir, ihre Traurigkeit und die Tatsache zu ertragen, dass sie nicht mit mir reden will. Ich habe nie verstanden, warum andere Menschen Trost in Umarmungen, in Nähe finden. Bis jetzt.

»Ian, ich bekomme keine Luft mehr.«

Sofort lockere ich den Griff. Nur so weit, dass ich Andy ansehen kann, sie aber noch immer in meinen Armen liegt. »Ich dachte, das war der Plan«, sage ich und kann mir ein Grinsen nicht verkneifen. Das spröde Lachen, das ihr entringt, lässt mich zum ersten Mal seit ihrer Ankunft aufatmen.

»Sagst du mir jetzt endlich, warum du hier bist?« Ich streiche ihr eine der losen Strähnen aus dem Gesicht. »Du siehst nämlich echt beschissen aus.« Mit dem Daumen fahre ich über ihre Wange, die gerötete Haut, zeichne die dunklen Schatten nach. Selbst jetzt ist Andy wunderschön.

Kapitel 20

andy

Ich kann nicht glauben, dass ich hier sitze. Dass ich es geschafft habe, den Wagen nicht auf die Interstate zu lenken. Eine Bitte, mehr braucht es nicht, um die Risse und Löcher zu füllen, die Jacob in den letzten Jahren kontinuierlich in mein Herz geschlagen hat. Es ist so dankbar für Beachtung, dass es vollläuft beim geringsten Maß an Zuneigung. Dann, auf dem Weg zur Interstate, war da dieser Pfad, der zu Ians Haus führt, und der brachte Ordnung in das Chaos, das zwischen meinen Nervenbahnen tobte.

Selbst jetzt spüre ich dieses Ziehen in meinem Magen, diesen Griff aus Atlanta. Doch mit jeder Minute in diesem Wald, auf diesem Grundstück, ist er blasser geworden. In Ians Armen, bei seinen Worten, da hat er begonnen, sich zurückzuziehen. Es wird dauern, bis er verschwindet, und bis dahin werde ich einfach hierbleiben.

»Verrätst du mir, was los ist?« Ian setzt sich neben mich auf die Veranda, reicht mir eine Dose Limonade.

»Du lässt echt nicht locker, was?«

»Hab ne Schwäche für Streuner und ihre Geschichten.« Dabei schaut er liebevoll zu Jasper, der sich zwischen unseren Füßen zusammengerollt hat.

»Ich weiß ehrlich gesagt nicht, wo ich beginnen soll.«

»Wie wäre es mit dem Anfang?«

»Das klingt nach einem guten Plan.« Ich atme einmal tief ein und wieder aus. Die Vorstellung, mit Ian über Jacob zu reden, ihm von dem größten Fehler in meinem Leben zu erzählen, ist so reizvoll, wie in einen Käfig voller wilder Hunde zu springen. Seit ich hier bin, stelle ich mir manchmal vor, wie es ohne Jacob gewesen wäre. Wenn ich vor vier Jahren bei meinen Büchern geblieben wäre, statt mich von Esther ins *Heaven* schleifen zu lassen. Dann würde ich mich jetzt nicht fühlen wie ein entladener Vulkan. Abgebrannt. Ausgekühlt. Nichts weiter als ein Gefäß für kalte, unnütze Asche.

»Heute Morgen hat mein Ex-Freund angerufen.« Der erste Schritt ist geschafft.

»War wohl kein so gutes Telefonat, was?«

»Nein.«

»Lass mich raten. Jake?« Ian lacht trocken. Ein Laut, der die Asche in mir aufwirbeln lässt.

Jake. So habe ich ihn selten genannt, nur in den wirklich guten Momenten. »Jacob. Aber ja.« Mir liegen Erklärungen auf der Zunge, die allesamt von dem Wissen geschluckt werden, dass ich für Ian lediglich eine weitere Eroberung war. Ich habe es so satt, eine Marionette zu sein. Eine Kerbe. Ich habe die Erwartungen satt, die ich nicht erfülle, die Schubladen und Vorurteile.

Die Dose in meiner Hand landet einen Hauch fester als gewollt neben mir auf der Veranda. Meine Arme schlingen sich um meine

Knie, ziehen die Beine näher an meine Brust. Jetzt gerade möchte ich versinken. In mir. In meiner Asche.

Da spüre ich etwas Warmes an meiner Seite. Ian, der an mich herangerückt ist. Sacht legt er eine Hand auf meinen Rücken. Die Wärme seiner Haut verursacht ein wohliges Kribbeln, das sich von meiner Schulter über meine Arme ausbreitet und für eine angenehme Gänsehaut sorgt. »Warum bist du hier, Andy? In Hartwell?«

»Um Abstand zu gewinnen. Von Jacob.« Seinen Namen vor Ian auszusprechen, fühlt sich noch immer merkwürdig an. Finger streichen über meinen Rücken, fahren jeden einzelnen Wirbel entlang, wandern wieder hoch und lassen mich beinahe vergessen, wie man atmet. Das Kribbeln folgt Ians Fingern, breitet sich überall dort aus, wo seine Fingerspitzen über meine Wirbelsäule wandern.

»Bringt er was? Der Abstand?«

»Ja. Es hilft mir dabei, klarer zu sehen, wenn ich ihn nicht in der Nähe habe.«

»Das klingt nach einem ›Aber‹.« Ians Stimme ist nur ein warmer Hauch an meinem Ohr. Die Gänsehaut breitet sich über meinen ganzen Körper aus.

»Anscheinend funktioniert das nur, solange ich ihn nicht höre oder sehe.« Die Hitze, die von Ians Körper ausgeht, füllt mich komplett aus und der Geruch nach Wald umschließt mich.

»Oh«, sagt er. »Verstehe.«

Wie kann er das verstehen? Ich verstehe es ja selbst kaum. Versuche noch immer zu begreifen, warum sich jedes Haar auf mir nach Jacob ausrichtet, wenn er mich anspricht. Dass alles an mir aufblühen möchte, wenn er mich ansieht. Ich umschlinge meine Beine fester, lege meinen Kopf auf den Knien ab und genieße die Stille, die sich zwischen uns ausbreitet. Sogar die Asche ruht. Sie wirbelt nicht mehr umher, stattdessen legt sie sich auf meine Haut, kühlt meine überreizten Zellen.

»Es war nicht alles schlecht an der Beziehung«, durchbreche ich die Ruhe. »Mit Jacob habe ich mich verändert. Habe mehr aus mir gemacht. Ich habe gelernt, über meine Grenzen zu gehen. Wenn ich mit Jacob zusammen bin, ist es wie in einem Hollywoodfilm. Erst ist alles so intensiv, als hätte man die Welt bunter gemalt. Jeder Blick, jede Berührung, jeder Moment lässt mich schweben, schafft ein eigenes kleines Universum.«

Ians Hand liegt auf meinem Rücken, ist verharrt, die Wärme, die sie ausstrahlt, die bleibt.

»Mit der Zeit wird dieses Universum, das einen genährt hat, kleiner und fällt schließlich in sich zusammen. Der Preis, den man zahlen muss, um ein neues Universum zu erschaffen, wird jedes Mal höher; es zerfällt einem unter den Fingern. Es lässt einen zurück. Man fühlt sich, als würde man ertrinken und verdursten zugleich.«

Während der letzten Worte begann wieder dieser ruhige Rhythmus aus Streicheln und Nähe und Hitze und Trost. Manchmal, wenn Ians Fingerspitzen an meiner nackten Schulter entlangfahren, seine Haut auf meine trifft, fängt meine an zu glühen. Ich zögere den Moment hinaus, weil ich nicht will, dass dieser Frieden endet. Dieser beruhigende Rhythmus. Das angenehme Brennen verstärkt sich jedes Mal, wenn seine Haut wieder auf meine trifft. Eine Flamme, die mich zu nähren scheint, die meine Energiereserven füllt und meine verletzte Seele streichelt.

»Ich war schon fast auf dem Weg nach Atlanta, nur weil er meine Hilfe braucht.« Ein Seufzen entringt sich meiner Brust.

In der Entfernung kreischen ein paar Vögel, doch in meinen Ohren fängt es an zu rauschen. Es übertönt sämtliche Gedanken. Die über Jacob und seine Bitte, ihm mit Spencer Hayden zu helfen. Die Tatsache, dass er genau weiß, an welchen Fäden er ziehen muss. Das Einzige, woran ich denke, ist diese Hand, die meine Muskeln und Knochen unter sich zum Schmelzen bringt.

»Du bist nicht in Atlanta.«

»Nein. Bin ich nicht.«

Ich blicke zum Waldrand.

Ians Hand streicht über meinen Nacken und ich atme tief ein. Die Sonne wird wohl bald untergehen.

Ein Finger streicht meine Wirbelsäule entlang.

Ich schließe die Augen.

Konzentriere mich weiter auf diese Hand und die Wärme, die die eisige Asche fortgewischt hat, ohne dass ich es bemerkt habe.

Der Motor muss längst kalt sein und dennoch sitze ich im Wagen. Der rote Himmel ist in ein märchenhaftes Blau übergegangen und doch kann ich nicht aussteigen und in diese Pension gehen. Meine Gedanken sind einfach zu groß für den kleinen Raum dort. Ich seufze, lege den Kopf auf dem Lenkrad ab und denke erneut an die letzten Stunden. Die Wärme, die mich genährt hat, ist verschwunden. Aber die Erinnerung an sie schwingt in mir nach und lässt mich frei atmen.

Mein Blick fällt auf den Eingang zum Rosengarten, der seitlich der Pension liegt. Dort riecht es garantiert besser als in meinem Wagen und ich habe den freien Himmel über mir.

Ich gehe um das Anwesen herum, bewundere die Blumen, die im Licht der Nacht einen mystischen Zauber ausstrahlen. Es ist wunderschön. Ein kleiner, verwunschener Pfad wie aus einem Märchen, umgeben von Rosensträuchern, die in unterschiedlichen Rottönen leuchten und mich mit ihrem Duft einhüllen. Meine Finger fahren ehrfürchtig über einige der Blüten. Ich schließe für einen Moment die Augen und sauge den süßlichen Geruch in mir auf. Dem Pfad aus Rosen folgend, komme ich an der Rückseite des Hauses und einem runden Metalltisch und zwei Stühlen an. Von dort aus kann man den ganzen Garten überblicken. Dieser Ort ist der perfekte Abschluss für diesen Tag.

Ich setze mich auf einen der Stühle und wie in einem Daumenkino aus Gefühlen und Eindrücken kommen die Bilder des Tages zurück. Die Bilder kommen erst langsam, dann immer schneller. Jacob mit seiner Bitte, ihm zu helfen. Meine Fahrt im Wagen. Das

Steuer, das ich plötzlich herumgerissen habe. Ians Auffahrt. Jasper. Ian. Seine Arme. Sein Geruch. Er riecht nach Wald.

»Ist Ihnen Ihr Bett nicht mehr bequem genug?« Die Stimme von Ana reißt mich aus den Gedanken und überrascht blicke ich zu ihr auf. Ihr Haar glitzert silbern im Mondlicht. Ohne zu fragen oder eine Einladung abzuwarten, setzt sie sich auf den zweiten Stuhl.

»Ich habe irgendwie zu viele Dinge, die mir im Kopf herumgeistern«, antworte ich.

»Solche Nächte kenne ich.«

Dieses Geständnis überrascht mich. Ich kratze den letzten Funken Mut zusammen. Vielleicht ist das ein guter Moment, es endlich hinter sich zu bringen. »Ana, ich möchte gerne mit Ihnen über die weiteren Aufgaben sprechen.«

»Sie waren überraschend brauchbar.«

War das etwa ein Kompliment?

»Sie sind ganz gut vorangekommen, Miss Summers.«

Ich blinzle. Einmal. Zweimal. Das war jetzt wirklich ein Kompliment – oder? Ich rechne fest damit, dass Ana die Worte direkt in eine Gemeinheit verwandelt, doch es kommt nichts mehr. »Sie sind also zufrieden mit mir?«

»Dafür dass sie keine Ahnung haben von dem, was sie da machen, ist das Ergebnis gar nicht so schlecht. Wobei, um ein paar Tapeten und hier und da den Anstrich zu erneuern, braucht es nicht viel, wenn man jung ist.« Okay, das klingt schon eher nach Ana.

»Wie soll es jetzt weitergehen? Mit den restlichen Wänden und dem Anstrich der Holzfassade bin ich wohl in zwei Wochen fertig.«

»Wenn Sie weiterhin jeden Tag bis zum Umfallen arbeiten, wohl eher in einer.« Obwohl die Mundwinkel wieder leicht nach unten wandern, kaufe ich ihr die Patzigkeit nicht ab.

»Beschweren Sie sich etwa gerade darüber, dass ich zu schnell arbeite?«, frage ich gespielt schockiert. »Sie haben mir bei meiner Ankunft damit gedroht, mich fortzujagen, wenn ich zu langsam bin.« Ich schüttle den Kopf und muss doch lächeln. »Da Sie scheinbar mit mir zufrieden sind, wären Sie doch bestimmt froh, wenn ich ein wenig länger bleibe?«

»Um Himmels willen, ich bin froh, wenn Sie endlich weg sind und ich meine Ruhe habe.«

Das zerstört mir jetzt irgendwie meinen Plan. Ein trocknes Lachen poltert aus ihrer Brust hinaus und lässt mich verblüfft innehalten.

Wow.

Der Drachen kann tatsächlich lachen, einen Moment lang starre ich sie an, dann stimme ich mit ein. Es fühlt sich befreiend an, hier mit ihr unter den Sternen zu sitzen. Zwischen den Rosen alter Zeiten, mit dieser Frau, die einen Großteil dieses Ortes geprägt hat und doch keinen Bezug zu diesem Haus zu haben scheint. Dieser Rosengarten ist der einzige Platz, der in den letzten Jahren gepflegt wurde.

Ich wage einen neuen Versuch, bevor der Moment vergeht.

»Es gibt eine Möglichkeit, wie ich weiterhin hier aushelfen könnte und wir dennoch schnell alles fertig haben.« Ich atme tief ein. »Ian würde helfen«, stoße ich gemeinsam mit dem Atem wieder aus.

»Nein.«

War ja klar. »Warten Sie, bevor Sie sich entscheiden. Ian hat es mir angeboten. Kostenlos. Er befürchtet, ich ruiniere sonst die

Holzböden«, fahre ich schnell fort. Die Verzweiflung in meiner Stimme überrascht mich selbst. Ich will noch nicht gehen. Die Angst vor einer viel zu schnellen Rückkehr, lässt mich weiter bohren. »Ich würde gerne sehen, wie die Pension wieder öffnet.«

»Nein! Diese Pension bleibt geschlossen.« Mit den Worten steht sie auf und verlässt den Garten. Ana nimmt auch die Magie mit sich, die bis eben in der Luft lag und mich an die alten Märchen erinnert hat, die ich so sehr liebe. Zurück bleibt ein Gedanke. So groß, so intensiv, dass ich das Gefühl habe, die Hand danach ausstrecken zu können.

Der Gedanke wird zu einem Plan.

Der Plan zu einem Ziel.

So leicht werde ich mich nicht geschlagen geben.

Kapitel 21

andy

Zum Rhythmus der Backstreet Boys schwinge ich die Hüften, schleife passend zum Takt die Holztüren ab. Ich habe seit Tagen endlich wieder so richtig gut geschlafen. Was daran liegen könnte, dass ich letzte Nacht Jacob geschrieben habe. Ja, ich werde mich mit Spencer Hayden in Verbindung setzen und mit ihm reden, aber mehr auch nicht. Im Anschluss an die Nachricht habe ich Jacobs Nummer blockiert. Ein Gefühl der Befreiung durchströmt mich seitdem. Lässt mich frei atmen. Tanzen.

Trotz der nächtlichen Diskussion ist Ana nicht so miesepetrig wie sonst. Seitdem nehme ich jede Möglichkeit wahr, sie an Option B zu erinnern und daran, wie wir die Arbeiten beschleunigen könnten. Danach macht sie zwar immer irgendwelche schimpfenden Bemerkungen, dass sie froh sei, wenn sie endlich wieder ihre Ruhe habe – aber so richtig kaufe ich ihr das nicht mehr ab.

Ich drehe die Musik lauter, die über die Kopfhörer abgespielt wird. Weil jetzt White Town mit *Your Woman* einsetzt und ich diesen Song einfach liebe. Mit Musik vergeht die Arbeit nicht nur schneller, sie macht auch direkt Spaß. Gut gelaunt lege ich das grobe Schleifpapier auf den kleinen Tisch neben mir und greife zu dem feineren für den letzten Schliff. Eine Bewegung aus dem Augenwinkel lässt mich den Kopf herumreißen. Ich verharre mitten im Hüftschwung, zu dem ich angesetzt hatte, komme ins Straucheln und stolpre über meine eigenen Füße.

Ian steht nur wenige Schritte von mir entfernt und lehnt mit verschränkten Armen vor der Brust an der Wand. Er grinst mich breit an. Mit heißen Wangen ziehe ich die Kopfhörer aus meinen Ohren, da Ians Lippen sich bewegen, ich die Worte über die Musik hinweg jedoch nicht hören kann.

»Was hast du gesagt?«, keuche ich.

»War das wieder einer deiner speziellen Tänze?« Ian hebt belustigt eine Augenbraue. Mehr Hitze schießt in meine Wangen. Ich habe bereits jetzt das Gefühl, dass mein Kopf gleich zu kochen anfängt.

»Was machst du hier?!«, frage ich erneut, statt ihm eine Antwort zu geben.

»Dich beobachten.«

»Offensichtlich.« Ich gebe ein Schnauben von mir. »Moment, weiß Ana, dass du hier bist?«

»Klar. Denkst du, ich schleich mich heimlich in ihr Haus?«

»Wie hat sie reagiert?«

»Wie soll sie reagiert haben? Ihr Gesicht war wie immer zum Niederknien.« Ian zuckt mit den Schultern. »Weil alles daran einen runterzieht. Nix Besonderes also.« Das Grinsen wird noch größer.

»Ich hab sie gestern gefragt. Wegen der Böden und ich war nicht sicher, ob sie dich sofort aus dem Haus jagt, nachdem ihr letztens über das Thema so hitzig diskutiert habt.«

»Ach, mach dir keine Gedanken. Ana und ich … das ist einfach so. Das ist normal. Ich habe früher jeden Sommer in diesem Haus verbracht und liege ihr seit Ewigkeiten damit in den Ohren, Bills Pension nicht verkommen zu lassen. Seitdem ist sie nicht mehr so gut auf mich zu sprechen. Wie hat sie auf das Angebot reagiert?«

»Sie hat sich noch nicht entschieden«, sage ich und das entlockt Ian ein Lachen, dessen Klang bis in meinen Bauch vibriert. Er glaubt mir wohl eher nicht.

»Muss schön gewesen sein, damals die Sommer hier zu verbringen.« Ich sehe mich im Speisesaal um und frage mich, wie magisch dieser Ort auf Kinderaugen wirken mag. »Es war bestimmt toll, hier aufzuwachsen.«

»Wo hast du denn deine Sommer verbracht?« Er stößt sich von der Wand ab und geht einen Schritt auf mich zu.

Ich weiche seinem Blick aus. »Überall. Wir sind viel gereist.«

»So wie du dreinschaust, war das als Kind nicht so prickelnd?«

»Nein. Nicht wirklich.« Allein bei dem Gedanken an meine Schulzeit steigen bittere Erinnerungen meinen Magen hinauf. »Ich habe jedes Jahr mindestens einmal die Schule gewechselt. Irgendwann habe ich es aufgegeben, mir Freunde zu suchen. Bevor ich mich an die neue Schule oder die Leute dort gewöhnen konnte, rief ein neuer Ort oder ein neuer Job«, sage ich schulterzuckend. Mit einem Seufzen lehne ich mich gegen die Wand, schaue zu Ian auf, der mit langsamen Schritten auf mich zukommt und neben mir stoppt. »Ich habe viel gelesen. So war es leichter, die ständigen Veränderungen auszublenden. Bücher bleiben immer gleich.«

»Ehrlich gesagt klingt das nach einer ziemlich einsamen Kindheit«, sagt Ian nachdenklich. »Warum musstet ihr so oft umziehen?«

»Mein Dad ist Koch, meine Mom Journalistin. Beide lieben das Reisen. Mich nahmen sie einfach mit. Mit 15 zog ich zu meiner älteren Schwester, um wenigstens die Highschool an einem Ort beenden zu können. Damals lernte ich Esther kennen und zum ersten Mal hatte ich ein festes Zuhause und eine beste Freundin.« Bei dem Gedanken an Esther und die kurze Zeit, die wir danach zusammengelebt haben, schnürt sich mir die Kehle zu. Manchmal vermisse ich diese Phase meines Lebens so sehr. Damals war ich noch ein Mädchen, auf dem Weg, sich selbst zu entdecken. Nur habe ich mich verloren, zwischen all den Zielen und Vorstellungen, die nicht meine waren.

Ich spüre etwas an meiner Wange, blicke auf und finde Ian, dessen Hand mir übers Gesicht fährt. Sein Daumen hinterlässt eine Spur, überall dort, wo er entlangstreicht. Bevor ich realisiere, was er macht, ist seine Hand schon wieder weg. Als hätte er sich an mir verbrannt, tritt er einen Schritt zurück und räuspert sich.

»Ich sollte gehen. Hab noch einen Termin in Comer«, sagt er und entfernt sich einen weiteren Schritt. »Kommst du nachher wieder vorbei und hilfst mir?«

»Ja. Wie immer. Warum warst du überhaupt hier?«

»Wollte sichergehen, dass du noch da bist.« Er zwinkert mir zu und verschwindet. Meine Wange kribbelt noch immer dort, wo seine Finger mich berührt haben.

***

Auch am nächsten Tag überrascht Ian mich mitten bei der Arbeit. Immerhin schwinge ich diesmal nicht meine Hüften, als er auftaucht. Wieder bleibt er nur für ein paar Minuten, in denen er lässig an der Wand lehnt und mich in ein Gespräch vertieft. Genauso am Folgetag. Jedes Mal bringt er mich dazu, etwas aus meiner Kindheit zu erzählen. Von dem Leben mit meinen Eltern. Den verschiedenen Bundesstaaten, durch die ich schon gereist bin. Ich berichte von den Gerichten, die mein Dad gezaubert hat, und der Kolumne meiner Mom. Oder von dem Hund, der mich gebissen hat, als ich elf war. Immer lässt er mich verwirrt zurück. Einmal, weil da zwischendurch eine hauchzarte Berührung ist, die mich überrascht. Ein anderes Mal, weil ich darauf hoffe, seine Finger flüchtig auf meiner Haut, an meinem Nacken oder meinem Haar zu spüren, es aber nicht passiert.

Seit dem Abend im *Darcy's* hat sich so viel verändert. Zwischen uns. An der Art, wie wir miteinander umgehen. Gleichzeitig bleibt das Gespräch mit Ana eine Warnung, die immer in meinem Nacken prickelt, wenn wir uns flüchtig näher kommen.

Das Geräusch eines Wagens lässt mich aufblicken. Ich sehe mich auf der Veranda um, lege den Pinsel aus der Hand, mit dem ich eben noch die Tür gestrichen habe. Ich entdecke Melissa und wische mir die mit Farbe verschmierten Hände an der bereits mit bunten Flecken versehenen Latzhose ab.

»Sorry, dass ich jetzt erst hier auftauche.« Melissa bleibt unschlüssig vor der Veranda stehen. »Jane lag mir andauernd in den Ohren und im Shop hatte ich keine ruhige Minute, weil halb Hartwell etwas über dich und Ian herausfinden wollte.« Mit einem Stöhnen lässt sie sich auf dem Holzboden nieder. »Ich war so mit dem Chaos beschäftigt, dass ich ganz vergessen habe, nach dir zu sehen.«

»Ja, das wäre schön gewesen«, flüstere ich.

»Alles okay bei dir?« Sie wirkt ehrlich geknickt.

»Ja. Das mit dem Kuss ist …«, ich stocke, »abgehakt.«

»Ist das so?«

Rasch drehe ich mich von ihr weg, greife wieder den Pinsel und fahre fort, die Farbe der Tür zu erneuern. »Jane ist deine Schwester, richtig?«

»Japp. Das und Ians Ex-Verlobte«, ergänzt sie. »Leider eine sehr rachsüchtige Ex-Verlobte.«

Ich ringe mit mir, versuche, die Frage von mir zu drängen, die unweigerlich in mir aufsteigt. Es geht mich nichts an – und doch muss ich sie stellen. »Was ist damals genau passiert?«

Aus dem Augenwinkel sehe ich, wie Melissa ihre Beine neben mir ausstreckt und mich lange betrachtet. »Erst wenn du mir verrätst, was da zwischen dir und Ian läuft.«

»Wenn ich das wüsste«, sage ich und verharre im Pinselstrich. »Seit dem *Darcy's* ist nichts mehr zwischen uns vorgefallen.«

»Wünschst du dir das denn?« Genau vor dieser Frage hatte ich Angst.

»Wenn ich das wüsste«, wiederhole ich meine Worte.

»Was spricht denn dagegen?«

»Du kennst doch die ganze Geschichte mit meinem Ex-Freund. Mein Leben hat sich nur um Jacob gedreht. Jetzt muss ich erst mal herausfinden, was ich eigentlich will.«

»Dein Ex ist immer noch eine Option?« Wieder dieser wache Blick, der tief in mich hineingeht. Ihm und der Tatsache, dass Melissa mich an Esther erinnert, ist es zuzuschreiben, dass ich ihr von Jacobs Anruf und dem anschließenden Totalausfall meiner Selbstbeherrschung erzähle.

»Scheiße, das ist übel.« Sie atmet laut aus. »Aber du bist hier, nicht in Atlanta. Nur darauf kommt es an.«

Bei den Worten spüre ich bereits, wie meine Wangen heiß und meine Finger kalt werden. Ian hat etwas Ähnliches gesagt und allein bei der Erinnerung an den Moment wandert mir wieder ein Kribbeln die Wirbel hinauf.

»Also.« Sie dehnt das Wort künstlich in die Länge. »Dann wiederhole ich die Frage. Bisher hast du mir nur Gründe genannt, die sich auf *dich* beziehen. Nichts davon spricht wirklich gegen Ian.«

»Was ist mit Hartwell? Ich meine, hier ist plötzlich das reinste Chaos ausgebrochen, nur weil wir uns geküsst haben!«

Melissa verdreht die Augen und lacht. »Ach, Andy. Das ist hier normal. Willkommen in der Kleinstadt. Das wäre auch passiert, wenn jemand anderes plötzlich in der alten Garderobe verschwunden wäre. Wenn es um Ian geht, wird alles halt noch ein bisschen heißer gekocht.«

»Also stimmen die ganzen Gerüchte über Ian nicht?«

»Doch, irgendwie schon, es ist typisch Hartwell – und typisch meine Schwester. Das Ganze wurde über die Jahre einfach stark aufgebauscht. Vor ein paar Jahren hat Ian eine schwere Zeit durchgemacht und – mein Gott – er hat sich mal für ein paar Sommer die Hörner abgestoßen, hier, in dieser konservativen Kleinstadt, geht das natürlich gar nicht«, schnaubt sie. »Danach war jahrelang nichts los. Bis Ian mit meiner Schwester zusammenkam. Als die Verlobung gelöst wurde, war den Leuten das Warum egal. Für sie war klar, dass Ian wieder in alte Muster zurückgefallen war. Jane sorgte für die passenden Szenen in der Öffentlichkeit und tadaaaaa! Das Drama für die Anwohner hier war perfekt.«

»Du glaubst also, dass es nicht stimmt? Was hat Ian dazu gesagt? Er hätte es doch sicher richtiggestellt.«

Melissa schüttelt nur traurig den Kopf. »So ist er nicht. Er würde niemals öffentlich schlecht über Jane reden – immerhin waren sie fast ein Jahr lang ein Paar.«

Es fällt mir leicht, Melissa zu glauben. Weil ich ihr glauben *will.* Es passt besser zu dem Bild, das in den letzten Wochen in meinem Kopf entstanden ist. Ian hat unglaublich feine Antennen für meine Gefühle, dabei war ich mir bis vor Kurzem sicher, die gut verbergen zu können. Selbst nach Jacobs Anruf, als ich komplett neben der Spur stand, hat Ian die richtigen Worte gefunden und als die nicht ausgereicht haben, war er einfach für mich da.

»Lass es uns anders versuchen«, sagt Melissa. »Was spricht *für* Ian?«

Nicht die Frage, mit der ich gerechnet habe. Ich kann sie nicht beantworten. Nicht weil mir keine Gründe einfallen, die für ihn sprechen. Sondern weil da so erschreckend viele in meinem Kopf herumschwirren.

ian

Das Bild, das sich mir bietet, als ich Andy im Flur entdecke, lässt mich erstarren. Der Anblick ihres Hinterns, der in engen Shorts steckend hin und her wackelt, benebelt mir das Gehirn. Ich zwinge mich, höher zu sehen, rufe ihren Namen, doch die Musik auf ihren Ohren schirmt sie zu sehr ab. Dafür gehen ihre Bewegungen in einen sanfteren Hüftschwung über, der mich nicht an Himmel und Hölle zugleich denken lässt. Ich versuche erneut, ihre Aufmerksamkeit auf mich zu ziehen, und rufe lauter nach ihr. Nichts. Also mache ich einen Schritt auf Andy zu und tippe ihr auf die Schulter und ihr Körper zuckt unter der Berührung zusammen. Sie zerrt die Kopfhörer aus ihren Ohren, kaum dass sie mich entdeckt.

»Ian! Du schon wieder? Hast du so viel Langeweile?«, sagt sie und lacht. Wieder mal wird mir bewusst, wie sehr es mir gefällt. »Oder suchst du eine neue Bleibe?«

Seit wann ist sie eigentlich so gut gelaunt?

»Ian?«

Verwirrt starre ich zurück, bis mir bewusst wird, dass sie auf einen Grund für meinen Besuch wartet. Es hat einen gegeben. Oder?

»Alles okay?«, hakt Andy nach.

»Hast du Lust, den Freitagabend mit mir, Melissa und Caleb am Strand zu verbringen?« Ein spontaner Einfall, aber dafür eine gute Rechtfertigung für mein Auftauchen. »Ein bisschen Abkühlung bei der Hitze?«

Ein Strahlen breitet sich auf ihrem Gesicht aus, das jeden Sommertag vor Neid erblassen lässt. »Ich weiß nicht, wann ich das letzte Mal am Strand war.«

»Ist das ein Ja?«

»Ja.« Ihr Grinsen dehnt sich weiter aus. Ich könnte sie stundenlang so betrachten. So glücklich und zufrieden. Bisher ist mir nie aufgefallen, wie stark sie sich seit ihrer Ankunft hier verändert hat.

»Hilfst du mir nachher auf dem Hof? Ich glaube, Jasper vermisst dich.« Inzwischen bekomme ich das Lächeln eh nicht mehr aus meinem Gesicht. Die Tatsache, dass Andy es erwidert und sich dabei winzige Fältchen um ihre Augen bilden, lässt mein Herz einen Schlag überspringen.

»Das klingt ja so, als hätte ich inzwischen eine Wahl?« Sie schaut mich an, den Kopf leicht schief gelegt.

»Ich denke, der Schaden ist beglichen, aber vielleicht hast du ja trotzdem Lust, mir zu helfen?« Ich beuge mich vor und zupfe an einer Haarsträhne, die sich aus dem Chaos gelöst hat, das inzwischen regelmäßig auf ihrem Kopf herrscht.

»Jasper zuliebe?« Sie beißt sich auf die Lippe.

»So in etwa.«

Sie nickt mit einem Glitzern in den Augen. »Sehr gerne. Außerdem ist da noch dieses Wurzelungetüm, dem ich mich widmen muss.«

»Bist du dir da sicher?«

»Natürlich.«

»Ich warne dich. Es wird dreckig.«

»Damit kann ich umgehen.«

Das Lachen lässt es noch meinem Bauch aufzucken, als ich längst an Ana vorbei bin und wieder in meinem Wagen sitze. Mit einem Kopfschütteln wähle ich Melissas Nummer, um ihr zu sagen, dass wir am Freitag zum See fahren.

Kapitel 22

andy

Obwohl ich eben erst kalt geduscht habe, möchte ich am liebsten sofort zurück in das kühle Nass. Bei dieser Hitze braucht es keine fünf Minuten und ein unangenehmer Schweißfilm benetzt meine Haut. Ich schlüpfe in den schlichten Bikini, den ich im Walmart gekauft habe, und entscheide mich außerdem für ein paar kurze Shorts.

Ein Geräusch im Haus lässt mich aufblicken, ich öffne die Tür, doch der Flur dahinter ist leer und Ana scheinbar noch einkaufen. Schnell schnappe ich mir ein Buch, stopfe es zusammen mit einem Handtuch in eine große Stofftasche. Ich greife mir das rosa Basecap und schlüpfe in die farblich passenden Sneaker, das Shirt in der Hand werfe ich einen Blick in den Spiegel. Die Wellen, die sich immer wieder die geglättete Struktur zurückerobern, sorgen dafür, dass ich wohl bereits mit Beachwaves beim Strand auftauche. Überrascht stelle ich fest, dass ich tatsächlich mag, was ich sehe. Mich vor dem Spiegel nach links und rechts drehend, betrachte ich meinen Hintern in den Shorts. Wie lange ist es her, dass ich zuletzt mit meinem Spiegelbild zufrieden war? Ich kann es längst nicht mehr sagen.

Das Shirt mit dem pink glitzernden Barbie-Schriftzug auf der Brust ziehe ich über den Kopf. Jetzt ist mein Auftritt perfekt. Vorfreude steigt in mir auf, da ich mit meinem Outfit Ians Blondie-Anspielungen einen kleinen sarkastischen Tritt verpassen möchte. Der wird Augen machen.

Auf der Suche nach meiner Sonnenbrille drehe ich mich um und bleibe abrupt stehen. Ian ist längst hier. Er lehnt lässig am Türrahmen, die Augen fest auf mich gerichtet.

»Wie lang stehst du da schon?«

»Lang genug.« Seine Stimme ist rau und weich zugleich. »Barbie«, fügt er mit einem Grinsen hinzu.

Direkt nach unserer Ankunft sind Ian und Melissa ins Wasser gesprungen. Eigentlich wollte ich mich anschließen – bis Ian sein Shirt auszog. Ein Blick auf den definierten Bauch reichte, um mich hierzuhalten, in meiner Kleidung.

»Kleine Abkühlung, Barbie?« Caleb reicht mir ein kaltes Bier.

Und wie! »Himmel, tut das gut.« Ich halte mir die feuchte Flasche an die Stirn, den Nacken, das Gesicht. Am liebsten würde ich den ganzen Körper daran reiben.

»Du weißt schon, dass man das trinkt, oder?«

»Danke, für den Tipp. Ich mach das doch immer wieder falsch mit den Dingern.« Ich lache, öffne den Schraubverschluss und trinke eilig den Schaum, der sofort heraussprudelt.

»Was wollen die denn hier?« Caleb stöhnt überraschend auf. Ich folge seinem Blick, finde drei Personen, die auf uns zukommen.

»Freunde von euch?«, frage ich. Er schüttelt ganz leicht den Kopf, als wäre er nicht so recht sicher, ob die Antwort Ja oder Nein lautet. Ich sehe zu Ian und Melissa. Die beiden sind ziemlich weit vom Ufer entfernt. Die Sonne bricht sich so hell auf dem Wasser, dass man nur mit Mühe ihre Köpfe auf der Oberfläche ausmachen kann. Caleb atmet schwer auf, gerade als die drei bei uns ankommen.

»Ihr seid ja auch hier.« Der Mann lässt sich neben Caleb in den Sand fallen und mustert mich mit Neugierde im Blick. Dabei fällt ihm eine Strähne seines dunklen Haars in Stirn.

»Das ist Andy«, sagt Caleb. »Sie arbeitet auf dem Houadis-Anwesen.«

Ich zwinge mir ein Lächeln ab.

»Andy, das ist William, Melissas großer Bruder.«

»Sag Will – niemand hier nennt mich William.« Er versetzt Caleb einen sanften Stoß gegen die Brust, der sich anschließend gespielt gequält darüberreibt und mir die Frau vorstellt, die sich neben Will setzt.

»Das ist Trish, Wills Frau.« Sie lächelt mir zu. Ihre orange-roten Haare, die sie hochgesteckt trägt, heben sich kräftig von dem tiefen Bronzeton ihrer Haut ab.

Ein Räuspern neben mir reißt mich aus meinen Gedanken. Die dritte Person in der Gruppe, eine Frau Mitte zwanzig, setzt sie sich neben mich und stellt sich selbst vor. »Jane.« Ihre vollen Lippen verziehen sich zu einem zuckersüßen Lächeln, von dem ich Zahnschmerzen bekomme. »Die andere Schwester.«

Zum ersten Mal habe ich ein Bild zu Ians Ex – und das ist ein übertrieben schönes. Jane ist genau die Art von Frau, neben der ich mich wie ein hässliches Entlein fühle. Groß, schlank, braune

Haut und diese satten schwarzen Haare, die ihr in langen Wellen in den Rücken fallen.

»Ians Verlobte«, fügt sie mit einem Lächeln hinzu.

»Ex-Verlobte«, hüstelt Caleb.

So wie sie mich anschauen, wissen alle, was im *Darcy's* passiert ist. Die Hitze auf meinen Wangen lässt mich ahnen, dass ich derzeit wohl als Werbeplakat für überreife Tomaten jobben könnte.

»Ian und Melissa schwimmen gerade. Falls ihr auch reinspringen wollt?« Vielleicht ein Versuch von Caleb, vom Thema abzulenken. Trish und Will wechseln einen kurzen Blick, machen sich sofort auf in Richtung des Wassers.

»Ich bleibe hier«, erklärt Jane. Verdammt.

»War ja klar«, brummt Caleb und bleibt sitzen. Ich bin erleichtert, dass er mich nicht mit ihr allein lässt.

»Du arbeitest also im Handwerk?«, fragt Jane mich, wieder mit dieser zuckersüßen Stimme, die ich ihr keinen Moment lang abnehme. Ich habe den Blick gesehen, mit dem sie mich gemustert hat. Sie bekommt ein Kopfschütteln, das muss reichen.

»Hmmm … Verstehe ich nicht.« Es reicht ihr offenbar nicht.

»Jane. Sei ausnahmsweise mal nett, okay?« Calebs Stimme wirkt gequält.

»Ich bin immer nett!« Sie verschränkt die Arme vor ihrer üppigen Oberweite. Ich wette, das Shirt hat sie absichtlich eine Nummer zu klein gekauft. »Ich plaudere nur nett mit Andy.« Sie blickt mich aus dunkelblauen Augen an, dabei verziehen sich ihre Lippen zu einem eisigen Lächeln, das ihre Augen nicht erreicht. »Ist Ana so verzweifelt, dass sie sich jemanden wie dich ins Haus holt?« Ihr Blick bleibt an meiner Brust kleben. »Ich hätte ja gedacht, ein Hauch Ahnung sei Grundvoraussetzung für so einen Job.«

»Jane«, wieder Caleb, der genervt versucht, sie an die Leine zu legen.

»Wenn Ian von irgendeiner Frau im *Darcy's* angebaggert wird, werde ich ja wohl mal mit ihr reden dürfen – oder?«

»Jane, lass es gut sein, ja?«

Ich komme mir ein wenig vor wie beim Pingpong. Jane, die nicht müde wird, Ian ihren parfümierten Stempel aufzudrücken, und Caleb, der versucht, ihr einen Maulkorb anzulegen.

»Hat es dir die Sprache verschlagen?« Sie schnippt mit dem Finger vor meiner Nase herum. »Besonders helle bist du ja nicht gerade, was?«

»Jane!« Calebs Stimme lässt mich zusammenzucken, Jane scheint diese Art von Reaktion gewöhnt zu sein.

»Ist okay, Caleb«, beruhige ich ihn. Ich atme ein, bereue es sofort, weil ich ihr Parfüm auf der Zunge schmecke, und stoße die süßliche Luft schnell wieder aus. »Esther ist der Grund, weshalb ich hier bin. Eigentlich sollte sie bei den Arbeiten helfen.« Ich zucke die Schultern. »Sobald ich mit dem Haus fertig bin, verschwinde ich auch wieder. Ende der Geschichte.« Dabei blicke ich Jane direkt an. Auch ich kann zwischen den Zeilen sprechen. Keine Sorge, du bist mich bald wieder los. Nur das abfällige Schnauben kann ich mir nicht verkneifen, als unverhohlene Freude über Janes Gesicht huscht.

»Also seid ihr kein Paar?« Sie versucht nicht einmal, ihre Neugierde zu zügeln. Ich verdrehe die Augen.

»Wie könnten wir das sein, wenn ihr doch verlobt seid?« Diese spitze Erwiderung bricht regelrecht aus mir hinaus. Caleb lacht auf, Jane dagegen wirkt wenig amüsiert.

»Wir machen nur eine Pause.«

Was haben die Leute eigentlich mit ihren Beziehungspausen?

»Also seid ihr jetzt ein Paar oder nicht?«, hakt sie erneut nach.

»Jane«, warnt Caleb sie.

»Nein, wir sind kein Paar«, sage ich genervt. »Wir sind nur Freunde.« Eine dunkle, geschwungene Augenbraue in Janes Gesicht hebt sich. Ich wende den Blick Caleb zu und treffe auf eine weitere zweifelnd erhobene Braue.

»Ich habe nichts anderes erwartet.« Ich blicke zurück zu Jane, die bedeutungsvoll an mir herabschaut. Als wäre das Erklärung genug. »Du bist sein Typ. Für bedeutungslose Nummern hat er sich schon immer gerne *so was* ausgesucht.« Sie deutet auf den Barbie-Schriftzug.

Mir wird schlecht.

»Was machst du hier?!« Ich sehe in Richtung Wasser und finde Ian, der mit schnellen Schritten auf uns zusteuert. Zwischen Jane und mir kommt er zum Stehen. Seine Brust hebt und senkt sich in rasendem Tempo. Wasser tropft ihm unablässig von den Haaren, teilweise auf meine Schulter und in mein Gesicht. Ohne es kontrollieren zu können, folgt mein Blick einem kleinen Rinnsal, das sich soeben seinen Hals hinabschlängelt. Die breite Brust entlang, über den trainierten Bauch, um dann in einem kleinen Pfad dunklem Haar südlich des Bauchnabels zu verschwinden.

Heiliger Krötenfuß!

»Hallo, Ian«, begrüßt Jane ihn.

Das wird mir langsam echt zu viel.

Jane, die meine Laune immer weiter nach unten zieht. Ian, der halb nackt und tropfend neben mir steht, und dieser dunkle Pfad auf Augenhöhe. Die Hitze. Das Wasser, das unablässig auf mich tropft und wenige Sekunden zuvor noch an Ians Körper klebte.

Mein Atem beschleunigt sich.

Ich muss hier raus.

Schnell ziehe ich mich hoch. »Ich geh spazieren«, stoße ich aus zusammengebissenen Zähnen hervor. »Allein.« Das Basecap tief ins Gesicht gezogen, eile ich in den Wald. Mein Atem geht immer schneller, dennoch kommt kein Sauerstoff an. Ich habe das Gefühl zu ersticken, als ich den Wald erreiche. Die Bäume um mich beginnen, sich zu drehen. Ich gehe weiter, stolpere über eine Wurzel. Blinzle. Versuche zu atmen und setze einen Schritt vor den Nächsten. Ich will weg.

Weg von Jane.

Weg von Ian.

Erst als ich einen liegenden Baumstamm entdecke, bleibe ich stehen. Mein Brustkorb schmerzt. Mit letzter Kraft lasse ich mich auf dem Baumstamm nieder und versuche, mich zu beruhigen. Das Basecap reiße ich mir vom Kopf, es landet auf dem Boden. Ich beuge mich vor, schlinge die Arme um meinen Körper und versuche verzweifelt, Luft in meine Lungen zu bekommen. Tränen brennen in meinen Augen.

»*Wir brauchen eine Pause. Abstand. Zeit zum Nachdenken.*«

Keuchend schnappe ich nach Luft.

»*Blondie, eins muss man dir lassen. Du bist schon eine ganz spezielle Nummer.*«

Ich brauche Luft.

»*Du bist sein Typ. Für bedeutungslose Nummern hat er sich schon immer gerne* so was *ausgesucht.*«

Dringend!

»Andy!« Ich höre meinen Namen wie durch Watte. Wärme drängt sich an mich, da erst registriere ich, dass sich Arme um mich gelegt haben.

»Atme. Ganz ruhig. Konzentrier dich nur auf meine Stimme.« Der Geruch nach Erde dringt durch die Watte hindurch und mit ihm Ians Stimme. Gemeinsam kämpfen sie gegen die Panik an, die meine Organe mit einer sumpfigen Leere füllt.

»Du bist nicht allein. Ich bin da. Konzentrier dich nur auf mich. Atme einfach mit mir zusammen.« Ians Brust hebt sich langsam und intensiv gegen meine.

»Einatmen.« Sein Brustkorb hebt sich wieder merklich.

»Ausatmen.« Lautstark stößt er die Luft wieder aus.

Ich versuche, es ihm nachzumachen, zwinge meine Brust dazu, im selben Rhythmus zu arbeiten. Bei jedem Atemzug pressen sich unsere Körper aneinander.

Es fühlt sich besser an. Sicher.

Der Geruch nach Erde verstärkt sich.

»So ist es gut. Immer weiteratmen.« Seine Stimme dringt klarer zu mir durch. Ich folge weiter Ians Anweisungen und spüre, wie sich das klebrige Gefühl auflöst, das sich um meine Lungen, mein Herz, jeden Muskel und Nerv gelegt hat. Mein Atem passt sich, Zug um Zug, dem von Ian an. Wird ruhiger. Leichter. Erst jetzt wird mir bewusst, dass ich meine Hände in seine Schultern gegraben habe. Sie sind inzwischen so verkrampft, dass es schwer wird, sie wieder zu lösen.

»Du machst das gut.« Ians Stimme an meinem Ohr ist sanft und vertraut. Ich will etwas sagen, ihm zeigen, dass es mir wieder gut geht, doch ich bekomme keinen Ton über meine Lippen. Nur das Geräusch meines Atems verlässt meinen Mund. Ich atme noch einmal tief ein, unternehme einen halbherzigen Versuch, Ian von mir zu schieben, der aber hält mich fest an seine Brust gedrückt.

»Noch nicht.«

Jetzt, wo die Panik abklingt, wird mir Ians Nähe immer mehr bewusst. Mein Gesicht, das an seiner nackten Brust lehnt, die noch feucht vom Wasser ist. Die Hitze, die von seinem Körper ausgeht und die Leere in meiner Brust ausfüllt. Langsam schiebe ich meine Hände an die warme Haut über seinem Herzen. Für einen Moment genieße ich das Gefühl, es unter meinen Fingern schlagen zu spüren. Diesmal protestiert er nicht, als ich ihn im Anschluss von mir schiebe, dafür legt sich seine Hand an meine Wange. Zärtlich streicht sie mir eine Strähne aus dem Gesicht. Ich schließe die Augen, atme aus. Sein Daumen fährt höher, findet meine Augenbraue. Ich atme ein, gieriger diesmal.

Seine Lippen berühren meine Stirn und diese kleine Bewegung reicht aus und mein Atem pausiert und mit ihm der Rest von mir. Als Ian sich löst, erinnere ich mich, was zu tun ist. Ich sauge Luft in mich hinein, mein Herz rast, um die Sekunden des Stillstands wieder aufzuholen. Ich halte meine Augen weiterhin geschlossen, unfähig, sie zu öffnen.

»Das mit Jane tut mir leid. Hätte ich gewusst, dass sie hier heute auftaucht, wären wir nicht hierhergekommen«, sagt er leise. »Das mit Jane damals war ein Riesenfehler. Zu der Zeit wollte ich unbedingt ein normales Leben. Ich habe gehofft, Jane hätte sich geändert.« Seine Stimme ist so sanft. Ruhig und tief. Ich spüre die Vibration in seiner Brust, wenn er redet. Es beruhigt mich.

»Kurz nach der Verlobung habe ich sie mit einem anderen erwischt.« Ich öffne die Augen und blicke in tiefes, stürmisches Grau. »Daraufhin habe ich es beendet und Jane wurde wieder zu diesem rachsüchtigen Biest. Wahrscheinlich wollte sie, dass ich um sie kämpfe. Habe ich nicht. Der Typ, mit dem sie im Bett war, ist verheiratet und hat zwei kleine Kinder. Er bat mich darum, niemandem davon zu erzählen, versprach mir, dass es nie wieder vorkommen werde. Deshalb wollte ich nicht, dass diese Affäre die Runde macht. Melissa und Caleb kennen den Part nicht. Niemand kennt ihn.«

Ich schlucke. »Warum …«, meine Stimme ist rau und klingt irgendwie nicht nach mir, »warum erzählst du es *mir*?«

Für einen Moment schließen sich seine Augen und nehmen mir damit die Sicht auf stürmisches Grau. Dann öffnen sie sich wieder und aus dem Sturm ist flüssiges Silber geworden. »Damit du weißt, dass, was immer sie gesagt hat, nichts mit dir zu tun hat. Sie ist nur wütend, weil ich sie verlassen habe.« Er streicht wieder durch meine Haare, die mir feucht am Gesicht kleben.

Mein Herz stolpert dabei verwirrt durch die Gegend.

»Verrätst du mir, was sie von dir wollte?«

»Wissen, ob wir zusammen sind.«

»Was hast du gesagt?« Der silberne Blick, der unentwegt auf mir ruht, geht mir durch und durch.

»Dass wir nur Freunde sind.« Kurz glaube ich, etwas in seinem Blick flackern zu sehen, dann nickt er und ein sanftes Lächeln zupft an seinen Lippen.

»Was hat das in der Kneipe bedeutet?« Ich weiß nicht, woher ich plötzlich die Kraft nehme, das Thema anzusprechen. Wieder schließt er die Augen, stößt ein tiefes Seufzen aus.

»Ich habe keine Ahnung.« Seine Lider öffnen sich erneut. »Hast *du* denn eine Antwort darauf?« Er lehnt seine Stirn gegen meine, unsere Nasenspitzen treffen aufeinander.

»Nein.« Ich atme tief ein. Mein Brustkorb hebt sich und stößt dabei sanft gegen seinen. »Freunde wäre aber sicher die erwachsene Entscheidung«, sage ich, mein Herzklopfen ignorierend.

»Wegen Jacob?«

»Weil ich schon bald nach Atlanta zurückgehe.«

»Wenn du willst, vergessen wir einfach, was im *Darcy's* geschehen ist.« Sein Atem streift meine Wange.

»Ist vielleicht besser so«, sage ich leise.

»Freunde also?«, fragt er und ich höre das Grinsen in seiner Stimme. Ein kurzes Lachen gleitet über meine Lippen. Es klingt rau und irgendwie gequält. Warum fühlt sich das so falsch an?

»Freunde«, bestätige ich dennoch.

Kapitel 23

ian

»Ian, du musst das nicht machen. Nicht wegen mir.« Gedankenverloren zupft Andy am Saum ihres Shirts herum. Das rosa Basecap tief ins Gesicht gezogen, nur ein kleiner dunkler Fleck erinnert daran, dass es vorhin achtlos auf der Erde lag. Es hatte dort ähnlich verloren gewirkt wie Andy. Ihr Anblick im Wald hat mich in eine Zeit zurückgeworfen, in der ich als Neunzehnjähriger verzweifelt versucht habe, meine Mom zu trösten. Es hat Jahre gedauert, bis ich wusste, wie ich mit ihren Panikattacken und ihrer Trauer richtig umgehe und mit meiner, die mich zerrissen hat.

»Doch, wir fahren. Jetzt. Melissa und Caleb wissen Bescheid. Ich lass nicht zu, dass Jane weiteren Schaden anrichtet. Steig ein.« Mit einem knappen Nicken deute ich auf den Pick-up. Diesmal protestiert Andy nicht, lässt sich auf den Beifahrersitz fallen.

Die Bilder aus dem Wald noch immer in meinem Kopf lenke ich den Wagen aus der schmalen Sandbank heraus und fahre den Pfad am See entlang. Ich vermute, dass die Frau, die seit Andys Ankunft immer mehr zum Vorschein kommt, die echte Andy ist. Fröhlich. Ausgelassen. Ohne Rhythmusgefühl und mit viel Liebe zum Detail. Sie gibt immer hundert Prozent. Das habe ich nicht erwartet. Nicht bei ihrem Auftreten zu Beginn.

Scheiße. Was, wenn der ganze Kram zu viel geworden ist? Das mit ihrem Ex? Ihr Job? Hartwell? Jane? Durch den Kuss habe ich eine Wagenladung Probleme obendrauf gekippt.

Meine Hände krallen sich um das Lenkrad. Ich fühle mich schuldig, dafür, dass sie ausgerechnet meinetwegen anscheinend diesen Punkt erreicht hat, an dem sie nicht mehr weiterkam. Andy hat mir erzählt, dass sie durch die Beziehung mit Jacob gelernt habe, über ihre Grenzen zu gehen. Heute hat sie wohl erkannt, dass sie weiterhin welche besitzt.

Erst als der Wagen auf der Auffahrt zum Stehen kommt, wird mir bewusst, dass ich automatisch zu mir nach Hause gefahren bin, statt sie bei Ana abzusetzen. Ich schalte den Motor aus und drehe mich zu Andy um, die noch immer still neben mir sitzt. »Alles okay?« Behutsam greife ich nach ihrer Hand, die sich eiskalt anfühlt. Überrascht schaut sie mich an, als würde sie mich erst jetzt wieder wahrnehmen. Ihr Blick fährt an mir vorbei.

»Warum sind wir bei dir?«

»Weil du jetzt nicht allein sein solltest.«

Andy nickt, starrt weiter an mir vorbei. »Woher wusstest du vorhin, wie du mir helfen kannst? Du kennst das, oder?«

Ich atme geräuschvoll ein. »Lass uns lieber reingehen.« Ich weiß nicht, ob ich darüber reden kann. Ob ich mit ihr darüber reden will.

Sie legt ihre andere Hand auf unsere miteinander verflochtenen Finger. »Erzähl mir davon.«

»Das ist keine schöne Geschichte und ich denke, du hattest heute genug Aufregung.«

Sanft streicht sie mit dem Daumen über meinen Handrücken. »Bitte. Ich will es trotzdem hören.«

Erneut hole ich Luft, fülle meine Lungen, als bräuchten sie Kraft, um diese Geschichte zu erzählen. Man sollte meinen, dass sie mit der Zeit an Kraft verlieren, die Worte, mit denen man vom Ende spricht.

»Ich war 17, als wir erfuhren, dass mein Vater einen Tumor im Kopf hat.« Ich blicke starr auf unsere Hände. »Es war der gleiche Tag, an dem Anas Mann starb, weil er sofort zu uns eilte. Bill hatte einen Herzinfarkt auf dem Weg zu uns und sein Wagen schlug gegen einen Baum.« Zwei Jahre voller Hoffnung und Angst und dem ständigen Wissen, dass es jeden Tag vorbei sein kann. Ich schlucke die Wut herunter, die wieder in mir hochkocht, weil der Mensch, mit dem ich jeden Sommer hier auf diesem Familiengrundstück verbracht habe, plötzlich nicht mehr da war. Es ändert nichts daran, wenn man sich lange auf diesen Tag vorbereitet. Diese Zeit ist geprägt von Schmerz und Angst und dem Anblick eines leidenden Menschen, den man liebt, und man ist unfähig, ihm zu helfen. Meine Stimme zittert, als ich davon berichte, wie meine Mom nachts weinend im Bett saß, weil sie für einen Moment vergessen hatte, dass ihr Mann nicht mehr lebt. Dann zittert mir die Stimme vor Frust, weil ich mich für sie verantwortlich gefühlt habe, für meinen kleinen Bruder, den Familienbetrieb und meine Familie. Damals habe ich so unglaublich viel Wut in mir gespürt. Ich spucke die Worte aus. Kurz. Möglichst schmerzlos, um schnell zum Ende der Geschichte zu kommen. Die ganze Zeit starre ich auf meine Hand, die mit der von Andy verflochten ist. Sie hat währenddessen geschwiegen, bis jetzt.

»Was war mit deinen Plänen?«

Ich will nicht darüber reden. Nicht daran denken und tue es trotzdem, nur weil Andy mich bittet. »Es war okay so. Irgendwer musste sich um alles kümmern.« Ein Schulterzucken. »Ich habe damals die Uni geschmissen, bin zurück nach Hause gekommen und habe mich um den Betrieb gekümmert.« Wieder ein Schulterzucken. Aus dem Augenwinkel nehme ich eine Bewegung wahr, dann höre ich, wie Andy den Gurt öffnet. Das Nächste, was ich mitbekomme, sind zwei Arme, die mich fest umschlingen. Ich weiß nicht, wie Andy es geschafft hat, nur dass sie sich plötzlich auf meinem Schoß an mich schmiegt. Ich atme ihren Duft ein, spüre ihre Wange, die sich weich an meinen Hals legt. Ihre Arme, die mich umschlingen und die Leere, die sich in meinem Brustkorb eingenistet hat, auszufüllen scheinen. Andys Atem an meiner Wange, ihre Arme, die mich an sie drücken, ihr Geruch – all das umgibt mich und zum ersten Mal seit Jahren erlaube ich mir, der Trauer in meiner Brust Raum zu geben. Ich schließe die Augen, atme tief diesen blumigen Geruch ein. Langsam hebe ich meine Arme, schließe Andy Zentimeter um Zentimeter darin ein. Ich wusste nicht, wie sehr ich das hier brauche, bis ein Mädchen aus Atlanta einfach in mein Leben gestürzt ist. Manchmal braucht es nur eine Person, nur einen Augenblick oder eine Geste, um das Leid eines ganzen Lebens für einen Moment ertragen zu können. Zum ersten Mal bin ich bereit dazu.

Wir schweigen, weil es eh keine Worte gibt, die die Macht besitzen, den Schmerz zu verändern. Ich bin dankbar für diese Stille, für Andys Nähe und ihren Duft, den ich noch immer in mir aufsauge. Zögernd richtet sie sich auf, drückt sich gerade so weit von mir weg, dass ich ihr Gesicht sehen kann. Nur widerwillig lockere ich meine Arme, lege meine Hände an ihre Hüften, damit sie in der Enge des Wagens Halt findet. Ihre Finger wandern zart über mein Gesicht. Ich spüre ihre Fingerspitzen, die sich jetzt nicht mehr eiskalt, sondern angenehm warm anfühlen. Das Lächeln, das sich so zart auf ihren Lippen abzeichnet, lässt mich einen weiteren tiefen Atemzug nehmen. Eine Strähne fällt ihr ins Gesicht, ich greife danach und streiche sie hinter ihr Ohr. Das Seufzen, das ihr daraufhin über die Lippen gleitet, lässt mich schwer schlucken. Mein Atem beschleunigt sich. Mir wird die Hand bewusst, die noch immer an ihrer Hüfte liegt, und der Stoff, der sich an der Stelle hochgeschoben hat. Ohne etwas dagegen unternehmen zu können, streichen meine Finger weiter unter das Shirt. Andy blickt mich aus großen Augen an, sie reagiert auf meine Hand. Ihre leicht geöffneten Lippen, das zarte Glühen auf ihren Wangen nehme ich genauso intensiv wahr wie ihren Brustkorb, der sich stoßweise hebt und senkt. Es fühlt sich an, als würde die Erde sich außerhalb des Wagens langsamer drehen, während unser Atem hier drin sich immer weiter beschleunigt. Der Druck meiner Hand an ihrer Seite wird stärker, zieht sie unwillkürlich näher zu mir. Dabei ist sie mir schon viel zu nah. Die Bewegung ihres Beckens, als sie sich fester an mich schmiegt, lässt mich aufkeuchen.

»Andy …« Meine Stimme klingt trocken und kehlig.

»Ja?«

»Hör auf, deine Hüften so zu bewegen«, bringe ich nur gepresst heraus, weil sie unruhig auf meinem Schoß herumrutscht.

»Oh.« Die winzigen Streicheleinheiten ihrer Hüfte enden abrupt, doch der Druck ihres Körpers auf meinem bleibt. Der hat längst auf ihren reagiert. Stöhnend lasse ich den Kopf zurück gegen das Kopfteil sinken und schließe die Augen. Diese kleine Bewegung sorgt dafür, dass Andy unwillkürlich meinem Körper folgt, wie zwei Magneten, die aneinanderkleben. Ihre Hüften setzen sich erneut in Bewegung und ihre Hände krallen sich in den Stoff meines Shirts. Ich öffne die Augen. Unsere Blicke treffen sich. Unser Atem vermischt sich, so nah sind wir uns. Ihre Brust, die sich fest gegen meine drückt, hebt sich im selben Tempo. Wir müssen das hier schnellstmöglich beenden. Es ist nur wenige Stunden her, dass wir die Sache im *Darcy's* abgehakt haben. Das hier fühlt sich nach dem Gegenteil an. Mit der Hand, die noch immer in ihrem Haar liegt, will ich nach ihrer Schulter greifen, den Abstand zwischen uns vergrößern. Doch meine Hand wird zum Verräter, wandert den Hals hoch, legt sich in ihren Nacken, vergräbt sich in den weichen Wellen. Andy drängt sich gegen meinen Brustkorb, ihr Schoß sich gegen mich. Unsere Gesichter nähern sich. Ihre Nase berührt meine, ich kann die Hitze ihrer Lippen spüren, die vor meinen schweben.

»Wir müssen damit aufhören«, keuche ich und ziehe zeitgleich ihr Gesicht näher zu mir, bis ihr Mund nur Millimeter vor meinem entfernt ist. Im letzten Moment lehne ich meine Stirn gegen ihre, entferne unsere Lippen durch den Winkel wieder voneinander. Andy entfährt ein überraschtes Keuchen. Ich schlucke hart, aber der Kloß in meinem Hals bleibt.

»Warum?«, flüstert Andy. Ihre Stimme zittert leicht.

»Weil ich dann nie wieder aufhöre, dich zu küssen.« Bei den Worten geht ein Beben durch ihren Körper, der Druck gegen meine Stirn wird stärker, weil sie sich dagegenstemmt. Meine Hand an ihrer Taille verschwindet inzwischen vollständig unter ihrem Shirt. Wie ist das passiert? Ich will sie zurückziehen, sie scheint einen eigenen Willen zu haben, denn statt sich zurückzuziehen, umschließt sie Andys Seite, fächert sich an ihrer erhitzten Haut auf. Mein Daumen streicht über den Stoff des Bikinis. Die Tatsache, dass diese Hand gerade eine Stelle streichelt, die ich am liebsten küssen und mit dem Mund erkunden will, treibt mich in den Wahnsinn.

»Erinnerst du mich kurz daran, was falsch daran wäre?« Andy lacht gequält, dabei streift warmer Atem über meine Lippen. Würde ich nicht sämtliche Konzentration dafür aufwenden, meine Stirn weiterhin gegen ihre zu pressen, damit unsere Lippen sich nicht berühren, ich hätte sie spätestens jetzt einfach geküsst. Einfach wieder diese süßen Lippen erkundet. Mit meinem Mund. Meiner Zunge. Ihre Hüften, die sich in winzigen Bewegungen auf mir bewegen, und meine Hüften, die sich ihr entgegendrücken, lassen mich aufkeuchen. Verdammt, wenn das so weitergeht, komme ich gleich wie ein überdrehter Schuljunge in meiner Jeans. Stöhnend streiche ich mit der Nase über Andys Wange. Wenn wir uns jetzt küssen, ist alles vorbei, dann gibt es kein Zurück mehr. Ich versuche, alles an Konzentration, an Vernunft zusammenzukratzen, um meine Stirn wieder gegen ihre zu drücken. Meinem Körper nicht nachzugeben. Es ist ein Kampf, David gegen Goliath. Mein Kopf gegen meinen Körper. Ein Körper, der sich weiterhin gegen ihren presst, ihn erkundet und streichelt, auf sie reagiert und sie in sich aufsaugt.

»Wie war noch mal die Frage?«, stoße ich verzweifelt aus, weil in meinem Kopf ein Rauschen herrscht. Immerhin entlocke ich Andy ein Lachen. Die Vibration spüre ich am ganzen Körper und sie bringt mich der Verzweiflung näher.

»Ich weiß gerade nicht mehr, was hiergegen spricht.« Ihre Hände wandern von meinen Schultern in mein Haar, streicheln meinen Nacken. Das entlockt mir ein kehliges Geräusch, das ich so nie von mir gehört habe. *Verdammt, diese Frau macht mich wahnsinnig.*

»Weil Freunde das nicht machen«, erinnere ich sie an unser Gespräch im Wald. Ihre Hände verharren, geben mir eine Pause, in der ich versuche, mein Gehirn zu resetten. Es ist gefüllt von Andy, von ihrem Geruch, dem Gefühl ihres Körpers, der sich gegen mich drückt, sich an mir reibt. Von Erinnerungen, die dort festgebrannt nur auf einen Moment warten, in dem ich mich nicht mehr genug unter Kontrolle habe.

»Freunde, du erinnerst dich?« Etwas in mir trommelt wütend gegen meine Brust. Mit letzter Kraft zwinge ich meinen Körper dazu, mir endlich zu gehorchen.

»Was, wenn ich dich bitte, mich zu küssen?« Ihre Stimme ist so leise, dass ich mir für einen Moment nicht sicher bin, ob sie die Frage wirklich ausgesprochen hat. Oder ob ihre Bitte nur in meinem Kopf existiert. Mit der Hand in ihrem Nacken schiebe ich sie sanft ein Stück von mir, um ihr in die Augen zu blicken. Das verräterische Glühen auf ihren Wangen ist mir Antwort genug. *Verdammt, Andy, das kannst du mir nicht antun.* Ich will sie nicht verletzten, sie nicht abweisen. Behutsam ziehe ich die Hand, die unter ihrem Shirt ruht, hervor, lege sie an ihre Wange, umschließe mit beiden Händen ihr Gesicht. Andy atmet schwer. Ihre Lippen öffnen sich und diese herbstlichen Augen blicken mich groß und erwartungsvoll an. Ich neige mich zu ihr hinab, halte ihr Gesicht fest umschlossen. Meine Lippen treffen auf ihre Stirn. Das Wimmern, das ihr daraufhin entfährt, entlockt mir ein Lächeln. Danach küsse ich die Stelle neben ihrem Auge, von der ich weiß, dass dort ein winzig kleines Muttermal sitzt, das man nur schwer von ihren Sommersprossen unterscheiden kann. Sanft fahre ich mit meinen Lippen über ihre Wange, streiche über die kleinen, süßen Sprenkel darauf, gebe ihr einen Kuss auf den leichten Schwung ihrer Nase. Sie kommentiert es mit einem Schnauben, das fast belustigt klingt. Meine Nase streichelt über ihren Nasenrücken, ihre Wange, ihren Mund. Ich kann ihren schnellen Atem an meinen Lippen spüren, als ich kurz davor verharre. Mein Herz droht meinen Brustkorb zu zersprengen, es schlägt, als wollte es jeden Moment ausbrechen. Ich hauche einen Kuss an ihren Mundwinkel. Es kostet mich alle Kraft, diesen Kuss nicht wenige Millimeter weiter mittig zu intensivieren, ihren Mund mit meiner Zunge zu öffnen und ihren Geschmack ganz in mir aufzunehmen. Stattdessen zwinge ich mich dazu, weiter zu ihrem Kinn zu fahren und sie dort zu küssen. Genau wie an ihrem Hals. Ihrem Ohr. Jeder Kuss, entlockt ihr ein erneutes Wimmern.

»Ich beschließe soeben, dich nicht mehr zu mögen«, keucht Andy, ihr Atem streift warm über meinen Hals.

»Du magst mich?« Das Vibrieren ihres Lachens, das anschließend ertönt, dringt mir direkt durch den ganzen Körper, bis in meinen Schoß.

»Jetzt nicht mehr.« Seufzend reibt sie ihre Nase an meinem Hals, ein breites Grinsen schleicht sich auf meine Lippen.

»Morgen wirst du mir dankbar sein.« Hoffentlich sehe ich das morgen genauso, denn jetzt, in diesem Moment, verfluche ich mich selbst dafür, sie nicht geküsst zu haben. Nicht richtig. Aber was wäre nach dem Kuss passiert? Wären wir direkt aus dem

Auto in mein Schlafzimmer gestolpert? Oder wären wir bereits hier im Wagen übereinander hergefallen? Weder für Andy noch für mich wäre etwas Bedeutungsloses gerade das Richtige.

Dafür ist sie mir zu wichtig.

Kapitel 24

andy

Leicht benebelt steige ich aus dem Wagen, inzwischen ist es dunkel und die Hitze des Tages weicht einer angenehm kühlen Brise. Am liebsten wäre ich vorhin einfach bei Ian geblieben, doch der hat mich abgewiesen. Egal wie sehr seine Küsse auf meiner Haut nachprickeln – die Frustration über die Freundschaft, zu der wir uns entschlossen haben, wächst mit jeder Minute.

Dass Ian ebenfalls ausgestiegen ist, bemerke ich erst, als sein Atem über meinen Nacken streicht. Langsam drehe ich mich um, ich sollte ihn nach Hause schicken. Die Ereignisse des Tages verarbeiten und morgen mit klarem Kopf an die Sache herangehen. Doch sein Anblick lässt mich sofort an all die Momente denken, die wir heute geteilt haben, die so schön und so schmerzlich zugleich waren. Unschlüssig stehe ich vor ihm, ich will ihn berühren und sollte es nicht.

»Du siehst wütend aus.« Das Lächeln auf seinen Lippen wirkt müde. Dieser Tag war wohl auch für ihn nicht leicht. Bisher habe ich mich nie gefragt, warum er so wenig über seine Familie erzählt. Ich wusste, dass er im Familienbetrieb arbeitet, aber ich habe nie nach dem Grund gefragt. Die Sehnsucht, ihn wieder in meine Arme zu schließen, wird genauso groß wie vorhin im Wagen. Auch wenn er versucht hat, sich seine Gefühle nicht anmerken zu lassen, so waren sie in dem Moment wie ein aufgeschlagenes Buch. Da wusste ich, dass Ian genauso einsam ist wie ich.

»Ich bin nicht wütend«, sage ich sanft und meine Hand legt sich selbstständig an sein Herz, die Wärme seines Körpers strömt durch meine Finger. Ich mag das Gefühl seiner Brust, die sich schwer unter meiner Hand hebt und senkt. Das Geräusch, das seine Lippen verlässt, wenn ich ihn berühre.

Freunde. Das Wort hallt in mir wieder. Will ich das wirklich? Dass wir nur Freunde sind? Wenn ich ihm so nah bin – nein. Ich wünsche mir mehr, jetzt gerade stelle ich mir vor, dass er mich wieder küsst, mich berührt. Sein Blick aus silbrigen Augen liegt auf mir, ich glaube, darin den gleichen Wunsch erkennen zu können, der mich selbst in seiner Gegenwart immer wieder erfasst, und … Trotz. Er will wirklich bei diesem Freundschaftsding bleiben. Ein genervtes Stöhnen entweicht mir, gerade als sich seine Arme um mich schließen.

Was für ein merkwürdiger Tag.

Ich atme tief ein, nehme den Geruch wahr, der so unverkennbar zu Ian gehört.

»Du solltest jetzt lieber reingehen.« Seine Stimme an meinem Ohr lässt einen Schauer über meinen Körper wandern. Ich vergrabe mein Gesicht an seiner Brust, ich will noch nicht allein sein. Mit meinen Gedanken. Meinen Gefühlen.

Als Ian mich an den Schultern greift und sanft von sich schiebt, gebe ich ein Geräusch von mir, das irgendwo zwischen Verzweiflung und Frust liegt.

»Jaja, ich erinnere mich. Diese Sache mit der Freundschaft entwickelt sich langsam zu einem Running Gag«, schnaube ich frustriert und entlocke ihm ein leises Lachen. Ich komme mir vor wie ein bockiges Kind, das weiterhin auf den Schokokuchen besteht, der direkt vor der Nase schwebt, aber nicht gegessen werden darf. Weil sich Kind und Kuchen für Freundschaft entschieden haben.

»Woran denkst du gerade?«

Ich blicke Ian an, der die Lippen fest aufeinanderpresst, als wollte er das Grinsen unterdrücken, das sich weiter deutlich darauf abzeichnet.

»Das willst du lieber nicht wissen«, antworte ich. Ian schüttelt nur belustigt den Kopf, beugt sich vor und haucht mir einen Kuss auf die Wange. Das leichte Kratzen der Bartstoppeln an meiner Haut lässt mich sehnsüchtig aufstöhnen. Ich atme tief durch, um meine Gedanken und mein Herz zu beruhigen.

»Gute Nacht, Blondie.« Der Kosename entlockt mir ein belustigtes Schnauben. Ich blicke Ian hinterher, der in seinen Wagen steigt und losfährt. Schwer atmend schaue ich in den Sternenhimmel und frage mich, was ich hier eigentlich mache.

»Morgen wirst du mir dankbar sein.«

Da bin ich mir nicht so sicher. Dabei war ich es doch, die vorhin noch darauf bestanden hat, dass Freundschaft die richtige Entscheidung sei. Aber irgendetwas sagt mir, dass ich mir morgen genauso sehr wie jetzt wünsche, dass er mich geküsst hätte. Auf den Mund. Nicht auf die Stirn oder die Wangen oder … Bei der Erinnerung an die Küsse, die er überall verteilt hat, nur nicht auf meine Lippen, wird mir heiß. Ich gehe die Treppen der Veranda hoch und schleiche mich in das Haus und mein Zimmer. Dort werfe ich mich auf das Bett, drücke mein Gesicht auf eines der

Kissen, damit mein Aufschrei nicht im ganzen Haus zu hören ist. Hoffentlich behält Ian recht und ich werde ihm morgen dankbar sein. Denn jetzt, in diesem Moment, laufen all die Szenen zwischen uns in Dauerschleife durch meinen Kopf.

Am nächsten Morgen werde ich, wie so oft in den letzten Tagen, von der Sonne geweckt. Ich habe die Nacht lange Zeit am offenen Fenster gesessen und in dem Anblick der Sterne nach Antworten gesucht. Die Dauerschleife ist geblieben.

Ich strecke mich im Bett aus, greife nach meinem Handy und tippe eine Nachricht an Ian.

Andy: Es ist morgen und ich bin nicht von Dankbarkeit erfüllt. Gruß, Blondie

Die Antwort kommt prompt.

Ian: Hab gehört, Blondinen brauchen manchmal länger. Warte lieber noch einen Tag ab, dann spürst du bestimmt pure Dankbarkeit. Gruß, der Undankbare

Lachend verdrehe ich die Augen. Dieser Kerl hat echt Nerven. Ich schreibe eine Nachricht an Esther. Letzte Nacht habe ich ihr nur ein paar kurze Infos über den Verlauf des Tages geschickt, seitdem will sie alles wissen. Sie hat sogar angekündigt, für ein Wochenende nach Hartwell zu kommen, für irgendein Fest, das wohl um diese Zeit stattfindet.

Ich lasse das Handy auf meine Brust sinken und lege mich zurück in die Kissen, den Blick starr auf die Decke gerichtet. Auch wenn ich den Großteil der Nacht damit verbracht habe, über den gestrigen Tag nachzudenken, bin ich zu keinem richtigen Ergebnis gekommen. Ja, ich wünschte, Ian hätte mich geküsst. Aber ich frage mich auch, was danach geschehen wäre. Nach dem Kuss im *Darcy's* wären wir fast übereinander hergefallen. Wäre das gestern wieder passiert? So wie wir im Auto aufeinander reagiert haben … bin ich mir fast sicher. Will ich das wirklich? Ich weiß es nicht. Das Wort Freundschaft schwebt in gigantischen Buchstaben über mir. Ich fliehe vor ihnen, springe unter die Dusche und doch läuft der gestrige Tag in Dauerschleife in meinem Kopf weiter. Was hat Ian für Gründe, es bei der Freundschaft zu belassen? Immerhin scheint er One-Night-Stands nicht abgeneigt zu sein. Warum ist das bei mir anders? Wie passt das zu dem Film in meinem Kopf, zu dem Mann, dem es so wichtig zu sein scheint, dass es mir gut geht? Irgendwie passen die verschiedenen Bilder von Ian nicht zusammen. Wie Puzzleteile, die aus unterschiedlichen Sets stammen. Die Formen ähneln sich, aber die Ausschnitte gehören zu verschiedenen Motiven. Ich schlüpfe in ein paar Shorts aus weichem Baumwollstoff und einem Band-Shirt aus dem Walmart. Die Haare binde ich zu einem Pferdeschwanz.

Bewaffnet mit dem Smartphone, einem Buch, Stift und Zettel gehe ich in den Garten, mache es mir auf einem der Stühle unter einer der Eichen vorm Haus gemütlich. Zeit, meinen Plan umzusetzen. Vielleicht bietet der mir Ablenkung. Ich finde eine Mail von Hayden, der sich nach meinem Urlaub erkundigt, in meinem Posteingang. Fix tippe ich eine Antwort und füge ein paar Fotos der Pension hinzu, die ich gemacht habe. Spencer kauft und verkauft zwar ausschließlich Immobilien, die eher im Hotel- und Eventsegment angesiedelt sind, doch er hegt eine heimliche Liebe für die alten Häuser der Südstaaten. Bevor ich die Mail absende, füge ich noch eine Notiz hinzu, dass das Haus bald wieder als Pension öffnen soll. Vielleicht braucht Ana nur einen Anreiz, um diesem Haus wirklich wieder eine Chance zu geben. Ich gehe meine Kundenkontakten durch, die dank Jacobs Firma prall gefüllt sind, und schicke weitere Mails an die, mit denen ich in den letzten Jahren einen besonders angenehmen persönlichen Kontakt gehegt habe. Darin berichte ich davon, dass ich Jacob Baker Industries verlassen habe und derzeit an einem eigenen Projekt in Hartwell arbeite. Im Anhang folgen wieder Fotos der Pension und ich füge auch eines von mir hinzu. Ein Selfie im rosa Overall mit Farbe im Gesicht. Klienten lieben es, wenn sie zur Familie gehören. Das Erste, was Jacob mir beigebracht hat. Mit einem breiten Grinsen drücke ich auf *Senden*. Wieder und wieder.

Das Geräusch eines Motors lässt mich aufblicken. Nur wenige Meter entfernt bleibt ein Wagen stehen, den ich inzwischen sehr gut kenne. Melissa steigt aus und ich lege meine Unterlagen beiseite. »He, wusste gar nicht, dass du vorbeikommen wolltest.«

»Ich wollte nach dir sehen.« Sie kommt auf mich zu, bleibt kurz vor mir stehen. »Caleb hat mir gestern Abend erzählt, dass Jane sich mal wieder von ihrer ganz besonders charmanten Seite gezeigt hat. Ich habe danach bei dir angerufen, aber das Handy war aus. Ian konnte ich auch nicht erreichen und Ana meinte, du seist noch nicht wieder zu Hause.« Dabei blickt sie mich neugierig an. »Ist gestern noch irgendetwas … passiert?«

Schnell drehe ich mich um, greife meine Sachen, drücke sie an die Brust und murmle etwas vor mich hin, das wie »Nein, nein, gar nichts« klingt.

»Das hört sich nach mehr als nach ›gar nichts‹ an?« Keine echte Frage.

Ich seufze auf. Ein Teil von mir möchte über das reden, was da gestern passiert ist. Da reichen die nächtlichen Nachrichten mit Esther einfach nicht aus, außerdem hat Melissa sich bereits als gute Zuhörerin erwiesen. »Vielleicht trifft ›gar nichts‹ es nicht so richtig«, sage ich leise.

Sie lässt sich auf den Stuhl neben mir fallen. »Wann? Im Wald? Ich wusste es. Ian und du, ihr saht so vertraut aus und dann seid ihr direkt verschwunden.« Melissas Begeisterung über die Dinge, die wir in ihren Gedanken gestern offensichtlich getrieben haben, lassen mich auflachen. Stockend erzähle ich ihr, dass Ian im Wald aufgetaucht ist und wie er mich getröstet hat.

»Ich würde Jane am liebsten erwürgen für das, was sie da gestern getan hat.« Melissa steht auf, reißt mich in eine Umarmung. »Ich bin froh, dass Ian dir nachgelaufen ist.«

Dankbar umarme ich meine neue Freundin. Vorher war mir noch gar nicht bewusst, dass Melissa genau das inzwischen für mich ist – eine Freundin.

»Ich auch«, sage ich leise.

»Das ist typisch Ian.« Sie lässt mich los, nicht ohne mich eingehend zu betrachten, dann setzt sie sich zurück und fordert mich auf weiterzureden. Ich erzähle ihr davon, wie wir noch eine Weile in seinem Auto saßen, dass er mir von dem Tod seines Vaters erzählt hat und von dem Unfall, bei dem Anas Mann starb. Jetzt zieht sich Überraschung wie ein Band über Melissas Gesicht. Als ich ihr davon berichte, dass ich auf Ians Schoß geklettert bin, weil ich plötzlich das Bedürfnis hatte, ihn zu trösten, werden ihre Augen groß.

»Du hast *was* getan?«

Mit heißen Wangen starre ich auf meine Hände. »Ich bin auf seinen Schoß geklettert und habe ihn in den Arm genommen?«, sage ich schwach. Es so zu wiederholen, lässt es sogar noch alberner klingen.

»Er hat es zugelassen?«

Das Erstaunen in ihrer Stimme lässt mich aufblicken.

»Ihr seid danach übereinander hergefallen – oder?«

»Nein, nicht wirklich. Wir haben nur so dagesessen und geschwiegen«, sage ich leise.

»Moment, du meinst, ihr hattet keinen Sex?«

Ich schüttele den Kopf und ein kleiner Teil von mir fügt ein enttäuschtes Seufzen hinzu.

»Aber ihr habt stundenlang wild im Wagen herumgeknutscht?«

»Wir sind keine zwölf mehr«, sage ich und verdrehe die Augen. »Aber nein. Kein Sex. Kein Knutschen oder Fummeln. Genau genommen gab es nicht mal einen Kuss.« Das entsprach irgendwie der Wahrheit und war dennoch meilenweit davon entfernt.

»Interessant.« Melissa lehnt sich zurück, verschränkt die Arme vor ihrer Brust und blickt mich nachdenklich an. »Ian lässt sich nie umarmen. Erst recht nicht auf diese mitleidige, Trost spendende Art. Wenn man den Gerüchten glauben kann, lässt er nur in einer Form Nähe zu und die hat mit Sex zu tun. Seit dem Tod seines Vaters hat er sich emotional eher in den Typ Steinsäule verwandelt – zumindest sobald es um ihn geht. Nicht mal Caleb oder ich durften ihn nach dem ganzen Mist damals umarmen. Sobald wir es versucht haben, hat er uns abgeblockt und wurde sauer. Es war, als fände er es unerträglich, einmal kurz Luft holen zu dürfen.«

Ist das gut oder schlecht? Ich bin mir nicht sicher. »Wir haben beschlossen, Freunde zu sein«, sage ich, um die Stille zu füllen.

»Freunde?« Ihrem ungläubigen Kopfschütteln folgt ein belustigtes Grunzen. »Ihr zieht euch in Gedanken gegenseitig aus, sobald ihr zwei aufeinandertrefft. Wer hat euch denn auf diese blöde Idee gebracht?«

»Es ist besser so. Ich werde nicht lange in Hartwell bleiben. Außerdem bin ich frisch getrennt und für jede Form einer Beziehung wäre das jetzt nicht der richtige Zeitpunkt.« Ich zucke mit den Schultern. Ian hat mir seine Gründe nicht verraten, aber das muss er auch nicht. Meine reichen für uns beide.

»Schätzchen, es gibt nie den falschen Zeitpunkt, wenn zwei Menschen so fest aufeinander zusteuern wie ihr beide. Eine Freundschaft kann nicht funktionieren, wenn in einer Tour die Funken sprühen.«

»Wie bei dir und Caleb?«, gehe ich auf Konfrontationskurs und verschlage ihr kurzfristig die Sprache. Oha, das hat anscheinend gesessen. »Moment, läuft da etwa wieder was zwischen euch?«, hake ich nach.

Melissa kaut auf ihrer Lippe herum. Schüttelt zaghaft den Kopf. »Ja. Vielleicht.« Sie rollt mit den Augen. »Nein.«

Jetzt bin ich diejenige, die sich neugierig vorbeugt. »Erzähl!«, fordere ich.

»Eigentlich gibt es nichts zu erzählen. Hin und wieder habe ich kurzzeitige Aussetzer, dann fange ich mich wieder und erobere meinen Verstand zurück.«

Ich greife über den Tisch nach ihrer Hand. »Warum wollt ihr es denn nicht noch einmal versuchen? Ihr zwei habt immerhin eine Chance. Bei Ian und mir kann es nur im Chaos enden.«

Melissa wirft mir ein trauriges Lächeln zu. »Das mit Caleb und mir ist nur eine aufgewärmte Jugendliebe, die mich immer dann ereilt, wenn ich vor lauter Torschlusspanik glaube, niemals den Richtigen zu finden.«

»Vielleicht weil der Richtige genau vor deiner Nase sitzt?«

»Caleb? Nein, ganz bestimmt nicht!«

Wenn Melissa sich da mal nicht irrt.

»Ich bin still, wenn du nicht weiter forderst, dass ich Sex mit Ian im Auto habe.« Ein erbärmlicher Versuch, die Stimmung wieder aufzulockern. Er hilft dennoch, ein Grinsen zieht ihre Lippen breit.

»Nach dem, was ich so gehört habe, sollte jede Frau mit Ian Green Sex haben – egal wo.« Dabei zieht sie so provokant die Augenbrauen hoch, dass ich lachen muss. Hartwell und seine Gerüchte!

Melissa beugt sich ein Stück zu mir vor. »Ehrlich, Andy. Caleb und ich, wir hatten unsere Chance. Als Freunde sind wir großartig, aber als Paar? Das hat schon einmal nicht funktioniert. Caleb hat man nie für sich allein. Aber immerhin haben wir es damals versucht. Das solltet ihr auch, sonst werdet ihr nie wissen, ob es nicht doch gepasst hätte.« Sie steht auf und zwinkert mir zu. »Keiner zwingt dich dazu, Hartwell am Ende zu verlassen.« Mit den Worten lässt sie mich sitzen und hinterlässt viel zu viele Gedanken, die in mir herumschwirren und sich in meinen Nervenbahnen festsetzen.

Kapitel 25

andy

Fröstelnd schließe ich das Fenster, in den letzten beiden Tagen hat es sich merklich abgekühlt. Dabei haben wir Mitte August!

Der Klang einer eingehenden Nachricht lässt mich sofort zum Handy greifen, weil ich hoffe, dass sie von Ian ist. Seit dem Tag am Strand ist ein Austausch entstanden, der mich immer wieder schmunzeln lässt. Jeden Morgen erinnere ich ihn daran, dass ich noch immer keine Dankbarkeit verspüre, anschließend folgen von ihm Empfehlungen von Selbsthilfegruppen oder Weisheiten über den Weg zum Glück.

Diese Nachricht aber ist von Esther, die mir bestätigt, dass sie in drei Wochen mit Dillan zum Lichterfest vorbeikommen wird. Inzwischen habe ich auch in Erfahrung bringen können, was es damit auf sich hat. Beim Erntefest wird an dem Abend ganz Hartwell in Tausenden Lichtern aufleuchten.

Als ich Ana von Esthers geplantem Auftauchen erzählt habe, hat sie, nach gewohnt missgelauntem Gemurmel, angeboten, eines der Pensionszimmer für sie vorzubereiten. Davon ermutigt habe ich in dieser Woche wieder vermehrt Diskussionen mit ihr über die restlichen Arbeiten geführt. Hilfe bekomme ich dabei von Melissa, die seit ihrem Besuch am Samstag täglich die Daumenschrauben bei Ana anlegt. Heute Morgen ist es tatsächlich so weit. Das Wunder von Hartwell geschieht – Ana Houadis knickt ein. Der Drachen von Hartwell gibt seine Zustimmung und erlaubt mir fauchend, Ian um Hilfe zu bitten. Natürlich nur, wenn er es wirklich als Freundschaftsdienst durchführt und ich ihn darum bitte. Wahrscheinlich glaubt sie, die Welt hört auf, sich zu drehen, wenn sie einmal »Bitte« sagen muss. In dem Moment ist mir das aber egal, genauso wie ihr herablassender Ton. Bevor der Satz gänzlich ihren Mund verlassen hat, falle ich ihr schon um den Hals. Meinen Gefühlsausbruch kommentiert sie mit nahezu liebevollen Beschimpfungen, die längst nicht mehr so frostig klingen wie zu Beginn.

Von Melissa bekomme ich nach unserem Sieg nur ein wissendes Lächeln. »Dann wirst du wohl noch etwas Zeit in Hartwell verbringen«, sagt sie zum Abschied. »Ach ja, und mit Ian.«

Meine Wangen glühen noch immer von ihrer Andeutung, ich muss aber unwillkürlich lächeln, als ich Ians Auto auf der Einfahrt höre. Ein Blick auf die Uhr verrät mir, dass sein Besuch wieder mal völlig unnötig ist, denn in einer Stunde hätte ich mich eh auf dem Weg zu ihm gemacht. Schwungvoll eilt er die Stufen der Veranda hoch, drückt seine Lippen auf meine Wange und ich nehme seinen Geruch und das Gefühl seiner frisch gestutzten Bartstoppeln in mir auf.

»Na, spürst du schon das Flattern in deiner Brust?«

»Vor Dankbarkeit?« Ich verdrehe die Augen.

»Hmm … Vielleicht.« Dieses Grinsen und seine Antwort lassen tatsächlich etwas in mir flattern.

Tief in meinem Bauch, doch mit Dankbarkeit hat das nichts zu tun.

»Hmm …«, mache ich sein Brummen nach. »Nein. Ich glaube, Dankbarkeit kommt mir irgendwie nicht in den Sinn, wenn ich dich sehe«, antworte ich ihm und freue mich über das Funkeln in seinen Augen, mit dem er meinen Spruch quittiert.

Auch wenn sein Blick nicht mehr täglich vor Belustigung aufblitzt, seit ich nicht mehr in Designerklamotten die Arbeiten verrichte, mustert er mein Outfit weiterhin jeden Tag. Manchmal belustigt, an einigen Tagen irritiert – zum Beispiel wenn ich eins meiner Britney- oder Backstreet-Boys-Shirts trage – und an anderen Tagen … ist da dieser Ausdruck, den ich nicht deuten kann. Heute schüttelt sich sein Kopf bei meinem Anblick.

»Ist von der Farbe auch was an den Wänden gelandet?«

»Nur wenn ich es nicht vermeiden konnte«, sage ich. Man könnte meinen, uns sei das Grinsen inzwischen im Gesicht festgewachsen. Nicht auf diese unangenehme Art, bei der man selbst versucht, die Muskeln in einer nach oben gebogenen Stellung zu halten, dieses hält von ganz allein.

»Da fällt mir ein, hättest du immer noch Zeit, mir hier bei den restlichen Arbeiten zu helfen?« Ich lehne mich gegen die Veranda. »Ana hat mir heute Morgen die hochherrschaftliche Erlaubnis erteilt, dich um Hilfe zu bitten.«

»Will ich wissen, wie du es geschafft hast?«

»Lieber nicht.«

Die Sonne versteckt sich schon wieder hinter dicken Wolken und der Wind lässt die Blätter in den Bäumen um Ians Grundstück lautstark rascheln. Leicht fröstelnd reibe ich über meine Arme.

»Sicher, dass du es versuchen willst?« Ian deutet auf ein Gerät, das wie eine Spritzpistole mit langem Lauf aussieht. Direkt daneben steht ein großer Kasten, laut Ian ein Kompressor, der mit einem Schlauch daran befestigt ist. Zögernd nicke ich und werfe einen Blick auf den Baumstamm, der nur wenige Meter daneben aufragt. Aus nächster Nähe betrachtet, ist das Wurzelungetüm gigantisch und überragt mich teilweise sogar. Dicke Wurzeln ragen aus dem Stumpen hervor, die sich wieder in Hunderte kleine, dicke, gerade und miteinander verzweigte Enden aufteilen.

»Soll ich dir nicht doch eine Jacke oder einen Pulli von mir geben?« Ian betrachtet nachdenklich mein Outfit, meine lange Cargohose und das weite T-Shirt, das ich beim Lasieren der Holzfenster eh eingesaut habe. Es sind immer noch über 20 Grad, der Unterschied von fast zehn Grad im Vergleich zu den letzten Wochen lässt mich dennoch frösteln.

»Bei der Arbeit wird mir schon warm werden.« Ich greife nach dem Hochdruckreiniger, sein Griff liegt überraschend gut in der Hand. Vorsichtig lege ich den Zeigefinger auf den Schalter, der an den Abzug einer Pistole erinnert – und drücke ab. Nichts passiert. Fragend werfe ich einen Blick zu Ian, der mit diesem tödlich gut aussehenden Grinsen neben mir steht. Er beugt sich zum Kompressor, drückt dort auf einen dicken roten Knopf und das Gerät fängt laut an zu brummen. Sehr laut. Ian kann gerade noch einen Satz zur Seite machen, als ein harter Wasserstrahl dort aufschlägt, wo er eben noch stand, weil ich den Auslöser bisher nicht losgelassen habe.

»Das war garantiert Absicht«, schreit er mir über den Kompressor hinweg zu. Grinsend stelle ich mich vor den Baumstamm, richte die Pistole darauf aus und drücke ab. Der überraschend heftige Wasserdruck lässt mich einen Schritt zurückweichen. Etwas Kaltes, Nasses landet in meinem Gesicht. Ich lasse den Auslöser wieder los. Prustend wische ich mir mit der Hand über meine Wangen, finde Schlamm auf meinem Handrücken.

»Sicher, dass ich dich damit kurz allein lassen kann?«

»Ich komm klar«, sage ich und versuche, den Rest der schlammigen Spur zu ignorieren, die nun langsam meine Wange entlangläuft.

»Sollte nicht lange dauern. Wenn was ist, einfach den Kompressor an dem dicken Knopf hier ausschalten.« Er deutet auf das Gerät zwischen uns.

»Ich bekomm das schon hin, Ian.« Wie schwer soll das schon sein? Die Beine etwas breiter auseinandergezogen, stelle ich mich erneut dem Stamm entgegen. Dieses Mal bin ich auf den Gegendruck vorbereitet. Ich warte, bis Ian in Richtung seines Wagens verschwindet, dann drücke ich wieder den Schalter. Direkt landet eine neue kalte Ladung in meinem Gesicht, als der Wasserstrahl auf einen dicken Erdklumpen zwischen den Wurzeln trifft. Ich blinzle. Einmal. Zweimal. Schnaubend setze ich erneut an – dieses Mal mit leicht zusammengekniffenen Augen.

Innerhalb weniger Minuten bin ich von oben bis unten mit Schlamm bedeckt. Meine Haare sind nass, Sand reibt mir in den Augen und ein Blick an mir herab bestätigt meine Vermutung. Nasser brauner Matsch bedeckt mich, er sammelt sich in meinen Sneakern, bröckelt von meinem Shirt, das mir inzwischen eng am Körper klebt. So langsam verstehe ich Ians Zweifel daran, dass mir das hier Spaß machen könnte. Ich versuche, den Winkel weiter zu ändern, nicht mehr frontal auf das Holz zu zielen. Mühsam arbeite ich mich weiter vor. Verbissen versuche ich, aus meinen Fehlern zu lernen. Es besser zu machen. Langsam bekomme ich ein Gefühl für das Gerät und kann mich näher an den Stamm wagen, um die Pistole auch in die hartnäckigen Ecken zu halten. Ich richte den Strahl auf einen dicken Erdklumpen und beobachte befriedigt, wie sich ein Stein, so dick wie meine Hand, aus der Erde löst und im Matsch landet.

»Das reicht.«

Ich war so in die Arbeit vertieft, dass ich Ians Rückkehr gar nicht mitbekommen habe. Er muss mich über das Gerät hinweg anschreien und steht, die Hände vor seinem Mund zu einem Trichter geformt, etwas abseits – vermutlich um nicht von einer der braunen Fontäne getroffen zu werden. Erst nachdem ich ihn anschaue, geht er auf den Kompressor zu und schaltet ihn aus. Ich lasse die Pistole sinken und werfe sie anschließend auf den Teil des Bodens links von mir, der nicht im Matsch versinkt – so wie ich.

Als ich mich zu Ian umdrehe und einen Fuß vor den anderen setze, geben meine Schuhe schmatzende Geräusche von sich. Selbst darin sammelt sich die braune Suppe. Na großartig!

»Gute Arbeit. Den Rest kann ich abbürsten, wenn der Stamm getrocknet ist«, sagt er und nickt Richtung Baumstumpf. Dabei mustert er mich von oben bis unten. Das Grinsen auf seinen Lippen verrät mir, dass ich genauso schrecklich aussehe, wie ich vermute. Ich habe längst aufgegeben, mir den Dreck aus dem

Gesicht zu schmieren – einfach weil es keinen Sinn hat. Meine Hände, das Shirt, Schuhe und Hose – alles ist nass und voller Sand. Ich bin wohl ein einziges Schlammwesen.

Ian steht noch immer ein paar Meter entfernt und blickt mich unentwegt an. Ich sehe an mir herab und mir wird bewusst, dass ich wirklich klatschnass bin. Das Shirt klebt mir eng am Körper, Erde und Matsch bilden ein braunes Muster. Schnell ziehe ich mir den nassen Stoff von der Haut. Dicke Brocken Erde lösen sich dabei von meinem Oberteil und landen vor meinen Füßen. Erst jetzt wird mir bewusst, dass mir wirklich kalt ist. Eiskalt. Fröstelnd breite die ich die Arme vor der Brust aus, reibe über meine Schultern. Als ich einen Schritt aus dem Matsch heraus machen will, bleibt mein Schuh stecken. Ian greift nach mir, hält mich fest, während ich versuche, wieder in meinen Schuh zu kommen, der noch immer im Schlamm steckt. Schnaubend kommentiere ich den kleinen Sieg, als mein Fuß endlich wieder im Schuh steckt und ich ihn vorsichtig aus dem braunen Sumpf ziehen kann. Ian hält meinen Arm so verkrampft, dass ich ihn fragend ansehe.

»Du bist eiskalt.« Passend zu seiner Antwort klappern meine Zähne. Himmel! Es ist August, wie kann mir da so kalt sein? Ian zieht mich in seine Arme, reibt mit warmen Händen über die abgekühlte Haut, wobei sich weitere Erdklumpen lösen und zwischen uns herabrieseln.

»Komm mit«, sagt er und ich lasse mich stolpernd von ihm zur Veranda ziehen.

»Was soll das werden?« Warum muss meine Stimme dabei so zittern?! Ich fühle mich von meinem Körper verraten, weil er plötzlich so stark auf die Kälte reagiert. Ian öffnet die Tür. »Du bist eiskalt, deshalb stecke ich dich in die Dusche.«

Ich will ihm widersprechen, doch das Klappern meiner Zähne lässt kein weiteres Wort zu. Okay, mir ist wirklich kalt, dennoch bleibe ich am Eingang zögernd stehen. »Dann mache ich hier alles dreckig.« Ich schaue an mir hinab. Zu meinen Füßen bildet sich bereits ein kleiner brauner Tümpel.

»Nichts, was man nicht wieder mit einem Wischmopp beseitigen kann.« Mit diesen Worten kniet er sich hin und hebt meinen Fuß aus dem Schuh, danach den anderen. Die Sneaker stellt er vor der Tür auf die Veranda. Nur eine Spur aus braunem Matschwasser bleibt zurück. Ohne Vorwarnung schlingen sich Ians Arme um meine Taille. Die Welt um mich herum kippt, als Ian mich hochhebt und anschließend die Stufen in das Obergeschoss hinaufträgt. Zum ersten Mal bin ich froh, dass mein Gesicht gerade von Erde bedeckt ist, denn ich bin mir sicher, dass meine Wangen darunter feuerrot aufleuchten.

Vor der der Badezimmertür bleibt Ian stehen, schiebt sie mit dem Fuß auf und setzt mich im Raum dahinter ab. Beim Anblick meines Spiegelbilds verschlägt es mir die Sprache. Nur meine Lippen und Augen heben sich von braunem Matsch ab. Selbst meine Haare sind vollständig davon bedeckt. Ich bin wirklich ein Schlammmonster!

Das Rauschen der Dusche füllt den Raum. Ian taucht wieder vor mir auf, hält einen Waschlappen in seiner Hand, mit dem er mir vorsichtig über die Wange streicht. Lachend greife ich ihn mir. »Das kann ich allein.« Mit dem Lappen baue ich mich vor dem Spiegel auf, lasse ihn über mein Gesicht fahren. Mehrfach muss ich den Stoff auswaschen und neu ansetzen, bis die Haut unter dem Schlamm wieder sichtbar wird. Ian steht weiterhin belustigt hinter mir und grinst mich an.

»Dreck steht dir, Blondie.«

»Haha. Sehr witzig.«

Im Spiegel beobachte ich, wie er näher kommt. Sein Atem streift meinen Nacken. Mein Herzschlag beschleunigt sich, als ich im Spiegel sehe, wie seine Hände sich links und rechts an meine Taille legen, unsere Blicke werden kurz unterbrochen, weil er mich langsam zu sich umdreht. Ich atme erstickt aus. Ian geht vor mir auf die Knie, zieht mir langsam die Socken aus, die mit einem saftigen Geräusch neben mir landen. Seine Finger wandern an meinen Beinen hinauf, öffnen dann den Knopf meiner Hose. Das Herz schlägt mir so laut in meiner Brust, dass ich mir sicher bin, dass auch er das wilde Pochen hört. Zwischen zwei Schlägen streift Ian mir die Hose herunter. Sein Atem streichelt dabei meine kalten Oberschenkel, seine Finger berühren mich nur kurz – um mein Knie anzuwinkeln, damit er mir die Hose ganz ausziehen kann. Sie landet direkt neben den Socken. Der Raum ist erfüllt von Dampf und dem Prasseln der Dusche, meinem Atem, der sich unaufhörlich beschleunigt, und meinem Herz, das nicht mehr zurück in einen normalen Rhythmus findet. Ians Hände streifen meine Oberschenkel, als er wieder aufsteht, sie hinterlassen eine feurige Spur auf eisiger Haut. Seine Finger ruhen für einen Moment am Saum des Shirts, das mir fest am Körper klebt. Ich atme tief ein, kann den Blick nicht von ihm lösen. Das Oberteil löst sich mit einem Schmatzen von meinem Bauch, wird dann Zentimeter um Zentimeter nach oben geschoben. Warme Haut ersetzt die Kälte, die der nasse Stoff zurückgelassen hat. Meine Brust bebt beim Anblick grauer Augen, die mich hungrig betrachten. Ein Schauder geht über meinen Körper. Nur in Unterwäsche stehe ich vor Ian. Mir ist nicht mehr kalt. Ich glühe von innen und an den Stellen, an denen noch immer Ians Finger ruhen. Das Geräusch, wie das Shirt auf dem Boden landet, nehme ich kaum noch wahr.

»Komm«, flüstert Ian und zieht mich in die Dusche.

Kapitel 26

andy

Erst trete ich durch einen Vorhang aus dichtem Dampf, dann folgt warmes, prickelndes Wasser. Es schickt Nadelstiche über meine durchgefrorene Haut. Sie kommen nicht an die Intensität des angenehmen Brennens heran, das sich überall dort ausbreitet, wo Ian mich berührt.

Inzwischen ist er völlig durchnässt. Sein Shirt klebt ihm an der Haut, der Jeansstoff schimmert fast schwarz und er sieht mich aus durchdringendem Grau an. Ich muss die Augen schließen, weil sein Blick mir durch und durch geht, die Nähe zu ihm mir den Atem raubt und weil das Wasser die Erde in meinen Haaren aufweicht und mir in die Augen läuft.

»Halt die Augen lieber geschlossen«, sagt Ian, dabei ist er mir so nah, dass ich seinen Atem über mein Gesicht streifen spüre. Ich schlucke. Halte folgsam die Augen fest geschlossen. Ein schmatzendes Geräusch ertönt, gefolgt von einem minzig-frischen Geruch. Das Stöhnen, das meine Lippen verlässt, als seine Fingerkuppen meine Kopfhaut massieren, sorgt für ein belustigtes Schnauben direkt vor mir. Gründlich entfernt er die Spuren der letzten Stunden aus meinem Haar und die Tatsache, dass Ian sich anscheinend alle Zeit der Welt lässt, um mir die Haare zu waschen, obwohl ich nur in Unterwäsche mit ihm zusammen unter der Dusche stehe, entlockt mir ein ungläubiges Lachen.

»Augen weiterhin geschlossen halten«, weist er mich an. Ich nicke und im nächsten Moment wird mein Kopf schon sacht in den Nacken gedrückt und Wasser läuft mir über die Stirn.

»Darf ich die Augen wieder öffnen?«, frage ich, als ich finde, dass meine Haare genug Aufmerksamkeit bekommen haben.

»Noch nicht.«

»Ich kann dein Grinsen förmlich spüren, Ian«, sage ich und atme im nächsten Moment geräuschvoll ein, weil seine Hände sich jetzt von meiner Wange zum Hals bewegen. Ich schlage die Augen auf, als seine Finger über mein Schlüsselbein tanzen und meinen Puls damit zum Flattern bringen.

»Du machst auch nie, was man dir sagt, oder?« Das Lächeln auf seinen Lippen, die nur wenige Millimeter vor meinen schweben, verschlägt mir den Atem.

»Willst du noch immer, dass ich dich küsse?« Seine Stimme ist samtig und durchdringt meinen Körper mit jeder Silbe.

»Andy?«

Meine Hände graben sich an das Shirt, das nass an seiner Haut klebt. Mein Atem geht nur noch stoßweise. Mein Herz rast. »Ja, küss mich – und zwar richtig.« Bei Ian weiß man schließlich nie. Das entlockt ihm ein Lachen und ein Kopfschütteln. Er beugt sich vor, seine Lippen nähern sich der Stelle, die sehnsüchtig auf seine Aufmerksamkeit wartet. Nur Millimeter davon entfernt treffen sie auf und streichen zart über meinen Mundwinkel. Ich gebe ein ungläubiges Schnauben von mir.

»War nur Spaß.« Das Vibrieren seiner Stimme lässt mich aufseufzen, doch das Geräusch wird von seinen Lippen erstickt, die sich endlich auf meinem Mund bewegen. Der Kuss im *Darcy's* fing sanft an. Ein süßes Herantasten. Ein vorsichtiges Auskosten, das sich allmählich aufbaute, um sich dann in diesem Strudel aus Verlangen zu verlieren.

Das hier ist anders. Hungrig. Gierig. Berauschend. Die letzten Tage, all diese kusslosen Momente, haben mich ausgedörrt, mich nach seiner Nähe, seinen Berührungen dürsten lassen. Ihn jetzt zu spüren, zu schmecken, erfüllt jede Faser meines Körpers. Ich spüre die kalten Fliesen in meinem Rücken kaum, dafür spüre ich Ians Hände, die an meiner Seite entlangfahren, hoch über meine Rippen und meinen BH. Sein Daumen, der mich durch den nassen Stoff streichelt, lässt mich erneut aufstöhnen. Als Antwort beißt Ian mir zärtlich in die Unterlippe, was dafür sorgt, dass ich ihm meine Hüften noch stärker entgegenpresse. Nasser Jeansstoff reibt an meinem Bauch. Meine Finger schiebe ich unter den Stoff seines Shirts, das eng an seinem Körper klebt. Ich genieße das Gefühl meiner Hände an seinem harten Bauch, streife den Stoff höher. Weit komme ich nicht, weil Ian sich mir entgegendrückt. Schwer atmend löst er sich von meinen Lippen und umschließt mit seinen Fingern sanft meine Handgelenke. Der Blick, den er mir zuwirft, treibt meinen Puls in ungeahnte Höhen. Ich finde darin das gleiche Verlangen, das sich in meinem ganzen Körper auszubreiten scheint, mich ausfüllt, in mir ansteigt, bis es glaubt, kein Ventil mehr zu finden. Der intensive Wunsch, ihn zu berühren, erschüttert mich. Meine Brust hebt sich stoßweise, während ich mich gegen die Fliesen lehne, den Blick auf Ian gerichtet – der meine Hände an seine Lippen zieht und einen Kuss auf jeden einzelnen Finger gibt. Stromschlag um Stromschlag zuckt durch meine Finger, meine Arme, jede Nervenbahn in meinem Körper.

»Nicht hier. Nicht jetzt«, sagt er.

Bevor seine Worte überhaupt bei mir ankommen, ist er schon weg. Ich starre ihm hinterher. Die altbekannte Angst vor Abweisung zupft eisig an mir, ersetzt das Gefühl der Wärme in meinem Bauch. Schwer atmend sinkt mein Kopf gegen die Fliesen in meinem Rücken. Wasser fließt mir über das Gesicht. Das Geräusch des Duschvorhangs lässt mich aufblicken. Wasser läuft mir in die Augen, nimmt mir für einen Moment die Sicht. Ich neige den Kopf vor, da spüre ich eine Hand an meiner Wange. Gefolgt von weichen Lippen und dem leichten Kratzen seines Barts. Beides verschwindet viel zu schnell wieder.

Ian steht in den nassen Sachen vor mir, ein Handtuch um die Schultern gelegt. »Du solltest lieber ohne mich duschen«, sagt er und allein der Ausdruck in seinen Augen lässt mich wanken. »Ich lege dir gleich ein paar von meinen Klamotten ins Badezimmer. Wirf das nasse Zeug einfach auf den Boden zu den anderen.« Dabei huscht sein Blick über meine Unterwäsche, die, vollgesogen vom Wasser, wahrscheinlich eh nichts mehr verbirgt. Er dreht sich ab und lässt mich allein.

Entgeistert halte ich mein Gesicht unter den Wasserstrahl. Will Ian etwa wieder dieses Freundschaftsding durchziehen? Die Badezimmertür öffnet und schließt sich erneut. Anscheinend hat Ian mir die angekündigte Kleidung gebracht und das Zimmer direkt wieder verlassen. Ich werde aus dem Mann einfach nicht schlau. Um mich abzulenken, seife ich mich ein, selbst jetzt finde ich stellenweise noch Sand.

Der ganze Raum ist erfüllt von dickem Dampf, nachdem ich mich überwinde, aus der Dusche zu steigen. Ich greife mir das frische Handtuch, das auf der Badewanne bereitliegt, trockne mich ab und wickle mich dann darin ein. Eine kurze Suche im Badezimmer zeigt, dass Ian weder Bürste noch Föhn besitzt, sodass ich mit den Fingern versuche, die Knoten zu lösen. Vorsichtig drücke ich die Feuchtigkeit aus den Locken. Wenn ich die Haare nicht glatt föhnen kann, bleibt nur die Möglichkeit, meine Natur zu bändigen, indem ich sie in Form knete. Da der Spiegel noch beschlagen ist, kann ich das Endergebnis nicht überprüfen und vielleicht ist das auch besser so. Ich schlüpfe in die Boxershorts und das Shirt, das Ian mir bereitgelegt hat. Enttäuscht stelle ich fest, dass seins zwar frisch riecht, aber eben nicht nach Ian. Es fühlt sich seltsam intim an, dass ich völlig nackt in seine Kleidung schlüpfe.

Geräusche aus der Küche dringen mir im Flur entgegen und ich folge ihnen leise die Treppe hinunter. In der Küchentür bleibe ich stehen und beobachte Ian, der nur mit einer Jogginghose bekleidet dort herumhantiert. Er öffnet den Kühlschrank, grummelt irgendwas vor sich hin und schaut anschließend in einen Küchenschrank neben sich. Mein Blick fährt über seine nackte Schultern, die Arme, seinen breiten Rücken. Eines muss man ihm lassen, er ist wirklich gut in Form. Zum ersten Mal erlaube ich mir, ihn ohne Scham zu betrachten, und der Anblick löst ein warmes Kribbeln südlich des Bauchnabels aus.

Als Ian sich umdreht und unsere Blicke sich treffen, erstarrt er in der Bewegung. Der kurze Ausdruck der Verwunderung weicht sogleich einem silbrigen Glanz in seinen Augen. Ich merke, wie sein Blick einmal an mir hinab- und wieder hinaufgleitet, und dem Aufblitzen in seinen Augen entnehme ich, dass ihm gefällt, was er sieht. Am Ende bleiben seine Augen an meinen Haaren hängen, die jetzt in feuchten Spiralen mein Gesicht einrahmen.

»Locken?« Er wirkt so überrascht, dass ich mir unsicher über die ungebändigte Mähne streiche.

»Gefällt mir«, sagt er. »An den Anblick könnte ich mich gewöhnen.« Dabei schaut er erneut an mir herab, als würde er damit einfach alles meinen. Im nächsten Moment überwindet er die Meter, die zwischen uns liegen, und nimmt mein Gesicht in seine Hände, bevor er seinen Mund wieder auf meinen drückt. Sämtliche Angst, die ich eben noch verspürt habe, löst sich in Luft auf. Seine Lippen liebkosen mich, streicheln mich, öffnen mich. Sehnsüchtig presse ich mich gegen seinen Körper. Hungrig fahren meine Hände über seine Brust, seinen Bauch, seine Hüften, den Rücken – erkunden jeden frei liegenden Zentimeter Haut.

»Eigentlich wollte ich uns schnell was zu essen machen«, sagt Ian an meinem Mund. »Ich glaub, das muss warten.« Sein Lachen vibriert mir auf der Zunge. Es wird abgelöst von einem kleinen Aufschrei, als ich plötzlich erneut hochgehoben werde und die Küche an mir vorbeischwebt. Ian trägt mich – schon wieder – die Treppe hoch, dieses Mal geht er am Badezimmer vorbei.

Lachend schüttele ich den Kopf. »Muss ich verstehen, warum du mich in der Dusche davon abhältst, dich auszuziehen, nur damit du mich danach in dein Schlafzimmer trägst?« Ich habe das Gefühl, das Grinsen in meinem Gesicht erreicht gleich meine Ohren. Ians Anblick, das Haar, das noch leicht feucht glänzt, die grauen Augen, der erhitzte Körper, an den ich gerade gedrückt werde – all das löst ein Gefühl in meiner Brust aus, das mich wie eine Champagnerflasche fühlen lässt, die kurz vorm Überschäumen ist.

»Weil ich dich nicht in meiner Duschen haben will, sondern in meinem Bett«, sagt er. Mit mir auf dem Arm steht Ian inzwischen mitten im Raum, das Bett in seinem Rücken. Wie der Rest des Hauses ist auch das Zimmer gemütlich, freundlich, warm eingerichtet. »Aber das mit der Dusche«, flüstert er mir ins Ohr, »können wir uns gerne für später aufheben.« Mit den Worten lässt er sich langsam auf das Bett sinken und setzt mich auf seinem Schoß ab.

»Klingt verlockend.« Die letzten Worte gehen in einem Kuss unter, der jeden Gedanken an eine Welt außerhalb dieses Raumes mit schwarzer Tinte übergießt. Während seine Lippen, seine Hände, jeder Zentimeter seiner Haut sich farbenfroh in meine Nervenbahnen brennt. Ians Mund wandert über meine Wange, seine Hände unter mein Shirt, jede Berührung steigert die Wärme in mir, die sich seit Tagen staut. Es fühlt sich an, als könnte ein einzelner Flügelschlag alles in Brand setzen. Meine Haut. Meine Kontrolle. Bis ich endgültig platzend überschäume.

Ians Hände streicheln überhitzte Haut, seine Lippen saugen an mir, knabbern, hinterlassen ein wohliges Feuer.

»Seit Tagen kann ich an nichts anderes mehr denken als daran, das hier zu tun«, sagt Ian an meiner Halsbeuge, als er mit den Händen langsam das Shirt hochschiebt, es mir über die Brüste zieht und anschließend vorsichtig über meinen Kopf. Sein Mund senkt sich warm auf mich, umschließt mich, lässt mich aufkeuchen und mich ihm entgegenstrecken. Die Reibung verstärkt sich, so wie unser Atem sich beschleunigt. Meine Kontrolle schwindet mit jedem Saugen, jedem Knabbern, jeder

Berührung, jedem Reiben.

»Verdammt, Ian, bitte …«, sage ich. »Ich halte das nicht mehr lange aus.«

Ian gibt nur ein tiefes »Hmm …« von sich. Die Vibration zuckt durch meine Brust, meinen Bauch bis in meinen Unterleib. Als sein Mund sich von mir löst, spüre ich die Luft im Raum dort so intensiv, als würde ein kalter Atem darüberstreichen. Mit einer fließenden Bewegung hebt Ian mich hoch, legt mich aufs Bett. Sein Blick wandert über meine Beine, den Bauch, die Brüste, den Hals und verharrt auf meinem Gesicht. Er küsst mich. Zart. Ruhig. Langsam setzt er sich auf, hakt jeweils einen Finger unter die Boxershorts und zieht sie mir in einem Tempo aus, das mich frustriert schnauben lässt.

»Geht es dir nicht schnell genug, Blondie?«

Ich stöhne auf. »Dieses Vorspiel geht einfach schon ein paar Tage zu lang.«

Mit einem Lachen wirft er den Stoff irgendwo hinter sich.

»Wer sagt denn, dass es heute enden muss?«

Jede erdenkliche Erwiderung bleibt mir im Hals stecken, als Ian sich die Jogginghose auszieht und nackt vor mir zum Stehen kommt.

»Schlechter Scherz.«

»Dein Gesicht war es wert.« Er beugt sich vor und fährt mit den Händen über meine Oberschenkel, die vor Anspannung beben. Ich spüre seine Erregung an meinem Bein. Seine Zunge fährt über meinen Bauch, streichelt meine Hüften und gleichzeitig finden seine Hände den dazu passenden Rhythmus. Ich habe das Gefühl zu zerfließen. Zu einem Strom aus flüssiger Lava zu werden. Langsam wird der Tanz schneller, das Saugen intensiver. Sein Takt reißt mich mit wie eine Welle, die über mir zusammenbricht. Mein Becken streckt sich ihm entgegen, als der Druck stärker wird. Meine Hände krallen sich in das Laken, als sein Mund genau den richtigen Takt zum stetigen Rhythmus seiner Finger findet. Und dann werde ich selbst zu Feuer. Und Asche. Und Rauch.

Ians Handfläche ruht auf mir, bis das leichte Zucken abebbt. Ich nehme nur entfernt wahr, wie er etwas neben sich greift, während die Empfindungen in mir nachklingen. Eine Packung wird geöffnet und als ich zittrig die Lider wieder öffne, sehe ich, wie er sich das Kondom überstreift. Allein dieser Anblick lässt die Welt um mich herum erneut schwanken.

Dankbar nehme ich seinen Mund in Empfang. Meinen Geschmack auf seinen Lippen, an seiner Zunge, gemischt mit seinem Geruch benebelt mich. Niemals habe ich mich so gefühlt. Mein Körper zittert unter seinen Händen, die mich mit einer einzigen Bewegung auf seinen Schoß ziehen. Hitze strömt von ihm aus, sie wandert meine Oberschenkel hinauf, setzt erneut alles in Brand, der nicht mal aufgehört hat zu schwelen.

Langsam lasse ich mich auf ihn gleiten, nehme das kehlige Geräusch wahr, das seine Lippen verlässt. Ich küsse ihn, presse mich ihm entgegen. Unser Stöhnen vermischt sich in unserem Mund, unser Atem wird eins, so wie wir eins werden.

Kapitel 27

andy

Gähnend greife ich neben mich, doch das Bett ist leer.

Ich richte mich auf. Mein ganzer Körper fühlt sich nach dem an, was wir die letzten Stunden getan haben. Ein dümmliches Grinsen schleicht sich bei den Erinnerungen in mein Gesicht. Ich sollte froh sein, dass das Bett neben mir leer ist, wer weiß, was sonst passiert wäre – schon wieder. Schlagartig wird mir bewusst, dass die Sonne bereits das Zimmer erhellt.

Moment, wie spät ist es?

Ich sehe mich nach meinem Handy um, bis mir einfällt, dass ich es gestern vor meiner Aktion mit dem Baumstamm in Ians Küche gelegt habe. Ich schlage das Laken beiseite und laufe durch das Zimmer. Nackt. Mist! Wo sind eigentlich meine Sachen? Auf dem Boden entdecke ich die Kleidung, die Ian mir gestern gegeben hat. War das wirklich erst gestern? Ich schlüpfe schnell hinein und verlasse das Zimmer. Aus der Küche dringen Geräusche zu mir nach oben. Ians Stimme, er spricht. Bitte kein Besuch, damit wäre die Klatschpresse direkt aktiviert. Mist, ein Blick aus dem Fenster verrät mir, dass die Sonne bereits verdächtig weit oben am Himmel steht. Leise gehe ich die letzten Stufen hinab, sehe Ian im Flur stehen, das Telefon zwischen Schulter und Ohr eingeklemmt. Er lächelt mich entschuldigend an und deutet mit dem Kopf in Richtung Küche. Sein Blick wandert anschließend an mir herab und lässt es tief in mir vor Erwartung kribbeln. Himmel, wir haben die halbe Nacht damit verbracht, über einander herzufallen, und trotzdem verlangt mein Körper nach mehr. Bemüht, keine Geräusche zu machen, gehe ich in die Küche, entdecke eine frische Kanne Kaffee und zwei Tassen davor – eine noch leer. Ich greife sie mir, gieße mir Kaffee ein und nehme etwas Milch aus dem Kühlschrank. An die Küchentheke lehnend trinke ich einen Schluck. Er ist perfekt. Wahrscheinlich wäre nach so einer Nacht selbst die widerlichste Brühe perfekt. Lächelnd nehme ich einen weiteren Schluck und als ich aufblicke, finde ich Ian, der in der Küchentür steht. Wir haben wohl beide dieses Wir-haben-die-halbe-Nacht-rumgemacht-Grinsen im Gesicht. Kurz flackert Nervosität in mir auf. Wie geht es weiter? Gibt es ein »Danke, war nett, wir sehen uns dann bei der Arbeit«? Ian beantwortet meine stumme Frage, indem er auf mich zugeht, mir den Kaffee aus der Hand nimmt und mich am Saum des Shirts näher zu sich zieht. Mein Herz setzt zu einem wilden Rhythmus an.

Jetzt bin ich wach. Kaffee brauche ich keinen mehr, nur Ians Lippen, die sich auf meine senken, und dieses Gefühl, das er damit in mir auslöst.

»Guten Morgen, Amazone«, raunt er an meinen Lippen.

Amazone? »Bitte was?«, frage ich, unfähig, die Lippen von seinem Mund zu lösen. Er zieht spielerisch an einer Locke.

Oh. Ich will gar nicht wissen, wie meine Haare nach dieser

Nacht aussehen. »Ich würde mich eher Waschbär mit Locken nennen.«

»Nein, Waschbären sind fiese kleine Biester. Wobei … Wenn ich so drüber nachd– Au!« Ian reibt sich die Seite, die eben Bekanntschaft mit meinem Ellenbogen gemacht hat, doch im nächsten Moment küsst er mich wieder, drängender. Ich seufze in seinem Mund. Wie kann mein Körper dermaßen nach ihm lechzen? Das ist nicht mehr normal. Ich glaube, ich brauche dringend eine Therapie. Die Ich-bin-verrückt-nach-Ian-Green-Therapie. Gibt es so was?

»Es ist spät, ich konnte ein paar Termine verschieben, muss aber gleich in die Firma.«

Ach du heiliges Kanonenrohr! Jetzt hätte ich die Zeit wieder fast vergessen. Mein Hirn hat irgendwann zwischen Duschen und Küssen ausgesetzt und zeigt seitdem in Großbuchstaben nur noch das Wort »ERROR« an. »Was erzähle ich denn jetzt Ana?« Verflixt. Wie soll ich ihr das erklären?

»Melissa hat sich längst darum gekümmert.«

Was? »Melissa weiß Bescheid?« Ich versuche, die Tatsache, dass Ian an meiner Lippe saugt, zu ignorieren. »Ihr Anruf hat mich geweckt«, sagt er, ohne die Lippen von mir zu lösen.

»Sie hat angerufen?!« Das zustimmende Stöhnen an meinem Mund, Ians Hände, die sich unter meinem – nein, Ians – Shirt bewegen und sich bereits so vertraut an meiner Haut anfühlen, benebeln mich.

»Sie wollte wissen, ob du bei mir bist, nachdem sie dich bei der Pension nicht angetroffen hat.«

Ein Stöhnen entfährt meinen Lippen, doch ich bin mir nicht sicher, ob es an Ians Händen, seinen Lippen oder an der Tatsache liegt, dass Melissa direkt die richtigen Schlüsse gezogen hat. »Ich sollte dann vielleicht lieber gehen«, versuche ich, mich schwach Ians Anziehung zu entziehen, doch er hält mich am Shirt fest.

»Wie wäre es mit einer Dusche, bevor du gehst?«

***

Ratternd kommt mein Buick zum Stehen. Ich schalte den Wagen ab und bleibe noch einen Moment im Inneren sitzen. Die Vorstellung, in Anas wissende Augen zu blicken, lässt einen dicken Knoten in meinem Bauch entstehen. Daran ändert auch die Erinnerung an die gemeinsame Dusche mit Ian nichts. Obwohl der Gedanke, dass genau dort gestern alles angefangen und heute geendet hat, verwirrend und prickelnd zugleich ist. Was hat Ian nur an sich, dass sämtliche Synapsen in meinem Kopf direkt auf Hochspannung gehen, sobald er mich ansieht?

Seufzend steige ich aus dem Auto, versuche, meinen Rücken gerade zu halten, mehrmals tief einzuatmen und mich dem Drachen zu stellen. Melissa fängt mich noch vor der Küche ab, mit einem wissenden Lächeln auf den Lippen. Ich verdrehe gespielt die Augen, doch ihr breites Grinsen heizt mir die Wangen auf. Verflixt, ich fühle mich wie ein Teenager, der sich heimlich zurück in das Haus seiner Eltern schleicht. Statt mich in die Küche gehen zu lassen, greift Melissa nach meiner Hand und zieht mich die Treppe hoch in mein Zimmer. Sie setzt sich auf mein Bett, klopft einladend auf den Bereich neben sich. Zögernd lasse ich mich neben ihr fallen. Atme einmal tief ein.

»Also … Du und Ian?« Ihre Stimme spiegelt das breite Grinsen wider, das ihr weiterhin im Gesicht klebt.

»Leugnen bringt wohl nichts?«

»Nicht nachdem er es bereits bestätigt hat. Das war übrigens vor drei Stunden.« Sie blickt mich mit hochgezogener Augenbraue an. Das Bild von Ian – unter der Dusche, nackt – taucht vor mir auf und ich spüre erneut Hitze in mir aufsteigen.

»Dein Gesicht ist mir Antwort genug«, sagt sie. »Ich hoffe, ihr beide vergeigt das nicht direkt wieder. Was ist überhaupt passiert? Wobei, ich kann mir denken, *was* passiert ist – bei diesem Dauergrinsen, das dich umkreist wie ein Satellit.«

Ich grinse? Schnell versuche ich, meine Gesichtsmuskeln wieder in eine neutrale Position zu schieben, doch Melissa hat recht. Ich grinse. Breit und glücklich. *Herrje!* Sie stupst mich mit der Schulter an und ich muss lachen.

»Was sage ich denn jetzt Ana?«

»Mach dir darum keine Gedanken. Sie wird sich nicht einmischen. Ich weiß, die Leute in Hartwell reden nicht immer gut von Ian, und seit der Sache mit Jane ist das alles wieder sehr präsent in den Köpfen. Dabei bin ich mir noch immer sicher, dass Ian gar keine Schuld trägt, immerhin hat *er* sich von *ihr* getrennt. Er hätte sie nie einfach wortlos sitzen lassen.«

Ich starre auf meine Hände, unfähig, ihr zu antworten.

»Du weißt etwas.«

Mist! Ich blicke hoch und treffe auf zwei zu schmalen Schlitzen verengte Augen. »Nein. Ja. Aber ich kann es dir nicht sagen.«

»Wusste ich es doch! Ich habe recht, nicht wahr? Jane trägt die Schuld, richtig?«

Ihr bohrender Blick sorgt dafür, dass sich Schweißperlen auf meiner Stirn bilden. »Melissa, bitte. Ich kann nichts sagen.«

»Schon okay. Ich reime mir schon lange meinen Teil der Geschichte zusammen. Ich muss jetzt eh in den Laden.« Sie steht auf und geht zur Tür. »Grüß Ian von mir – du siehst ihn wohl früher als ich.« Ihr dreckiges Lachen klingt noch lange im Raum nach.

Anas Mundwinkel zeigen wie gewohnt Richtung Boden, als ich sie in der Küche treffe. Ich gehe mit ihr die grobe Planung der nächsten Tage durch. Doch als sie mich danach fragt, wann Ian mir endlich zur Hand gehen wird, werden meine Wangen warm.

»Bin schon längst da, Ana.« Ich sehe auf und entdecke Ian, der lässig an der Tür lehnt. Er wirft mir ein schiefes Lächeln zu und lässt so mein Herz stolpern.

»Andy, hilfst du mir kurz dabei, die Sachen reinzutragen, bevor wir anfangen?«

Sachen? Anfangen? Anas Blick ausweichend folge ich ihm aus dem Haus. Ich schaffe es bis zur Veranda, da werde ich von zwei Händen an die Wand gezerrt, auf die Seite, die von der Küche aus nicht einsehbar ist. Ians Körper presst sich gegen meine Brust, es folgen seine Arme, die meine Taille umschlingen, und zuletzt seine Lippen. Sie finden meinen Mund. Meine Wange. Meinen Hals. Ein Geräusch, das einem Schnurren gleicht, kommt über meine Lippen und Ian quittiert es mit einem intensiven Kuss.

»Wir sollten lieber wieder reingehen, sonst wird Ana noch misstrauisch«, sagt er anschließend, ohne sich von mir zu bewegen.

»Was ist mit den Sachen?«

»War nur ein Vorwand, dich rauszulocken. Um dich kurz für mich allein zu haben.«

Ich gebe ein zustimmendes Murmeln von mir, während meine Finger sich in seine kurzen Haare graben und ihn näher an meine Lippen ziehen. Mein ganzer Körper steht erneut in Flammen, als hätte das Feuer der letzten Nacht weiterhin tief in mir geglimmt und sich unter seiner Berührung sofort zu einem starken, alles verzehrenden Feuer entfacht.

»Andy«, erinnert Ian mich lachend an seine Worte, schiebt mich sacht von sich. Enttäuscht lasse ich mich auf Abstand bringen. Ich atme tief ein und aus. Zweimal. Dreimal. Das silbrige Grau seiner Augen, das leicht schiefe Grinsen, das Ian mir zuwirft, so warm, so intensiv, lassen meine Selbstbeherrschung schwanken. Ich strecke die Hand nach ihm aus, streiche über die Haare, die an den Seiten zu kurz sind, um die Finger darin zu vergraben, doch die oberen Strähnen sind länger.

»Wenn du so weitermachst, sehe ich so aus, als hätten wir Schlimmeres hier draußen angestellt.« Mit glühenden Wangen stoppe ich meine Hand und ziehe sie zurück. Der Wunsch, »Schlimmeres« mit ihm anzustellen, ist ohrenbetäubend laut. Grinsend greift Ian meine Hand, mit der anderen nimmt er den großen Werkzeugkoffer, der mir vorher gar nicht aufgefallen ist und am Fuß der Veranda steht, dann zieht er mich hinter sich ins Haus. Schlagartig ist mir meine Hand in seiner allzu bewusst. Was, wenn Ana uns so sieht? Zum zweiten Mal fühle ich mich an diesem Tag wie ein Teenager. *Ein frisch verliebter Teenager.*

Der Gedanke bringt mich zum Stolpern. Ian hält mich am Arm fest, bevor ich es schaffe, auf den Treppenstufen meinen Halt zu verlieren.

»Vorsicht, kleine Amazone«, raunt er in mein Ohr. Die Hitze in meinem Inneren lässt mich schlucken. Das Wort »verliebt« klingt in meinen Gedanken nach wie ein glühendes Echo.

»Alles okay?«, fragt Ian. »Du siehst aus, als hättest du einen Geist gesehen.«

Ich zwinge mir ein Nicken ab, weiche seinem Blick aber aus. »Ja. Ja, alles okay. Ich war nur unvorsichtig.« Schnell entziehe ich ihm meinen Arm und eile an ihm die Treppe hoch. Eine Etage höher holt er mich ein und hält mich an der Hand fest.

Das darf nicht wahr sein.

»Andy, was ist auf einmal los?«

Ich atme bemüht kontrolliert aus. »Nichts?« Es klingt mehr wie eine Frage. *Ich muss mich irren.*

»Warum kannst du mir plötzlich nicht mehr in die Augen sehen?«

Ich blinzle, versuche, das glühende Echo zu vertreiben.

Verliebt? Ganz bestimmt nicht! Beim Anblick stürmischer Augen, die mich verwirrt anblicken, setzt mein Herz einen Schlag aus und ich ahne, dass ich hoffnungslos verloren bin.

Das darf nicht wahr sein!

Nur mit Mühe überzeuge ich Ian davon, dass alles in Ordnung ist. Danach gehen wir die Arbeiten durch, die in dem Haus zu erledigen sind. Schnell verliere ich dabei den Faden, zu sehr bin ich gefangen von der Erkenntnis, dass ich offensichtlich mehr empfinde, als ich mir bisher eingestehen wollte. Wie dumm von mir! Ich kann mich doch nicht ernsthaft nach Jacob direkt in etwas Neues, in etwas, das keine Zukunft hat, werfen! Stöhnend reibe ich mir über die Stirn, was Ian ein Stirnrunzeln entlockt. Mir wird bewusst, dass ich ihm schon minutenlang nicht mehr zuhöre. Worüber haben wir gesprochen? In meinem Kopf herrscht anscheinend nur noch rosa Watte. Ian legt unterdessen Zollstock, Notizblock und Stift auf den kleinen Tisch neben uns. Sein Augenrollen nehme ich dabei deutlich wahr. Mit zwei Schritten ist er bei mir, greift mit der Hand um meine Taille und zieht mich in seine Arme. Sein Gesicht stoppt nur wenige Zentimeter von meinem entfernt. Sein Blick ist ein silbriger Sturm, der mein Herz wieder in einen Trommelwirbel schickt.

»Bereust du, was passiert ist?«, fragt er.

»Was? Nein … das ist es nicht.«

»Gut.« Er nickt erleichtert. »Hatte schon Sorge, dass du zu spät doch noch zur Dankbarkeit gefunden hast.«

Damit lässt er mich lachen. »Nein, Ian. Hab ich nicht. Vielleicht muss ich doch noch zu einer deiner Selbsthilfegruppen.«

»Das kriegen wir hin«, sagt er leise. »Ich bereue nämlich nichts davon.« Seine Stimme ist so rau und weich, dass ich darin ertrinken will. Er streicht mir die Locken hinters Ohr. »Wenn du nicht willst, dass wir –« Er stockt, als würde er die richtigen Worte suchen. Was? Miteinander schlafen? Etwas anfangen? Was wäre das dann? Nur etwas Lockeres oder mehr? Mein Herz will mehr hören, will das Ende des Satzes erfahren – und will es doch nicht. Aus Angst vor den falschen Worten. »Ich will das alles hier«, sage ich schnell und küsse ihn, bevor er weitersprechen kann. Ich bin noch nicht bereit dazu, das alles kleinzureden. Es kompliziert zu machen. Einen Schlussstrich zu setzen. Jeder für sich hatte seine ganz eigenen Gründe, das hier nicht geschehen zu lassen – und die haben sich nicht plötzlich in Luft aufgelöst.

Liebevoll streiche ich über das Holz der Türrahmen, die ich vor Kurzem abgeschliffen habe. Hier hat sich so viel verändert seit meiner Ankunft. Schon am ersten Tag habe ich diese wundervolle Atmosphäre gespürt, die irgendwie magisch und alt und wunderschön ist. Mittlerweile kann ich mir vorstellen, wie hier wieder Gäste einkehren, wie sie im Wohnzimmer ihr Frühstück einnehmen oder man ihnen abends am Kamin ein warmes Essen serviert. Ich sehe vor mir, wie Familien in den großen Zimmern oben ihren Urlaub verbringen und den Tag am Strand planen oder eine Wanderung durch den Wald. All diese Bilder erfüllen mich mit diesem Gefühl von freudiger Erregung und Wehmut zugleich. Diese Pension ist inzwischen wie ein Teil von mir. Wie eine Version meines Lebens. Alles, was die Vergangenheit kaputt gemacht, verbraucht und abgenutzt hat, habe ich mit meinen eigenen Händen wieder abgestaubt und die Kratzer entfernt. Habe dem Haus zu neuem Glanz verholfen, zu einem Strahlen, das man nicht mehr übersehen kann. Ohne die Schwielen an meinen Händen, die Farbe an meiner Kleidung, würde ich mir selbst kaum glauben, dass ich das hier wirklich geschafft habe. All das erfüllt mich mit einer inneren Zufriedenheit, lässt eine Ruhe sich ausbreiten wie ein warmer Umhang – und es macht mich traurig, weil mir bewusst wird, dass meine Tage hier gezählt sind.

Langsam gehe ich die Stufen hinab, meine Finger fahren dabei über das Treppengeländer und ich nehme bewusst den Geruch des Hauses in mir auf. Mir bleiben keine zwei Wochen und ich weiß nicht, was ich dann machen soll. In dem Punkt bin ich kein Stück vorangekommen. Als ich im Erdgeschoss ankomme, entdecke ich Ana und Ian am Eingang. Ian verdreht gerade in diesem Moment die Augen in Anas Rücken. Offensichtlich macht er sich über meinen Hausdrachen lustig.

»Sehen wir uns morgen?«, fragt er, kaum dass er mich sieht.

»Na klar.« Mein Lächeln verstärkt sich unwillkürlich, passt sich seinem an. Bevor er geht, beugt er sich vor, gibt mir schnell einen Kuss auf die Lippen. Die Berührung ist so zart, so flüchtig, kaum spürbar, dennoch löst sie eine Welle in mir aus, die mich umwirft. Im nächsten Moment ist Ian bereits durch die Tür. Das Gefühl in meinem Magen bleibt.

Anas Räuspern neben mir reißt mich aus meinen Gedanken. Zu spät fällt mir auf, dass ich noch immer breit grinse, während ich dem berüchtigten Ian James Green hinterherschmachtete.

»Sie sollten bei dem wirklich vorsichtig sein.« Ana zieht eine Augenbraue hoch und seufzt dann auf, als hätte sie einen Kampf verloren. »Dafür ist es eh schon zu spät, wenn ich Sie so betrachte.«

Jetzt verdrehe ich die Augen, doch das Geräusch einer neuen Nachricht ertönt und lässt mich aufs Handy schauen. Als ich den Absender erkenne, entschuldige ich mich bei Ana und laufe in mein Zimmer. Eilig öffne ich die Mail, die eben in meinem Postfach eingegangen ist, und lasse mich aufs Bett fallen.

Verflixter Ochsenschwanz!

Ein verzweifelter Laut kommt mir über die Lippen. Es ist Spencer Hayden. Er ist von der Pension so begeistert, dass er sich gerade bei mir eingebucht hat. Spencer Hayden will in zwei Wochen zum Lichterfest einchecken.

Kapitel 28

andy

Die Backstreet Boys in den Ohren breite ich die Materialien für den heutigen Tag aus. Ian hilft mir gleich mit dem Dach, denn ich klettere garantiert nicht auf dieses Haus. Vom Sound der 90er angesteckt, singe ich *Everybody* mit – vielleicht etwas schief, aber das ist mir egal. Im Rhythmus tanze ich mehr die Stufen hoch, als dass ich sie gehe, während ich Werkzeug und Holz in die oberste Etage trage. Das Lied wechselt zu Britney und gut gelaunt pfeife ich den Song mit, muss aber das »O Baby, Baby« einfach mitsingen. Tanzend steige ich die Stufen wieder hinab, um die letzten Materialien zu holen. Das Haus hat sich so sehr in mein Gedächtnis gebrannt, dass ich dabei leicht die Augen geschlossen halten kann. Lautstark den Refrain singend nehme ich die letzten Stufen. Als ich die Augen wieder öffne, treffe ich auf graue Augen, die mich betrachten. Das »Baby«, das mir eben noch über die Lippen kommen wollte, bleibt stecken und ich verliere fast den Halt auf den Stufen.

Wie macht Ian das nur immer? Hat er irgendwo einen Sensor, der wild lospiept, sobald ich peinlich abgehe? »Ich muss dringend Caleb anrufen«, sage ich zur Begrüßung.

»Wegen deines verboten schiefen Gesangs?« Ian steht am Eingang der Küche, lässig lehnt er am Türrahmen und blickt mich belustigt an.

Ich schüttle den Kopf, schiebe das zarte Flattern in meinem Bauch von mir. »Wegen deiner gruseligen Stalking-Fähigkeiten.« Ich gehe auf Ian zu und ziehe mir dabei die Kopfhörer aus den Ohren, sein Grinsen ist ansteckend.

»Dann kann ich wohl Jasper kündigen.« Er stößt sich von der Wand ab, zieht mich am Britney-Shirt näher. »Denn bei dem Gejaule traut sich kein Einbrecher auch nur in die Nähe.« Kopfschüttelnd zieht er mich zu einem Kuss heran.

Das Flattern in meinem Bauch ist sofort zurück, steigert sich in kräftige Flügelschläge. »So schlimm?«, frage ich, als er meine Lippen wieder freigibt.

»Eine Katastrophe.« Ein weiterer Kuss, der meine Sinne benebelt. Der in mir den Wunsch weckt, das hier und jetzt zu intensivieren. Ich schlinge meine Arme um seinen Hals, werde jedoch auf halbem Weg gestoppt. Das enttäuschte Seufzen kommt ganz automatisch über meine Lippen. Ein Räuspern aus der Küche lässt mich augenblicklich einen Satz zurückmachen. Ana steht hinter Ian und mustert uns grimmig. Ach ja, seit dem Gespräch mit Spencer Hayden bin ich ihr vielleicht ein wenig aus dem Weg gegangen. Seitdem suche ich nach einem Weg, wie ich ihr den ungeplanten Gast schmackhaft machen kann. Und vielleicht habe ich mein Ausweichmanöver dabei etwas übertrieben.

»Das Dach sollten wir über das Wochenende fertig bekommen«, sagt Ian an Ana gerichtet. »Nächste Woche kümmern wir uns dann um den Außenbereich. Ich habe gestern ein paar Möbel notiert, die ich reparieren kann, wenn du das möchtest.« Ana nickt nur, macht wie immer eine wegwerfende Handbewegung und entlässt ihn hoheitsvoll.

»Was ist das eigentlich für eine schreckliche Musik, die du da immer hörst?«, fragt Ian mich, als wir die Treppe gemeinsam nach oben gehen.

»Das sind die 90er.«

»Das erklärt einiges.« Er schüttelt den Kopf.

»Was soll das denn heißen?«

»Das ist keine Musik«, sagt er. »Die 90er waren schrecklich.«

»Waren sie nicht. Da gab es grandiose Bands« Ich bleibe auf der Treppe stehen, starre ihn entgeistert an. »Die Backstreet Boys, Britney Spears, Christina Aguilera, No Doubt, Nirvana, Meredith Brooks – was ist mit den Spice Girls?«, bringe die ich die Königinnen des 90er-Pop ins Spiel.

»Schrecklich. Gruselig. Zum Glück ist diese Ära vorbei«, antwortet er mit einem so breiten Grinsen auf den Lippen, dass ich mir nicht sicher bin, ob er mich auf den Arm nimmt. Diese Songs wecken in mir nur gute Erinnerungen. An das Zusammenleben mit Esther. Die Zeit, in der ich auf die Familie Houadis traf. Meinen Abschluss. Gespräche über Jungs und tröstende Worte zwischen Eiscreme und Schokolade. Irgendwann lief immer irgendwo einer von Esthers Tracks. Wenn ich traurig bin, braucht es meistens nur zwei oder drei Songs, dann kann ich gar nicht anders, als lachend durch die Gegend zu hüpfen.

»Darüber werde ich niemals mit dir diskutieren, die 90er waren episch!«, sage ich gespielt entrüstet. Das Zucken seiner Augenbraue sorgt jedoch dafür, dass ich grinse. Mist, das macht meinen ganzen Auftritt kaputt. Für einen Moment frage ich mich, ob meine gute Laune heute überhaupt von der Musik kommt, doch da zieht er mich in seine Arme.

»Okay, mit ein paar davon kann ich vielleicht leben.« Ian haucht mir einen Kuss auf den Mund. »Nirvana zum Beispiel.« Ein Kuss auf die Wange. »No Doubt.« Den Hals. »Radiohead – und die Foo Fighters waren auch ganz nett.« Seine Lippen finden die Stelle hinter meinem Ohr.

»Die habe ich gar nicht alle aufgezählt«, sage ich atemlos.

»Ich lebe nicht hinterm Mond. Ein paar Bands aus den 90ern kenne sogar ich.« Er drückt mir einen letzten Kuss auf die Lippen, nimmt die letzten Stufen und öffnet die Luke zum Dachboden. Schnell versuche ich, das Flattern in meinem Bauch und die damit verbundenen Gedanken irgendwo ganz tief in mir zu vergraben. Am besten unter einer Stahltür mit dreifacher Sicherung.

Mein Magen knurrt lauthals bei dem Duft, der durch die Pension zieht. Hungrig folge ich ihm in die Küche. Ana steht am Herd und der Inhalt der Pfanne vor ihr riecht göttlich. Die würzigen Aromen, der Duft von Knoblauch, gerösteter Paprika und Koriander lassen mir das Wasser im Mund zusammenlaufen.

»Das riecht fantastisch«, sage ich und versuche, einen Blick auf den Inhalt der Pfanne zu werfen. Ich finde Paprika, Zwiebeln, glaube, Tomaten zu erkennen und ein paar Eier, die in der Menge köcheln.

»Ist das etwa ›Chakchouka‹?« Ich atme erneut den Mix aus süßen Tomaten und Zwiebeln ein, nehme die leichte Zimtnote wahr. »Das habe ich ewig nicht mehr gegessen.« Das Gericht kenne ich nicht nur von Esthers Eltern, das marokkanische Frühstück hatte mein Vater bereits von einer seiner Reisen mitgebracht.

Ana gibt ein zustimmendes Murren von sich. »Bei mir gibt es aber Brot dazu, wenn ich es abends koche«, sagt sie knapp. Dabei öffnet sie den Ofen und zu dem Geruch nach Koriander, Knoblauch und gegrillter Paprika gesellt sich der nach frisch gebackenem Brot. Mein Magen macht sich lautstark bemerkbar.

»Wollen Sie auch was? Chakchouka konnte ich noch nie für eine Person kochen. Dann muss ich den Rest nicht wegwerfen.« Ana hebt eine Augenbraue und wie immer wirkt ihre Haltung wenig einladend. Seit meiner Ankunft hier haben wir nur wenige Mahlzeiten gemeinsam eingenommen. Aber beim Anblick des Essens muss ich einfach nicken.

»Sehr gerne«, sage ich und greife nach dem Brotmesser. »Soll ich das schon mal aufschneiden?« Ich deute auf den frischen Leib, der jetzt dampfend auf der Arbeitsfläche liegt. »Das Brot ist noch viel zu heiß, um es zu schneiden. Das Chakchouka braucht nur noch wenige Minuten. Machen Sie sich nützlich und decken den Tisch.«

»Klar.« Ich greife mir Teller, Besteck, stelle zwei Gläser mit Wasser und auch zwei Weingläser auf den Tisch, dazu hole ich eine der Weinflaschen aus der Kammer nebenan. Wenn Ana und ich schon mal gemeinsam zu Abend essen, dann muss das auch gefeiert werden! Als ich beide Gläser fülle, kommt Ana schon und verteilt etwas des warmen Salats auf den Tellern. Der intensive Duft lässt mir erneut das Wasser im Mund zusammenlaufen. Das Brot hat sie inzwischen selbst geschnitten und stellt eine kleine Schale in die Mitte.

Das Essen nehmen wir schweigend ein. Was dieses Mal gar nicht an Ana liegt, sondern daran, dass ich schon lange nichts mehr gegessen habe, dass so gut, so herzhaft ist. Meinem Dad würde das hier gefallen. Es schmeckt nach Heimat. Nach Familie und Zusammenhalt. Ich frage mich, ob sich etwas an Ana verändert hat oder ob das Essen und die damit verbundenen Gefühle in mir dafür sorgen, dass ich den harten Drachen plötzlich mit sanfteren Augen betrachte.

»Ana, darf ich Sie etwas fragen?« Meine Stimme klingt ähnlich zögerlich, wie ich mich fühle. Rasch stehe ich auf und trage das benutzte Geschirr zur Spüle.

»Streng genommen tun Sie das doch bereits, oder?«

Ich verdrehe die Augen, aber ihre Reaktion lässt mich lächeln. »Haben Sie sich schon Gedanken darüber gemacht, was mit der Pension geschieht, wenn wir fertig sind?«

»Warum fragen Sie?«

Ich zucke mit den Schultern. »Um ehrlich zu sein … ich habe eine Anfrage von einem ehemaligen Kontakt aus Atlanta bekommen. Er würde sich gerne an dem Wochenende hier einbuchen, wenn das Lichterfest stattfindet.« Nachdem keine Reaktion kommt, drehe ich mich vorsichtig um, habe ich eigentlich alle scharfen Gegenstände vom Tisch geräumt?

Ana blickt mich mit erhobener Augenbraue an. »Miss Summers, denken Sie wirklich, ich wüsste es nicht, wenn Sie Ihren Kontakten in Atlanta Informationen über mein Haus schicken?«

»Was?!«

»Ich habe längst mit Spencer Hayden gesprochen.«

Auf die Gefahr hin, dass ich mich wiederhole: »Was?!«

»Miss Summers, nachdem Sie so freizügig Fotos und Informationen zu diesem Haus verteilt haben, bekam ich ein paar Anrufe. Unter anderem von Spencer Hayden.«

Damit habe ich nicht gerechnet. »Oh.« Mehr kommt mir nicht über die Lippen, während mein Gehirn rotiert und ich völlig erstarrt vor Ana stehe.

»Ich muss Ihnen wohl für Ihr Engagement danken, denn Spencer Hayden hat mir ein Angebot gemacht, über das ich intensiv nachdenke.«

»W-Wie? W-Was?« Verwirrt stottere ich herum, unfähig, die Gedanken oder meine Worte zu sortieren. Was soll das alles bedeuten?

»Mister Hayden möchte die Pension kaufen. Er wird das Wochenende nutzen, um sich alles anzusehen.«

»Warum hat er mir dann geantwortet?«

»Ich habe ihn für die Buchung an meine *Assistentin* verwiesen, die ihm die Pension vermittelt hat.« Aus schmalen Augen mustert Ana mich. »Ist das etwa nicht das, was Sie wollten?«

»Nein!«, entfährt es mir. Überrascht über die Intensität dieser einen Silbe richte ich den Blick auf den Boden. »Entschuldigen Sie. Ich weiß, ich habe nicht das Recht, Ihnen zu sagen, was Sie mit der Pension machen sollen. Aber –« Verkaufen? Das Houadis-Anwesen? Spencer Hayden ist nicht der Typ, der eine kleine Pension in Hartwell kauft. Es sei denn … »Wollen Sie wirklich das Anwesen verkaufen? All die Erinnerungen, die an diesem Haus haften, sind dann für immer verloren. Spencer wird dieses Haus verändern. Ich kenne ihn, er wird daraus irgendeinen Golf-Club machen, den halben Wald drum herum roden und Wände einreißen, um Platz für großzügige Suiten zu schaffen. Danach wird kein Stein mehr dort stehen, wo er eigentlich hingehört.«

Meine Stimme zittert. Ich kann nicht zuordnen, ob aus Wut oder Angst. Angst vor der Veränderung, die diese Entscheidung mit sich bringen würde. Davor, dass alles, was ich gerade erst erschaffen habe, in wenigen Wochen nicht mehr da sein könnte. »Warum wollten Sie, dass diese Pension wiederhergerichtet wird?«, frage ich, auch wenn mir die Antwort langsam klar wird.

»Meine Nichte ist Immobilienmaklerin.« Sie dreht das Weinglas in ihrer Hand, betrachtet die dunkle Flüssigkeit. »Ich war mir sicher, dass sie mir die nötigen Kontakte liefern würde, um das Haus zu einem guten Preis zu verkaufen. Außerdem spare ich mir so die horrende Provision.«

Jede Wärme, die ich während der Mahlzeit empfunden habe, ist verschwunden, einer kalten Hand gewichen, die mich erdrückt. Wieso habe ich das nicht längst kommen sehen? »Warum bin ich hier?«

»Es war die einzige Chance, Esther einzuspannen. Das war unsere Abmachung. Ich gebe Ihnen den Job, dafür bewertet sie am Ende das Haus und hilft mir bei der Vermittlung.«

Die Welt um mich kippt, sodass ich mich an der Küchenzeile festhalte.

»Jetzt haben wir in wenigen Tagen gleich zwei Personen in diesem Haus, die sich mit Immobilien auskennen. Esther wird dafür sorgen, dass Spencer Hayden einen angemessenen Preis zahlt. Was glauben Sie, wer ihm vom Lichterfest erzählt hat und weshalb er gerade an diesem Wochenende hier auftaucht?«

»Deswegen haben Sie plötzlich zugestimmt, dass Ian hier helfen darf? Damit die Pension rechtzeitig fertig wird.« Die Erkenntnis trifft mich mit voller Wucht. Die ganze Arbeit hier, *meine* Arbeit, war umsonst? Nur dazu da, das Haus, das ich inzwischen so sehr liebe, zu verschachern? Damit alles hier den Wünschen eines Mannes angepasst wird, die diesem Ort nicht gerecht werden?

»Warum?«

»Sie haben es vorhin selbst gesagt. Dieses Haus steckt voller Erinnerungen.« Bei den Worten kommt mir eine Verbitterung entgegen, die mich überrumpelt. Ich bin immer davon ausgegangen, dass Ana diese Pension trotz allem etwas bedeutet. Immerhin hat sie sie damals mit ihrem Mann übernommen. Was hat sich geändert?

»Das Houadis-Anwesen«, sagt sie und breitet dabei ihre Arme weit aus, »all das hier, erinnert mich an Bill. Hier haben wir uns kennengelernt. Hier haben wir uns verliebt und hier wollten wir zusammen leben und alt werden. Seite an Seite. Bis der Tod uns scheidet.« Ihre Verbitterung ist dunkler Trauer gewichen. »Nur dass das viel früher geschehen ist, als wir uns jemals ausgemalt hatten.« Ana wirkt kleiner, als hätten ihre Worte sie schrumpfen lassen. »Wenn Bill damals nicht zu James Green gefahren wäre, hätte er nicht mitten auf der Straße einen Herzinfarkt erlitten. Bill wäre noch bei mir.« Die Trauer und der Schmerz, der in Anas Blick, in jeder kleinen Falte ihres Gesichts sichtbar wird, presst mir sämtliche Luft aus den Lungen. Der Kloß in meinem Hals schwillt an, bis ich das Gefühl habe, daran zu ersticken.

»Ians Familie kann nichts für den Tod Ihres Mannes, niemand kann etwas für seinen Tod. Vor allem nicht Ian.« Heiß sammeln sich Tränen hinter meinen Augen, ich versuche, sie herunterzuschlucken. Ich will auf Ana zugehen, ihre Hand greifen, aber meine Beine versagen mir den Dienst.

Sie gehorchen mir nicht mehr.

Halten mich an Ort und Stelle.

»Ian ist nicht schuld daran«, sage ich erneut. Eindringlich.

»Das ist mir sehr wohl bewusst!«, faucht sie mich an.

Überrascht über die Wut, die mir entgegenschlägt, starre ich sie an. »Warum hassen Sie ihn dann so?« Mein Brustkorb krampft sich zusammen.

»Weil er Bill so ähnlich ist.« Ihre Stimme klingt müde und kraftlos, als wäre sämtliche Energie auf einmal verpufft. »Ian Green ist genauso töricht, was diese Stadt betrifft, wie mein Mann es damals war. Immer zur Stelle. Stets auf dem Sprung, den Anwohnern hier zu helfen. Doch wissen Sie was? Wenn Green Junior Hilfe braucht, wird keiner zur Stelle sein. So wie meinem Mann niemand helfen konnte.« Verbitterung trieft aus jedem Wort.

»Zu sehen, wie der junge Green sich hier durch dieses Haus bewegt, mir immerzu seine Hilfe anbietet, um die Schuld seines Vaters zu begleichen, um seine eigenen Schuldgefühle zu mildern, erinnert mich an Bill. Er hätte genauso gehandelt. Können Sie sich vorstellen, wie das ist? Wenn der Sohn des Mannes, der verantwortlich für den Tod des Geliebten ist, immerzu in Ihrer Nähe ist? Wenn er ihm immer ähnlicher wird? Den gleichen dummen Weg geht, der von Undankbarkeit gepflastert ist?« Mühsam stößt Ana die Luft aus. Sie wirkt plötzlich so alt und zerbrechlich, wie sie da zusammengesunken auf ihrem Stuhl sitzt. Ich zwinge meine Beine dazu, ihr einen Schritt entgegenzugehen, knie mich vor sie, unfähig, mich weiter auf den Beinen zu halten, so sehr droht mich ihr Schmerz zu überwältigen. Nie hätte ich geahnt, wie viel Leid Ana nach all den Jahren empfindet. Unwillkürlich frage ich mich, wie sie früher war, als Bill noch lebte.

»Wie soll ich dieses Haus weiterhin umsorgen, mich um die Gäste kümmern, wenn der Grund, warum ich dieses Haus übernahm, nicht mehr da ist?« Ihre Worte tragen sich in den

Raum, breiten sich aus. Ich umschließe mit den Fingern ihre Hand, lausche den Worten, die sie längst nicht mehr an mich richtet. »Jeden Tag aufs Neue erinnert dieses Anwesen mich daran, was ich verloren habe. Ich habe nicht mehr die Kraft, die Pension strahlen zu sehen.«

Mein Blick schweift durch die Küche, ich erinnere mich noch an den Zustand der Pension, als ich hier eingezogen bin.

Das Haus wirkte damals magisch, aber auch tot.

Dunkel und leer. Alt und verlassen.

So wie Ana.

Kapitel 29

ian

Grinsend sehe ich dabei zu, wie ein Kleidungsstück nach dem anderen in der Sporttasche landet, erschlagen wird von einem halben Dutzend Büchern. Ernsthaft?

»Du wirst keine Zeit zum Lesen finden.« Den Kommentar kann ich mir nicht verkneifen.

»Wer weiß? Vielleicht schläfst du ja auf dem Sofa ein, fängst an zu schnarchen und –« Bevor Andy weiterreden kann, ziehe ich sie schon zwischen meine Beine und küsse sie.

»Ich schnarche nicht. Außerdem habe ich nicht vor zu schlafen.«

»Du bist verrückt.« Andy lacht, macht aber keine Anstalten, sich von mir zu lösen. Im Gegenteil. »Du hast die letzten Tage durchgearbeitet.« Ihre Lippen fahren über meinen Bart. »Hast das Dach repariert.« Sie streicheln mein Kinn. »Die Fenster begradigt.« Sie küssen über meinen Mundwinkel. »Du musst hundemüde sein.« Sie fordern mich heraus, während ihre Finger durch meine Haare fahren, den Hals hinabwandern. Genüsslich tanzen ihre Fingerspitzen über meine Haut, unter das Shirt, in meinem Nacken.

»Wenn du nicht willst, dass Ana uns hier gleich erwischt, solltest du aufhören.«

»So wenig Selbstkontrolle, Ian?«

»Nach einer Woche in deiner Nähe, ohne das hier fortzuführen«, ich greife an ihre Taille, ziehe sie ganz nah, »könntest du mir ein Lied singen und ich wäre trotzdem halb wahnsinnig.« Sie lacht wieder und die Vibration wandert durch meinen ganzen Körper. Das allein reicht. Schnell drücke ich Andy von mir, stehe auf und bringe Abstand zwischen uns. »Ich bin dafür, dass wir gehen. Jetzt.« Das belustigte Funkeln in ihren Augen ignoriere ich, schnappe mir das letzte Buch, das sie vorhin rausgesucht hat, und stopfe es in die Tasche.

»Sei vorsichtig. Das ist mein Lieblingsbuch.«

Ich mustere den alten Ledereinband, dessen Ränder schon ganz abgenutzt sind. »Ein Märchenbuch?« Überrascht schaue ich sie an. Andy zupft an ihrem Shirt herum, von dem aus mich heute Curt Cobain anstarrt. »Ist blöd, ich weiß.« Sie greift nach dem Buch, macht mit ihm einen Schritt auf das Regal zu.

»Warte.« Ich halte sie am Arm fest, ziehe sie zurück in meine Arme, darauf bedacht, dass ihrem Heiligtum nichts passiert. »Da ist nichts blöd dran. Wer hat dir denn so nen Mist eingeredet?« Ich nehme ihr das Buch aus der Hand, lege es zurück in die Tasche zu ihrer Kleidung.

»Erzählst du mir, warum?«, frage ich sie.

Sie weicht meinem Blick aus. »Was genau? Warum ich noch immer Märchen mag? Obwohl ich dafür zu alt bin?«

Ich nehme ihr Gesicht in beide Hände, zwinge sie dazu, mich anzusehen. »Warum du glaubst, dass man jemals zu alt für etwas ist, das man liebt?«

Sie blinzelt. Einmal, zweimal, wägt offenbar ihre Antwort ab. Das kenne ich inzwischen und dennoch verletzt es mich, weil sie das in den letzten Wochen nicht mehr gemacht hat. Zuletzt nicht mehr überlegt hat, welche Antwort bei mir die Richtige ist. »Andy, wovor hast du Angst?« Ich ziehe sie näher, doch dieses Mal, um ihr zu zeigen, dass sie sich vor mir nicht verstecken braucht.

Sie stößt die Luft aus, blickt mich an und der Frust darin überrascht mich. »Als ich Jacob kennenlernte, war ich das genaue Gegenteil von heute«, beginnt sie. »Ich war langweilig. Habe mich hinter meinen Büchern und möglichst weiten Hoodies versteckt.«

Die Vorstellung lässt mich grinsen. Das Bild von ihr in einem weiten Pullover, die Nase in einem Buch, gefällt mir. »Was ist so schlimm an Büchern und Hoodies?«

Sie zuckt mit den Schultern. »Ich bin zu alt dafür.«

»Für Bücher oder Hoodies?«

»Für Märchen.«

Ah. »Und das sagt wer?« Sie schweigt. Ich ahne auch, warum. »Andy, ich find's süß. Okay? Was ist denn so schlimm an Märchen?« Wieder zuckt sie mit den Schultern. »Keine Ahnung. Ich hab sie als Kind oft gelesen und …« Sie seufzt. »Die Geschichten blieben gleich. Egal in welche Stadt wir zogen oder welche neue Schule auf mich wartete. Die Schneekönigin blieb die Schneekönigin. Der Froschkönig wurde weiterhin gegen die Wand geworfen. Manche Geschichten hatten ihr Happy End, andere ihre Moral.« Sie schaut mich entschuldigend an. »Ich mochte es, etwas Konstantes zu haben, und etwas, das seit über hundert Jahren besteht, kam mir damals wahnsinnig konstant vor.«

»Hundert Jahre und mehr klingen durchaus akzeptabel.«

»Also findest du es nicht komisch?«

»Nein.« Ich schüttle den Kopf. »Jetzt habe ich nur ein schlechtes Gewissen.«

»Warum?«

»Weil ich weiterhin nicht vorhabe, dir Zeit zum Lesen zu geben.«

Wir halten beim Supermarkt. Meine Vorräte sind in den letzten Tagen durch die Arbeiten an der Pension auf ein Maß geschwunden, aus dem ich nichts Brauchbares mehr gekocht bekomme. Die Sonne steht tief, blendet mich, als ich aus dem Wagen aussteige. Andy steht schon fast am Eingang und wartet dort auf mich. Die Locken leuchten in der Sonne, rahmen ihr Gesicht golden ein. Ich hole auf und will ganz automatisch nach ihrer Hand greifen, bis mir auffällt, dass wir zum ersten Mal außerhalb der Pension oder meines Grundstücks unterwegs sind. Schnell stecke ich die Hände in meine Hosentaschen. Keine gute Idee, wenn ich bedenke, was nach dem *Darcy's* los war. Ein Blick über die Schulter verrät mir, dass wir zum Glück allein auf dem Parkplatz sind. »Schon eine Idee, worauf du Hunger hast?«, frage ich und schließe zu ihr auf.

»Hmm … Egal. Hauptsache, es gibt Nachtisch.«

»Lass mich raten. Eiscreme?«

Sie nickt begeistert und betritt den Laden. Die Glocke über der Tür läutet aufdringlich, stickige Luft schlägt mir gemeinsam mit einer Beklemmung entgegen, die sich in meinem Magen verfestigt. Ich schlendre Andy hinterher, ignoriere den sauren Geschmack über das mögliche Gerede, weil wir beide gemeinsam hier einkaufen. Warum habe ich nicht vorher daran gedacht? *Weil du bei Andy dein Gehirn zu Hause liegen lässt.* Nachdem man uns nicht mehr zusammen gesehen hat, sind die

Gerüchte endlich abgeebbt. An einem Freitagabend gemeinsam einzukaufen, ist ein Fehler. Ein saudummer Fehler. Das wird mir so richtig bewusst, als ich sehe, wer heute an der Kasse sitzt. Jane. »Na großartig.«

Andy dreht sich verwirrt zu mir um, eine Packung Nudeln in den Händen. Als sie meinem Blick folgt, formen ihre Lippen ein O. Bisher haben wir nicht darüber geredet, was das hier zwischen uns ist, erst recht nicht darüber, wie wir in der Öffentlichkeit damit umgehen wollen. Wenn Jane uns beide hier sieht, wird sie dafür sorgen, dass die Gerüchteküche nicht nur brodelt. Bevor wir im Wagen sitzen, wird der Kessel überkochen und jeder in Hartwell weiß Bescheid. Wenn ich ehrlich bin, weiß ich nicht, ob ich dazu bereit bin.

»Sollen wir wieder gehen?« Andy legt die Packung Nudeln zurück ins Regal. Verdammt, heute wollten wir zum ersten Mal einen entspannten Abend bei mir verbringen. Mit einem gemeinsamen Essen und endlich wieder einer seufzenden Andy unter mir. Dass das Ganze verdammt stark wie ein Date klingt, ignoriere ich lieber.

»Ian?« Andy flüstert fast. »Ist okay, ich kann draußen warten.«

Ich war mir so sicher, dass das zwischen Andy und mir abklingen würde, sobald wir endlich im Bett landen. Dass wir uns nach den letzten Wochen der Spannung wie ein Gewitter entladen würden und dass all die Energie zwischen uns dann einfach verpufft. Doch seit Tagen freue ich mich darauf, endlich wieder mit ihr allein sein zu können. Das Verlangen, dieser aufreibende Wunsch, sie zu berühren, zu küssen, das ist geblieben. Obwohl wir jede Möglichkeit ausnutzen, hat es nicht einen Funken nachgelassen. Nicht mal ein bisschen.

Ach verdammt! Sollen sie reden.

Dank Jane werden sie es eh tun.

Frustriert mache ich einen Schritt auf Andy zu, die erschrocken zurückweicht, doch diese plötzliche Entschlossenheit gilt nicht Andy. Sie gilt Jane. Und Hartwell. Ich hole die Pasta zurück und will nach einer der Saucen greifen, aber die Auswahl überfordert mich und ich sehe Hilfe suchend zu Andy.

»Sicher?« Sie presst die Lippen fest aufeinander, um nicht zu grinsen, es erreicht dennoch ihre Augen. Ich schlucke meinen Groll hinunter. Nicke und stoße die Luft aus meinen Lungen, als Andy nach einem Glas Arrabiata greift. Die Anspannung zieht sich durch meinen Rücken, als wir weiter durch den kleinen Laden schlendern, vorbei an anderen Kunden, die mir neugierig zunicken. Kurz begrüße ich Melissas Vater, der einen Gang weiter vor den Wein-Regalen steht. Die Anspannung bleibt in mir hängen wie ein Fisch am Haken. Andy wird bald weg sein und von dem ganzen Chaos wenig mitbekommen und ich kann damit leben, wenn die Stadt sich wieder das Maul über mich zerreißt. Die Zeit, die sie noch hier ist, will ich mit Andy verbringen können. Ich habe keine Lust mehr darauf, mich zu verstecken. Vor allem nicht vor Jane. Mit schnellen Schritten hole ich zu Andy auf, zu der ich unbewusst etwas Abstand gelassen habe. Den Becher Eiscreme, den sie in den Händen hält, nehme ich ihr aus der Hand und staple ihn zu Sauce und Nudeln in meinem Arm. Das wird zwar langsam wackelig, dennoch greife ich nach Andys Hand.

Unsere Finger verschränken sich.

Ich halte die Luft an.

Es fühlt sich fremd an und gleichzeitig wie nach Hause kommen.

»Hör auf zu grinsen«, sage ich, als ich Andys Blick wahrnehme.

Sie scheint das Ganze hier aus irgendeinem Grund extrem zu amüsieren.

»Ian Green, ich glaube so langsam, dir ist viel wichtiger, was die Menschen hier von dir denken, als du vorgibst.« Ihr Blick aus herbstlichen Augen strömt dabei direkt in meine Muskeln, in mein Herz, und löst die Verspannungen. Ich stoße die Luft aus, die ich seit Sekunden – gefühlt Jahren – anhalte.

Ja, mir ist wichtig, was die Menschen hier über mich denken. Die Zeit, in der es mir egal war, in der ich das Gerede herausgefordert habe, ist lange her. Bis vor Kurzem war ich mir sicher, dass ich so was nicht noch einmal mitmache – das war, bevor diese verrückte Blondine in mein Leben gekracht ist. Wie eine Sturmfront hat sie mich überrollt, nur Chaos hinterlassen und mein Leben und meine Überzeugungen durcheinandergebracht. Seitdem weiß ich nicht mehr, wie ich es in Hartwell aushalten soll. Ohne sie.

»Ian? Sicher, dass es okay ist?«

Meine Hand umklammert weiter ihre Finger, die Nudeln geraten in meiner Armbeuge gefährlich ins Rutschen. Notgedrungen lasse ich Andys Hand los und halte den Stapel in meinem Arm wieder sicher mit beiden Hände fest. »Alles okay. Ich war nur in Gedanken.«

»Ist mir nicht entgangen.« Der Blick, den sie mir dabei zuwirft, ist von Unsicherheit getränkt. »Soll ich vielleicht doch schon mal rausgehen und du kommst in fünf Minuten nach?« Sie leckt sich über die Unterlippe. Allein der Anblick wirft jeden Gedanken über Bord. Ich schüttle den Kopf, unfähig, meine Gedanken in Worte zu fassen.

»Darum geht es nicht. Bleib bei mir.« Andy starrt mich überrascht an. »Also, hier im Supermarkt, geh nicht raus«, setze ich schnell nach, weil mir plötzlich bewusst wird, dass man die Worte auch anders deuten kann. Verdammt, das klang gerade ja fast so, als hätte ich sie aufgefordert, in Hartwell zu bleiben. Ich drehe mich um und steuere auf die Kasse zu, Janes Blick, der uns wahrscheinlich schon seit einigen Minuten neugierig mustert, entgeht mir dabei nicht.

Aber ist das nicht das, was ich will? Dass sie hierbleibt?

Ich lege die Einkäufe auf das Band, blicke mich betont lässig zu Andy um, die inzwischen wieder direkt hinter mir steht. Die Hände miteinander verschränkt schaut sie auf den Boden. Sie wirkt unsicher. Ist es wegen Jane oder liegt es an meiner merkwürdigen Bitte? Unser Einkauf läuft auf dem Band an uns vorbei. Janes Begrüßung ignorierend, ziehe ich Andy an meine Seite.

»Gehst du mit mir zusammen zum Lichterfest?« Andy sieht auf und ich finde dieses entzückende Erstaunen auf ihrem Gesicht. Ich kann Jane von hier aus nicht sehen, doch ich ahne, dass in meinem Rücken ein Pulverfass explodiert. Dann wollen wir den Laden mal richtig aufmischen. »Sag Ja«, bitte ich sie grinsend und küsse sie. Im Supermarkt. Mitten in Hartwell. Direkt neben meiner Ex und mit dem Wissen, dass alle Anwesenden hier gleich kein anderes Thema mehr kennen werden als Ian James Green.

Spätestens als Andy mit einem leisen »Ja« an meinen Lippen antwortet, ist mir alles andere egal.

Kapitel 30

andy

Wenn Faith Hill wüsste, wie es ist, Ian James Green in einem Supermarkt zu küssen – mit Blick auf seine biestige Ex-Freundin, der die Kinnlade auf die Brust fällt –, sie würde von diesem Moment singen und nicht von Dächern unterm Sternenhimmel.

Die Süße des Kusses, die Schwere der Bedeutung und der Geruch des Neides – alles umgibt mich gleichzeitig.

Ich sauge es in mir auf.

Schließe die Augen. Blende alles aus.

Nur nicht diesen Kuss.

Der sich anders anfühlt. Stärker und sanfter zugleich.

Denn es ist die Bedeutung dieser einen zarten Berührung, deren Stärke mich schwach fühlen lässt.

»Ja«, sage ich an seinen Lippen. Ja, ich will mit dir dorthin gehen. Ja, ich will bei dir bleiben. Doch über meine Lippen kommt nur ein »Ja«. Alles andere ist zu schwer. Zu bedeutend. Zu viel, um es jetzt und hier auszusprechen. Als der Moment endet, der nur einen Wimpernschlag andauert, sich aber wunderbar lang und intensiv anfühlte, blicke ich in flüssiges, warmes Silber.

Ich nehme Jane, den Supermarkt, die Menschen um mich herum längst nicht mehr wahr. Nur die Tatsache, dass Ian mich geküsst hat. In Hartwell. Schon wieder.

Mein Herz will nicht mehr in meinem Brustkorb eingesperrt sein, es wehrt sich vehement gegen das Gefängnis meiner Brust, droht auszubrechen, überzuquellen. Das Lächeln, das ich schon gar nicht mehr aus meinem Gesicht bekomme, wird sogar größer, als Ian die Einkäufe, die jetzt in Plastiktüten liegen, mit einem kühlen Nicken von Jane entgegennimmt – Ihr Kinn liegt wenig attraktiv auf ihrer Brust, als Ian meine Hand greift und mich aus dem Laden zieht, hin zu seinem Auto. Die Einkäufe landen auf dem Boden, weil Ian mich gegen den Wagen drückt und seine Lippen auf meine senkt. Als hätte dieser Kuss im Laden etwas in Gang gesetzt, eine Reaktion ausgelöst, die wir nicht mehr stoppen können, nimmt Ian mein Gesicht in die Hände und küsst mich.

Lang und atemlos.

Besinnungslos.

Gierig schnappe ich nach Luft, weil dieser Kuss kein Ende findet, weil ich selbst nicht will, dass er jemals endet. Ein lautstarkes Räuspern lässt uns auseinanderfahren wie zwei Teenager, die bei etwas Unanständigem erwischt wurden. Ian blickt entschuldigend zu dem Mann, den ich nicht kenne, dessen Kopfschütteln mir erneut das Gefühl gibt, etwas höchst Unanständiges getan zu haben. Vielleicht gilt es für Ian tatsächlich als verwerflich, knutschend auf einem Parkplatz erwischt zu werden. Wir grinsen beide ertappt. Geistesgegenwärtig greife ich noch die Tüte mit den Einkäufen, bevor wir in den Wagen steigen.

Die Fahrt zu Ians Haus fühlt sich zu lang an. Die Stimmung im Wagen gleicht einem glimmenden Feuer. Man wartet nur darauf, dass plötzlich der gesamte Inhalt in Brand gerät und feurige Zungen einander verschlingen.

Der Wagen stoppt, doch wir beide bleiben sitzen, unfähig, uns zu bewegen. Etwas hat sich verändert seit dem Supermarkt. Etwas, das sich warm und laut und alles verzehrend in mir ausbreitet. Das mich jede Angst vergessen lässt. Das sich gut anfühlt.

So unglaublich gut.

Es wird von einer Ruhe abgelöst, in dem Moment, wo Ians Hände sich mit meinen verschränken, sich unsere Finger ineinanderflechten, als hätten sie nie woandershin gehört. So viele Bilder tauchen vor mir auf. Ian, der mich im *Darcy's* küsst. So unerwartet, so überraschend und alles verschlingend. Ian, der mich im Wald in seine Arme schließt, mich daran erinnert, wieder zu atmen. Der meine Luft, meine Lungen, meine Kraft ist. Wie ich kurze Zeit später in diesem Wagen auf seinen Schoß klettere, weil die Einsamkeit, die er ausstrahlt, meiner eigenen gleicht. Ian, der mich in dieser Dusche küsst und mein Verlangen nicht erfüllt, und die Nacht, die endlos und ewig und wunderschön war. Mein Herz quillt über, voll von diesen Momenten, in denen es ihm nur um mich ging. Ich denke an Ians Kuss im Supermarkt, gerade als ich mir sicher war, dass er das zwischen uns bereuen wird. Die Unsicherheit hat mich dort überrollt. Die Angst, er könnte sich doch von mir abwenden, um die Gerüchte nicht wieder anzuheizen, glich einer kalten Hand, die sich augenblicklich um mein Herz gelegt hat. Ein Herz, das nach den letzten Jahren gerade wieder anfing aufzutauen, sich an dieses angenehm warme Gefühl zu gewöhnen. In dem Moment habe ich gespürt, wie leicht es brechen kann, gefangen zwischen frischer Wärme und vergangenem Eis. Bevor es auch nur einen zarten Riss bekam, hat Ian eine Entscheidung getroffen, dessen Tragweite wir beide nicht absehen können. Selbst wenn, es ist mir gleichgültig, was sie über mich denken oder uns. Ian ist gutherzig, immer bedacht, das Richtige zu tun, er denkt erst an andere, bevor er an sich selbst denkt. Seine Reaktion im Supermarkt lässt mich vermuten, dass seit Langem seine erste eigennützige Handlung darin bestand, mich zu küssen. Der Gedanke lässt mein Herz freudig aufglimmen. Das Verlangen, wieder auf seinen Schoß zu klettern, wird so stark, dass ich mich nicht zu bewegen traue.

Weil ich sonst in diesem Wagen wieder meinen Kopf ausschalte.

Wobei, hat dieser Kopf überhaupt noch etwas zu sagen, wenn es um Ian geht? Hätte er dann überhaupt Einwände?

Ians Daumen streichelt über meine Hand und ich atme geräuschvoll ein. Ach, soll mein Kopf weiterhin darüber nachdenken, ob er Einwände hat oder nicht!

Das Geräusch meines Gurts hallt laut im Wagen wieder, als ich ihn löse und über die Mittelkonsole hinweg auf seinen Schoß klettere. Automatisch finden meine Hände sein Haar, meine Lippen seinen Mund. Das Seufzen, das ihm entfährt, stachelt mein Verlangen nur an. Das Verlangen, ihn zu berühren, das leichte Kratzen seines Barts, die festen Lippen, das Gefühl seiner kurzen Haare unter meinen Fingern, alles nehme ich in mir auf, als wäre es das erste Mal. Gleichzeitig fühlt es sich so vertraut an, als würde ich nach Hause zurückkehren. Es schmeckt nach Heimat und riecht nach Wald und fühlt sich gut an. Perfekt.

»Das ist irgendwie dein Ding, oder?«, raunt Ian an meinem Mund. Ich muss unwillkürlich lachen. Ich wusste bisher nicht, dass das hier mein Ding ist. Es scheint, dass alles, was mit Ian Green zu tun hat, inzwischen mein Ding ist. Hauptsache, es sind seine Lippen, die mich küssen. Seine Finger, die unter mein Shirt wandern, meine Seite, meinen Rücken streicheln. Sein Körper, der sich hungrig gegen meinen drückt. Atemlos schiebe ich mich wenige Zentimeter von ihm weg. Das letzte Mal haben wir kein Ende gefunden. Es war, als wären wir zu einer Person verschmolzen, weil jeder Abstand zu viel war. Ich wusste nicht mehr, wo Ian anfängt und ich aufhöre. Als bräuchten wir eine neue Definition von Verschmelzung. Es ist nur eine Woche her und dennoch fühlt sich mein Körper so ausgehungert an, als hätte er schon viel zu lange keine Nähe, keine Wärme mehr gespürt. Dabei brennt alles in mir. Da ist mehr als Glut. Da ist Feuer, das mich ausfüllt und mich zu verschlingen droht.

»Ich dachte, du bist aus dem Alter raus, in dem du im Wagen über die Mädchen herfällst?«

»Genau genommen fällst du über mich her.« Seine Stimme ist rau und samtig und man kann das Lächeln heraushören. Ich erwidere nichts, denn ich habe keine Worte mehr übrig. Für diesen Moment will ich nur im Hier und Jetzt sein, mit Ian. Also beuge ich mich vor, genieße das Gefühl seiner Hände, die sich warm an meine Wangen legen, meine Locken hüllen uns beide ein. Mein Körper verschmilzt mit ihm, als würden unsere Leben sich miteinander verweben und wir ineinanderfließen. Wir werden eins. Ein Leben. Ein Atemzug.

»Willst du langsam reingehen?«

Wohlig strecke ich mich auf der Decke aus, die wir vor dem Haus ausgebreitet haben. Ich verneine. Diesen Augenblick mit

Ian und dem Sternenmeer kann ich nicht lang genug auskosten. Die Kälte kann mir nichts anhaben, denn Ians Nähe wärmt mich von innen und die Decke, die er um meine Schultern gelegt hat, von außen. Ich werde mich nie an dem Sternenhimmel sattsehen. Ian rückt noch etwas näher, schließt seine Arme unter der Decke um meinen Körper und mein Herz hüpft verräterisch auf. Diesen vielleicht letzten Abend zu zweit will ich einerseits tief in mir speichern und gleichzeitig will ich ihn gar nicht so bewusst wahrnehmen. Denn das hieße auch, das baldige Ende all dessen wahrzunehmen, was sich gerade so gut, so wärmend und gemütlich anfühlt.

Ians Handy gibt ein Piepen von sich. Das macht es in regelmäßigen Abständen, seitdem wir den Supermarkt verlassen haben. Doch er beachtet es kaum, stattdessen haben wir gemeinsam das Essen zubereitet uns die Pasta Arrabiata schmecken lassen und uns anschließend mit einem Bier in den Garten gesetzt. Eine Decke unter und eine über uns ausgebreitet. Jasper zu unseren Füßen. Dieser Abend hat eine so unerwartete Wendung genommen. Es fühlt sich nach einem Schritt an, den wir nicht richtig benennen können. Oder wollen. Bisher haben wir noch immer nicht darüber geredet und irgendwie werde ich das Gefühl nicht los, dass wir das endlich machen sollten.

»Das vorhin im Supermarkt …«, setze ich an und weiß dann nicht weiter. Obwohl Ians Gegenwart mir keinen Anlass dazu gibt, unsicher zu sein, lastet der Druck seiner Entscheidung schwer auf mir. Ian lächelt mich fast sanft an, seine Augenbraue hebt sich leicht, doch es liegt eher Resignation in seinem Blick als Spott.

»Du hattest recht«, sagt er. »Es ist mir wichtig, was die Menschen über mich denken. Früher war das nicht so.«

»Alles okay, Ian. Mir war vorher klar, dass du keine Jungfrau mehr warst.« Ich will nicht, dass er das Gefühl hat, sich mir gegenüber rechtfertigen zu müssen, und versuche, die Stimmung aufzulockern. Tatsächlich entlockt ihm das ein leises Lachen. Er hebt meine Hand, die mit seiner verschränkt ist, an den Mund und gibt einen Kuss darauf. Der Blick, den er mir darüber hinweg zuwirft, raubt mir den Atem. Für einen kurzen Moment bin ich eines dieser Mädchen aus meinen Märchen. Dass ich mich einmal so fühlen könnte, habe ich nie erwartet.

»Damals habe ich es auf diese Gerüchte angelegt«, sagt Ian leise. »Ich wollte, dass man über mich redet.«

»Warum?«

»Wegen meines Dads«, fährt er tonlos fort und schließt kurz die Augen. Als er sie wieder öffnet, liegt ein leichtes Flackern darin, das mir die Brust enger schnürt.

»Immer wenn meine Mom ein Geschäft in Hartwell betreten hat, sind sämtliche Gespräche verstummt. Egal ob sie ein frisches Brot beim Bäcker oder Kleinigkeiten in der Drogerie gekauft hat. Immer diese Stille, selbst noch Monate, nachdem mein Vater gestorben ist. Du kannst dir gar nicht vorstellen, wie laut das Schweigen der Menschen sein kann. Vor allem wenn wir von Hartwell reden. Das Tuscheln der Menschen hier ist das Gegenstück zum Rauschen in den Großstädten. Bleibt dieses Geräusch auf einmal aus, hat man das Gefühl, von der Stille erdrückt zu werden.«

Bei seinen Worten atme ich zischend aus. Wie schwer diese Zeit damals für Ian und seine Familie gewesen sein muss. Zum ersten Mal wird mir bewusst, dass ich seinen Vater nie kennenlernen werde. Eine Traurigkeit über diese Erkenntnis legt sich über mich und wird von einer weiteren, tieferen abgelöst: Bald werde ich gehen. Ich würde seine Familie auch so nie kennenlernen.

»Vor allem im Sommer, wenn mir die gemeinsame Zeit mit meinem Dad im Wald fehlt, wird mir alles schnell zu viel. Unsere Wanderungen, Abende am Lagerfeuer mit einem frisch gefangenen Fisch. Wir waren oft gemeinsam Jagen oder Angeln. Dad war ruhig, hat nie viel geredet. Da komme ich nach ihm. Aber wenn er in diesem Waldstück war, sprudelten die Infos nur so aus ihm heraus, er wurde zu einem wandelnden Lexikon. Alles, was ich über die Natur weiß, weiß ich von ihm. Manchmal fehlt er mir einfach, ich würde ihm so vieles gerne sagen, wofür ich damals keine Worte fand. Heute lenke ich mich dann mit Arbeit ab. Damals …«, er wirft mir einen kurzen Blick zu, »hab ich mich auf andere Art abgelenkt.« Wird Ian da gerade etwa rot, weil er zugibt, mit anderen Frauen geschlafen zu haben?

»Als wir einige Zeit später wieder in Hartwell einkaufen gingen, war das Schweigen verschwunden. Stattdessen herrschte wieder das alte Rauschen. Weißt du, was meine Mom gemacht hat?« Er blickt mich mit einem so weichen Lächeln an, dass mein Herz einen, wenn nicht sogar zwei Herzschläge aussetzt.

»Ich glaube, ich habe sie zum ersten Mal seit Monaten wieder aufatmen sehen. Mir war vorher gar nicht aufgefallen, dass sie jedes Mal die Luft angehalten hat, wenn wir einen Laden betreten haben. Doch in dem Moment habe ich es zum ersten Mal bemerkt.«

Erst als ich geräuschvoll ausatme, wird mir bewusst, dass ich bei seinen Worten ebenfalls die Luft angehalten habe. Ich verstehe seine Mom. Dieses Gefühl, von der Welt um mich herum erdrückt zu werden, kenne ich genau. Von meinen Ängsten und

Sorgen und dem, was andere Personen über einen denken. Mir fällt wieder ein, wie Ian mit mir im Wald geatmet hat, als die Luft meine Lungen nicht mehr erreichte. Meine Hand wandert selbstständig an sein Gesicht, zeichnet seine Wangen, sein Kinn nach, der Bart fühlt sich kratzig und vertraut unter meinen Fingerspitzen an.

»Danach wollte ich dafür sorgen, dass es nie wieder um uns herum diese Stille gibt. Deswegen sorgte ich dafür, dass Hartwell nicht mehr schwieg. Doch irgendwann wurde ich es müde. Die Blicke. Das Rauschen. Hartwell.«

Meine Finger wandern höher, streichen über seine dunklen Augenbrauen, die Stirn, seine Haare. Ich schweige, weil ich zu diesem Part seines Lebens nichts sagen kann. Wir alle haben unsere Päckchen zu tragen. Die Fehler, die wir begingen, können wir nicht mehr ändern. Wir können nur lernen, mit den Folgen zu leben. »Für mich ist egal, ob du eine oder hundert Frauen hattest. Das ändert nichts daran, dass du ein großartiger Mensch bist.«

»Und wenn es mehr als –« Mit einem schnellen Kuss unterbreche ich seine Worte und das Grinsen, das sich breit auf seinen Lippen abzeichnet.

Dieser Kerl ist einfach unmöglich!

Das Funkeln in seinen Augen reicht aus. Sein hungriger Mund, der sich auf meinen presst, lässt mich vergessen, was ich mit ihm besprechen wollte. Diese weichen Lippen, seine Zunge, die mich liebkost, die Arme, die mich an seine Brust ziehen, verdichten den Nebel in meinem Kopf. Da ist nur noch Ian Green, der mich unter Millionen von Sternen küsst.

Kapitel 31

andy

Ich will das Haus einmal so sehen, wie ich es mir als Pension vorstelle. Ein Wochenende lang soll es im alten Glanz erstrahlen, voller Blumen, pastelliger Farben und dem Gefühl von Heimat, auch wenn morgen Spencer Hayden auftaucht.

»He, Blondie!« Caleb wirft mir ein Zwinkern zu und stellt den letzten Blumenkübel vor mir ab. Melissa und ich haben den gestrigen Tag damit verbracht, Deko für die Pension zu kaufen. Doch die freudige Stimmung wollte nicht so recht auftauchen. Aus dem Augenwinkel sehe ich, wie sie Caleb beobachtet, dabei hält sie schon den ganzen Tag Abstand zu ihm. Caleb nimmt die letzten Deko-Artikel von Ians Pick-up und trägt sie ins Haus. Ich nutze seine Abwesenheit, husche zu Melissa.

»Was ist zwischen euch los?«

Sie blickt mich fragend an. Mit dem Kopf deute ich zum Anwesen, in dem Caleb eben verschwunden ist, doch sie antwortet nur, indem sie mit den Augen rollt. »Hör auf, mich mit Caleb zu nerven, nur weil du und Ian jetzt zusammen seid.«

»Wir sind nicht – Also … So ist es nicht.« In den letzten Tagen haben Ian und ich viel geredet. Abends die letzten halbwegs warmen August-Tage ausgenutzt und lange auf der Veranda gesessen. Es war schön, immer mehr über Ian und die Beziehung zu seinem Vater zu erfahren. Darüber, wie es nach diesem Wochenende weitergeht, haben wir nicht gesprochen. Wie der Herbst auf den Sommer folgt, rückt das Wochenende und meine angesetzte Abreise aus Hartwell näher.

Morgen wird Esther hier auftauchen und ich werde ihr nach der Abreise am Sonntag, oder am Montag, auf jeden Fall nächste Woche, nach Atlanta folgen. Mein Blick wandert zu Ian, der auf einer Leiter am Haus die letzten Geranien und Lichterketten aufhängt, und allein sein Anblick zieht mir den Brustkorb zusammen.

Warum wird auf einmal alles kompliziert? Warum halte ich so sehr an Hartwell fest, wo ich doch neue Orte hasse und mich immer nur schwer einlebe? Einen Plan, was ich in Zukunft machen will, habe ich nicht. Eins ist bisher sicher, zurück ins Büro werde ich nicht gehen. Dafür liebe ich die Natur zu sehr und inzwischen weiß ich, wie sehr ich es genieße, wenn ich die Arbeit sehen, sie greifen und fühlen kann. Alles Dinge, die mir der Job bei Jacob nicht bieten konnte – und die mir keine vergleichbare Stelle geben wird.

Wenn es nur etwas gäbe, das mich mit der gleichen Passion erfüllt, die Ian für seinen Beruf empfindet. Etwas, das mir genauso viel bedeutet.

Ian steigt die Leiter herunter, seine Haare und Schultern sind staubig, er kommt unten an und wischt sich den Dreck aus dem Gesicht. Der Anblick lässt mich daran denken, dass wir später vielleicht gemeinsam unter der Dusche landen werden. Er kommt auf mich zu, drückt mir einen Kuss auf die Lippen.

»Wenn du so rot wirst, gefällt mir meistens, was du dir vorstellst«, flüstert er mir ins Ohr. Sein Atem auf meiner Haut, die tiefe Stimmlage, treiben mir regelmäßig Schauer über den Rücken. »Später«, sagt er und folgt Caleb ins Haus.

Melissa schiebt sich vor mich und nimmt mir den Blick auf Ian, dem ich bis dahin hinterherstarre. »Nur weil man dem ganzen keinen Namen gibt, heißt es nicht, dass ihr zwei nicht zusammen seid«, sagt sie und zieht die Augenbrauen hoch.

»Ich verlasse Hartwell in wenigen Tagen.«

»Warum?« Melissa ist heute echt kratzbürstig.

»Weil ich hier keine Zukunft habe.« Nicht beruflich.

»Was ist mit Ian? Ist das nicht Zukunft genug?« Mein Herz macht einen verräterischen Sprung, doch ich schüttle den Kopf. Langsam. Nachdenklich.

»Ich muss herausfinden, was ich will. Hierzubleiben würde mich davon abhalten.«

»Warum fängst du nicht bei Ian im Werk an?« Melissas Versuche, mich zum Bleiben zu überreden, füllen mein Herz mit Schwere. Es ist eine süße Schwere, nur kann sie den bitteren Nachgeschmack nicht vertreiben. Melissa wird mir fehlen. Hartwell wird mir fehlen. Und Ian.

»Wir wussten, dass das hier ein Ende haben wird«, erwidere ich. »Ja, der Abschied fällt mir schwer, aber ich werde nicht den gleichen Fehler machen wie bei Jacob.«

»Dich verlieben?«

»In der Firma des Mannes zu arbeiten, mit dem ich schlafe. Für den Traum eines anderen Menschen leben und mich von ihm abhängig machen.« Dieses Mal versuche ich, den bitteren Geschmack aus meinem Mund zu vertreiben, doch das Schlucken fällt mir schwer.

Melissa stößt schwer die Luft aus, es fühlt sich an, als hätten wir sie angehalten. »Also gibt es keine Möglichkeit, dich zum Bleiben zu überreden?«

Ich seufze, blicke zum Eingang des Hauses, in dem der Mann steht, der in den letzten Wochen schleichend mein Herz erobert hat. Der Gedanke schmerzt. Dass ich mich verlieben würde, war nicht geplant. Oder dass ich diese Gegend, dieses Anwesen und die Anwohner hier so sehr ins Herz schließe. Würde ich auf mein Herz hören, würde ich bleiben. Doch beim letzten Mal habe ich dabei meine Träume aufgeschoben, bis ich nicht mehr wusste, wie sie eigentlich aussehen. Ich habe vergessen, was für mich überhaupt einen Wert hat und wo mein eigener Wert liegt.

Das werde ich nicht erneut zulassen.

Langsam schüttle ich den Kopf. »Das mit Ian ist noch ganz neu. Es wird vielleicht wieder vergehen und dann sitze ich fest in einer Kleinstadt, wieder gebunden an einen Mann, ohne zu wissen, wo ich eigentlich hingehöre.« Ich beiße mir auf die Lippe, um die Gefühle und den eisigen Griff um meine Brust auszublenden. Bei dem Versuch zu atmen schnürt sich meine Brust enger wie ein zu kleines Korsett. Als würde die Last der Entscheidung, diesen Ort zu verlassen, mir jeden weiteren Atemzug verwehren.

Melissa schließt ihre Arme um mich. »Du wirst mir fehlen«, sagt sie und ich meine, ein leichtes Schniefen zu hören.

»Hör auf, sonst heul ich gleich.« Fest drücke ich sie an mich. Ich habe hier Freunde gefunden. Einen Ort, an dem ich mich wohl fühle, und das obwohl die Stadt so gerne durchdreht, wenn Ian James Green mit im Spiel ist. Seufzend schiebe ich Melissa von mir. Aber mein Herz hat auch Heilung gefunden. Das Korsett um meine Brust lockert sich ein wenig bei meinem nächsten

Atemzug. Ich habe gelernt, mich zu beweisen und mehr auf mein Bauchgefühl zu hören. Doch warum sagt ausgerechnet das mir, dass ich längst angekommen bin?

»Das war's dann wohl.« Ian und Caleb hängen das letzte Bild auf. Ein riesiges Gemälde, das ein Meer aus Pfingstrosen zeigt und eine Frau von hinten, deren Haare im Wind wehen. Es hat mich an Ana erinnert und an ihre Liebe für Rosen. Ich musste es einfach kaufen.

Aufgeregt lasse ich meinen Blick durch den Raum schweifen, von hier aus hat man einen wunderschönen Blick über das Wohnzimmer. Ich stelle mir vor, wie Gäste der Pension hier entspannt beim Frühstück zusammensitzen oder abends gemeinsam beim Feuer Karten spielen. Die Gäste fehlen noch, dafür stehen überall frische Blumen. Kleine Kissen in zarten Tönen liegen auf sämtlichen Stühlen, den alten Sesseln und der kleinen Polsterecke in der Nähe des Kamins bereit. Der alte magische Ort, nur der Staub wurde von ihm abgeklopft.

»Es sieht großartig aus, Andy!« Melissa reißt mich in eine begeisterte Umarmung. Ja, es ist wirklich schön geworden, und der Gedanken, dass dieses Wochenende tatsächlich zum ersten Mal seit sieben Jahren Gäste hier einkehren werden, erfüllt mich mit Stolz.

Die Spice Girls fangen an zu singen. Wo zur Hölle steckt mein Handy? Denn *Wannabe* von den Spice Girls ist eindeutig mein Klingelton. Ich wandere suchend durchs Zimmer, versuche, dem Geräusch der schrillen 90er-Girls zu folgen, doch als ich das Telefon dann endlich unter einem der Kissen entdecke, die ich zuletzt mit Melissa verteilt habe, hat der Anrufer bereits aufgelegt.

Das Bild meiner besten Freundin und ihrem Sohn verblasst gerade auf dem Display. Bevor ich sie zurückrufen kann, zieht Ian mich in eine Umarmung. Lachend nehme ich den Kuss auf meine Locken wahr, den er mir gibt.

»Ich bin stolz auf dich«, sagt er.

»Heißt das, ich werde von nun an nicht mehr Blondie genannt?« Ich werfe dem großen Mann mit den rotblonden Haaren ein Grinsen zu, das er mit einem charmanten Lächeln quittiert. »Dann brauche ich aber dringend einen neuen Spitznamen für dich!«

»Wie wäre es mit …« Melissa überlegt und tippt mit dem Finger gegen ihre Lippen. »Einfach nur Andy«, sagt sie und boxt Caleb gegen die Brust, der die Bewegung mit einem Stöhnen kommentiert und ihr einen intensiven Blick zuwirft. Schnell wendet sie sich von ihm ab, bringt Abstand zwischen sich und Caleb. Ich sehe zu Ian, doch der hebt nur die Schultern.

»Ich hätte da einen Spitznamen für dich, aber der gehört nur mir«, raunt er in mein Ohr und augenblicklich flackert es begeistert in mir. »Meine kleine Amazone.«

»Wie kommst du nur darauf?«, frage ich kopfschüttelnd.

»Das verrate ich dir, wenn wir wieder allein sind.«

Seine Lippen legen sich heiß an mein Ohr, sodass es sich anfühlt, als würde seine Stimme direkt in mir widerhallen. Rau und samtig. Dabei bringt sie Töne in mir zum Klingen, die mir den Verstand rauben.

Die Spice Girls fangen wieder lauthals an *Wannabe* zu singen, während Ana hereinrauscht und uns ankündigt, dass sich noch einer meiner Kunden unerwartet als Gast angemeldet hat. Ians Lippen kitzeln mich weiter an meinem Ohr, wandern gerade zu meinem Hals, ich versuche zeitgleich, den Anruf anzunehmen.

»Esther, was ist das für ein Notfall? Wir sehen uns in weniger als 24 Stunden.« Ich lache ins Telefon und genieße Ians Atem an meinem Hals und seine Arme, die mich warm umschlingen.

»Andy? Endlich! Ich versuche die ganze Zeit, dich zu erreichen!« Esthers Tonfall versetzt mich in Alarmbereitschaft. Sacht versuche ich, Ian ein Zeichen zu geben, ohne mich aus seiner Umarmung zu lösen. Ich spüre, wie er mich betrachtet.

»Was ist los, Esther?«

Ians Hand versteift sich an meiner Taille. Fragend blicke ich ihn an. Doch er sieht an mir vorbei.

»Ana bat mich darum, schon mal Kontakt zu Spencer Hayden aufzunehmen. Ich habe vorhin eine Mail von ihm bekommen, in der er mir erzählt hat, wen er mit nach Hartwell bringt.«

Wieder höre ich Melissa irgendetwas sagen, nehme am Rand Calebs Stimme wahr, und eine Bewegung an der Tür weckt eine Vorahnung in meinem Kopf, die sich nur zäh durch die Panik kämpft, die Esthers Worte in mir wecken.

»Andy, es ist Jacob. Er ist auf dem Weg nach Hartwell.«

Ich vergesse zu atmen.

Jacob.

Ein Geräusch am Eingang lässt meinen Blick hochzucken und als ich in honigfarbene Augen sehe, wird alles um mich herum still.

Und leer.

Und endlos.

Kapitel 32

ian

»Ich hätte da einen Spitznamen für dich. Aber der gehört nur mir«, raune ich ihr ins Ohr. Tief atme ich ihren Geruch ein. Versuche damit, das Gefühl in meiner Brust zu unterdrücken, das stetig ansteigt. Seitdem wir die alte Pension wiederhergerichtet haben, hat sich eine Leere in mir ausgebreitet. Schwarzer Teer liegt seitdem auf meinen Lungen, meiner Brust, kriecht meinen Hals hinauf. Mühsam schlucke ich das Gefühl hinunter. Nehme einen weiteren Atemzug. Speichere ein weiteres Detail von Andys Geruch in mir ab. Ignoriere die tickende Uhr, die inmitten des Teerbeckens dumpf das Ende ankündigt.

»Meine kleine Amazone.« Der neue Kosename, den ich ihr seit unserer ersten gemeinsamen Nacht gegeben habe, bringt das Lächeln zurück auf meine Lippen. Ein breites Lächeln. Denn er passt so viel besser zu ihr und wird ihrem mutigen Herz gerecht.

»Wie kommst du nur darauf?«, fragt sie mich und schüttelt den Kopf.

»Das verrate ich dir, wenn wir wieder allein sind«, sage ich nah an ihrem Ohr. Melissa und Caleb sind gerade abgelenkt und der Drang, an ihrem Ohr, ihrem Hals zu knabbern, wird immer stärker. Ich lasse meinen Atem über ihre zarte Haut streifen und genieße den Anblick ihrer Gänsehaut.

Wieder erklingt diese merkwürdige 90er-Musik, die Andy als Klingelton eingestellt hat. Spice Girls. Genau. Sie fischt nach ihrem Handy, als Ana den Raum betritt und einen von Andys Gästen ankündigt. Melissa und Caleb scheinen gerade miteinander zu diskutieren. Fragend blicke ich Caleb an, doch der schüttelt nur unmerklich den Kopf. Irgendwas ist bei denen doch schon wieder im Busch. Ich seufze und wende mich wieder Andys Hals zu.

»Esther, was ist das für ein Notfall? Wir sehen uns in weniger als 24 Stunden.« Andys Lachen spüre ich an meinen Lippen, es dringt bis in den See aus schwarzem Teer vor, leuchtet kurz darin auf. Bis es wieder verklingt. Ich schließe Andy fester in meine Arme. Neugierig blicke ich hoch, als die Eingangstür sich öffnet. Ein Mann steht unschlüssig in der Tür. Ziemlich groß, ungefähr mein Alter.

Aufgeregte Stimmen dringen aus dem Telefon, aber ich kann nicht verstehen, was am anderen Ende der Leitung gesprochen wird. Auf einmal versteift sich jeder Muskel in Andys Körper. Verwirrt versuche ich, ihr über die Schulter einen Blick zuzuwerfen. Der Mann steht noch immer da. Erstarrt wie zur Salzsäule. Seine Hände sind zu Fäusten geballt und er blickt alles andere als glücklich auf – mich? Jetzt sind es meine Muskeln, die sich enger um Andy legen. Härter. Weil sie längst registriert haben, wofür mein Gehirn noch ein weiteres Knöchelknacken brauchte.

Der Blick, mit dem der Typ zwischen Andy und mir hin und her starrt. Wie er ihre Haltung aufsaugt, mit der sie eng in meiner Umarmung am Telefon steht. Ich bin mir sicher, dass sie ihn noch nicht gesehen hat. Dafür beobachte ich ihn genau. Ich spüre die Bewegung, höre, wie sie die Luft aus ihren Lungen stößt. Wie ihr Körper schlagartig jede Kraft verliert. Obwohl mein Blick noch immer auf das Arschloch gerichtet ist, das ganz sicher Andys Ex-Freund ist, bin ich mir sicher, dass in diesem Moment jegliche Farbe aus ihr gewichen ist. Mein Griff um Andys Taille verstärkt sich bei dem Blick, mit dem der Kerl sie mustert. Wie schmale Augen an ihr herabwandern, dabei macht er ein Gesicht, als hätte man ihm einen toten Fisch vor die Füße geworfen.

»Jacob?«, keucht Andy. Ihre Stimme ist ein tonloses Flüstern und reißt mir ein Loch in die Brust. Ich kann ihren beschleunigten Atem spüren, das leichte Beben ihres Körpers. Nie kam mir Andy kleiner, verletzlicher vor.

»Was machst du hier?« Ihre Stimme klingt wie Glas, das bereits mehrfach gesprungen ist.

»Seit Tagen versuche ich, dich zu erreichen, dann kam die Info von Hayden, also hab ich mich zu eurer Party eingeladen.« Dabei hebt er mit einem Blick auf mich belustigt eine Augenbraue und grinst abwertend. Dieses falsche Lächeln und die Arroganz, mit der er die Frau in meinen Armen betrachtet, lässt mich meine Hände zu Fäusten ballen. Er sieht Andy an, als wäre sie ein Gegenstand, der seine Erwartungen nicht erfüllt.

»Können wir reden?« Er hat sich die ganze Zeit nicht aus dem Eingangsbereich wegbewegt, doch jetzt kommt er näher und der Raum wirkt plötzlich zu klein für die Anzahl der Personen. Andy atmet hörbar aus.

»Sollen Caleb und ich ihn rausbringen?«, frage ich sie sanft. Für sie würde ich weit mehr machen. Der Gedanke erschreckt mich, ich hasse Gewalt, doch bei dem Anblick der gebräunten

Arroganz vor mir juckt es mir verdächtig in den Knöcheln. Das Zahnpastalächeln vor mir sorgt dafür, dass ich mir den Typen mit einer Zahnlücke vorstelle, um die Wut in meinem Bauch zu lindern.

Andy zuckt bei meinen Worten leicht zusammen, als hätte sie völlig vergessen, dass ich direkt hinter ihr stehe. Autsch. Das sitzt. Kalt zuckt es in mir auf, als sie meine Hände von sich löst und sich sacht aus meiner Umarmung löst.

»Danke. Das muss ich alleine klären.« In Andys Gesicht finde ich Trauer, Hoffnung und Trotz. Ich möchte sie küssen, sie nicht loslassen. Dennoch nicke ich und versuche, die Anspannung in meinem Körper, die Leere, die sich in mir ausbreitet, auszublenden. Andy dreht sich um und ihre Locken wippen wild um sie herum. Während sie auf ihren Ex-Freund zugeht, stoße ich die Luft aus, die ich viel zu lange angehalten habe. Wie durch Nebel nehme ich wahr, wie Andy im Eingangsbereich auf Jacob einredet. Wie durch einen Schleier sehe ich, wie sie das Haus verlassen.

»Komm, Kumpel, lass uns in die Küche gehen. Ana setzt uns bestimmt einen starken Kaffee auf und wir warten ab.« Caleb klopft mir auf die Schulter. Es kostet mich alle Kraft, am Eingang vorbeizugehen und mich nicht hinauszustürzen.

»Du bleibst brav hier. Das geht uns nichts an.« Die Aussage dahinter verstehe ich nur zu deutlich. Andy und ich haben nie darüber gesprochen, was wir sind. Es war wie eine geheime Absprache zwischen uns. Würde das Ganze zwischen uns nicht so namenlos laufen, hätte ich jetzt einen Anspruch darauf, dort draußen bei ihr zu sein. Zumindest in meiner Vorstellung. Einen Blick aus dem großen Fenster neben dem Eingang kann ich mir nicht verkneifen.

Der Anblick versetzt mir den nächsten Stich.

Sie stehen nah beieinander. Jacobs Hand ruht an Andys Arm, das Zahnpastalächeln und dieser Blick, den er ihr zuwirft, lassen mich würgen. Was hat Andy damals über die Beziehung gesagt? Dass alles okay sei, solange sie weit weg von ihm ist. Dass sie nicht mehr rational denke, wenn sie mit ihm spricht, ihn sieht. Ich schließe die Augen. Denke an den Morgen, als sie völlig zerstört bei mir ankam. Da war sie schon fast auf dem Weg zu ihm.

Würde sie zu ihm zurückgehen? Auch nach den letzten Wochen, den letzten Tagen?

Vielleicht habe ich mich geirrt und sie steckt noch immer tiefer in dieser Beziehung, als ich bisher angenommen habe. Bin ich auf so arrogante Art von mir überzeugt, dass ich glaube, sie kommt mal eben über eine Beziehung hinweg, nur weil sich zwischen uns beiden etwas entwickelt? Stöhnend verfluche ich mich erneut, dafür dass ich in den letzten Tagen zu viel Angst hatte, um das Thema anzusprechen. Immer wenn ich versuchte zu erfahren, ob Andy sich vorstellen könnte, in Hartwell zu bleiben, hat die Zerrissenheit in ihrem Blick mich selbst auseinandergerissen.

»Kannst du vielleicht mal in Ruhe durchatmen und dich in die Küche setzen?«, fragt Caleb sichtlich nervös.

Erst jetzt fällt mir auf, dass ich unentwegt den Eingangsbereich entlanggelaufen bin.

Auf und ab. Ein Blick aus dem Fenster. Wieder auf und ab.

Widerwillig bleibe ich stehen, zwinge mich dazu, nicht wieder hinauszuschauen. Es fühlt sich an, als würde ich in Andys Privatsphäre eintauchen, ohne ein Recht auf Anwesenheit zu haben.

Der nächste Stich.

Brummend tigere ich in die Küche und lasse mich auf einen der Stühle fallen. Es ist tatsächlich Ana, die mir eine Tasse dampfenden Kaffee vor die Nase stellt. Überrascht blicke ich auf.

»Ian, habe Vertrauen in Andy. Ich wage zu bezweifeln, dass zwischen euch noch jemand kommen kann.«

Ich weiß nicht, was mich mehr schockiert, die Tatsache, dass Ana Houadis mir gerade Trost zuspricht, oder dass ich mir wünsche, dass sie recht behält. Ich fahre mir übers Gesicht. Mein Blick wandert zu Melissa, die angespannt auf dem Stuhl mir gegenüber sitzt. Die Nähe zu Caleb scheint ihr nun nichts mehr auszumachen. Vorhin sind sie wie auf rohen Eiern umeinander herumgeschlichen, doch jetzt scheint der Grund dafür schlagartig vergessen. Längst sind sie wieder zu der vertrauten Einheit geworden.

»Ana hat recht«, wirft Melissa ein. »Man muss schon ein Idiot sein, um nicht zu sehen, wie sehr ihr euch … mögt.« Beim letzten Wort grinst sie mich wissend an. Auch wenn sie es niemals zugeben würde, in unserer kleinen Melissa steckt eine hoffnungslose Romantikerin – etwas, das Caleb nie verstanden hat.

»Was er wohl von ihr will?«

»Keine Ahnung. Wenn er extra hierherkommt, wird es nicht um eine Einladung zum Tee gehen«, sage ich und nehme einen Schluck Kaffee. Sein Geschmack kann die Bitterkeit in meinem Mund nicht vertreiben.

»Sie wird nicht zu ihm zurückgehen«, fährt sie fort und ich wünsche mir augenblicklich Melissas Sicherheit herbei.

»Ist es dumm, sich zu wünschen, dass sie den Kerl in den Wind schießt und nicht zu ihm zurückgeht? Obwohl sie ja sowieso in wenigen Tagen verschwindet?« Meine Worte überraschen mich selbst.

Melissa und Caleb blicken sich kurz an, sie scheinen noch näher aneinandergerückt, denn Caleb spielt gedankenverloren mit einer ihrer Haarsträhnen.

»Nein, klingt nicht dumm, nur verdammt nach ›mehr als nur mögen‹. Zeigt, dass sie dir wichtig ist.«

Ein Geräusch an der Eingangstür lässt uns hochschrecken und im nächsten Moment stehe ich schon im Flur, beobachte fassungslos Andys Ex dabei, wie er einen Koffer abstellt, der verdammt teuer aussieht.

Jacob schaut auf. Das einseitige Grinsen in seinem Gesicht verstärkt sich, als unsere Blicke sich treffen. Scheiße, wie ich diesen Kerl hasse.

Andy folgt, den Kopf gesenkt, sie wirkt müde. Der Impuls, zu ihr zu gehen, sie aus der Reichweite dieses Kerls zu zerren, wird übermächtig. Verdammt, aktuell würde ich sogar mithilfe der Spice Girls versuchen, sie wieder zum Lächeln zu bringen. Kurz sieht sie in die Runde, weicht dabei aber meinem Blick aus.

»Ich werde Jacob eines der Zimmer oben herrichten.« Ihre Stimme ist tonlos. Ich schlucke jede Hoffnung hinunter. Wut brodelt in mir hoch. Das kann verdammt noch mal nicht ihr Ernst sein!

Ich habe bei ihrer Entscheidung kein Mitspracherecht, erinnere ich mich selbst, während ich mit pochendem Herzen zum Eingang rausche. Vorbei an Jacob und Andy.

Der Geruch von Sieg, der Jacob umgibt, vermischt sich mit dem Geschmack der Enttäuschung, der mir sauer den Hals hinaufkriecht.

Kapitel 33

andy

Zum ersten Mal, seitdem ich hier angekommen bin, habe ich mein Zimmer abgeschlossen. Zwar bin ich mir sicher, dass Jacob mich hier nicht einfach nachts besuchen wird, doch allein der Gedanke daran, dass er es könnte, lässt mein Herz panisch stolpern. Ich fühle mich wieder wie ein Reh vor dem Raubtier. Hypnotisiert. Verängstigt. Atemlos. Als hätte jemand die Sanduhr genommen und umgedreht. Alles beginnt von Neuem. Die Tatsache, dass er weiterhin die Kraft besitzt, mich mit seinem Blick zu lähmen, zerreißt mich innerlich.

Schniefend lehne ich mich gegen das Fenster, spüre das Glas kalt an meiner Wange, die kühle Nachtluft, die mich frösteln lässt. Das Frösteln kommt nicht an die Kälte in meinem Inneren heran. Selbst die Decke, die ich mir um die Schultern gelegt habe, kommt nicht gegen die Kälte an. Ich ziehe die Decke trotzdem enger, wünsche mir, sie würde nach Ian riechen. Nach Wald und Erde. Nach Heimat.

Das Gefühl, als Ian an mir vorbeirauschte, ohne letzten Blick, ohne mich zu fragen, wie es mir geht, oder eine Umarmung, einem Kuss, war wie ein brennender Stich in meiner Brust. Seit Jacobs Ankunft kroch mein Herz verletzt und blutig über den Boden. Ein einziger Tritt würde ausreichen, ihm endgültig den Todesstoß zu geben. Von Ian im Stich gelassen zu werden, fühlte sich verdammt nach einem Todesstoß an.

Mühsam schlucke ich die Tränen hinunter, die sich heiß in meinen Augen sammeln, sie bieten einen trotzigen Kontrast zur Kälte, die sich von außen und innen an mich schmiegt.

Das Gespräch vor der Pension schwingt in mir nach. Unfähig, meiner Zunge die Worte zu entlocken, die mein Innerstes ihm entgegenschreien wollte, meine Gedanken zu dem zu formen, was er verdient hätte, habe ich nur still seinen Worten gelauscht. Seinen Schmeicheleien, die er jetzt wieder für mich übrig hat. Dass seine Kunden mich vermissen. Dass ich die Beste in meinem Job sei und nur ich ihn so gut kenne. Dass ich sein Ruhepol sei. Erst als ich nach seiner Lobhudelei noch immer nicht einknickte, hat er widerwillig hinzugefügt, dass er mich vermisse. Genauso widerwillig denke ich jetzt an den Moment zurück. Verflixt! Warum habe ich ihm keine geknallt? Ihn zur Rede gestellt, verflucht, bespuckt und angeschrien? Warum konnte ich in diesem Augenblick nicht die Wut empfinden, die jetzt, Stunden später, wild in mir auflodert? Warum war zu dem Zeitpunkt nur dieses leere Rauschen in mir? Ich wurde zu einer Figur aus einem Stummfilm in einer Welt voller Geräusche. Jacobs Gerede, das Flüstern der Blätter, das Rauschen in meinem Blut, alles habe ich wahrgenommen. Viel zu laut und erdrückend und doch habe ich kein Wort herausgebracht.

Ich konnte Jacob nicht wegschicken.

Ich konnte ihn nicht mal verfluchen.

Als er mich darum bat, ihm sein Zimmer zu zeigen, nickte ich nur stumm. Er würde eh nicht gehen, nicht bevor ich mitkam oder ihm endlich widersprach.

Die einzige Genugtuung überkam mich, als ich Jacob klarmachte, dass ich in *meinem* Zimmer schlafe, wir morgen erneut reden, und die Tür hinter ihm schloss. Auch wenn ich danach in mein Zimmer stürmen musste und dort nach Luft schnappend zusammenbrach. Stille Tränen rennen mir nun übers Gesicht. Zu frisch sind all diese Erinnerungen, zu überwältigend der Sturm in mir. Werde ich je von Jacob loskommen?

Ich beginne zu sinken.

Erneut.

»Andyyyyyyyyyyyyyyyyy!!!!« Mit schrill quietschender Stimme rennt Dillan über die Auffahrt und wirft sich auf der Veranda in meine Arme. Ich nehme ihn hoch, er vergräbt den Kopf in meinen Haaren und quiekt erfreut, als er meine Locken in die Hände bekommt. Er kennt mich fast nur mit mühsam geglätteten, langen blonden Strähnen.

»Au! Schatz, das ziept, du musst etwas sanfter mit deiner Tante umgehen.« Lachend sauge ich den Geruch nach Kleinkind in mir auf, der mich pudrig und süß umschließt. Schnell bedecke ich die braune Haut mit unzähligen Küssen, bevor Dillan sich aus meiner Umarmung windet und sich mit einem herzzerreißenden »Iiigittt« über die Wange wischt. Nur Kinder schaffen es, einem so süß eine Abfuhr zu erteilen. Für einen kurzen Moment vergesse ich, dass ich in der letzten Nacht keinen Schlaf gefunden habe, bis ich Esthers Blick begegne.

»So schlimm?«, fragt sie mit gesenkter Stimme und nimmt Dillan entgegen, um ihn in ihre Arme zu schließen. Seine kleinen schwarzen Löckchen hängen ihm wirr in die Stirn und müssen bald geschnitten werden, wenn er nicht wie Tingeltangel-Bob aussehen soll.

»Frag lieber nicht«, sage ich gequält. »Jacob führt sich auf, als hätten wir uns nie getrennt, sondern nur eine«, ich hebe die Finger und deute Gänsefüßchen mit ihnen an, »›Pause‹ gemacht. In seinen Augen machen wir jetzt da weiter, wo wir aufgehört haben.«

Esther schaut Dillan kurz an, dann drückt sie sich an mir vorbei und betritt die Pension. Sie scheint etwas zu suchen.

»Jacob ist im Wald joggen.« Ich folge ihr. »So wie ich ihn kenne, kommt er frühestens in einer Stunde wieder.«

»Nein, das ist es nicht«, sagt Esther leise und steuert zielgenau auf die Küche zu. Dort sitzt Ana vor einer Tasse Kaffee und blickt mit zusammengezogenen Augenbrauen von ihrer Zeitung auf. Als sie Esther findet, fällt ihr stets mürrischer Gesichtsausdruck kurz in sich zusammen, bis sie sich wieder fasst.

»Du hast es also endlich geschafft.«

»Jaja. Tante. Darf ich vorstellen? Dillan. Dein Großneffe, den du bisher nicht kennenlernen wolltest.« Mit den Worten setzt sie den Dreijährigen vor Ana auf den Boden. »Ich glaube, ihr habt da etwas nachzuholen. Dillan, Schatz, sei so lieb und erzähl Tante Ana von deinem Tag im Kindergarten gestern und wie du mit Opa danach im Park warst und von der neuen großen Rutsche gerutscht bist – okay?« Sie gibt Dillan einen Kuss auf die Locken und zieht mich dann aus der Küche hinaus, Anas geschockte Miene ignorierend.

»Bist du dir sicher, dass das eine gute Idee ist?«, frage ich sie, doch sie winkt nur ab. »Dillan kommt mit jedem klar, auch mit Ana. Vertrau mir. Meine Eltern sind der Überzeugung, dass Ana was gegen meinen unehelichen Sohn hat. Ich finde, es wird Zeit, dass sie sich damit abfindet, und sie kann verdammt noch mal lernen, einen auf Familie zu machen. Immerhin wollte *sie* immer, dass ich hierherkomme.« Die Wut, die sich dabei entlädt, lässt mich überrascht aufblicken, was zur Hölle ist hier eigentlich im Busch?

»Was ist denn los?«, frage ich, doch Esther winkt ab, zieht mich weiter in den großen Wohnraum an einen Tisch nah am Fenster, von dem aus man einen Blick auf den Innenhof hat.

»Andy, du siehst echt scheiße aus.«

»Ich weiß.« Jacobs Auftauchen hier hat dieses wacklige Kartenhaus, das ich war, endgültig zum Einsturz gebracht. »Ian hat sich nicht mehr bei mir gemeldet.«

Sie nickt. Das ist Erklärung genug. Das und Jacobs Auftritt.

Letzte Nacht habe ich mehrfach dazu angesetzt, Ian eine Nachricht zu schreiben, nur um den Text doch wieder zu löschen.

»Wie geht es dir?« Esther zieht mich in eine feste Umarmung, die sich anfühlt, als könnte sie mir sämtliche Knochen brechen. Ich ringe um Luft und Esther gibt mich langsam frei. »Jacob führt sich also auf wie immer, Ian ist sauer auf dich und Ana will die Pension verkaufen. Du hast noch immer keinen Job und heute kommt der Mann vorbei, den *du* erst kürzlich auf dieses Haus hier aufmerksam gemacht hast«, fasst Esther das Chaos kurz zusammen. Ich nicke zaghaft. »Gehen wir das ganze Mal Stück für Stück an.« Ihre Augen blitzen entschlossen. »Jacob kann man doch leicht klären, oder?« Ich schaue auf den Boden. »Du überlegst doch nicht wirklich, auf diese Wir-haben-nur-eine-Pause-gemacht-Sache einzugehen, oder?«

Ich schnaube auf, das Geräusch liegt irgendwo zwischen einem schwachen Lachen und purer Verzweiflung. »Nein, ich denke nicht.«

»Andy!«, schreit Esther.

»Nein«, sage ich. »Es ist nur, immer wenn Jacob in der Nähe ist, werde ich unsicher. Erst denke ich an die guten Zeiten und danach denke ich einfach gar nicht mehr. Inzwischen glaube ich, Jacob mochte die wahre Andy nie so richtig. Aber ich werde mich nicht mehr nach seinen Wünschen formen«, gestehe ich mir ein. Meine Gedanken schweifen dabei automatisch zu einem Mann ab, dem gefällt, wer ich bin. Das nagende Gefühl in meiner Brust wird schlagartig stärker. »Nein. Ich habe nicht vor, zu Jacob zurückzugehen.«

»Endlich! Seit vier Jahren kann man gegen Jacob sagen, was man will. Du hast ihn jedes Mal in Schutz genommen, seine Rechte verteidigt, während er deine mit Füßen getreten hat. Manchmal war es fast unheimlich, wie sehr du seine Bestätigung gebraucht hast.«

Ja, ich habe mich oft für Jacob eingesetzt und mich dabei ganz hinten in der Reihe angestellt, wenn es um meine persönlichen Belange ging. Dennoch schockiert es mich, dass ich das Ausmaß offensichtlich nicht erkannt habe.

»Warum hast du Jacob dann nicht längst vom Hof gejagt? Hat Ana keine Flinte, mit der man ihn zurück nach Atlanta treiben kann?« Das diabolische Grinsen in Esthers Gesicht lässt mich auflachen. Sie hat nie einen Hehl daraus gemacht, dass sie von Jacob nicht gerade begeistert ist, nur hat es vier Jahre gedauert, bis ich verstehe, warum das so ist.

»Ich bin froh, dass meine alte Andy zurück ist.« Als ich sie fragend anblicke zupft sie an meinen Haaren, deutet auf den Hoodie und die Leggins, in die ich heute Morgen gedankenverloren geschlüpft bin. »Die Andy, die bequeme Kleidung und ein gutes Buch liebt. Die mit ihren Locken die Sonne einfängt – jetzt fehlt nur noch das Strahlen, das du früher immer in den Augen hattest.« Wieder denke ich an Ian. Irgendwas sagt mir, dass ich in den letzten Wochen verdammt oft gestrahlt habe. Es war mir gar nicht aufgefallen. Zu lachen, freudig durch die Gegend zu tanzen, lächelnd einkaufen gehen, kichernd auf den Kuss am Hals reagieren, weil er kitzelt. Irgendwann in den letzten Wochen habe ich die Anspannung verloren, die ich so lange in mir getragen habe. Die Angst davor, Dinge falsch machen zu können. Mein Gegenüber zu verärgern. Ian gab mir zuletzt nie einen Grund, Angst vor seinen Reaktionen zu haben. Er hat mich immer freundlich – nein, mit Respekt behandelt. Wenn ich etwas nicht wusste oder falsch machte, erklärte er mir jedes Mal mit einer Seelenruhe, wie ich es richtig mache. Bei dem Gedanken an die ersten Tage, in denen er es noch genossen hat, mich zu piesacken, muss ich lächeln. Okay, vielleicht war er nicht immer so liebenswert und geduldig mit mir, aber wer konnte es ihm verübeln? Ich hatte sein ganzes Leben auf den Kopf gestellt.

»Dieses Strahlen meine ich«, sagt Esther und ich spüre, wie Wärme in meine Wangen zieht. »Woran hast du gedacht?«, bohrt sie weiter. »So hast du nicht mal bei Jacob geguckt, als ihr euch kennengelernt habt. Ian hat es dir echt angetan, oder?«

Natürlich entgeht ihr nicht, dass ich mich offensichtlich ein wenig in Ian verknallt habe. Na gut, vielleicht etwas mehr. Zugegeben, ich bin hoffnungslos verloren. Schnaubend schüttle ich den Kopf. »Das ändert nichts. Wir fahren in weniger als 72 Stunden zurück nach Atlanta und –«

»Und dann? Was willst du in Atlanta?« Ihr spöttischer Unterton vibriert förmlich. »Klar kannst du wieder bei uns wohnen, du weißt, Mom und Dad nehmen dich sofort wieder auf. Sie lieben dich. Und ich freue mich auch, wenn ich dich in meiner Nähe habe. Dillan würde durchdrehen, wenn er erfährt, dass du wieder zu uns ziehst.«

»Moment, er weiß es noch nicht?« Das wundert mich. Normalerweise bereitet Esther ihren Sohn frühzeitig auf Veränderungen vor.

Sie beißt sich auf die Lippe »Mom und Dad gehen auch davon aus, dass du hierbleibst.«

»Was?«

»Die letzten Wochen warst du so glücklich, so habe ich dich ewig nicht erlebt. Eigentlich habe ich dich noch nie so gesehen und, verdammt, Süße, das macht mich glücklich! Ich verstehe einfach nicht, warum du nicht hierbleibst.«

Mit offenem Mund starre ich meine Freundin an. Ist das ihr Ernst? »Wie soll ich hierbleiben? Ich habe keinen Job. Keine Wohnung.«

»Hast du in Atlanta auch nicht«, wirft sie ein.

Autsch. Den Punkt muss ich ihr zugestehen.

»Außerdem hast du hier Ian und der scheint dich glücklich zu machen. Warum willst du eure Beziehung beenden?«

Kapitel 34

andy

Ein kehliges Lachen dringt aus der Küche. Ein Geräusch, das ich so noch nie gehört habe. Hart und trocken, fremd, und doch, irgendetwas daran kommt mir bekannt vor. Ein Blick in den Raum bestätigt das Geräusch. Ana lacht! Dillan begleitet es mit einem süßen, leisen Kichern. Fassungslos bleibe ich am Eingang zur Küche stehen. Ana blickt auf und ihre ungewohnt weichen Züge verhärten sich augenblicklich, als sie mich und Esther entdeckt. Doch die Härte reicht nicht an die sonstige heran, die ihr die Mundwinkel tief nach unten zieht. Anas Falten wirken leicht geglättet, ihre Züge wärmer. Dillan beginnt, brabbelnd auf sie einzureden, und zieht Anas Blick zurück auf sich, lässt ihre Augen glänzen. Na großartig, kurz vor meiner Abreise fange ich an, den Drachen von Hartwell in mein Herz zu schließen. Die Haustür hinter uns geht auf, lässt einen kalten Luftzug herein, doch entgegen meiner Vermutung kehrt nicht Jacob zurück, sondern Spencer tritt ein. Bevor ich dazu komme, auf Hayden zuzugehen, taucht Jacob direkt hinter ihm auf. Mühsam schlucke ich das breiige Gefühl der Lähmung herunter, die mich in Jacobs

Gegenwart automatisch übermannt. Ich atme ein, stoße Luft wieder aus. Wiederhole das Ganze noch zwei-, dreimal und gehe dann mit, einigermaßen, sicheren Schritten auf den Eingang zu, dicht gefolgt von Esther. In meinen Erinnerungen krame ich nach der alten Andy, der *Jacob-Andy*, die geschäftlich immer souverän und selbstbewusst auftrat. Jacob blickt an mir herab, seine linke Augenbraue wandert höher, als er den Hoodie betrachtet, er schüttelt den Kopf, als er meine Leggins und rosa Sneaker bemerkt. Die Jacob-Andy verpufft. Obwohl er verschwitzt, mit geröteten Wangen und feuchten Haaren, in der Tür steht, wirkt er dabei noch immer eleganter als ich. Aber sein Outfit ist auch nicht aus dem Walmart.

»Mister Hayden. Es freut mich, Sie zu sehen«, begrüße ich Spencer mit einer flötenden Stimme. »Willkommen in der Pension Houadis. Wir freuen uns, Sie als einen der ersten Gäste seit der Neueröffnung begrüßen zu dürfen.«

»Schön, Sie wiederzusehen, Miss Summers. Die Fotos sahen schon vielversprechend aus, aber das Haus ist ein Traum.« Sein Schnauzbart wippt fröhlich im Takt. »Jacob hat gerade in den höchsten Tönen über Ihre Arbeiten hier in Hartwell berichtet und wie schwer die Zeit der Trennung für sie beide war.«

Ich werfe Jacob einen flüchtigen Blick zu, beim Anblick seines breiten Lächelns muss ich jedoch den Geschmack der Galle hinunterwürgen, der in mir hochkriecht.

»Mir war gar nicht bewusst, dass Sie sich so sehr für Immobilien interessieren und auch mal auf dem Markt mitmischen wollen«, ergänzt Spencer.

Mühsam unterdrücke ich ein Schnauben. Dass Jacob vor Hayden jetzt auf einmal so tut, als hätten wir die letzten

Monate nur getrennt verbracht, damit ich ›mal auf dem Markt mitmischen‹ kann, treibt die Wut heiß meinen Magen hinauf.

»Ohne meine Freundin Esther«, ich deute zu der Schönheit neben mir, die mit ihrem Augenaufschlag binnen weniger Sekunden Haydens Aufmerksamkeit ergattert, »hätte ich dieses Haus nicht entdeckt. Es gehört ihrer Tante.« Ich deute auf Ana, die sich genauso wie Esther zu uns gesellt hat, und sehe dabei zu, wie sie Spencer begrüßt. Dillan drängt sich dazu und zupft an Anas Stoffhose herum. Sie beendet die Begrüßung, um sich beinahe fröhlich zu dem kleinen Jungen mit den dunklen Knopfaugen hinunterzubeugen.

»Komm, Dillan, wir gehen zum See. Dort kannst du dir die Enten ansehen.« Sie nickt mir zu, nicht ohne meinen entgeisterten Blick mit einer hochgezogenen Augenbraue zu kommentieren.

Esther hat ihre Chance genutzt, um sich an Haydens Seite zu begeben. »Wie wäre es, wenn ich Ihnen das Haus zeige?«, höre ich sie schnurren, ohne seine Antwort richtig abzuwarten, wechselt sie schon in die Rolle der Immobilienkauffrau und zählt die Details des Hauses auf.

»Können wir reden?« Jacob taucht neben mir auf und sieht mich aus durchdringenden Augen an.

»Gestern habe ich dir zugesichert, dass wir reden. Ein letztes Mal. Wobei ich glaube, dass längst alles gesagt wurde.« Ich blicke hastig zu Hayden und senke dann meine Stimme. »Es gibt kein *Wir* mehr und auch keine Beziehungspause. Es ist vorbei.« Ich habe es geschafft!

»Diese Kleinstadt bekommt dir anscheinend nicht, das habe ich schon registriert.« Kühl mustert Jacob mich von oben bis unten und wieder lodert diese leichte Abneigung in seinen

Augen auf. Mit einer schnellen Bewegung greift er meine Hand und zieht mich in die Küche, bevor ich reagieren kann, sind wir bereits außer Reichweite von Esther und Hayden, die sich gerade den Speisesaal mit dem Kamin ansehen.

»Andy, was soll das? Denkst du wirklich, ich lasse dich in dieser armseligen Kleinstadt? Was willst du hier überhaupt? Du bist doch eindeutig Besseres gewohnt.« Mit spitzen Fingern zupft er an meinem Hoodie. »Und bessere Kleidung.« Bei den Worten rückt er näher, sofort weiche ich einen Schritt zurück und spüre den Küchentresen in meinem Rücken.

»Den Luxus wolltest immer nur du«, stoße ich hervor. Meine Zunge fühlt sich schwer und träge an.

»Ist das so?« Seine Stimme ist ein kehliges Rauschen an meiner Wange. Ich schlucke. Er drückt sich gegen mich. Seine Hand krallt sich besitzergreifend in meine Taille, mit der anderen dreht er prüfend eine meiner Locken ein. Jacob nimmt mir sämtliche Luft zum Atmen. Erinnerungen kommen in mir hoch. Mein Herz schlägt in einem wilden Tempo. Ich versuche, meinen Atem zu regulieren, meiner Stimme die nötige Kraft zu geben, will Jacob von mir drücken.

Doch ich mache – nichts.

Unfähig, mich zu bewegen, starre ich ihn an.

Atme. Schneller. Keuche.

Das scheint Jacob als Einladung zu sehen, sein Gesicht kommt näher. Wut und Überraschung zucken in mir auf. Kurz bevor seine Lippen auf meine treffen, landet meine Faust unsanft an seiner Brust. Ich stoße die Luft aus meinen Lungen, versuche, das Gefühl aus Schwindel und brennender Wut in mir zu kanalisieren.

Jacob blickt mich verblüfft an. Hat er wirklich gedacht, ich lasse mich einfach von ihm küssen? *Hat er mir überhaupt zugehört*?! Unsanft schiebe ich ihn von mir. Jeder Zentimeter zwischen uns lockert den festen Griff um meinen Brustkorb. »Lass das.«

»Babe, jetzt stell dich nicht so an. Immerhin könnte ich sauer auf dich sein, weil du dich von dem Kerl gestern hast begrapschen lassen.«

Bitte was? Das wird ja immer besser. Seine Hände finden mich erneut und auch sein Becken kehrt zurück, drückt sich an mich. Aus schmalen Augen starre ich ihn an. »Ian hat mich nicht begrapscht. Außerdem«, dabei stoße ich meinen Finger wie einen Dolch gegen seine Brust, »geht dich das«, noch ein Stoß, der ihn wieder wenige Zentimeter von mir wegrückt, »gar nichts«, mit Genugtuung vergrößert sich der Abstand zwischen uns, »mehr an!« Mit aller Kraft drücke ich ihn auf Armlänge von mir.

Die Verwirrung in Jacobs Gesicht ignoriere ich, nutze den ausreichenden Abstand und schlüpfe zwischen ihm und dem Küchentresen hindurch. Erst an der Tür bleibe ich kurz stehen. »Verlass Hartwell, geh zurück zu Nathalie oder Nadine – Nicole? Wie auch immer sie hieß. Oder such dir eine andere, die dir jeden Wunsch von den Lippen abliest. Ich werde es nicht mehr tun.«

»Du hast *was* getan?« Esther prustet los, gibt mir Standing Ovations. »Endlich hat mein Mädchen Mumm bewiesen und Jacob gezeigt, wie man mit Arschlöchern umgeht!«, jubelt sie und entlockt mir damit ein Lachen. Bis jetzt war mir mein Auftritt peinlich, jetzt flackert ein winziger Funken Stolz in mir auf.

»Darauf müssen wir anstoßen!« Esther steht auf und vergräbt ihren Kopf in der Speisekammer, wahrscheinlich auf der Suche nach etwas Süßem. Nur Sekunden später hält sie triumphierend eine Packung Kekse und eine Flasche Rotwein hoch. »Erinnert mich an die Zeit, in der wir zusammengelebt haben.« Sie grinst breit.

Die Erinnerung an unsere Oase der Freiheit lässt mein Herz wehmütig hüpfen. »Und was hat Hayden jetzt genau gesagt? Was hast du ihm erzählt und warum wusstest du eigentlich so viel über das Anwesen?«

»Anna und ich hatten eine Abmachung. Sie lässt dich das Haus renovieren, wenn ich ihr helfe, es zu verkaufen.«

»Warum hast du mir nie von dieser Abmachung erzählt?« Erst nach meiner Ankunft war mir aufgefallen, dass Esther mir nur das Foto und den Zettel mit der Summe gezeigt hat, nie aber den Brief, der dazugehört haben muss.

»Anfangs nur, weil ich wusste, dass du den Job hier nicht annimmst, wenn du weißt, dass Ana dafür eine Gegenleistung von mir verlangt.«

Ich will protestieren, doch sie stopft mir nur einen Keks in den Mund.

»Danach hast du angefangen, dich in die Arbeit hier zu stürzen und immer öfter von dem Haus geschwärmt.« Sie blickt mich entschuldigend an. »Ich habe den Moment verpasst, dir von dem geplanten Verkauf zu erzählen. Mit jedem Foto, das du mir geschickt hast, mit jedem Telefonat und jeder Nachricht wurde mir bewusst, dass dir das hier wahnsinnig guttut. Das wollte ich nicht wieder kaputtmachen.«

Widerwillig schlucke ich den Keks hinunter. »Aber warum ausgerechnet Hayden? Er wird nicht eine Wand stehen lassen, alles verändern und aus diesem Haus etwas ganz anderes machen.« Auch wenn ich seine weiteren Pläne nicht kenne, weiß ich, dass mir das Ergebnis nicht gefallen wird.

»Du hast Hayden ja erst auf die Pension aufmerksam gemacht. Ihn und ein paar andere von Jacobs Kunden«, erinnert sie mich. Ich will protestieren, doch da stopft sie mir den nächsten Keks in den Mund und drückt mir ein gefülltes Glas Wein in die Hand.

»Kauen und zuhören«, weist sie mich an, schnappt sich ebenfalls einen Keks und setzt sich. »Deine Vermutung ist richtig, er überlegt, was man aus dem Grundstück und dem Haus Profitables machen kann. Eine Pension bliebe das hier garantiert nicht.« Sie breitet die Arme aus und kleine Krümel fallen hinunter. »Er erkundigt sich bereits, ob man die angrenzenden Wälder kaufen und roden kann.«

Dazu hätte ich einiges zu sagen, doch Esthers Miene verrät mir, dass ich noch immer schweigen soll.

»Also habe ich Spencer ein wenig rumgeführt«, sagt sie und lässt ihr klares Lachen ertönen. »Ich habe ihn am Rosengarten entlanggeführt, wo er leider über einen der unbefestigten Pflastersteine gestolpert ist und fast stürzte. Glücklicherweise konnte ich ihn noch rechtzeitig festhalten, dabei ist er dummerweise zwischen die Rosen geraten. Die Dornen haben seinen Anzug ruiniert.« Das Funkeln in ihren dunklen Augen zaubert mir ein Grinsen ins Gesicht. Oh, ich ahne, wie der Tag für Spencer verlief. Esther weiß nicht nur ihre Reize Männern gegenüber gekonnt einzusetzen, hinter der aalglatten, katzenhaften Anmut steckt eine wahre Teufelin. Spencer Hayden hat heute anscheinend die Seite von Esther kennengelernt, die sonst nur ihre Rivalen zu sehen bekommen. Wenn man bedenkt, dass sie seit Dillans Geburt schon fast sanftmütig geworden ist, kann Hayden fast froh sein, dass er nicht vor vier Jahren auf ihre fiese Ader gestoßen ist.

»Was hast du dem armen Spencer alles angetan?« Die Begeisterung in meiner Stimme ist unüberhörbar.

»Oh, der Arme ist leider andauernd gestolpert, über jede Unebenheit im Boden, dann hat er tatsächlich alle losen Dielen getroffen und auf dem Dachboden ist fast ein Bücherregal auf ihn gestürzt.« Als sie meinen Blick sieht, ergänzt sie schnell: »Ein sehr kleines Regal, mit sehr wenigen Büchern darin. Seitdem glaubt er, es spukt in dem Haus.« Die diabolisch lächelnde Frau mir gegenüber lehnt sich in dem Stuhl zurück und nippt an ihrem Weinglas.

»Was sagt Ana dazu?«

»Oh, die habe ich den ganzen Tag mit Dillan beschäftigt, so hatte sie keine Zeit, sich mit Hayden zu unterhalten.«

»Moment! Hast du deinen dreijährigen Sohn beeinflusst, damit er Ana in Beschlag nimmt?«

»Als wenn man einen Dreijährigen irgendwie beeinflussen könnte«, sagt sie gedehnt und zuckt mit den Schultern.

»Dillan bekommt man mit Schokokuchen und einer neuen Spielfigur von Paw Patrol dazu, alles zu tun«, sage ich und weiß in diesem Moment, das ich recht habe. Sie hat ihren Sohn bestochen, damit er bewusst viel Zeit mit Ana verbringt.

»Ist ja nicht so, dass er es nicht genießt. Dafür, dass Dillan der Grund ist, dass wir seit Jahren keinen Kontakt mehr haben, versteht sie sich ausgesprochen gut mit ihm. Ich glaube, ich habe Tante Ana noch nie so herzlich gesehen.«

»Warum das alles?«, frage ich, weil ich einfach nicht begreife, was Esther sich davon erhofft.

»Wegen dir. Das hier bedeutet dir so viel. Seit Wochen redest du nur noch über dieses Haus und einen gewissen Junggesellen.«

Ich sacke leicht in meinem Stuhl zusammen. Jacob hat mich heute so sehr durcheinandergebracht, dass ich Ian noch immer nicht geschrieben habe. Oder angerufen. Oder einfach vorbeigefahren bin. Ich fühle mich feige und gleichzeitig bin ich enttäuscht, weil er einfach gegangen ist.

»Andy, hast du mittlerweile eine Entscheidung getroffen, was du machst?«

Mein Kopf ruckt hoch. »Was genau meinst du?«

»Je nachdem, ob du dir eine Zukunft mit Ian vorstellen kannst, eine Zukunft hier in Hartwell«, sie verzieht kurz das Gesicht, »ist dein nächster Schritt entscheidend.«

»Welcher Schritt genau?«

»Der, ob du endlich mal für dich und das, was dir lieb ist, kämpfst oder ob du wieder das Leben an dir vorbeirauschen lässt.«

Kapitel 35

andy

Seit Minuten starre ich die wenigen Worte auf meinem Display an. Ich habe so oft neu angesetzt. Alles gelöscht. Nur um es dann erneut zu versuchen. Warum fällt es mir auf einmal so schwer, die richtigen Worte zu finden?

Andy: Sehen wir uns weiterhin beim Fest?
Können wir dort reden?

Schnell schicke ich die Nachricht ab, bevor ich die Worte erneut löschen kann. Beinahe sofort kommt seine Antwort.

Ian: Gerne

Mehr nicht. Ich stoße die Luft aus. Wie kann man jemanden nach so kurzer Zeit bereits so sehr vermissen? Esthers Worte klingen in mir nach. Woher soll ich wissen, welcher der richtige Schritt ist? Ich kann nicht einfach hier in Hartwell bleiben. Oder? Ich schüttle den Kopf. Nein. Es fühlt sich zu sehr nach einer Wiederholung an, mein Leben nach einem anderen Mann auszurichten. Doch eine kleine Stimme in mir flüstert, dass ich nicht nur wegen Ian hierbleiben will. Meine Hand streicht über das warme Holz der Zimmertür und der Wunsch, einen Weg zu finden hierzubleiben, nicht nur in Hartwell, sondern in diesem Haus, schwillt an. Es stimmt, Ian ist nicht der einzige Grund, warum ich mich in Hartwell so wohlfühle. Ich habe einen Ort gefunden, an dem ich mich zum ersten Mal seit Jahren wieder zu Hause fühle. Etwas, das mir zuletzt bei einer Familie mit dem gleichen Namen geschehen ist. *Muss wohl daran liegen*, denke ich und ein wehmütiges Lächeln legt sich auf meine Lippen. Ich greife nach meinem Trenchcoat und einem dünnen Schal. Es ist merklich kühler geworden und der Herbst startet früh und nasskalt dieses Jahr. Als ich die Treppen heruntereile, höre ich gedämpfte Stimmen, die aus der Küche zu mir herübergetragen werden. Es klingt, als würden Esther und Ana streiten. Wenig verwunderlich, beide kann man als temperamentvoll und dickköpfig bezeichnen. Als ich meinen Namen zwischen den Wortfetzen ausmache, werde ich neugierig und steuere auf die Küche zu. Ausgerechnet da tritt Spencer Hayden aus dem großen Wohnraum und begrüßt mich herzlich.

Damals war ich es, die ihn überzeugen konnte, bei *Jacob Baker Industries* als Investor einzusteigen. Die Tatsache, dass er jetzt überlegt, wieder auszusteigen, nur weil ich nicht mehr mit im Boot bin, freut mich. Auch wenn das der Grund ist, dass Jacob überhaupt wieder in meinem Leben aufgetaucht ist. Spencer Hayden ist zwar durch und durch Geschäftsmann, aber er gehört den wenigen Personen an, die darüber hinaus ihre Menschlichkeit nicht vergessen. Mit seiner etwas untersetzten

Statur, dem Schnauzbart und dem lichten Haar ist er vielleicht kein Traummann, doch das macht er mit gut sitzender Kleidung und galantem – und vor allem ehrlichem – Charme wieder wett. Dennoch wende ich mich ihm in diesem Moment nur widerwillig zu, statt in die Küche zu gehen und in Erfahrung zu bringen, worüber die beiden Hitzköpfe diskutieren.

»Miss Summers.« Warme Hände legen sich sanft um meine und das Lächeln lässt unzählige Fältchen in seinem Gesicht aufblitzen.

»Spencer, es freut mich, Sie noch zu sehen, bevor das Lichterfest in der Stadt losgeht. Werden Sie es sich ansehen?«

»O ja, ich werde die Damen begleiten.« Er nickt kurz Richtung Küche. »Irgendetwas sagt mir, dass Sie nicht mit Jacob dorthin gehen wollen.« Seine Hand drückt meine leicht. »Sie können sich uns gerne anschließen«, sagt er.

Genau deswegen mag ich Hayden so sehr. »Danke für das Angebot, Spencer, aber ich muss mich dringend mit jemandem treffen.«

»Sie werden nicht mehr zurückkommen, nicht wahr?«

»Nach Atlanta?«

»In Jacobs Firma.« Ein Lächeln schiebt seinen Schnurrbart links und rechts nach oben.

»Nein.« Das Lächeln überträgt sich auf mein Gesicht. Es zupft an mir. »Ich komme nicht mehr zurück.«

»Nach Atlanta?«

Dass er die Fragen so umdreht, bringt mich zum Lachen. »Ich weiß noch nicht so recht, wo ich hingehöre.«

Er schaut mich mit wissenden Augen an. »Miss Summers, ich kenne Sie jetzt seit zwei Jahren und zum ersten Mal habe ich das

Gefühl, Sie da zu sehen, wo Sie hingehören.« Er klopft auf das Holz des Treppengeländers. »Sie haben hier etwas ganz Wunderbares vollbracht.«

»Nur war all die Arbeit umsonst.« Denn bald würde Spencer dieses Haus in einen Golfclub verwandeln – oder etwas ähnlich Bizarres.

»Weil ich es kaufen werde?«

»Sie sind nicht gerade im Segment kleiner Pensionen unterwegs«, erinnere ich ihn zaghaft, was ihm ein Lachen entlockt.

»Sie wollen, dass das Haus eine Pension bleibt?«

Sein gütiger Blick macht mich mutig, lässt die Worte heraus, die seit seiner Ankunft in meinem Hals stecken. »Ich wollte Ana überreden, die Pension wieder zu öffnen. Ich dachte, wenn sie das Haus einmal wieder strahlen sieht …«

»Dass sie dann Ihrem Wunsch nachgibt?«, beendet er meinen Satz. »Es tut mir leid, Miss Summers. Aber das wird nicht passieren. Ana muss verkaufen, sie braucht das Geld.«

Mit den Worten fällt das letzte Stück Hoffnung in mir zusammen.

Ich steuere den Buick in einen freien Parkplatz nahe dem Rathaus. Mit Ian habe ich keine Zeit ausgemacht, aber nach dem Gespräch mit Spencer Hayden wurde mir irgendwann bewusst, dass Jacob anscheinend ebenfalls vorhat hierherzukommen. Die Vorstellung, Ian und Jacob könnten hier aufeinandertreffen, schnürt mir die Brust zu. Ich steige aus und ignoriere das Ächzen, mit dem der Wagen meine Bewegung kommentiert.

Eines Tages wird er wohl einfach zusammenbrechen und seine Reifen werden wild schlingernd an mir vorbeirollen.

Bereits auf der Fahrt hierher habe ich das Leuchten bewundert. Jeder Baum, jede Laterne, jedes Haus, alles in Hartwell ist mit unzähligen kleinen Lichtern geschmückt. Es wirkt, als würde diese Stadt aus Sternen bestehen.

Staunend wandere ich durch die Innenstadt und stopfe die Hände in die Manteltaschen, bis mir einfällt, dass ich den Blick lieber auf die Menschen um mich herum richten sollte. Einige der Gesichter erkenne ich sogar wieder. Manche nicken mir freundlich zu, andere betrachten mich neugierig oder flüstern hinter vorgehaltener Hand.

O ja, das ist wohl der Green-Fluch.

Ich verkneife mir ein Augenrollen und weiche schnell hinter eine dicke Eiche aus, als ich Jane wenige Meter vor mir entdecke. Die fehlt mir gerade noch, dieses Wochenende war anstrengend genug. Ich presse mich an den Stamm, höre, wie Jane und ihre Gruppe auf dessen anderer Seite plaudernd vorbeigehen, ohne mich zu bemerken.

»Was machst du hier?«

Die Stimme in meinem Rücken lässt mich zusammenfahren, ich springe herum und entdecke Melissa, die mich verwirrt betrachtet. »Äh … mich vor Jane verstecken.« Ich werfe einen vorsichtigen Blick hinter den Stamm, die Gruppe ist weit genug entfernt. Erleichtert drehe ich mich zu Melissa um und registriere einen Mann, der nur wenige Schritte hinter ihr steht.

»Wo ist Caleb?«, frage ich sie, ohne meinen Blick von dem Fremden abzuwenden.

»Wahrscheinlich ist er mit Ian unterwegs.«

Der junge Mann scheint von meiner Musterung peinlich berührt, denn er tigert ein paar Schritte hin und her und ich wende mich schnell wieder Melissa zu. »Ich wusste nicht, dass du ein Date hast. Ich muss weiter.«

Melissa lacht auf, doch das Lachen ist zu laut und nervös. »Nein … Ich … Wir haben kein Date. Das ist nur Ezra. Er erstellt die Info-Broschüren über Hartwell und«, sie zuckt mit den Schultern, »wir haben uns zufällig hier getroffen.« Bei den Worten schiebt sich eine leichte Röte auf ihre Wangen und sie nestelt an ihrem Rollkragen herum. Armer Caleb.

»Suchst du Ian?«, fragt sie. Sicherlich nur, um von sich und ihrem Begleiter abzulenken, der noch immer unschlüssig mit mehreren Metern Abstand herumsteht.

»Ja, ich muss ihm das mit Jacob erklären. Sein Auftauchen hier und –« … und ich vermisse ihn. Aber das spreche ich nicht laut aus.

»Jetzt sag mir nicht, dass ihr seit Donnerstag nicht mehr miteinander gesprochen habt.«

»Nein, haben wir nicht. Ich habe vorhin erfahren, dass Jacob hier auftauchen will, und die beiden sollten besser nicht aufeinandertreffen.« Mein Blick sucht längst wieder die Umgebung ab.

»Das ist alles?«, hakt sie nach. Ein Schuss direkt in das sehnsüchtige Loch in meiner Brust. Ein Treffer mitten ins Schwarze. »Willst du mir ernsthaft sagen, dein Ex-Freund taucht auf, zieht bei dir ein und du redest danach nicht mal mit Ian?« Ihre Entgeisterung kommt ähnlich unerwartet, wie die Erkenntnis, dass sie recht haben könnte.

»Jacob und ich sind nicht mehr zusammen, das wisst ihr«, verteidige ich mich. »Außerdem ist es nicht mein Haus. Es ist eine

Pension.« Gründe, die vorhin noch einen Sinn ergaben, jetzt kommen sie mir schwach vor. »Ian weiß, dass das mit Jacob vorbei ist.«

»Woher soll er das wissen? Hast du es ihm gesagt?« So eisig spricht Melissa zum ersten Mal mit mir. »Verdammt, Andy. Ihr habt bisher null über euch geredet und da glaubst du ernsthaft, er weiß, woran er bei dir ist? Er geht davon aus, dass du Hartwell verlässt und ihm das Herz brichst, und dann taucht auch noch dein Ex hier auf.«

»Er hat sich auch nicht bei mir gemeldet.« Eine halblaute Erwiderung, die auf taube Ohren stößt.

»Bei ihm ist aber auch nicht die Ex-Freundin aufgetaucht und eingezogen.« Sie seufzt und ihre Miene wird langsam wieder weicher. »Ian ist für mich wie ein großer Bruder. Die Sorte Bruder, für die man immer hofft, dass endlich das richtige Mädchen auftaucht. Ian hat sich noch nie so offen mit einer Frau gezeigt. Nicht nachdem damals diese ganzen Gerüchte aufkamen und erst recht nicht, nachdem er mit meiner Schwester zusammen war. Wenn Ian plötzlich anfängt, vor allen Leuten eine Frau zu küssen und Händchen zu halten, ihr diesen Welpenblick zuwirft, dann hat es ihn nicht nur ein bisschen erwischt. Und du siehst es nicht mal? Meinst du nicht, dass es für ihn schwer war, dich da draußen mit Jacob allein zu lassen und dir zu vertrauen?«

Meine Augen werden immer größer.

Ihr Blick wird traurig. »Ihr beide habt so viel Angst, euren Gefühlen zu vertrauen, dass ihr nicht begreift, was ihr gerade verliert. Ihr gehört einfach zusammen und tief in dir, da weißt du das längst.«

Hat sie recht?

Mein Blick huscht durch die Menge.

Ich muss Ian finden.

Ohne weiter nachzudenken, renne ich los.

Meine Finger fühlen sich steif an, als ich das Handy aus meiner Tasche fische und Ians Nummer wähle. Das Freizeichen ertönt. Ich halte die Luft an. Gleichzeitig lasse ich meinen Blick über die vielen Gesichter schweifen, die immer mehr zu einem einheitlichen Gewirr verschwimmen. Meine Synapsen realisieren nur noch, dass es nicht Ians Augen sind, die mir entgegenblicken, nicht seine Augenbrauen, die sich fragend heben.

Es tutet erneut.

Was, wenn Melissa recht hat und er Jacobs Auftauchen hier falsch gedeutet hat?

Ein weiterer Ton dringt an mein Ohr.

Ich fühle mich wie in einem Karussell aus Lichtern und Menschen und Ängsten und dem Gefühl, das sich so beklemmend auf meine Brust legt. Mühsam schlucke ich die Angst hinunter, die mir die Kehle zukleistert, und will mich in eine andere Richtung wenden, als das dritte Läuten abrupt endet.

»Ja?« Seine Stimme wird von den Geräuschen des Jahrmarkts im Hintergrund beinahe geschluckt.

»Wo bist du?«

»Auf dem Lichterfest.« Ian klingt abweisend, als hätte sich eine Klippe zwischen uns gebildet. Ich hätte mit ihm reden sollen. Dann müsste ich mich jetzt nicht davor fürchten, dass es zu spät ist. Ich müsste keine Angst davor haben, dass er mich zurückweist. Verflixt, wir hätten einmal über uns reden sollen.

»Wo genau?« Die Kehle schnürt sich mir zu. Das Leuchten um mich herum beginnt zu verblassen, es verschwimmt vor meinen Augen. Warum fehlt er mir so sehr? Wie soll ich diese Stadt verlassen, wenn zwei Tage mich schon durchdrehen lassen? Ein Schluchzen drängt sich an der Angst vorbei.

»Andy, was ist los?« Die Klippe zwischen uns schrumpft, wirkt weniger gewaltig. »Wo genau stehst du?« Sein Atem dringt stoßweise durch den Hörer. »Andy? Wo?« Es klingt, als könnte ich über den Abgrund hinwegspringen.

Noch immer suche ich nach Ian. Aber die Schlieren vor meinen Augen machen allmählich aus den Lichtern ein einziges verschwommenes Meer. »Ich weiß nicht.« Wie in Watte gehüllt versuche ich, zwischen den Menschen, den Gerüchen, Lichtern und Sounds der kleinen Jahrmarktstände einen Ankerpunkt auszumachen.

Ein Klicken.

Ich starre auf das Handy. Die Verbindung wurde beendet.

Er hat aufgelegt.

»Andy?«

Eine Stimme in meinem Rücken lässt meinen Atem stocken, ich drehe mich um. Ian steht nur wenige Meter hinter mir. Sofort möchte ich mit den Fingern durch seine kurzen Haare streichen, hinunter zu dem leichten Bart, den er in den letzten Tagen schon wieder nicht gekürzt hat. Ich möchte mich in seine Arme flüchten. Melissa hat recht. Ian und ich, wir gehören zusammen. Allein sein Anblick reicht, um zu wissen, dass ich nicht bereit bin zu gehen. Zitternd stoße ich die Luft aus, die mein Brustkorb nicht mehr halten kann.

»Andy? Alles okay?« Ian klingt alarmiert, was daran liegen könnte, dass nur noch unzusammenhängendes Schluchzen aus mir hervorquillt.

Mein Herz wird zerdrückt von all den Gefühlen, die auf mich einstürzen, die mich umschlingen wie ein Band, das sich langsam enger und immer enger zieht. Noch eine Träne löst sich, wird von Ians Daumen aufgefangen und nur einen Herzschlag später steht er direkt vor mir, die Hand an meiner Wange. Seine Wärme an meiner Haut fegt alle Worte aus meinem Kopf. Ich weiß nur, dass ich hierhingehöre. Zu ihm. Ich schlinge meine Arme um seinen Hals, vergrabe mein Gesicht an seiner Brust und flüstere gegen den weichen Wollstoff. »Du hast mir gefehlt.«

Seine Arme und der Geruch nach Wald und Erde umfangen mich. »Du mir auch.«

Kapitel 36

ian

Das Leuchten der Stadt spiegelt sich in ihren Augen. Das Schluchzen, das sie von sich gibt, als sie mich sieht, taucht mich zurück in ein Becken aus Teer. In schwarzes, klebriges Nichts. Hat Jacob ihr etwas angetan? Erst jetzt bemerke ich, dass es nicht nur die Lichter um uns herum sind, die ihre Augen so glänzen lassen. Schniefend wischt sie sich eine Träne von der Wange. Ich überwinde den verbliebenen Abstand zwischen uns. Noch eine Träne fällt. Sie wandert die gerötete Haut hinab. Ich trage sie mit dem Daumen fort. Streiche mit dem Finger über ihr Gesicht, sauge ihren Anblick in mir auf. Als sich unsere Blicke treffen, will ich Andy küssen, in meine Arme ziehen und nicht mehr gehen lassen. Aber ich habe keine Ahnung, wie das Gespräch mit Jacob ausgegangen ist. Warum er hier ist und ob Andy in seiner Gegenwart erneut alles andere vergessen hat, mich vergessen hat. Bevor ich mir weiter den Kopf zerbrechen kann, schließen sich zwei Arme um mich. Ihr Kopf presst sich gegen meine Brust und Wärme breitet sich in mir aus, bringt den Teer darin zum Glühen.

»Du hast mir gefehlt«, sagt sie gegen den Stoff meines Mantels.

Ich lege meine Arme um sie, drücke sie fester an mich. Mein Kopf ruht an ihrem Haaransatz. Wie sehr habe ich den Geruch ihres Shampoos vermisst. Ihre Locken, die einfach überall sind.

»Du mir auch.« Meine Stimme klingt rau und kehlig.

Ich will Andy nicht mehr loslassen, aus Angst, dass sie sich dann von mir verabschiedet. Ein Gedanke, der mich seit ihrer Nachricht verfolgt. Ich bemühe mich, das Gefühl der Panik von mir zu drängen, es im Teer zu ertränken. Keine Ahnung, was das mit Andy ist. Ich weiß nur, dass ich will, dass sie bei mir bleibt. Dass ich mich nur dann vollständig fühle, wenn ich mit ihr zusammen bin. Dass dieser Sommer dank ihr ein guter war. Ohne Andy ist es, als würde ich mich in einem falschen Takt durchs Leben bewegen, aber nie mit den Menschen um mich herum. Wie eine Uhr, die sich mit der falschen Zeit dreht. Erst Andys Lachen lässt mein Herz endlich im richtigen Rhythmus schlagen und aus Chaos wird Einklang.

»Was machen wir jetzt, Blondie?« Zögernd schiebe ich Andy von mir, streiche ihr über die Wange.

Folgt jetzt der Abschied?

»Du bist ein Idiot, Ian«, sagt sie und lacht.

Das Geräusch hallt tief in meiner Brust wieder.

»Wie wäre es damit?« Mit den Worten zieht sie sich am Kragen meines Mantels zu mir hoch und mich gleichzeitig ein Stück zu sich herab. Als ihre Lippen sich warm auf meine drücken, kann ich das Grinsen nicht unterdrücken. Nur zu gerne erwidere ich den Kuss, beuge mich weiter zu ihr hinab. Meine Hand wandert von ihrer Wange hinunter zu ihrem Haar, ihren Schultern. Wandert über ihre Taille zu ihren Hüften.

Mit einer fließenden Bewegung hebe ich sie hoch, ihre Beine schlingen sich um meine Hüfte und erst ihr Lachen unterbricht unseren Kuss. Wie sehr ich dieses Geräusch liebe. Diesen Klang möchte ich für den Rest meines Lebens hören. An jedem. Einzelnen. Tag.

Ich ersticke ihr Lachen mit einem weiteren Kuss. Drängender, intensiver. Doch das Lächeln auf ihren Lippen kann ich noch immer unter meinen spüren. Ihre Arme schließen sich fester um meinen Hals, ihre Locken umhüllen uns wie ein dicker Vorhang. Ein Pfiff dringt an mein Ohr.

Dieses Pfeifen würde ich überall erkennen. Caleb.

Doch das Geräusch weckt auch eine Erkenntnis. Nämlich dass wir mitten auf dem Weg stehen. Umgeben von Menschen. Während des Lichterfestes. Atemlos löse ich meine Lippen von Andy. Unsere Blicke treffen sich und ich erkenne so vieles in ihren Augen, was ich selbst gerade empfinde. Es sind die schönsten braunen Augen, die ich je gesehen habe. Sie erinnern mich an den Herbst in Hartwell, wenn die Blätter in unterschiedlichen Brauntönen den Waldboden bedecken.

Wir müssen nicht reden – über uns. Unsere Gefühle. Mussten wir nie. Ein Blick in diese Augen ist Antwort genug.

»Das ist doch unfassbar! Da zerstört er direkt die nächste Verlobung.« Abscheu trieft aus jedem ihrer Worte. Jane. Das hat mir gerade noch gefehlt. Es dauert eine Sekunde, bis mich ihre Worte ganz erreichen, dann sind sie wie ein Schlag tief in meine Magengrube.

»Verlobung?« Entgeistert schaue ich zu Andy, bin dankbar für den Vorhang aus blonden Locken, der unsere Gesichter von der Außenwelt trennt.

»Ich bringe Jacob um«, brummt sie. »Wir waren und sind *nicht* verlobt.«

Das reicht mir. Ich grinse, gebe ihr einen Kuss und freue mich, als wieder der Klang ihres Lachens in mein Herz wandert.

»Das ist doch widerlich! Wie kann man sich in der Öffentlichkeit nur so benehmen?« Janes Schimpfen dringt weiter zu uns.

»Ich glaube, du solltest mich langsam wieder runterlassen.«

Ich gebe ihr einen langen Kuss, inhaliere ein letztes Mal ihren süßen Geschmack, ihren Geruch, und wappne mich innerlich gegen meine Ex. Dann setze ich Andy ab, ihre Arme lösen sich von meinem Hals und ich greife ihre Hand. Sofort flechten sich unsere Finger ineinander. Als ich mich umblicke, bemerke ich, dass wir angestarrt werden. Es sieht fast so aus, als hätte sich ganz Hartwell um uns versammelt.

Na großartig!

»Ekelhaft.« Ich drehe mich in die Richtung, aus der Janes Stimme zu uns herüberweht. Sie steht am Rand einer Menschengruppe, direkt neben einer großen Eiche, die von mehreren Hundert Lichtern umhüllt wird. Umgeben von ihren Speichelleckern, auch Freundinnen genannt, dazu ein paar Kollegen sowie William und Trish. Und Jacob?!

»Sieht fast so aus, als wenn sich da zwei gefunden hätten«, brumme ich. »Wollen wir gehen?« Ich habe keine Lust mehr, mir weitere Fetzen aus Janes Predigt über meine Verfehlungen anzuhören, ich setze mich in Bewegung, doch Andy bleibt stehen.

»Ich geb ihr drei Tage, dann folgt sie dir nach Atlanta und bettelt dich an, sie zurückzunehmen, Jacob«, kommt es lautstark von Jane. »Aber gebrauchte Ware hat immer so einen faden Beigeschmack.«

Kaum sind Janes Worte verklungen, reißt sich Andy von meinen Fingern los. Mit schnellen Schritten geht sie auf Jane zu, so energisch, dass ihr Schal wild hin und her hüpft.

Shit! Schnell folge ich ihr, drücke mich an Jim aus der Poststelle vorbei, nicke mit rotem Kopf Sarah zu, die mir mit einem breiten Grinsen Platz macht.

»Jetzt halt mal die Luft an!« Andy ist vor Jane angekommen und stemmt die Hände in die Hüften. Dann dreht sie sich zu Jacob, dessen abschätziger Blick Wut in mir aufzucken lässt.

»Was erzählst du hier bitte für einen Mist? Seit wann sind wir verlobt? *Du* hast mich vor drei Monaten vor die Tür gesetzt! Langweilt dich dein neues Spielzeug so sehr, dass du unbedingt in meinem Leben herumpfuschen musst? Oder kommst du nicht damit klar, dass ich nicht mehr unter deiner Kontrolle stehe? Das mit uns ist vorbei. Soll ich es dir aufschreiben? Brauchst du ein Fax? Eine E-Mail an dein Geschäftskonto? Soll ich dir einen Kuchen backen und die Nachricht verschlüsselt im Boden einbrennen? Was brauchst du, um mich endlich in Ruhe zu lassen? *Verrate es mir!*«

»Scheiße, Andy scheint echt sauer zu sein.« Caleb taucht neben mir auf und das Grinsen in seinem Gesicht verrät mir, dass *er* die Show genießt. Mein Blick schweift über die Leute um uns herum – *nicht nur er*.

Inzwischen bin ich mir sicher, dass wirklich ganz Hartwell hier versammelt sein muss. So viele bekannte Gesichter und alle versuchen, neugierig einen Blick auf die Szene zu erhaschen, die sich hier gerade abspielt. Schnell drehe ich mich wieder Andy zu, überlege, ob es besser wäre, mit ihr zu verschwinden, aber sie scheint noch längst nicht fertig zu sein.

»Also, Jane«, sagt sie laut. »Was auch immer mein Ex hier erzählt hat – es ist nicht wahr. Komm endlich über Ian hinweg!« Andys Finger fährt zwischen Jane und Jacob hin und her. »Ihr beide seid keine göttergleichen Wesen, die irgendein Bestimmungsrecht darüber haben, wie wir unser Leben verbringen! Oder mit wem! Es tut mir wahnsinnig leid, wenn ich euch verraten muss, dass ihr. Das. Nicht. Seid!«

»Willst du ihr nicht lieber helfen?«, fragt Caleb und verschluckt das letzte Wort beinahe vor Lachen.

»Nein. Andy braucht keine Hilfe.« Kopfschüttelnd betrachte ich ihre Locken, die bei ihren Gesten wild hin und her hüpfen. Ich verschränke meine Arme vor der Brust, die sich gerade mit Stolz füllt. Meine kleine Amazone.

»Und wenn wir schon dabei sind: Vielleicht möchtest du, Jane, die Anwesenden hier mal darüber aufklären, *warum* eure Verlobung damals noch mal genau aufgelöst wurde?«, ruft Andy und lässt damit meinen Blick entgeistert zu Jane zucken. Die steht da, starrt Andy mit offenem Mund an. Sie war sich wohl immer sicher, dass ich nichts sagen würde. Damit dass Andy Bescheid weiß, hat sie wohl kaum gerechnet.

»Scheiße, ich habe Jane noch nie sprachlos erlebt – du?«, frage ich meinen besten Freund. Der schüttelt auch nur den Kopf, starrt gebannt weiter auf den Film, der hier gerade vor uns abläuft.

»Du schweigst dich aus? Hab ich mir gedacht!« Andys Stimme schwillt weiter an. Kurz wandert Janes Blick über die Menschen und bleibt an mir kleben. Das wütende Glitzern darin erfüllt mich mit einer gewissen Befriedigung. Ich hebe nur eine Augenbraue. Stört es mich, dass Andy Jane gerade zurechtstutzt?

Nein. Das war längst überfällig, nur hätte ich mich nie getraut, der heiligen Jane in aller Öffentlichkeit die Meinung zu sagen.

»Und an den Rest von euch«, jetzt dreht Andy sich einmal im Kreis und blickt sich wütend um, »hört verdammt noch mal auf, Ian wie einen Schwerenöter hinzustellen! Das ist doch bald ein Jahrzehnt her! Zählt nicht irgendwann, wer man heute ist, statt immer auf der Vergangenheit herumzureiten?«

»Sie weiß schon, dass Hartwell nicht Hartwell wäre, wenn die Leute hier nicht ihr Leben lang die alten Geschichten aufwärmen dürften – oder?«, fragt Caleb amüsiert.

Ich schüttle den Kopf. Bin mir aber nicht sicher, ob ich damit Calebs Frage beantworten will oder es Andys Worten gilt.

»Ich meine, jeder hier weiß doch, dass alle dich lieben«, sagt er und lacht trocken auf.

»Garantiert nicht. Ich bekomme immer nur zu hören, dass es ja mal wieder typisch für den Green-Jungen sei – eine Eskapade folgt der nächsten – bla, bla, bla …«, deute ich das Gerede an, das jedes Mal folgt.

Caleb klopft mir lachend auf die Schulter. »Die Leute erzählen sich auch jedes Jahr, dass ich mir mit fünf Jahren hier auf dem Lichterfest in die Hose gekackt habe.« Er schüttelt grinsend den Kopf. »Das ändert aber nichts daran, dass sie mich respektieren, ich bin trotzdem ein angesehener Polizist. Die alten Kamellen darf man nicht so ernst nehmen. Es ist einfach«, er zuckt mit den Schultern, »Hartwell«, und grinst breit. »Das versuche ich dir seit Ewigkeiten klar zu machen.«

Gerade als ich etwas darauf erwidern will, höre ich Jacobs scharfe Stimme.

»Diese Stadt bekommt dir scheinbar nicht, Andy.«

Ich reiße den Kopf herum, sehe, wie er Andy abfällig mustert.

»Du bist peinlich. Wie kann ein Mensch sich so sehr verändern?«

»Nein, Jacob«, erwidert sie und zieht die Schultern gerade. »Nicht diese Stadt hat mich verändert. Du hast das getan. Du hast mich verbogen, gedreht und so lange bearbeitet, bis ich endlich in *deine* Vorstellung passte.«

Ich habe Mühe, ihre Worte zu verstehen, weil sie nicht mehr durch Wut über die Fläche getragen werden. Unwillkürlich mache ich einen Schritt auf sie zu.

»Dennoch hat es nie für deine Ansprüche gereicht.«

Noch ein Schritt.

»Inzwischen bin ich mir sicher, dass die Person, die über einen langen Zeitraum hinweg deinen Ansprüchen gerecht wird, gar nicht existiert. Denn das schaffst nicht mal du selbst.«

Wut flackert dunkel in seinen Augen auf. Im nächsten Augenblick bin ich da, schiebe meine Hand in Andys und stelle mich zwischen sie und ihren Ex. Mein Blick wandert zu seinen Händen, die sich zu Fäusten ballen. Ich beobachte das Spiel der Knöchel, die sich in einem mir unbekannten Takt immer wieder weiß abheben – bei jedem Pumpen seiner Hände.

»Ich denke, es ist besser, wenn du jetzt gehst«, sage ich.

Sein Blick wandert herablassend zu Andy. »Das ist also der Dank für alles, was ich dir gegeben habe?« Seine Worte gehen fast in einem wütenden Schnauben unter.

Automatisch schätze ich Jacobs Kraft ein.

Er ist einen Kopf größer als ich, sportlich, aber mir kräftemäßig garantiert unterlegen.

»Ich denke, Andy hat uns allen hier ausführlich genug erklärt, dass das Thema beendet ist. Du solltest jetzt wirklich gehen.« Caleb taucht neben mir auf und reibt sich grinsend über die Brust. Dabei entblößt er die Polizeimarke, die er auch in Zivil immer bei sich hat. Gleichzeitig tauchen links und rechts von uns weitere Personen auf. Ich entdecke Sarah und Jim, sogar der alte Sanders stellt sich dazu. Auch das ist Hartwell, wir sind füreinander da, wenn jemand Hilfe braucht.

Jacobs Lippen senken sich missbilligend. Als wäre all das hier unter seiner Würde. Sein Blick wandert zu Andy. »Glaube nicht, dass du noch mal angekrochen kommen brauchst.«

»Habe ich nicht vor. Ich bleibe hier«, sagt Andy und jetzt ist ihre Stimme leiser.

Der leichte Druck ihrer Hand, die noch immer in meiner liegt, und die Frage, die sich unwillkürlich in mir bildet, lassen mein Herz, meine Gedanken stolpern. Nur entfernt nehme ich wahr, wie Jacob sich entfernt. Höre kaum, wie er Andy, die Stadt oder Frauen im Allgemeinen verflucht. Ich schaue nur Andy an, die langsam ihren Blick von Jacob löst. Ihre Wangen sind gerötet. In ihren Augen liegt ein kleines Funkeln, das ich bisher nicht kannte. Die Frage, die sich in mir aufbäumt, die schlucke ich herunter, ersetze sie durch eine andere, viel wichtigere. »Alles okay bei dir?«

Liebevoll ziehe ich Andy in meine Arme und gebe ihr einen Kuss auf den Haaransatz. Als sie nickt, atme ich erleichtert auf. »Da hast du dir aber ganz schön Luft gemacht«, sage ich mit einem Lächeln in ihre Locken hinein. Atme auf, als das erstickte Lachen an meinem Hals erklingt. Ich schiebe sie weit genug aus meinen Armen, dass ich ihr Gesicht sehen kann.

»Du willst also nicht zurück nach Atlanta?«, frage ich bemüht beiläufig. Dass es mir nicht ganz gelingt, erkenne ich daran, dass Andy ihre Lippen fest aufeinanderpresst, das Lächeln aber dennoch ihre Augen erreicht.

»Sieht ganz danach aus.«

»Und?«, hake ich nach.

»Und was?«

Ich verdrehe die Augen über ihre Einsilbigkeit. Kann diese Frau einmal aussprechen, was sie will? »Wo willst du hin, wenn du nicht zurück nach Atlanta gehst?« Gegen das Grinsen in meinem Gesicht bin ich machtlos.

»Muss ich denn irgendwohin?«

»Du treibst mich in den Wahnsinn, das ist dir bewusst?«

»Möchtest du denn, dass ich dich weiterhin in den Wahnsinn treibe?«, fragt sie vorsichtig und entlockt mir damit ein Lachen.

»Hör bitte niemals damit auf«, sage ich und küsse sie. Der erstickte Laut, den sie von sich gibt, und die weichen Lippen mischen sich mit dem Lächeln in meinem Gesicht. »Also bleibst du hier? In Hartwell?« Ich muss es einfach hören.

Dieses helle Lachen, das sie von sich gibt, vibriert an meinen Lippen und in meiner Brust. »Sieht ganz danach aus.«

Epilog

andy

Mit einem unterdrückten Laut ziehe ich Esther in meine Arme, vergrabe mein Gesicht in samtschwarzen Haaren und dem Duft nach Jasmin. Ein freudiges Brummen und Geschnatter klingt aus dem Wagen hinter uns. Ich schaue zu Dillan, meinem persönlichen Prinzen, und drücke Esther einen Kuss auf die Wange. »Danke, dass du hier warst. Auch wenn wir kaum Zeit füreinander hatten.«

»Schon okay.« Sie winkt ab. »Das Wochenende war durchaus ereignisreich.«

»Wem sagst du das?« Ich kann mir ein ungläubiges Lachen nicht verkneifen. Jacobs Auftritt. Das Lichterfest. Jane. Meine Ansprache ist mir noch immer peinlich, aber es war auch befreiend, all den Frust einmal abzuladen. Zuletzt die Gespräche mit Ian. Über uns und meine Zukunft.

»Du wirst mir so fehlen.« Esther zieht mich in eine Umarmung, die mir überraschenderweise mal nicht jeden Knochen einzeln brechen will.

»Ihr mir mehr.«

Ian taucht neben uns auf, verstaut die letzte Tasche in ihrem Kofferraum. Esther entlässt mich aus der ungewohnt sanften Umarmung, nur um im nächsten Moment von zwei anderen Armen ersetzt zu werden. »Ich verstehe nur nicht, warum du weiter in der Pension wohnen willst.« Ein Kuss landet auf meinem Haaransatz.

»Ian, ich werde nicht zu dir ziehen«, sage ich und muss grinsen, weil wir das Thema jetzt seit zwei Tagen durchkauen. Ana hat mir angeboten, in der Pension zu bleiben, bis der Verkauf durch ist. Danach suche ich mir in der Stadt eine Wohnung. Eigentlich hat sie es mir nicht wirklich angeboten. Das wäre die Untertreibung schlechthin. Es war eher … ein Befehl. »Es ist eine Sache, einfach in Hartwell zu bleiben. Aber eine ganz andere, direkt bei dir einzuziehen.« Ich schüttle den Kopf.

Als Esther über meine Schulter hinweg ein Lächeln erstrahlen lässt, drehe ich mich um und erblicke Ana und Spencer, die auf uns zugehen. Jacob ist bereits am Abend des Lichterfestes abgereist, doch Spencer hat die letzten Tage wie geplant in der Pension verbracht. Er schüttelt Ana die Hand und kommt auf uns zu. »Miss Summers«, sagt er. »Ich bin froh, dass wir uns vor meiner Abreise noch sehen. Miss Houadis.« Er nickt Esther warm an. »Danke für die ereignisreichste Führung meines Lebens.« Er zwinkert ihr zu. »Natürlich auch für die Informationen, die Sie mir haben zukommen lassen. Es war sehr aufschlussreich.«

Informationen? Verwirrt wechselt mein Blick von Spencer zu Esther und zurück zu dem Mann, der Jacobs plötzliche Abfahrt nicht ein einziges Mal erwähnt oder hinterfragt hat. Spencer dreht sich zu mir und Ians Arm um meine Schultern entlockt ihm ein ehrliches und warmes Lächeln.

»Verraten Sie mir, wann Sie mit dem Umbau beginnen?«, frage ich. Auch wenn die Angst vor seiner Antwort mir wie ein Stein im Magen sitzt, muss ich wissen, wie lange ich das hier noch genießen kann – und wie schnell ich mir eine Wohnung suchen muss.

Augenblicklich sieht Spencer verlegen drein. Er räuspert sich, als wäre ihm die Situation unangenehm. »Ich glaube, darüber müssen sie mit Ana reden.«

»O mein Gott. So schnell?«, frage ich und starre Ana entgeistert an. Vor meinem Auge erscheinen schon die Bulldozer, reißen alles, was ich liebe, ein. Ich sehe den Wald. Abgerodet. Einen Golfclub. Ein Hotel. Eine riesige Ferienanlage. Ein Ungetüm aus Stahl und Rost, das Holz und Natur ersetzt. Mir wird augenblicklich schlecht. »Wie viel Zeit hab ich noch?« Bis mein Herz unter den Maschinen ebenfalls zerplatzen wird.

Das Beben in meinem Rücken lässt mich aufblicken. Ian wirkt sichtlich amüsiert. Nicht nur das, er muss sich ganz offensichtlich das Lachen verkneifen. Mein Blick wandert zu Esther, die mich anlächelt, Spencer, der meinem Blick weiterhin ausweicht, und Ana, die – nun ja – guckt wie immer. Aber wenn man ganz genau hinsieht, zupft ein Lächeln an dem nach unten deutenden Mundwinkel.

»Verrät mir vielleicht mal jemand, was hier los ist?« Meine Stimme passt sich dem Beben in meinem Rücken an. Nur dass das Zittern meiner Stimme von Ungeduld geprägt ist.

Ich drehe mich zu Ian um, der nur den Kopf schüttelt. »Ich weiß es selbst erst seit wenigen Minuten und glaube mir, es war verflucht schwer, nichts zu sagen.« Das Grinsen in seinem Gesicht würde mich normalerweise dazu verleiten, mich freudig hüpfend in seine Arme zu werfen. Normalerweise. Ich drehe mich zu Ana um. Mit Genugtuung stelle ich fest, dass ihre majestätische Ausstrahlung für wenige Sekunden unter meinem Blick zu schrumpfen scheint.

»Denken Sie wirklich, wir lassen Sie einfach so gehen?« Sie schnaubt widerwillig.

»Miss Houadis war in den letzten Tagen sehr überzeugend«, schaltet sich Spencer ein und schaut dabei Esther an.

»Moment, ich dachte, du hast ihm das Leben hier zur Hölle gemacht?«, frage ich verwirrt, was Esther ein Lachen entlockt.

»Nur am ersten Tag«, sagt sie und da ist nicht die Spur eines schlechten Gewissens zu sehen. »Danach haben wir viel geredet, über deine Arbeit und über das, was sich hier in den letzten Monaten verändert hat.« Sie wirft Ana ein Lächeln zu. »Wie schade es wäre, wenn all das nicht wieder auflebt. In Gedenken an Bill.«

Ich starre nun Ana an, traue mich nicht, die Hoffnung zuzulassen, aus Angst, sie könnte sofort wieder zertreten werden.

Ana räuspert sich. »Eine kluge Frau hat mich darauf aufmerksam gemacht, dass dieses Haus eindeutig als Pension fortgeführt werden will.«

»Meinen Sie damit mich?«, frage ich sie verwirrt.

»Natürlich nicht!«, schnaubt sie. »Ich rede von Esther. Sie hat mich davon überzeugt, dass es eine Schande wäre, die Pension aufzugeben, und sie hat mir gleichzeitig eine Lösung für mein Problem geliefert.«

Krampfhaft halte ich mich an Ians Mantel fest, spüre die Wärme seines Körpers, dennoch fröstle ich.

Ana braucht das Geld.

»Bill ist seit sieben Jahren tot«, bestätigt sie meine Gedanken. »Seitdem bringt die Pension keine Gelder ein. Meine Ersparnisse sind aufgebraucht.«

»Da komme ich ins Spiel«, bringt Hayden sich wieder ein und lächelt mich milde an.

»Also werden Sie das Anwesen kaufen und als Pension fortführen?« Mein Herz wagt einen hoffnungsvollen Schlag.

»Nein.« Er schüttelt den Kopf und lässt meine Hoffnung verpuffen. »Miss Summers. Ich weiß, Sie wollten, dass ich weiterhin als Investor bei *Jacob Baker Industries* bleibe, doch ich habe Jacob gegenüber meinen endgültigen Austritt erklärt. Stattdessen habe ich mich entschieden, dieses Geld anders zu investieren.«

Wieder spüre ich das Beben in meinem Rücken, einen Kuss auf meinem Haar, doch ich kann meinen Blick nicht von Spencer abwenden. Wage kaum, zu atmen.

»Ana und ich haben uns darauf geeinigt, dass ich das Anwesen nicht kaufen, sondern als Investor in die Pension einsteige. Ana darf selbstverständlich weiterhin hier wohnen bleiben.« Er sieht mich an. »Das Personal natürlich auch.«

»Das heißt, es wird nicht abgerissen?«, hake ich nach. »Heißt das, die Pension wird wieder öffnen?« Erst als Ana nickt, kann ich laut aufatmen und mein Herz wagt endlich wieder zu schlagen.

»Da bleibt nur noch ein Problem«, sagt Ana und entlockt mir ein Stöhnen, weil ich befürchte, mich schon wieder zu früh gefreut zu haben. »Früher hat Bill mir die Gäste abgenommen. Er war besser darin, mit ihnen umzugehen und sich um ihre Bedürfnisse zu kümmern. Jetzt fehlt mir jemand, der die Pension leitet. Jemand, der dafür sorgt, dass sie weiterhin so erhalten bleibt und der sich mit den Interessen und Wünschen unserer Gäste beschäftigt.«

Mein Herz setzt aus. »An wen haben Sie gedacht?«, frage ich mit trockener Kehle.

»Offensichtlich Sie, Miss Summers.« Die Mundwinkel ziehen sich leicht nach oben.

»An mich?« Mein Herz beschleunigt sich. Mein Blick wandert zu Esther, Spencer und am Ende zu Ian, dessen Brust inzwischen nicht mehr bebt. Dafür nickt er mir lächelnd zu.

»Gibt es sonst noch eine Miss Summers, die ihr Herz an dieses Haus und gewisse Anwohner dieser Stadt verloren hat?«, fragt Ana schnaubend.

Ich muss lachen und der Knoten in meiner Brust löst sich auf. »Sind Sie sich sicher?«

»Wollen Sie jetzt den Job oder nicht?«, fragt sie genervt.

»Als wenn ich Ihrem Charme widerstehen könnte, Ana.«

Ende

Danke

Wo fängt man am besten eine Danksagung an?
Beim Beginn, würde Ian jetzt vorschlagen. Also gut, dann holt euch ein leckeres Getränk und macht es euch gemütlich. Das hier könnte lang und umfangreich werden.

Andys Geschichte schwirrt mir schon seit so vielen Jahren im Kopf herum und doch fand ich nie den Mut, sie aufzuschreiben. Dann saß ich am Plot meines ersten Buches (eine Cyberpunk-Dystopie voller tragischer Badass-Charaktere) und Andy kam einfach aus heiterem Himmel dazwischen. Ich schrieb diese *eine* Szene, schickte sie an meine Freundin und der Austausch, der danach entstand, ließ mich weitermachen. Mein erster und innigster Dank gehört daher dir, Marlis. Ich kann es nicht oft genug sagen, ohne dich hätte es dieses Buch (und damit diese Reihe) nie gegeben. Ohne dich hätte ich nie den Mut gefunden weiterzumachen, härter zu arbeiten, besser zu werden. Danke!

Wo geht es weiter?

Genau! Die Rohfassung stand im Sommer 2020, nachdem ich jede freie Minute am Buch saß, tippte ich diese glückseligen vier Buchstaben unter das Manuskript: *Ende.*

Hätte ich damals gewusst, wie weit man nach diesen vier Buchstaben vom wirklichen *Ende* entfernt ist, ich hätte mein

Autoren-Dasein wohl direkt an den Nagel gehängt. Ehrlich! Zum Glück wusste ich das damals nicht.

Wir steckten mitten in den Vorbereitungen unseres Umzugs, ich bastelte bereits an Band 2 über Melissa und Caleb und die ersten Testleser stöberten in Band 1, das damals noch den Arbeitstitel DAWN hatte. Das erste Mal kommentierten lauter Fremde mein Buch. Ich war ein Wrack. Nervlich am Ende, heulte jeder Szene hinterher, die als unnötig angesehen wurde, und kämpfte innerlich für jedes Wort, jeden Satz, der über Wochen hinweg aus mir herausgeflossen war.

Das erste Buch halt.

Ich hatte so wahnsinnig wenig Ahnung davon, wie oft ein Text geändert wird, und wie locker flockig ich Monate später ganze Kapitel löschen würde – ohne zu zögern. Daher gilt sehr viel Dank meinen ersten Testlesern, die trotz der wahnsinnig umfangreichen Erstfassung meine seitenlangen inneren Monologe im Buch ertragen haben und dennoch nette Worte fanden. Beim Überarbeiten wusste ich erst, was ich euch damals angetan habe ;)

Sechs Monate später, die Rohfassung von Band 2 stand, ich widmete mich erneut der Überarbeitung von Andy und Ian. Was soll ich sagen? Ich wollte aufgeben und dieses Buch einfach nie veröffentlichen. 80 % gefielen mir nicht mehr. Mein Herz schlug gerade ganz frisch für Melissa und Caleb. Doch mit jedem überarbeiteten Kapitel schlug es wieder für Andy und Ian und zum ersten Mal hatte ich das Gefühl, dass ich die beiden doch gehen lassen kann.

Wieder ging es an Testleser.

Danke, Anika, Corinna, Sandra und Michèle! Für das teilweise erneute Lesen, für das gemeinsame Feiern, Seufzen und

Lachen. Ich habe den Austausch mit euch so sehr geliebt und jeden Vorschlag aufgesogen!

Mein Kopf ist etwas sprunghaft und mir wird erst jetzt bewusst, dass ich meinen Mann und meine Familie schon drei Mal erwähnen wollte, es aber immer vergessen habe. Ich glaube, seitdem ich angefangen habe zu schreiben, seid ihr es langsam gewöhnt, vergessen zu werden. Ich verspreche, ich mache es irgendwann wieder gut!

Danke, dass du noch immer da bist, Schatz, und mir den Rücken stärkst, so oft es geht – du könntest ihn nur öfter kraulen, dann wäre ich bestimmt schneller und effektiver im Schreiben ;).

Ist das Getränk eigentlich schon leer? Ich sagte ja, es wird lange dauern. (Sorry!) Aber wir nähern uns dem Ende, versprochen!

Dann möchte ich Judith danken. Meiner Lektorin, Weggefährtin und Leidensgenossin. Danke für all die Nachrichten, die wir auf unserem gemeinsamen Debüt-Weg ausgetauscht haben, ich habe selten eine Zusammenarbeit so sehr genossen. Wie oft habe ich dich als Lektorin verflucht, weil du jede noch so kleine schwammige Stelle gefunden und den Finger in jede Wunde gelegt hast. Danke dafür! Du hast dem Buch den nötigen Feinschliff gegeben und ich könnte mir keine bessere Lektorin an meiner Seite vorstellen. Die Leser werden dankbar sein, dass du dem Buch eine Extrem-Diät verpasst hast :)

Danke auch an Martin, dass du so offen über die Höhen und Tiefen des Selfpublishing gesprochen hast. (Unsere tausend Sprachnachrichten waren einfach grandios.) Ohne dich hätte ich mich vielleicht nie getraut, diesen Schritt ohne Verlag zu gehen.

Ein ♡ Anliegen & ein besonderer Dank

Danke, dass du dieses Buch gekauft hast.
Ich hoffe, dir hat die Geschichte von Andy und Ian gefallen, und vielleicht kommst du ja zu Band 2 zurück nach Hartwell.

♥

Geschichten leben von Feedback und neue Autoren sind sogar darauf angewiesen. Wenn dir also das Buch gefallen hat, würde ich mich sehr über eine Rezension freuen.

Auf Instagram und meiner Website findest du immer alle aktuellen Infos zu den nächsten Veröffentlichungen.

www.franciseden.de
Instagram: francis.eden_author

Ich hoffe, wir sehen uns beim nächsten Buch wieder.

♥

deine Francis

Triggerwarnung:

Toxische Beziehung und toxisches Verhalten.

IN BAND 2 GEHT ES MIT MELISSA & CALEB ZURÜCK NACH HARTWELL

Ich nehme einen Schluck von dem leicht süßen Getränk, das von einem Hauch Bitterkeit abgelöst wird, ein Geschmack, der gut zu dem auf meiner Zunge passt.
Mit Melissa zusammen zu sein, ist genau wie dieser Cocktail.
Süß, zart, es schmeckt wie nach Hause kommen
und dann folgt immer ein leicht bitterer Nachgeschmack.
Weil das Glas viel zu schnell leer wird.

Vorläufiger Klappentext zu
LET ME PROVE:

Irgendwie sind wir seit Jahren in der Schwebe.
Nicht zusammen, aber auch nicht getrennt.
Befreundet, aber gleichzeitig distanziert.

Nur stehen wir nie im selben Moment
am selben Punkt.

Schon als junges Mädchen war Melissa in den Jungen mit den grünen Augen verliebt. Damals machte sie den Fehler, Caleb zu vertrauen, und verlor dabei ihr Herz. Ein Grund, ihn nie wieder dort hineinzulassen, stattdessen alle Erinnerungen und Empfindungen für ihn zu vergaben. Am besten sechs Fuß unter der Erde, bewacht von einer Armee Zombies. Seitdem sind sie Freunde mit Ausrutschern. Aber kann man eine Freundschaft aufrecht erhalten, wenn es immer wieder zu Spannungen führt? Wenn aus einem harmlosen Filmabend wieder einer dieser Aussetzer wird?

Und dann taucht da eine Person auf,
die alles ändern kann,
die perfekt ist – eigentlich.

LET ME PROVE
erscheint bereits am 19. November 2021

DIE GOLDENE
GEFANGEN IM SYSTEM
JELLA BENKS

Das System kennt deinen Platz.
Doch was, wenn du dich an der Seite des falschen Mannes wiederfindest?

Anziehung ist gefährlich, Liebe nur Illusion und einzig das System weiß, wer zusammengehört. Darauf vertraut auch Liah, bis sie ausgerechnet Arjan – dem zukünftigen Präsidenten – als Partnerin zugeteilt wird, einem Mann, den sie verachtet. Während sie sich in ihre vorbestimmte Rolle zwingt, zieht sie der geheimnisvolle Zayne in seinen Bann und bringt ihre Loyalität ins Schwanken. Gefangen in einem Strudel aus Rache, Verrat und düsteren Geheimnissen, muss Liah herausfinden, wer sich irrt.

Das unfehlbare System oder ihr Herz?

»Gefangen im System«
bildet den Auftakt der »Goldenen«-Buchreihe.